作者简介：

李开毅，1960年生于昆明，长于安宁温泉，祖籍楚雄牟定。云南省作协副主席、云南当代文学研究会会长、云南日报社文化生活部主任。1983年毕业于云南大学中文系。长期从事诗歌、散文、报告文学、文学评论写作，出版散文集《云南记忆》等书。组织主办《云南日报》文学奖，多年撰写年度《云南文艺年度报告》文学部分内容，云南省宣传文化系统首届“四个一批”人才。长篇报告文学《1988·云南大地震》、散文集《彼岸的目光》先后获首届、第四届云南省文艺创作基金奖。

黄华，1978年生，云南昆明人。云南省作家协会会员，原云南日报社文化记者，现供职于云南省能源投资集团。长期从事云南文学艺术及文化产业研究与宣传工作，作品发表于《人民日报》《光明日报》《云南日报》等报，参与编撰出版《云南文艺年度报告》《云南文化产业十年报告》等作品，多次获得全国和省级新闻奖及表彰。

新中国成立七十周年献礼丛书

云之南

——云南文艺发展纪实

李开毅　黄　华　/编著

云南出版集团　云南人民出版社

图书在版编目（CIP）数据

云之南 ：云南文艺发展纪实 / 李开毅，黄华编著
. -- 昆明 ：云南人民出版社，2019.12
（新中国成立七十周年献礼丛书）
ISBN 978-7-222-18995-9

Ⅰ. ①云… Ⅱ. ①李… ②黄… Ⅲ. ①报告文学－作
品集－中国－当代 Ⅳ. ①I25

中国版本图书馆CIP数据核字(2019)第267139号

策　　划：云南省作家协会

责任编辑：刘　焰　李　平
装帧设计：李乐乐　熊小熊
责任校对：李明珠
责任印制：窦雪松

新中国成立七十周年献礼丛书

YUN ZHI NAN：YUNNAN WENYI FAZHAN JISHI
云之南
——云南文艺发展纪实
李开毅　黄　华　编著

出　版　云南出版集团　云南人民出版社
发　行　云南人民出版社
社　址　昆明市环城西路609号
邮　编　650034
网　址　www.ynpph.com.cn
E-mail　ynrms@sina.com
开　本　889mm×1194mm　1/32
印　张　11.375
字　数　258千
版　次　2019年12月第1版第1次印刷
印　刷　昆明美林彩印包装有限公司
书　号　ISBN 978-7-222-18995-9
定　价　49.00元

如需购买图书、反馈意见，请与我社联系
总编室：0871-64109126　发行部：0871-64108507　审校部：0871-64164626　印制部：0871-64191534

云南人民出版社微信公众号

云南文化艺术的辉煌岁月（序）

云南，总是不断给人们带来艺术的震撼、惊喜和感动。在这里，人们会听到动听的歌声《阿诗玛》，看到美好的《云南映象》，感受到共鸣的《云南的响声》。绚丽多姿的云南文化文艺，以打动人心的冲击波一次次激荡着中国艺坛，不断创造着文艺的辉煌，为新中国文艺送去光彩照人的文化艺术和艺术形象，成为中华文化宝库中不可或缺的精彩篇章。

云南大地，历史悠久，文化灿烂，是一块梦幻般的艺术大地，也是生命的故乡。从 5.3 亿年前的“人类生命圣地”——澄江帽天山“寒武纪生命大爆炸”、1.8 亿年前的禄丰恐龙化石，到 170 万年前的元谋人化石的发现，从灿烂的春秋战国时期的令人惊叹的古滇青铜文化，至今一些地方仍然口耳相传的洪水神话、创世纪和开天辟地的传说，无不印证着云南是人类文明发祥地之一，诉说着云南久远的文明史，为云南文学艺术的创造提供源源不断的源泉。

生长在美丽、神奇、丰富土地之上的云南文化艺术，伴随新中国前进的步伐，踏着时代的鼓点，与新生的中国一起成长壮大，在70年发展历程中谱写了新的时代篇章。

70年来，云南广大文艺工作者与人民同呼吸，与祖国共命运，肩负庄严职责，高举民族精神的火炬，吹响时代奋进的号角，以优秀的文艺作品，反映时代精神，塑造人物形象，记录时代风云，创造了云南文化艺术史少有的文艺辉煌，为新时代留下了名篇佳作。

从云南走出去的人民音乐家聂耳，1935年，他为电影《风云儿女》主题歌作曲《义勇军进行曲》，1949年9月，中国人民政治协商会议第一届全体会议确定《义勇军进行曲》为代国歌。从此，《义勇军进行曲》作为中华人民共和国国歌，以强劲的旋律在中国大地奏响，回响在亿万人民的心中，成为中华民族不屈不挠、砥砺奋进的精神力量。

新中国的云南文艺，与新中国一道成长壮大，在二十世纪五六十年代，迎来了划时代的第一个文艺春天，创造了云南文艺的辉煌。

以冯牧为代表的一批军旅作家，1949年随解放军来到边远的云南，以燃烧的才情，用诗歌、小说、电影剧本和散文等文学形式，在二十世纪五六十年代创作出了一大批脍炙人口、令人耳目一新的云南边地题材的文学作品，开创了云南当代文学的先河。一批反映云南边疆少数民族现实生活、军民情谊和少数民族神话题材的电影《五朵金花》《阿诗玛》《山间铃响马帮来》《芦笙恋歌》《神秘的旅伴》《摩雅傣》《景颇姑娘》《边寨烽火》等，谱写出了五六十年代云南文艺辉煌的华章，在中国文苑绽放出光彩夺目的艺术魅力，让神秘美丽的云南走向全国，走进亿万观众的心中，云南成为人们向往的地方。

沐浴着新中国旭日的光辉，云南本土文学和少数民族文学茁壮成长，也创作出了具有鲜明云南民族特色和时代特征的文艺作品，以李乔等为奠基人的云南少数民族文学创作在中国文坛引人注目。李乔的长篇小说《欢笑的金沙江》三部曲，白族诗人、评论家晓雪论述艾青的论著《生活的牧歌》，白族作家杨苏《未织完的筒裙》等作品，在中国文坛产生了强烈反响和好评。以叙事长诗《阿诗玛》《召树屯》为代表的云南民间文艺绽放出耀眼的光彩。

云南的文学、音乐、舞蹈、美术、戏剧、曲艺、民间文艺，星光灿烂，熠熠生辉。

以刘奎官、关肃霜为代表的京剧和云南地方民族戏剧，红遍全国。花灯歌舞《十大姐》《万盏红灯》舞动中国舞台。云南歌曲《小河淌水》《绣荷包》《有一个美丽的地方》《远方的客人请你留下来》《阿佤人民唱新歌》《猜调》等，唱响大江南北，成为歌曲经典；从电影中、歌声中，走出了杨丽坤、黄虹、杜丽华、赵履珠、白秀贞等云南艺术家或歌唱家。

百花争艳、独特芬芳的云南文艺，成为二十世纪五六十年代中国文艺界一道亮丽的风景线。

经过“文化大革命”的沉寂之后，以党的十一届三中全会召开为标志，云南文艺开始复苏，焕发生机。

沉寂多年的云南文学艺术开始展示整体实力，呈现出佳作迭出、人才涌现的局面。

1978年改革开放以来，云南文艺进入新时期，广大文艺家以新的文艺视野和大量的优秀作品，开创了文艺的新境界，迎来了云南当代文学艺术史上最为繁荣的黄金时代，出现了云南历史上少有的文化繁荣时期。

世纪之交，云南凭据民族文化资源的巨大潜在优势和特点，从1996年在全国率先提出云南民族文化大省建设，到2008年吹响了由民族文化大省向民族文化强省迈进的号角，以稳健的步伐、坚定的自信，开启了文化艺术建设的征程，浓墨重彩地写下了壮阔的时代篇章。

文学艺术竞相绽放，开出一路繁花，结出累累硕果。40年来，云南上百位文艺家及作品获得了包括全国“五个一工程”奖、鲁迅文学奖等在内的多个国家级奖项，获奖数量在西部省（区）名列前茅。实现了云南文艺家和文艺作品在国家级重大赛事中零的突破。一批又一批优秀文艺家深入生活、扎根人民，在火热的生活实践和时代变迁中不断磨砺成长，涌现出了关肃霜、彭荆风、刀美兰、杨丽萍、宗庸卓玛等在全国具有较强影响力的文艺领军人物，培养了一大批“全国四个一批人才”“云岭文化名家”，形成了20世纪80年代的云南儿童文学“太阳鸟”作家群、90年代的“昭通作家群”、云南少数民族作家群，以及近年来新崛起的“云南青年诗人群”等文艺家群体。截至2018年12月，云南共有各文艺门类国家级会员2225名、省级会员14896名，初步构建了一支门类全、数量大、素质优良、梯次完整的文艺人才队伍。

一批艺术家在中国大舞台频频亮相。京剧表演艺术家关肃霜，以其精湛的表演艺术和独特的舞台风格，能文能武、能生能旦，被称为“关派艺术”，其代表作品《铁弓缘》《战洪洲》《黛诺》《佤山雾》，享誉全国。云南老一代舞蹈艺术家的杰出代表刀美兰，继在20世纪60年代在大型舞蹈史诗《东方红》担任花环舞的领舞，以婀娜多姿的形象展示民族舞蹈的魅力之后，1980年，她又凭借独舞《水》和《金孔雀》获得第一届全国舞蹈比赛大奖，展示了云南民族舞的独特神韵。她成功地在舞剧《召树屯与楠木婼娜》剧中创造了孔雀公主形象，结束了千百年来孔雀舞由男人扮演的历史，开创了女子表演孔雀舞的先河，被称为“金孔雀”或“孔雀公主”。

云南文学创作势头强劲，走上了新台阶。张长、黄尧、朱运宽、那家伦、彭荆风、晓雪、张昆华、吴然、于坚、沈石溪、乔传藻、存文学等人的作品先后荣获全国性文学大奖。黄尧的《世纪木鼓》获得中宣部“五个一工程”奖后，夏天敏的《好大一对羊》首次获鲁迅文学奖的中篇小说奖，随后于坚的诗集《只有大海苍茫如幕》、彭荆风的纪实文学《解放大西南》、雷平阳的诗集《云南记》、海男的诗集《忧伤的黑麋鹿》获鲁迅文学奖，黄晓萍的长篇纪实作品《真爱长歌》、唐似亮的报告文学《大道健行》荣获中宣部“五个一工程奖”，范稳的《水乳大地》等优秀作品，在中国文坛引起强烈反响。云南民族文学成为云南当代文学艺术发展创新的基础和“特色名片”，自全国少数民族文学创作“骏马奖”设立以来，云南先后有101人次荣获全国少数民族文学“骏马奖”，获奖数目和获奖人数均居全国前列，从而确立了云南少数民族文学在中国当代少数民族文学中的突出地位。有的少数民族没有本民族的文字，过去靠结绳记事、口传心授，新中国成立后，在党和国家的培养下，出现了第一个佤族作家、第一个傈僳族女诗人……现在，云南25个少数民族都有了自己的书面作家，他们不仅记录本民族久远的历史文化，还以新的眼光抒写时代变迁和他们的梦想。而今，云南已经初步形成了一支具有一定创作实力，包括老、中、青及各民族作家在内的梯次完整的创作队伍。

异彩纷呈的艺术云南，光彩夺目，熠熠生辉，唱响全国，备受瞩目。多年来，云南歌舞艺术，精品迭出，人才辈出。1980年，云南舞蹈代表团在第一届全国舞蹈比赛中，一举摘取13个奖项，成为全国获奖最多的省份。被誉为“二十世纪经典”舞剧的《阿诗玛》，1992年在全国舞剧观摩演出中荣获编导等8个单项奖一等奖、第三届文华奖和中宣部“五个一工程”奖。云南民族舞蹈成为当时中国当代舞蹈创作中最具特色的两大流派之一。2004年杨丽萍主创的《云南映象》一举摘取第四届中国舞蹈“荷花奖”5项大奖。该剧在北京演出，好评如潮，引起轰动，开启“原生态”歌舞艺术的先导，在全国刮起云南民族风。10多年来，《云南映象》三进北京、三次全国巡演，到美国、日本、巴西、阿根廷等10多个国家和地区进行环球巡演，以5000余场完美的演出，创造了至今中国大型舞蹈无人企及的商演神话，续写云南民族文化的经典传奇，成为云南标志性的文化艺术精品和云南的艺术名片。其后的《云南的响声》《孔雀》《十里埋伏》等作品，深受欢迎，影响广泛。从《云南映象》《诺玛阿美》《云岭天籁》《白洁圣妃》《梭罗寨》《天地之上》《一窝雀》，到《母亲河》《踩云彩》《美丽的大脚》《舞彩云》《太阳女》等民族歌舞，在全国大赛中夺金摘银，一路走红，在中国艺坛刮起了强劲的“云南旋风”；云南戏剧异彩纷呈，京剧《凤氏彝兰》、滇剧《水莽草》等作品在全国戏剧大赛中屡获大奖，云南戏剧界迄今为止有9人荣获戏剧最高奖“梅花奖”；云南音乐缤纷灿烂，在第五届“中国音乐金钟奖”、第十一届“CCTV 全国青年歌手电视大奖赛”等音乐大赛上，云南选手成绩斐然，累获奖项，《火把节的火把》《云南美》《醉了丽江》《月亮花》等一批优秀歌曲享誉乐坛，一批文艺新人纷纷涌现，星光璀璨，宗庸卓玛、何纾、李怀福、李怀秀、茸芭莘娜等成为知名歌手，闻名遐迩，受到观众的喜爱。与此同时，《丽水金沙》《勐巴拉娜西》《印象·丽江》等一批大型文化与旅游的歌舞艺术作品，在市场检验和观众考验中也逐渐成为云南歌舞文化品牌。

云南美术，风格独特，尽展芬芳。袁晓岑以其优秀的国画和雕塑，享誉画坛。以丁绍光、蒋铁锋为代表倡导的云南重彩画，将东西方古典艺术与现代艺术融合，形成了独树一帜的“云南画派”，走出国门，饮誉海外。云南版画异军突起，绝版木刻技法，堪称“中国一绝”，在全国夺金摘银，魅力四射，一批美术、雕像作品被中国美术馆、国家博物馆、人民大会堂收藏。郑旭的《拉祜风情》、魏启聪的《村寨》、郝平的《古瓶系列·故鉴图》在全国性美展中摘取奖项。云南美术创作以不断增强的整体实力，以艺术的独特性、多样性走向未来。云南摄影，取得历史性的突破。自罗锦辉、陈安定等夺得国际金奖后，耿云生的《乌蒙矿工》组照实现云南摄影作品在全国大赛中零金牌的突破，云南摄影作品纷纷在全国性的影展、大赛和评比中夺取金银铜牌。自 2009 首届大理国际影会在大理举办以来，促进云南摄影艺术的快速发展，众多纷至沓来的摄影家正在把云南这个“摄影天堂”变成了“旅游天堂”。云南民族民间文艺繁荣发展，《中国民间文学集成·云南卷》成为中华文化宝库中永恒的瑰宝。南涧彝族《跳菜》、楚雄双柏《老虎笙》、东川《神鼓》等夺得多个奖项，走向海内外演出市场，成为云南民间文艺家的光荣和骄傲。

影视艺术，异军突起，引人关注。继《彝海结盟》首夺“五个一工程奖”电影奖之后，云南题材、云南制作的电影《杨善洲》《花腰新娘》《诺玛的十七岁》《德拉姆》《好大一对羊》荣获国内外多个奖项，在全国产生积极影响；电视剧《木府风云》《锻刀》《让我听懂你的语言》等数十部云南影视作品在全国热播；纪录片《西南联大》在中央电视台两次播出，并获第八届光影纪年——中国纪录片学院奖最佳系列纪录片奖。“云南影响”新电影系列影响广泛，《心中的香格里拉》《天和局》《谁主沉浮》《解放云南》《钱王》《商贾将军》等一批本土影视作品不断推出，在全国逐步形成影响。云南影视通过荧屏、银幕走向全国、走向世界，成为宣传云南的一张文化名片。

异军崛起的云南文化产业，一路风雨兼程、砥砺前行。云南文化产业从小到大、从弱到强；“歌舞云南”“文学云南”“音乐云南”“影视云南”，铸就了熠熠生辉的“文化云南”品牌，走出了一条具有边疆民族地区特色的创新发展道路，创造了“云南现象”和“云南模式”，发出文化自信的云南响声。

依托丰厚的文化资源优势，以深化文化体制改革为动力，实施文化与旅游、文化与科技、文化与金融融合，云南文化产业转型升级，实现了较快发展，规模不断壮大，向高质量发展阶段迈进，文化综合实力和影响力全面提升，成果显著。

文化产业增加值从2014年的396亿元增加到2017年的517亿元，占地区生产总值的比重从3.10%提高到3.16%，成为云南经济社会发展的重要部分，为云南经济发展新的增长点。更为重要的是，云南文化产业的发展，极大地增强了文化软实力，树立了文化自信、文化自觉，塑造了云南开放、文明、和谐、美丽的新形象，为云南的脱贫攻坚、文化经济发展、文化茂边、建设中国面向南亚东南亚辐射中心，起到了不可估量的作用。

云南文化企业数量增长，从2014年不到14200户增加到2018年的29197户，重点文化企业数量从344户增加到743户。云南文化、骏宇文博、微想科技、天游科技、黑马软件、客莱谛、金彩影业等7家文化企业在新三板挂牌。文化产业聚集区逐渐成熟。昆明市、丽江市、迪庆藏族自治州、保山市的文化产业增加值占当地GDP的比例接近或达到5%，成为支柱性产业。

云南特色文化产业发展壮大。从2013年起，重点打造以“金、木、土、石、布”为核心的特色文化产业，通过打造“地域牌”“民族牌”“特色牌”，唤醒沉睡的民族文化资源，民族民间工艺品提质增效，稳步发展，开拓国内外市场，逐步形成产业发展体系。建水紫陶、鹤庆银器、个旧锡器、剑川木雕、开远根雕等具有浓郁地方特色的民族民间工艺品，年产值均在10亿元以上。通过传统文化创造性转化、创新型发展，特色产业快速发展，“一村一品”，花开城乡；实施文化技艺与现代时尚元素的融合，一批具有创新创意元素的文化企业生产的民族手工刺绣、扎染、民族娃娃、布艺包、斑锡、斑铜、乌铜走银等特色工艺品，在海外市场崭露头角，成为文化产品出口创汇的重要来源。

“实施文化+”“互联网+”，催生文化产业发展的新业态，推动文化产业转型升级，形成了文化产业与其他产业相互融合、共同发展的良性格局。2018创意云南文博会上， VR全景、AR、3D等数字视觉技术，虚拟现实，人机互动，机器人技术，巨型地幕影院等创意文化产品集中亮相，展示出文化与科技融合发展的无限空间和巨大潜力。

成功举办了6届的云南文化产业博览会，已经成为西部地区最具影响力的文化产业博览会和文化产品交易平台，被评为全国十大文博会之一。2018年的云南文博会，观展人数达27.2万人次，国内外1200余家厂商参展，签约金额达127.78亿元。12个国家和地区的客商前来参展，体现出云南建设面向南亚东南亚辐射中心的成效。

加强文物保护利用和文化遗产保护传承，坚持“保护为主，抢救第一，合理利用，传承发展”的方针。新中国成立以来，特别2012年以来，云南省持续不断地开展非遗的保护、挖掘、整理、传承工作，涌现了一批又一批特色鲜明的非遗项目。目前，云南省拥有世界自然遗产5处，与四川省一道并列全国第二位；有中国传统村落615个，位居全国第一；有各级历史文化名城84处，“傣族剪纸”“藏族史诗格萨尔”2个项目入选联合国教科文组织认定的人类非物质文化遗产代表作名录；截至2018年5月，云南省认定四级非遗代表性传承人10525人，其中，国家级125人、省级960人，基本做到了1个项目至少有1名国家级代表性传承人。

影视产业异军崛起。发挥云南“天然摄影棚”的优势，把影视产业作为云南省重点打造和重点扶持的亮点产业，通过制定良好的政策措施、建设云南影视产业试验区、打造影视基地，实施“引进来”“走出去”战略，云南制造、云南题材、云南故事影视作品涌现，云南影视产业引人注目，不少作品获得全国性和国际奖项，云南影视走进了一个新时代。近15年来，云南题材的影视作品多达100多部，其中40余部获得国家级的各类奖项，涌现了一大批具有广泛影响的优秀影视作品。2013年落地临沧市的“亚洲微电影节”，迄今已成功举办6届。

伴随着中国文化的步伐，云南开启了文化产业“走出去”的“云南样本”。利用与南亚、东南亚地缘相近、文缘相通、人缘相亲的独特区位优势，以“亲诚惠容”的外交理念，云南主动服务和融入国家“一带一路”建设，建设面向南亚东南亚辐射中心。近年来，云南与文化和旅游部先后共建了柬埔寨金边中国文化中心、缅甸仰光中国文化中心。通过实施《云南文化产业“走出去”三年行动计划》，走政府主导、企业主体、市场运作、社会参与发展之路，形成了多渠道、多层次、宽领域的文化产业“走出去”格局。昆明市成为全国首批对外文化出口基地，图书报刊、歌舞演艺、广播影视、广播电视传输服务、工艺美术品等纷纷“走出去”，落地生根，开花结果。

“站得住”，“能生根”。《吴哥的微笑》开创了在柬埔寨驻演的先例，累计演出4000余场，成为我国在国外定点驻演时间最长的经典剧目，新知集团的华文书局在海外建成8个国际连锁华文书局，电视连续剧《舞乐传奇》开启了中缅电视剧合作的历史。与《人民日报（海外版）》共同创办《中国—东盟南亚特刊》《桥时代》等刊物，云南日报报业集团与9个国家的主流媒体合作开办了6种语言14份《中国·云南》新闻专刊；云数传媒率先将中国数字电视地面传输DTMB技术标准落地老挝、柬埔寨。

定期举办的亚洲微电影节、中缅胞波狂欢节、中老越3国丢包狂欢节、目瑙纵歌节等文化交流活动，成为与周边国家文化交流合作和推动对外文化贸易发展的重要平台。

凡是过往，皆为序章。进入新时代，云南文化艺术、文化产业又踏上新征程，向云南民族文化强省的目标砥砺迈进。

目　录

文化人物 /271

彩云之南的云南文学

李乔文集
第一卷
李乔◎著

苏策◎著
苏策小说精选
臭棋
寻找包玫丽
陈赓越狱传奇
千言万语
田小丽
汽车过人

CHINA EASTER
热烈欢迎出席全国文代会作代会的代表

文学奖
Yunnan Daily Prize in Literature
第十届云南日报文学奖颁奖典礼
暨"云南精神"文学征文颁奖典礼

70 年风雨兼程，弦歌不辍，一路砥砺前行；70 年薪火相传，默默耕耘，迎来春华秋实。

回望新中国成立以来的云南文学发展历程，人们不难看见，一代又一代云南作家、诗人，筚路蓝缕，坚韧不拔，用他们卓越的才情、智慧、心血，甚至生命，坚持不懈地开拓辽阔的文学疆土，在历史上被视为“蛮荒之夷”的古老土地上，创造了云南当代文学的辉煌，为云南大地记录了历史的变迁，描绘了人生社会的缩影，书写了人们经历的心灵史和情感史，人们的不懈追求、憧憬和梦想。

新中国的云南文学，一直以多元一体的文学形态和独特鲜明的文学形象与艺术魅力呈现在世人的眼前，引起中国文坛和读者的广泛关注与喜爱。尤其近些年来，云南文学事业持续繁荣发展、枝繁叶茂、硕果累累，不断实现新的突破，走向全国，甚至世界，呈现出人才辈出、群星璀璨的独特文学景观。

云南是一块古老、梦幻般的高原，令人想象力飞升的文学大地。这里，历史悠久，文化灿烂。千百年来，各民族在历史的长河中创造了丰富厚重、光辉灿烂的历史文化、民族文化，至今一些地方仍然口耳相传地流传着开天辟地的洪水神话、创世纪传说，述说着云南久远的文明史，印证着云南是一块历史文化绵延不绝的文学之地。

近现代以来，中原文化、西方外来文化与云南多民族文化碰撞交融，产生了云南新文化的基础。20世纪三四十年代以来，大量知识分子流入云南，为云南文化注入新的元素，特别是西南联大以其精进、民主、自强、自信的民族精神影响了云南近现代文化走向，为新时代的到来打下文化艺术的基础，为文学创作提供了源泉。

一、新中国诞生，云南迎来开创性的文学新时代

新中国的诞生，迎来了一个波澜壮阔的伟大时代；伟大的时代，造就了云南开创性的文学新时代。

新中国的诞生，为云南带来焕然一新的文学。在二十世纪五六十年代，云南迎来了划时代的第一个文艺春天，创造了云南文艺的辉煌。这在云南当代文学史上，具有开创性的历史意义。

1949年，随着新中国诞生的礼炮声，一批南下的军旅作家，迎着新中国初升的旭日，随着解放大军，来到云南这片新文学尚待开发的文学沃土。著名作家彭荆风就是其中的一位，他生前回忆说，他19岁时在南昌加入中国人民解放军，1949年秋初二野奉命挺进西南，他随军步行3000多公里，于1950年3月进入昆明。西南边陲的历史剧变、绚丽多姿的自然风景、落后蛮荒的生存环境、奇特古朴的少数民族习俗和深厚的多样性文化……让他们心灵激荡、文思泉涌。以冯牧为代表的一批军

旅作家，苏策、公刘、白桦、徐怀中、彭荆风、周良沛、林予、季康、公浦、吴源植、郭国圃等，以新的文学观念来开掘、发现和表现云南这片神奇而美丽的土地，用小说、诗歌、电影反映正在发生的社会变革、各族人民翻身解放的新生活、边疆军民情谊、浓郁的边地民族生活，赞美云南土地上的一草一木、一山一水，抒发保卫边疆的豪情壮志，在二十世纪五六十年代，创造了云南当代文学的辉煌，产生了电影《山间铃响马帮来》《边寨烽火》《神秘的旅伴》《芦笙恋歌》《勐垅沙》《摩雅傣》《五朵金花》《阿诗玛》等轰动全国的优秀电影作品，吸引了全国观众的目光。这些带着鲜明云南特色的作品走进千家万户，使云南成为一个神秘美丽、令人向往的地方。

这一时期，军队还产生了“新边塞诗”。以公刘、白桦、周良沛、饶阶巴桑等为主的“新边塞诗”诗人，以高昂的斗志、奔放的激情、优美的情思和文采、浓郁的边地色彩抒发战士戍边卫国的壮志情怀，树立了一面色彩鲜艳的“新边塞诗”大旗，为一向封闭沉寂的云南诗坛带来生机勃发的生命活力，在云南文学史上留下精美的一页。公刘写于1954年的《西盟的早晨》：“我推开窗子，一朵云飞进来——带着深谷底层的寒气，带着难以捉摸的旭日的光彩。在哨兵的枪刺上，凝结着昨夜的白霜，军号以激昂的高音，指挥着群山每天最初的合唱……早安，边疆！早安，西盟！带枪的人都站立在岗位上，迎接美好生活中的又一个早晨……”至今，仍是中国诗歌的经典作品。

同时，云南本土的优秀作家创作出一批表现云南反映民族地区社会剧变和云南生活题材的优秀作品。彝族当代文学的开拓者和奠基人李乔的云南少数民族文学题材的创作在中国文坛引人注目，他的长篇小说《欢笑的金沙江》三部曲以史诗般的构架，反映了当时彝族地区的历史性变化，受到评论界赞誉，并很快介绍到国外，奠定了他在中国当代文学史、中国当代少数民族文学史上的地位；白族作家、诗人、评论家晓雪的论著《生活的牧歌》，在中国文坛上产生了较大反响，白族作家杨苏的《未织完的筒裙》，享誉海内外文坛；彝族作家张昆华的《思茅组诗》，普飞的小说《门板》，获得好评。此外，在云南工作的作家李广田的《花潮》、刘澍德的《老牛筋》等等，也受到了广泛赞誉；以叙事长诗《阿诗玛》《召树屯》为代表的民族民间文学绽放出耀眼的光彩。

百花竞放、独特迷人的二十世纪五六十年代的云南文学，成为中国文学界一道亮丽的风景线。

二、改革开放　新时期的云南文学百舸争流

经过十年“文化大革命”的沉寂之后，1978年以后，改革开放时代的春风使沉寂多年的云南文学复苏和觉醒，摆脱了“文化大革命”时期概念化、假大空的写作模式，云南文学开始走上按照艺术规律创作的轨道，焕发了生机与活力。云南文学展示出自身创作的整体实力，呈现出佳作迭出、人才涌现的局面。李乔、苏策、彭荆风、杨苏、王松、公浦、欧小牧都有长、中、短篇小说问世；晓雪、张昆华、李鉴尧、张长、周良沛、李钧龙、陈见尧、刘祖培、冯永祺、刘绮等发挥新的创作实力，同时涌现了一大批优秀作家和诗人，创作不断取得收获。其中，

张长的短篇小说《空谷兰》获全国优秀短篇小说奖、晓雪的《晓雪诗选》获全国第二届优秀新诗奖、那家伦的报告文学《开拓者》获全国第三届报告文学奖、彭荆风的短篇小说《今夜月色好》获全国第八届优秀短篇小说奖，提升了云南文学在中国文坛的地位。

二十世纪八九十年代是一个思想开始解放，文学走向探索与开拓的时期，文学出现热潮，文学社团如雨后春笋般出现，诗派林立，文学创作高潮迭起。

中青年作家创作热情高，思想敏锐的作家如黄尧、汤世杰、李霁宇、米思及、张永权、李必雨、黎泉、胡廷武、董秀英、何真、戈阿干、杨世光、吴然、晓剑、严亭亭、邓贤、辛勤、原因、淡墨、黄晓萍、彭鸽子、欧之德、杨伊达、吴慧泉、何群、袁佑学、马宝康、马明康、张焰铎等，佳作不断。他们以新的文学观念，关注现实，思考社会生活，创作跃上一个新的台阶。黄尧的中篇小说《荒火》、汤世杰的中篇小说《高原的太阳》获得“《十月》文学奖”，是云南新时期文学代表性作品，在全国产生了较大影响；汤世杰的长篇小说《情死》、黄尧的《女山》、李霁宇的《壁虎村》等在云南长篇小说创作中取得较大成就。

此外，一些青年开始创作，走上文坛，涌现了一大批文学新人。于坚、李勃、张庆国、范稳、费嘉、王坤红、彭国梁、姚霏、刘扬、沈骏康、海男、岳丁、晨宏、哥布、存文学、潘灵、李森、雷平阳、鲁若迪基、李骞、杨红昆、柴枫子、胡性能、杨鸿雁、纳张元、米切若张、沙蠡、查拉独几、拉木·嘎吐萨、段平、艾扎等文学新人，以现代文学的精神和面貌一新的作品，成为一道引人注目的青年文学风景线。

进入 90 年代后，一批青年作家和诗人，创作日益突出，逐渐成为云南文坛的新锐力量。

三、人才辈出　群星灿烂

世纪之交的 1996 年，云南率先在全国提出建设云南民族文化大省，作为云南文艺基础的云南文学走向新的繁荣发展时期。进入新世纪后，2008 年，云南吹响了由民族文化大省向民族文化强省迈进的号角，把“云南现象”推向新的发展阶段，云南文学进入更加壮阔的文学境界。

一个时代有一个时代的文学。进入 21 世纪以来，广大作家与时代同行，深入生活、扎根人民，以充沛的才情、智慧、心血和博大的情怀，不断书写时代的脉动，反映各民族生活和命运，刻画各族人物，叙述云南故事，创作出了一大批反映时代精神、关注社会人生，具有中国风格、云南特色的精品力作，云南文学由此进入了全面繁荣时期，在诗歌、小说、报告文学、散文等方面均有突破，具有突出的创作优势。

特别是近些年来，云南文学迎来了又一个黄金时期，文学人才辈出、群星灿烂，创作成绩斐然，涌现了一大批贴近生活、关注现实、扎根土地的优秀作家和优秀作品，受到中国文坛和广大读者的广泛关注，荣获全国性文学大奖。继黄尧的《世纪木鼓》获得“五个一工程”奖后，2004 年夏天敏的中篇小说《好大一对羊》获第三届鲁迅文学奖，2007 年于坚的诗集《只有大海苍茫如梦》获鲁迅文学奖，2010 年著名军旅作家彭荆风的报告文学《解放大西南》、雷平阳的诗集《云南记》双双荣获第五届鲁迅文学奖，2014 年海男的诗集《忧伤的黑麋鹿》获第六届鲁迅文学奖。

云南文学不断取得收获。黄晓萍的长篇纪实作品《真爱长歌》、唐似亮的《大道践行》荣获“五个一工程奖”，吴然的散文集《踩新路》荣获第八届全国优秀儿童文学奖，尤其是云南少数民族作家创作成绩显著，在第十届、第十一届全国少数民族文学创作“骏马奖”中，云南作家获奖人数在全国名列前茅。

他们为云南文学事业赢得了荣誉，增添了耀眼的光彩，展示了云南文学创作的实力和水平，创造了云南文学历史最好的成绩，树立了新时期当代文学的里程碑。

云南形成了拥有省级作协会员 2126 人、中国作协会员 249 人的文学创作队伍，荟萃了云南文学界的精华人才，建立了一支有创作实力，包括老、中、青在内梯次完整的作家队伍，形成了老、中、青三代作家齐头并进的态势。以彭荆风、晓雪、黄尧、汤世杰等为代表的老一代作家，堪称表率；以诗人于坚、雷平阳、海男，小说家范稳、夏天敏、张庆国、胡性能、潘灵等为代表的中年作家发力强劲，佳作不断；以鲁若迪基、哥布、纳张元、何晓梅、吕翼、叶多多、李贵明、段海珍、央金拉姆、永基卓玛、何鸟等为代表的各民族作家创作队伍，创作活跃，阵容整齐；以窦红宇、陈鹏、包倬、雷杰龙、段爱松、王单单等为代表的一批文学新人，已在中国文坛崭露头角。云南作家在新时代不断发展壮大，并共同创造了云南文学繁荣发展的良好局面。

云南民族文学作家作品已成为云南当代文学的一张“特色名片”。到 2018 年，云南已有 101 人次获得全国少数民族文学创作“骏马奖”，为获得该奖项最多的省份，确定了云南文学在当代中国少数民族文学中的突出地位。

从云南省作家协会梳理总结的以下创作情况，可以看出自改革开放以来云南小说、诗歌、散文、儿童文学、文学评论的轮廓和面貌。

在小说创作方面，自改革开放以来，云南小说呈现出进一步繁荣、几代作家共时态创作的景象。李乔、彭荆风、杨苏、王松、苏策、张长、张昆华等老一代作家仍然保持着旺盛的创作状态，张长的《空谷兰》获得全国首届短篇小说奖，黄尧的《荒火》和汤世杰的《高原的太阳》等中篇小说是新时期文学代表性作品，汤世杰的《情死》、黄尧的《女山》、李霁宇的《壁虎村》等在云南长篇小说创作中取得较大成就。进入 21 世纪之后，一批青年小说家的创作日臻成熟，夏天敏的《好大一对羊》获鲁迅文学奖，范稳的“藏地三部曲”《水乳大地》《悲悯大地》《大地雅歌》以及之后创作的抗战题材的长篇小说《吾血吾土》和《重庆之眼》，奠定了其在国内长篇小说创作上的地位；张庆国的《黑暗的火车》《如风》等在中篇小说艺术方面有多方面的探索；潘灵以《泥太阳》和《一个人和村庄》揭示了农村物质的贫困和精神的缺失以及重建问题；胡性能的《消失的祖父》《生死课》等作品意蕴丰厚，影响较大。

诗歌创作历来是云南文学的优势，改革开放以后，老一代诗人焕发了青春，晓雪是代表性人物，米思及、饶阶巴桑、张长等成就斐然。以中国第三代诗人于坚为代表的现代诗人群体在二十世纪八九十年代横空出世，于坚的诗歌《尚义街六号》《罗家生》以及《0档案》等在中国新诗史上享有一席之地；海男在诗中张扬女性主义精神，《忧伤的黑麋鹿》是她的代表作；雷平阳以其质朴的写实性表达命运、疼痛、悲怆的精神品质，诗集《云南记》是他的代表作；鲁若迪基、哥布各自以自己民族的文化营造诗歌的精神营养；樊忠慰的诗凝练、奇倔，是血液和灵魂凝结的晶体。于坚、雷平阳、海男分别以其诗歌作品的精湛有力获得了鲁迅文学奖。进入21世纪之后，新一代青年诗人茁壮成长，段爱松、祝立根、王丹丹、胡正刚等，形成了在全国较有影响的云南青年诗群。

散文创作也是云南文学的强项，许多小说家和诗人纷纷加入文化大散文的写作行列，他们用优美的笔触描写云南的山川大地和民族历史与文化。代表性的散文作家作品有汤世杰的《灵息吹拂》、张庆国的《会泽会馆》、于坚的《大地记》《还乡的可能性》、雷平阳的《云南黄昏的秩序》《我的云南血统》《乌蒙山记》、范稳的《高黎贡——人类的双面书架》等，一系列带有云南地理和人文印记的散文作品，被中国文坛称为"云南文化大散文"。

在报告文学方面，云南作家也颇有建树。新时期之初，黄尧、朱运宽创作的《生命的近似值》获得全国优秀报告文学奖；老作家彭荆风的《解放大西南》具有史诗的品质，获得鲁迅文学奖。云南作家的非虚构文学更加关注现实生活中的英模人物，黄晓萍的《真爱长歌》歌颂了缉毒英雄罗金勇的壮举，唐似亮的《大道健行》以纪实的手法真实再现了优秀共产党员杨善洲的光辉形象。这两部作品均获得中宣部“五个一工程奖”。

在儿童文学创作方面，新时期以来，以沈石溪、吴然、陈约红等为代表的“太阳鸟儿童文学作家群”因其突出的创作成绩和整体实力倍受中国文坛关注。进入 21 世纪以后，汤萍、湘女、余蕾等作家成为新兴创作力量，她们的作品以新的创作方法和更丰富的内容进入了儿童文学领域。

作家群的出现，是云南文学创作繁荣的一个显著特征。在二十世纪五六十年代出现具有全国影响力的“云南军旅文学作家群”后，八九十年代后涌现了一批有着良好创作态势，在相互激励中共同进步的作家群体：“昆明作家群”“太阳鸟儿童文学作家群”“昭通作家群”“小凉山诗人群”和彝族、白族、景颇族、哈尼族等少数民族作家群，2017 年推出了“楚雄州作家群”，2018 年出现“曲靖作家群”“云南青年诗人群”。云南的作家群体取得较好的社会反响，极大地鼓励了作家的创作热情，更多的作家从云南走向中国文坛的舞台。

四、深入生活，续写时代新篇

进入 21 世纪以来，在改革开放的历史进程中，云南文学进入了历史上最好的发展时期。云南省委、省政府继承了历届省领导的优良传统，加大了扶持的力度，先后成立了“云南省文艺创作领导小组”和“省影视创作指导小组”，以“出作品、出人才”为中心环节，谋篇布局，创新发展，实施“云南文化精品工程”“四个一批”“云岭文化名家”等工程，鼓励作家创作优秀作品，为作家营造宽松的创作环境。云南省作家协会实行“重点作品扶持”等计划，鼓励作家“三贴近”，对深入生活的创作进行了政策性的扶持，选送具有文学潜质和文学成果的青年作家到鲁迅文学院和全国重点院校培训、学习，使作家打开眼界，扩大交流，提高创作素养，并对创作实绩突出者，及时给予鼓励、表彰，有效地促进了文学的繁荣。云南文学进入历史上少有的全面繁荣时期。

从 1999—2002 年，云南小说、诗歌创作一举改变了多年沉寂的局面，在创作发表总量和影响力上居历史最好时期。

近些年来，云南鼓励和引导作家到生活第一线去，创作贴近生活的现实主义作品。从 2007—2011 年，云南省作家协会先后确定了 20 多部弘扬主旋律，关注重大题材、社会热点的重点扶持作品。这些作品既有历史题材又有现实题材，涉及军事、政治、经济等多个方面，涉及工业、农业、卫生等多个领域，如集史料性、文学性和艺术性为一体的纪实文学《解放大西南》，反映云南 2009 年抗旱的文学作品《猎太阳》、记录中国维和英雄事迹的报告文学《中国维和英雄》、生动记述共产党员杨善洲先进事迹的长篇报告文学《大道健行》等作品，极大地促进了云南现实题材和历史重大题材的创作。

作家深入探索生活方式，作家更接地气，创作出洋溢着浓郁生活气息的作品。2007 年 1 月 9 日，在中共云南省委宣传部、中国作家协会少数民族文学委员会和云南省文联、中共玉溪市委宣传部的指导下，云南省作家协会创建的社会主义新农村文学基地在峨山彝族自治县正式启动并授牌，标志着中国首个“社会主义新农村文学创作基地”诞生。来自昆明、楚雄、昭通等地的作家张庆国、李霁宇、陈约红、杨浩、米切若张、吕翼成为签约作家。这一旨在探索建立作家与农村对话机制的创新方式被誉为“峨山模式”，《文艺报》《文学报》以及《云南日报》等省内外多家媒体进行报道。在 2 年多时间里，6 位挂职作家深入生活，走遍了自己挂职所在乡村，潜心创作出了一批优秀的文学作品，如张庆国的长篇小说《卡奴亚诺契约》、李霁宇的长卷散文《我山我水》、吕翼的长篇小说《土脉》、米切若张的长篇小说《鞋不跟脚走》、杨浩的长篇小说《心灵的火把》、陈约红的长篇小说《弯弯山》等。2011 年，云南省作家协会对“峨山模式”经验进行总结推广，白山、李霁宇、傅泽刚等 11 位作家成为定点深入生活的作家。

鼓励、扶持作家创作，采取以奖代补、重点作品奖励津贴制度的方式，扶持作家潜心创作，对优秀作品加强评论宣传，扩大社会影响，激发了广大作家的创作热情和创作潜力。2004 年，云南省作协实行了重点作品创作扶持制度，对深入生活的作家给予补贴，鼓励作家积极创作、探索创新。

经过几年的不断改进和完善，重点作品创作扶持制度在促进云南省文学创作繁荣中发挥了巨大作用，在弘扬主旋律、关注现实重大题材和社会热点等方面佳作不断。据不完全统计，从 2007—2011 年 5 年间，云南作家在《人民文学》《中国作家》《诗刊》《收获》《民族文学》等重点文学期刊上发表小说、诗歌、散文、评论等各类作品每年近 100 篇。

2012 年以来，云南省作协组织并参与了一系列“深入生活、扎根人民”的主题创作实践活动。2014 年 11 月 28 日，在中共云南省委宣传部的指导下，云南文艺界举行“百名作家写云南、百名画家画云南、百首歌曲唱云南”系列活动。这是贯彻落实习近平同志在文艺工作座谈会上重要讲话精神的一项重要行动，是繁荣发展云南文艺事业的一项重要举措。启动仪式结束后，省外20余名著名作家与云南作家一起分3条专题线路进行采风活动。为了突出实效，两条线路按照作家不同的写作优势、创作题材或写作选题，分类组织安排。楚雄、大理线路重点为民族民俗专题，作家到基层和一线去，采访有关云南民族民俗文化，并与基层的作者一起在采风中形成省内外作家同行云南、同写云南的交流、联动、促进机制。德宏、保山线路重点为纪念抗日战争胜利70周年专题，以滇西抗战文化为主，通过实地走访和参观感受滇西这块热土，触摸滇西这块土地的文化厚度与历史温度。昆明—昭通—威信线路重点为革命老区专题采风创作，到昭通地震灾区采访、献爱心，捐赠书籍和书画作品。作家通过深入生活，更充分地认识作家肩负的责任和使命，在行走中得到充实和提高，拉近与生活的距离，加深对边疆群众生产生活的认识和体验。辽宁省作家协会主席、著名作家刘兆林说：“云南是高原，站在这里离天空会更近些，也更能感知大地的温度和蓝天白云的流动，站在高原上，无形当中境界也要高些。期待高原之上有高峰式的人物和作品出现。”采风活动后，《人民日报》《云南日报》等报刊相继刊发这次采风所创作的文学作品。

多年来，主动投身火热生活，融入人民群众，深入生活，行走云南，从大地和人民中汲取优秀资源，创作文艺精品，已形成云南作家的常态。一些作家从采风实践中创作出版了优秀的文艺精品，其中范稳的《吾血吾土》、雷平阳的《乌蒙山记》、海男的《梦书：西南联大》出版后引起了较大反响，胡性能的中篇小说《消失的祖父》《生死课》和潘灵的中篇小说《一个人和村庄》《偷声音的老人们》等作品发表后多次被各种选刊选载，段瑞秋的长篇非虚构作品《女殇——寻找侵华日军性暴力受害者》在北京出版发行后，引起关注。

紧扣时代主题，弘扬主旋律和正能量。2016 年 5 月“中国作家重走长征路”主题采风活动在云南举行。28 位作家采风团沿着当年红二、红六方面军足迹，走进云南寻甸、禄劝、丽江、香格里拉等地，深入脱贫攻坚主战场和民族地区第一线，见证并书写决胜全面小康社会的伟大历史进程。2016 年 9 月底 10 月初，云南省作协举办了“中国作家贡山行”采风活动。省内外作家范稳、陈应松、罗伟章、熊育群、鲁若迪基、存文学、梁刚等一行 10 余人，走进奋力脱贫攻坚的贡山独龙族怒族自治县采访，见证了当地各民族跨越发展的历史足迹。此前，省作家协会向省内外作家发出了关于在贡山县怒族、独龙族地区设立“云南作家书架”的倡议书，并在采风活动中，在贡山县城、独龙江乡、丙中洛乡 3 个点设立了“云南作家书架”，共捐赠图书 7000 余册，价值 30 余万元。

与时代同步，与人民同心。脱贫攻坚是一项跨世纪的伟大工程。在迎接新中国成立 70 周年、脱贫攻坚进入关键之年，云南作家聚焦深度贫困地区，云南省扶贫办和云南省文联组织开展了作家脱贫攻坚主题文学创作采风活动，积极投入脱贫攻坚的主战场，以文学的力量助推脱贫攻坚。2019 年 3 月底，省文联、省作协选派了 28 位作家，分滇西南和滇东北两个分队，深入扶贫第一线。德宏、临沧线采风团由云南省作协主席范稳带队，作家张庆国、阿布司南、窦红宇、李智红、张永祥、杨杨、左中美等参加。另一支滇东北采风团由省作协副主席兼秘书长胡性能率队，由周勇、叶多多、王单单、徐兴正、祝立根、李达伟、胡正刚等一行10余位作家组成。他们深入城乡、走村入户，与群众倾心交谈，了解扶贫攻坚给贫困户带来的变化、欣喜和感恩，以及他们的新期盼；与当地扶贫攻坚一线的干部职工进行交流，深入了解当地扶贫攻坚情况，倾听扶贫干部职工的扶贫经历、感悟和动人故事，感受扶贫攻坚这一艰辛而不凡的历程。扶贫路上，没有旁观者。通过采风活动，作家们看到了扶贫攻坚为广大乡村带来的变化，也感受到扶贫攻坚任务的艰巨，同时，为许多扶贫工作队员的默默奉献，甚至献出生命的事迹深深感动。采风结束后，许多作家写出了感人至深的作品。

五、营造氛围，培养人才，打造“文学滇军”

文化艺术人才兴，民族文化强省立。大力培养人才，让文化人才迸发创造活力；搭建广阔平台，让文化人才从云南“起飞”；建立激励机制，让文化人才长袖善舞。云南省委专门成立人才工作领导小组，全力实施“人才强文”战略，制定文化人才资源开发规划，先后成立了“云南省文艺创作领导小组”和“省影视创作指导小组”，加大协调、扶持的力度；举办了“兴滇人才”“四个一批”“云岭名家”奖评选活动，推出文学人才。

以“出作品、出人才”为中心环节，谋篇布局，创新发展，鼓励作家创作优秀作品，为作家创作营造宽松的创作环境。

云南省作协自 20 世纪 80 年代以来，就采取“请进来、走出去”等多种方式培养文学人才，送学员到鲁迅文学院学习、培训，使作家打开眼界，扩大交流，增加阅历和提高专业素养；举办各种文学培训班、笔会、采风活动，深入生活，进行文学技艺交流切磋，提高创作能力；选派作家出省出国学习、考察，了解世界，开阔视野；举办各种文学研讨会、座谈会，推荐作家作品。

农村需要文学，农民也需要文学。2017 年 3 月，全省农民作家作品研讨会暨文学创作培训班在大理开班，来自全省各地的 53 名农民作家参加培训。他们中有乡村干部、种植户、养殖户、果农、自主创业者、进城打工者等，年龄最大的 60 岁，年龄最小的 16 岁。他们得到了中国作协副主席吉狄马加、中国社科院文学所著名评论家白烨、中国作协创研部原主任胡平等面对面授课。对他们来说，参加这样高水平的培训是平生头一回。这次文学培训，为广大农民作家提供了交流平台和学习机会，极大地鼓舞了农民作家的创作热情。楚雄农民作家董树平说：“生活与写作于我而言，是相辅相成的，生活因写作有质量、有尊严；写作让我更加热爱生活。”

云南一直以来始终坚持对少数民族作家进行培训，倾注了云南文学对民族文学人才的关爱、扶持和期望。多年来的培训学习，开阔了少数民族作家了视野，坚定了他们信心，同时也激发了他们为本民族书写历史和现实的使命感，以一种更加开阔的视野和胸怀进入中国文坛，以一种更强烈的文化自信和文化自觉扎根于本土文化的丰厚土壤，深入民族的历史和血液。

2018 年 5 月，来自普米族、怒族、布朗族、基诺族、独龙族、德昂族、阿昌族、景颇族 8 个云南独有的人口较少民族的 25 名中青年作家，和来自彝族、傣族、哈尼族、回族、藏族、白族、纳西族、佤族、拉祜族 9 个民族的 26 名作家，齐聚高原的美丽之城——丽江，参加云南省首届人口较少民族文学创作培训班和《民族文学》改稿班。在迎接改革开放 40 周年的日子，这既是一次别开生面的文学培训，又是各民族兄弟姐妹作家相逢交流的聚会。这次培训，是云南省从民族团结、民族进步、民族文化强省建设的高度出发，为繁荣云南少数民族文学创作、培养少数民族作家新型队伍所做的又一次努力和尝试。中国作协名誉副主席丹增，中国作协副主席、鲁迅文学院院长吉狄马加，以及叶梅、范稳、陈东捷、孔令燕、徐则臣等出席，并为学员授课。8 个人口较少民族，绝大多数只有语言，没有文字，创作者数量十分有限。这些民族培训班学员表示，通过文学培训，可以树立民族文化自信，提高汉语创作水平，他们要用文学追溯民族发展的轨迹和古老的历史文化，不仅书写本民族的历史，更要书写新时代，共同肩负起历史和时代的文化重任。培训班结束后，《民族文学》推出云南省少数民族作品专号，向广大读者集中展示云南少数民族作家当下的整体创作实力。这也是对云南少数民族文学创作的一次检阅。从鲁迅文学院到云南各级举办的文学培训，多年来培养了一批又一批少数民族作家，滋养了少数民族作家的成长。一位参加培训班的哈尼族学员在畅谈的感受时说，有人说作家不是培训出来的，但对于少数民族作家来说，每参加一次文学培训，就像有人在火塘里添了一把柴火。如果没有来自各级作协和文学大家们的帮助和鼓励，少数民族作家的创作之路是不可能走得这样长远的。

通过上述行之有效的方式，云南培养了一批又一批各民族作家，使云南各民族作家队伍不断发展壮大，形成梯次完整的作家队伍，为云南文学的持续进步、繁荣打下坚实的人才基础，保持了云南文学平稳、团结、进取、发展的良好状态。

通过各种途径，推出文学新人。2010 年 7 月，由云南省作家协会组织的“云南省第二届青年作家创作会议”在昆召开。来自云南省 16 个州市的 48 名青年作家代表出席了会议，云南省作协对青年作家中的优秀代表刘广雄、胡彦、纳张元、杨鸿雁、汤萍、窦红宇、吕翼、和晓梅、伊蒙红木、梁刚 10 位作家进行了表彰。2010 年，云南省作家协会推荐和晓梅、聂勒、欧晓鸥参加美国爱荷华写作计划。

加大作家的培训力度，筑牢云南文学发展的人才基础。2012 以来，云南省选送了大量作家到中国作协鲁迅文学院学习。在省内通过举办培训班、笔会、文学讲座等形式，采用延请全国著名作家、评论家、出版社及杂志社编辑到云南来给云南知名作家现场授课的形式，对全省近千名作家和文学写作者进行了文学培训，其中包括全省首届农民作家文学创作培训班、云南省首届人口较少民族文学创作培训班，长篇小说、中短篇小说、散文、报告文学培训班等等，开阔了学员的文学视野，有效地提升了学员的理论水平、创作水平。通过多年持之以恒的培养，云南省青年作家队伍不断壮大，创作不断取得新的收获，凸显了良好的发展势头。

重视文学理论建设和文学评论工作。以举办作品研讨会、座谈会等方式，研讨作家新作的创作得失，推出人才和作品。

2007—2011 年，云南省作协组织召开了彭荆风长篇纪实文学《解放大西南》、刘广雄《中国维和英雄》研讨会、《晓雪选集》研讨会、《云根诗词》作品座谈会等 10 多个高质量的研讨会；文学团体和文学社团举办的文学研讨会、新书首发仪式等非常活跃，难以数计。文学理论的加强，有效推动了文学创作的进一步繁荣发展。

通过多年不懈的努力，云南初步形成了创作实力雄厚、整体阵容强大、创作活跃的“文学滇军”，呈现出新人辈出、精品力作不断涌现的繁荣景象。诗歌、小说、报告文学等创作繁荣，成果丰硕，不断取得新的突破。

2014 年 8 月 11 日，第六届鲁迅文学奖获奖名单公布，云南女诗人海男的诗集《忧伤的黑麋鹿》以全票通过荣获诗歌奖，海男也成为云南继夏天敏、于坚、彭荆风、雷平阳之后第 5 位获此殊荣的作家。多年来，海男以对女性精神生活的书写与探索闻名，诗集《忧伤的黑麋鹿》收录海男 2009—2013 年间的诗歌作品，是她以自己的低声吟诵和激情长歌溯源云南这块诗性土地的诗作。获奖诗集中的两首长诗——《中国远征军第一次出缅记》和《古滇国书》，就是她抒写云南大地历史的激情诗篇。海男的获奖，再一次显示了云南诗人在全国的分量和实力。

2015 年 8 月 12 日，云南作家范稳的新作《吾血吾土》入选第九届茅盾文学奖 10 部提名作品，这是云南作家唯一的入围作品。《吾血吾土》讲述的是西南联大时期一代知识分子投笔从戎，御敌救亡，并以不同的历史时期坎坷波折的命运为主线的小说，它着眼于战争中的人性以及中华民族的精神内核和文化灵魂，叙述了一个文化人的家国情怀和作为中国人的民族尊严与责任。这是范稳自2010年完成《大地雅歌》之后，蛰伏4年所完成的作品。为写此书，他查阅史籍，深入滇西地区采访多位抗战老兵，并远赴中国台湾，以及日本等地创作采风。该书作为抗战胜利70周年专项长篇小说，出版后引起了文坛和社会的强烈反响，获《长篇小说选刊》2014“年度长篇大奖”。此前，范稳在内容和形式上具有创新性的《水乳大地》《悲悯大地》《大地雅歌》“藏地三部曲”，被评论家认为是中国当代长篇小说创作的一个重要收获。其中，《水乳大地》《大地雅歌》分别入围第七届和第八届茅盾文学奖。抗战题材作品《吾血吾土》入围茅盾文学奖，使他成为连续3届入围“茅盾文学奖”的作家。《吾血吾土》是范稳继“藏地三部曲”之后又一重大的新的文学探索，是他从书写大地向书写历史纵深的尝试，更是一次向民族英魂致敬的激情之作。尽管《吾血吾土》最终没能获奖，但其仍然彰显着范稳长篇小说创作的实力和成就，这也是云南文学在长篇小说创作上重要的突破和少有的收获。

“云南青年诗人群”作为一个群体受到文艺界关注。2014年，中国作协的“白皮书”中首次出现了“云南青年诗人群”这个概念。近年来，云南崛起了一大批青年诗人，如祝立根、王单单、胡正刚、唐果、影白、芒原、泉溪、尹马、张伟峰、杨红旗等，他们中的大多数为“80后”甚至“90后”，频频发表诗作于中国诗坛最重要的刊物，如璀璨闪亮的新星骤然布满天幕，令人惊喜和注目。这一现象引发了中国文坛对云南诗歌创作的再次聚焦。2018年11月24日，由《诗刊》社、云南省文联、云南省作协联合主办的“云南青年诗人研讨会”在北京中国现代文学馆举行。国内30余位诗人、作家、评论家参与研讨会，对祝立根、王单单等10位云南青年诗人代表的作品进行了研讨。这一批年轻诗人，阵容强大，个性鲜明，充满生机和锐气，其诗歌创作既立足本土，充溢着浓郁的“云南元素”，又呈现出多元化、多向度的审美取向，识别度高，精神气象辽阔，形式内容丰富，为云南诗歌注入了新鲜血液。随着越来越多的年轻人在中国诗坛崭露头角，云南青年诗人汇聚成一股新鲜蓬勃的力量。中国作协在年度总结报告中提出“云南青年诗人群”概念，以此命名这一群体。这一诗歌创作群体成为“文学滇军”的新生力量。

通过一系列推进繁荣文学创作的有效措施，广大作家不懈的辛勤耕耘，云南文学枝繁叶茂、繁花似锦。从2012年以来，云南文学迎来收获的时期。云南优秀作家和作品不断涌现，不少作品在全省乃至全国都引起了广泛关注。2012年，布依族作家潘灵、布朗族作家陶玉明、回族作家叶多多、傈僳族诗人李贵明获得第十届少数民族文学创作“骏马奖”，云南省获奖人数位居各省区市前列。2013年，于坚、胡性能获得2013年度“《十月》文学奖”。2014年，海男的诗集《忧伤的黑麋鹿》获第六届鲁迅文学奖。在第十五届国际诗人笔会上，晓雪获得“中国当代诗人诗魂金奖”。4月，于坚获得由《人民文学》杂志社主办的第三届“朱自清散文奖”。2015年，范稳的长篇小说《吾血吾土》在第九届茅盾文学奖评选中进入前10名。雷平阳获2014年《人民文学》年度诗人奖和天津诗歌节“中国双年度诗歌奖”；青年诗人王单单获“2014《诗刊》年度青年诗人奖”“2015华文青年诗人奖”；青年诗人胡正刚获“2015·扬子江年度青年诗人奖”主奖诗人。云南省4部作品入选中国作协重点作品扶持篇目，13 部作品获得中国作家协会少数民族重点扶持，79 名作家共 191 篇作品在全国重点刊物上发表，这是历年来发表作品数量最多的时期。2016 年 8 月，纳西族作家和晓梅、白族诗人何永飞以及佤族作家伊蒙红木获第十一届全国少数民族文学创作“骏马奖”。近年来，张庆国、陈鹏等作家频频获得各类全国性的文学奖项。2019 年 8 月，于坚获第七届花城文学诗歌奖。

现在，云南文学出现了作家队伍团结和谐、文学繁荣发展的良好局面。在新时代，云南广大作家肩负起云南文学应有的历史担当，以卓越的才情和不懈的追求，砥砺前行，不断推动云南文学事业繁荣发展，创造新的辉煌，使云南文学由“高原”抵达“高峰”。

六、群星闪耀的云南民族文学

云南少数民族文学是高原大地生长出来的最有特色的文学奇葩，在中国文坛占有一席之地。它以独特的形象、浓郁的民族地域色彩，朴素真诚的美好形象，在中国文坛发出独特的光芒。

云南少数民族文学伴随着中华人民共和国一道成长。新中国成立 70 年来，一些少数民族从过去的结绳记事、口耳相传的记事传统发展到现在成长为汉语书面作家、诗人，出版了第一本傈僳族女诗人汉语诗集，出现了第一个普米族诗人、第一个佤族作家……从一个个“第一”中，见证了云南民族文学“跨世纪”的历史巨变，谱写了新中国云南民族文学繁荣发展的新时代篇章。

云南当代少数民族文学发展史，是各民族为实现中华民族伟大复兴创新发展的恢宏民族史诗。新中国成立以来，云南致力于民族文学事业的发展，经过几代人的努力和潜心培养，云南民族文学呈现繁荣发展、人才辈出、群星璀璨、硕果累累的良好态势。现在，云南25个少数民族都有了本民族的书面文学作家，15个特有少数民族都有了本民族的作家，有了本民族的中国作协会员。云南少数民族作家数量增长迅速，云南省作家协会有近一半会员来自少数民族。云南少数民族文学的繁荣发展为全国文坛瞩目。在近几届国家级文学奖——全国少数民族文学创作“骏马奖”获奖人数中，云南连续拔得全国头筹。在2016年第十一届“骏马奖”获奖名单中，纳西族作家和晓梅、白族诗人何永飞、佤族作家伊蒙红木3人获奖，人数在各省区市中排名第一。截至2018年，云南少数民族作家共有101人次获此殊荣，成为辨识度最高的云南少数民族作家。

在云南省各民族作家的发展中，出现了民族文学发展的显著特征，逐步由个别发展成为创作群体，出现了白族、彝族、景颇族、哈尼族作家群和小凉山诗人群等少数民族作家群，体现了各少数民族作家队伍的逐步壮大和成熟。一些少数民族作家坚持编辑发行少数民族语言文学期刊30余年，还有一些坚持母语创作和少数民族语言与汉语之间的互译、出版，多年不辍。他们的长期努力，使云南少数民族文学创作在全国乃至周边国家产生了很大影响，文学与国家语境、世界视野和人类情怀紧密相连，为边疆稳定、维护各民族团结和谐做出了积极贡献。

云南少数民族文学伴着新中国走过的70年，是当代少数民族文学从小到大、发生历史性巨变的70年。云南是我国少数民族聚居的民族大省，少数民族文学事业历来是云南省文学事业的重要组成部分。新中国成立后，云南少数民族文学发展迅速，人才辈出。继全国著名的少数民族作家李乔、晓雪、饶阶巴桑、那家伦、张长、张昆华等之后，在20世纪80年代的民族文学热潮中，云南少数民族文学开始以崭新的姿态展示自己在中国文坛的独特魅力。这一时期，云南首次采用集体培训的方法对民族作者进行辅导。1982年，云南省作家举办了长达3个月的有80多人参加的民族作家班，其中董秀英、白山、查拉独几、帕罕成为少数民族作家的中坚。90年代，普米族诗人鲁若迪基、哈尼族诗人哥布、佤族诗人聂勒等一批民族诗人迅速在中国诗坛崛起。

云南的少数民族作家骄傲地站立在中国文坛上，这不仅是个人的收获，还是民族的收获、时代的收获。过去，有的少数民族仅有口传文学，没有书面文学，而新中国的成立，让云南每个少数民族都有了本民族的作家，结束了没有书面文学的历史。全国第九届少数民族文学创作“骏马奖”颁奖仪式上，景颇族女作家玛波走上“骏马奖”颁奖台时，内心百感交集。从最初的采访、创作到最后的出版，景颇文汉文对照的长篇小说《罗孔扎定》经历了15年的时间，她从一个少数民族文学爱好者成长为知名女作家走过了近30年漫长而艰难的历程，而她的民族拥有第一部描述本民族历史的长篇小说，则等待了千百年。德昂族女诗人艾傈木诺的诗集《以我命名》的出版，结束了其民族没有个人文学作品专集的历史；哈尼族诗人哥布用哈尼语和汉语创作的长诗《哟咪哟嘎，哟萨哟窝》，是哈尼文创作史上的第一部长诗；只有 5000 人口的独龙族出现了一批用汉文创作散文和诗歌的作家。新中国第一位佤族女作家董秀英的经历，反映了佤族第一位女作家成长的平凡却意义深远的经历。1980 年，新中国成立已经 30 多年，佤族还没有自己的书面文学。1991 年，董秀英（1996 年 12 月逝世）以《马桑部落的三代女人》为名，结集出版了自己的、同时也是佤族的第一部作家作品集。1992 年，她创作出版了自己的、也是佤族的第一部长篇小说《摄魂之地》。从此，新中国历史上出现了第一位佤族书面作家。她的短篇小说《最后的微笑》、小说集《马桑部落的三代女人》，先后分别获得第二届全国少数民族文学创作奖优秀短篇小说奖、第四届全国少数民族文学创作奖优秀作品奖，长篇小说《摄魂之地》被翻译成日文在日本出版发行。在 70 年文学的征程上，有的民族作家、诗人永远地走了，他们有的成为文学路上平凡的铺路石，有的成为文学道路上的路标，有的成为不朽的文学丰碑，引领薪火相传的文学后来者前行。

可以说，云南当代少数民族文学发展史，是一路伴着少数民族作家改写本民族文学史的不凡历程。

近年来，云南少数民族作家、作品大量涌现，他们的创作呈现出与主流文化融合速度加快、文化自觉性更强、创作紧贴大地等三大特点。一个突出的特点就是云南少数民族作家作品不仅频频出现在《民族文学》等刊物上，而且很多全国性的名刊、大刊、选刊也开始编发少数民族作家作品，比如《人民文学》《收获》《十月》《花城》《作家》《小说选刊》《小说月报》《散文选刊》等。现在，云南各民族自治州先后创办文学期刊，其中德宏创办了《孔雀》（汉文）、《文蚌》（景颇文）、《永罕》（傣文）3 本文学期刊，在全国首创了一个民族自治州 3 个主体民族都有民族母语文学期刊的历史，填补了历史留下的空白和遗憾，还涌现了景颇族作家岳丁、晨宏等。新中国成立至今，全省各州市已有文学期刊上百种。

云南少数民族文学今天的繁荣，是云南各民族和谐安定、团结发展的有力见证。云南少数民族文学作家不断发展壮大，成为我国少数民族文学创作队伍中的一支重要劲旅，这是云南省建设民族文化强省的重要成果之一。这其中也饱含着云南省委、省政府领导以及老一辈作家对云南少数民族文学的无限关爱和对云南民族文化事业的强烈责任感。对云南少数民族文学创作的关注与扶持，一直是云南省作家协会多年来的工作重点之一。近年来，云南省作家协会以把各民族优秀的作者送到鲁迅文学院学习、举办少数民族文学创作培训班和改稿班、召开文学开笔会、举办作品研讨会等方式，扶持民族作家茁壮成长，培养民族文学新人，壮大文学创作力量。在全国 28 个总人口在 30 万人以下的人口较少民族中，云南占了近 1/3，其中大部分居住在边境一线的高山峡谷中，基本上是直接从原始社会末期过渡到社会主义社会的“直过民族”。因而，云南更加注重人口较少民族作家的培养，把千里边疆文化长廊建设、文化戍边、文化扶贫紧密结合，专门举办人口较少民族培训班。通过各种文学学习培训，少数民族学员不断取得收获。

七、搭建交流平台　云南文学“走出去”迈开新步伐

文学，作为人类共同的语言，一直有着沟通人与人心灵和情感的使命，具有跨越民族、穿透心灵、沟通思想的魅力。

2019 年 7 月，由中国作家协会对外联络部主办、云南省作家协会承办的“中国 · 东盟国家文学论坛”以“文学新丝路”为主题，相邀东盟周边国家一起绘制新时代文化版图。来自文莱、柬埔寨、印度尼西亚、老挝、缅甸、马来西亚、菲律宾、新加坡、泰国、越南 10 国家的 19 位作家与 30 位中国作家共聚昆明。

“国之交在于民相亲。”中国与东盟国家山水相连、人文相通，友好交往历史源远流长。文学作为人类共同的语言，在各国人民交流交往中发挥着越来越大的作用。论坛围绕“我的文学之路　从一部作品谈起”和“心灵　命运　未来”两个话题，展开了为期两天的演讲与讨论，参会人员在会上回首历史、聚焦当下，探讨文学、展望未来，搭建起与东盟国家加强文学交流、增进民心相通的桥梁。正如老挝作家卡布吉奥 · 塔玛冯所说：“独行走得慢，一起走得更远。”论坛以文会友，互学互鉴，加强文明对话，促进中国与东盟国家人文交流，为推进“一带一路”建设、“中国—东盟命运共同体”建设贡献文学特有的力量。

云南地处中国与南亚东南亚大陆接合部，与南亚、东南亚国家地缘相近、人缘相亲、文缘相融、商缘相通，是中国西南面向东盟国家开放的重要门户、云南近年来努力建设的面向南亚、东南亚辐射中心。

自古以来，云南就是南方丝绸之路上的重要一站。“一带一路”建设的战略思路促进增强了云南文学对外辐射力，“大作家、大视野”成为云南文学新高地、新疆界。

近几年来，在对外文化交流中，云南文学肩负历史赋予的文化新使命，适时抓住搭建文化交流平台的新机遇，主动服务和融入“一带一路”建设，以“走出去”和“请进来”的方式，扩大对外文学交流，加强与南亚、东南亚、东盟文化交流，出现了对外文学交流频繁的良好势头。

云南文学在多方尝试和探索“走出去”的文学之路，并已经走在了前面。

湄公河文学奖是由位于湄公河流域的越南、柬埔寨和老挝 3 个国家于 2008 年共同创立的，每一届除了颁奖外，还举行一次文学创作者大会，共同交流文学创作的经验。

2013 年 12 月，云南省作家协会应老挝外交部及老挝作家协会的邀请，组织了 5 名作家代表团访问老挝。访问期间，提出建立双边合作机制并签署了包括建立双边互访机制、两国文学作品交流等内容的合作备忘录。在访谈期间，老挝作协主席披拉万·栾婉娜女士还着重介绍了湄公河流域越南、柬埔寨和老挝 3 个国家 2008 年共同创立的湄公河文学奖，后来泰国等国家也加入进来。她说，湄公河文学奖至今已经连续举办了 4 届，在老挝、泰国、越南、柬埔寨等国是重要的文学奖项，获奖作家具有较高的荣誉，在东南亚具有重大影响，每届颁奖会成员国的国家主席或者总理都会发去贺信贺电。老挝作家如能获得该文学奖项，也会获得老挝劳动奖章。2014 年 3 月将在柬埔寨举办第五届湄公河文学奖颁奖典礼，她主动提出希望云南省作家协会作为中国代表以观察员的身份出席第五届湄公河文学奖颁奖活动，她愿意作为介绍国推荐云南省作家协会加入湄公河文学奖。

2014年3月30日—4月2日，应柬埔寨作家协会主席辛番那的邀请，云南省作家代表团一行5人出席了在柬埔寨的暹粒市举行的第五届湄公河文学奖颁奖活动。活动期间，举行了湄公河文学奖组委会会议，对湄公河文学奖做了进一步规范。会议确认了湄公河文学奖的名称、会旗、徽记、奖牌、奖状，并确定湄公河文学奖由过去的两年一届改为每年一届，轮流在各国举办。3月30日晚，在暹粒市吴哥大酒店举行了六国作家协会主席会，湄公河文学奖组委会成员国柬埔寨、老挝、越南、泰国讨论并通过了缅甸作家协会及中国云南省作家协会作为正式成员加入湄公河文学奖的申请。同年10月在越南河内召开会议，云南省作家协会通过章程正式加入并签署了湄公河文学奖协议，云南省作家协会作为中国代表正式成为湄公河文学奖组委会6个国家和地区的成员代表之一。至此，湄公河文学奖的成员涵盖了湄公河流域的所有国家。

2015年12月9日，在老挝作协主席披拉万·栾婉娜的宣布声中，第六届湄公河文学奖在老挝首都万象国家文化宫拉开帷幕，云南作家代表走上第六届湄公河文学奖的演讲台，代表中国云南作家和来自越南、柬埔寨、老挝、泰国、缅甸的作家一起参加了这一东南亚最具重大影响力的文学活动。这是云南省作协作为湄公河文学奖成员第一次参加该奖的活动。

中国作协主席铁凝向大会发来贺电。贺电说：“贵会盛邀云南省作协参加此次活动，中国作协对此表示感谢，并希望中国作家与东南亚作家的友谊能够不断加深。”时任云南省作协主席的黄尧在湄公河文学奖上发表演讲。他说，湄公河文学奖的影响远远超出区域本身，因为它象征着作家间的团结和友谊，可以跨越国家的疆界以及语言、民族、文化、意识的某些差异，在追求人类共同价值的层面上达成一致，以国际合作的形式交流、对话，开辟更加广阔的文学艺术驰骋的空间。

云南文学“走出去”成为湄公河文学奖成员，开展文学合作与交流，是近年来云南作家在“一带一路”建设中，拓展文学创作开放的国际视野，渴望发展一个更加广阔的文学空间和舞台的实际行动。云南作家与南亚、东南亚作家一道，在新时期丝绸之路上搭建起一座沟通心灵、加深了解的文艺桥梁，这在云南文学乃至中国文学对外宣传和交流上都有重要意义。

云南作协作为湄公河文学奖成员，2016 年 6 月 11 日在云南昆明主办了 2016 中国·南亚东南亚艺术周开幕式暨第七届湄公河文学奖颁奖典礼，中国作家彭荆风、晓雪获奖。2017 年 8 月，中国云南作家纳张元、刘玉红（伊蒙红木）获第八届湄公河文学奖。2018 年 6 月，中国云南诗人哥布获第九届湄公河文学奖。

近些年来，云南省作协组织作家与先后到访的蒙古作家代表团、北美洛杉矶华文作家协会代表团、美国爱荷华大学国际写作计划美国作家代表团进行交流座谈。云南省作家协会先后组团考察了昆曼大通道，组织了一批作家到印度、孟加拉国、俄罗斯等地访问交流。

文学交流无国界。为积极配合“一带一路”倡议实施，从 2014 年以来，在南博会、昆交会期间，云南成功连续成功举办了三届中国·南亚东南亚作家昆明论坛，连续举办了两届“西南联大国际诗歌艺术节”。这些对外文学交流活动，不仅拓展了文学创作开放的国际视野，还在云南本土搭建了一个拥有国际水准的文学交流平台，使其成为一个新的起点和全新的探索，拉开了云南作家与南亚、东南亚各国间文学交流的序幕，形成在国际文学交流中区域性文学交流乃至更宽广领域交流的重要探索和有益尝试。

八、“太阳鸟儿童文学作家群”从边地飞向全国

在新中国的文学版图上，云南是一个原创儿童文学大省。

边地云南众多的民族、鲜明独特的文化、边疆民族特色和神奇的高原边地风情、神秘的动物王国和植物王国都是文化资源，为云南儿童文学创作提供了丰饶的创作资源。云南的江河峡谷、神秘的森林、秀丽的湖泊、傣家的竹楼月色、少数民族山寨、少数民族淳朴的民风民俗，滋养了云南儿童文学。

新中国成立后，特别是20世纪80年代，经过一代代作家的不懈开拓与耕耘，云南儿童文学迎来了创作的高潮，产生了一大批儿童文学作家和作品，可谓繁星闪烁，成就辉煌。如云南“太阳鸟儿童文学作家群”，也称“太阳鸟作家群”，以持久的生命力和品牌影响延续至今。

“太阳鸟作家群”以边疆民族色彩和边地儿童生活的新鲜感与神秘感为主要特色，致力于开掘“边疆少数民族儿童文学”“动物文学”“植物文学”“跨境边地儿童文学”等题材，以独特、鲜明的文学形象，出现在中国儿童文坛。作家们以云

南边陲美丽、富饶、神秘的红土高原上发生的人物和故事作为抒写对象，把有关太阳鸟、孔雀、大象、麂子、泼水节、火把节的故事告诉读者。“这群‘太阳鸟’化作了云南高原的精灵，向中国的亿万孩子播撒着难于摹制、不可重复的神奇、丰富与美丽。”（韦苇）这一时期活跃在儿童文学界的云南省儿童文学作家超过百人，创作空前繁荣，汇集成一支主要由中青年作家组成的蔚为壮观的作家群——“太阳鸟作家群”，这群“太阳鸟”从边地云南飞向了全国，被全国同行公认为“崛起的新山脉”。著名儿童评论家束沛德认为：“一支富有朝气和活力的儿童文学滇军正在红土高原上崛起。这支队伍迈着坚实的步伐向着儿童文学的高地前进。它的先头部队已经打进京津沪，跻身于全国儿童文学界的前列。”

这种“边地儿童文学”的风采和品格，成为云南儿童文学与全国儿童文学相区别的一个重要标志。主要作家为马瑞麟、刘绮、普飞、乔传藻、吴然、汪叶菊、沈石溪、辛勤、马赛、张焰铎、康复昆、凝溪、钟宽洪、张祖渠、吴天等，他们中的一些人先后获得了全国优秀儿童文学奖、宋庆龄儿童文学奖、冰心儿童图书奖、中国图书奖等，同时部分作品还被选入全国中小学语文教材，是作品入选教科书最多的省份之一。其中，沈石溪的“动物小说”广受赞誉和好评，吴然的作品不仅荣获多个全国性奖项，而且入选数十种版本教科书。

云南儿童文学的丰富、神奇、美丽，使不少名家均以云南元素为创作题材，留下了许多脍炙人口的作品。如阿城的“三王”（《棋王》《树王》《孩子王》），彭荆风的《驿路梨花》，沈石溪的《第七条猎犬》《狼王梦》《藏獒渡魂》，吴然的《天使的花房》，乔传藻的《醉麂》，张昆华的《蓝色象鼻湖》，陈约红（湘女）的《喊月亮》等。“（云南）作家们以自己独特的视角从中采撷最富云南文化内涵的亮点进行创作。他们驾驭作品时如行云流水自然天成，将云南边疆少数民族的风土人情发挥得淋漓尽致。”（王泉根）云南儿童文学有其独特的民族文化底蕴，在全国具有不可替代性。云南儿童文学以独特的艺术色彩和魅力，丰富了我国儿童文学宝库。

云南得天独厚的创作资源既为作家提供了可供创作的土壤，也是生态文学创作的天然基地。进入 21 世纪以来，度过几年的沉寂期后，云南儿童文学又焕发了新的创作活力，儿童文学创作新人大量涌现，出现了陈约红、汤萍、余雷、沈涛、蒋蓓、刘珈辰、汤琼、曾艳萍等儿童文学作家，丰富了儿童文学的艺术长廊，成为云南儿童文学引人注目的新气象。

一批从事其他文学创作的作家，如彭荆风、张昆华、杨美清、存文学、白山等，也加入儿童文学创作行列。彭荆风的长篇小说《蛮帅部落的后代》、张昆华的长篇小说《蓝色的象鼻湖》、存文学的长篇小说《神秘的黑森林》、杨美清的散文《金笛》等作品，都是儿童文学的重要收获。

进入 21 世纪后，云南儿童文学以开放的视野、现代的思考和强烈的使命意识，书写自然，赞美人与自然的和谐，呼唤对人类生存家园的保护。同时，新世纪云南儿童文学创作倡导打造有新意、有深度的“生态文学”。“动物小说大王”沈石溪也曾提出要在云南竖立一面生态文学的大旗。

近年来，云南儿童文学创作与出版携手，努力打造“中国地域儿童文学第一品版牌”。晨光出版社制定《“七彩云南儿童文学”作品出版计划》，整合多方面资源，提出“打造中国地域儿童文学的第一品牌，共建未来一代精神成长的七彩高地”。

九、昭通作家群，从乌蒙山崛起的文学山脉

亲　人

我只爱我寄宿的云南，因为其它省
我都不爱；我只爱云南的昭通市
因为其它市我都不爱；我只爱昭通市的土城乡
因为其它乡我都不爱……
我的爱狭隘、偏执，像针尖上的蜂蜜
假如有一天我再不能继续下去
我会只爱我的亲人——这逐渐缩小的过程
耗尽了我的青春和悲悯

——雷平阳

昭通作家群，也称昭通文学现象，是一个最早由几位昭通籍作家无意间谈起、提出的观念，最后由涌现出的成群的作家作品自然形成的文学群体，也是被中国作协认可的全国 4 个作家群之一，并且是全国唯一一个以市级地名命名的作家群。2006 年 11 月召开的中国作家协会第七次全国代表大会的《中国作协工作报告》中，对在全国文坛中崛起的昭通作家群给予

了充分肯定。

发端于 20 世纪 80 年代的昭通作家群，90 年代以后形成了鲜明地域风格，取得了令人瞩目的创作成就，至今仍保持着旺盛勃发的创作态势。

几十年来，这支实力雄厚、风格各异的创作群体，以坚韧不拔、相互勉励的文学姿态，涌现了出色的诗歌、小说、散文、报告文学、影视作品，不断发掘和书写底层、农村的生活现状和命运，对人生和现代生活的思考，对复杂人性的深入剖析，对这块土地的切肤之爱和切肤之痛，深情地表达对家乡至真至情的厚爱。他们以众多具有当代性、现实性、地域性特色鲜明的丰硕作品，书写着文学的光荣与梦想，在厚重苍凉的乌蒙大地筑起一座雄浑深厚、起伏连绵的文学山脉。

地处滇东北的乌蒙大地，10 万前人类就在这里繁衍生息。这里是秦开“五尺道”后中原文化传入云南的重要门户，这里朱提文化历史悠久、红色文化遗存丰富。昭通作家，以坚韧的写作精神，贴近乌蒙大地，勤奋耕耘，经过数十年坚持不懈地开拓和努力，创作了一个地区少见的文学现象。

昭通有着温润的文学土壤和良好的文学创作氛围，无论官员还是百姓，一提起昭通文学，就兴致盎然，都能说出个一二三四来。2012 年，昭通作协统计，最近 5 年来，昭通作家分别在《人民文学》《中国作家》《当代》《十月》等重要文学刊物发表文学作品 1464 件，连续 5 年保持在全省 16 个州市前列。目前，昭通文学写作者达 3000 余名，覆盖了各个乡镇、各个民族、各个领域，各种自发的文学社团雨后春笋般涌现，昭通文学蓬勃发展。这种现象在全国是十分罕见的。

昭通作家群在发展进程中，一直得到中国文联、中国作协、云南省委宣传部、云南省文联、云南省作协的大力扶持，受到社会各界的普遍关心、关注。2002 年 10 月，由云南省作家协会、云南人民出版社和昭通市委宣传部联合，分别在昭通、昆明两地举行“昭通文学想象及作家群研讨会”，昭通作家群的称谓由此被正式确立。当时《人民日报》和《云南日报》等主流媒体和文学杂志的报道，扩大了昭通作家群的影响力，使昭通作家群和昭通文学现象风靡中国文坛。

近些年来，昭通作家群仍然保持着旺盛的创作势头，每年在全国重点刊物发表的作品占了云南省作家所发表作品的一半以上。据不完全统计，2008 年昭通本土作家在全国公开刊物发表作品 124 篇（首），其中国家级 24 件，省级 44 件，市级重点 34 件，市级 22 件。2001 年，云南作家在全国大型期刊发表的作品总量中，昭通作家占了 73%。现在，这一作家群在年龄结构上形成了老、中、青三代，呈梯次结构，作品实现了由量变到质变，创作状态由松散前进迈向了集体冲刺，发展态势由稳步发展走向了逐步成熟。

2005 年 6 月夏天敏的中篇小说《好大一对羊》获第三届鲁迅文学奖，填补了云南当代文学史的一个空白，标志着云南文学创作进入一个新的高度。2010 年 10 月，雷平阳的诗集《云南记》荣获第五届鲁迅文学奖。在云南省目前一共 5 位获得鲁迅文学奖的作家中，就有 2 位是昭通作家和诗人，可见其创作的实力和水平。

昭通作家群的成员全是昭通籍的文学作者，包括两部分人：一是至今还生活在昭通的作家；二是已经离开昭通继续写作的作家。昭通作家群的主要成员有夏天敏、曾令云、邹长铭、蒋仲文、雷平阳、潘灵、胡性能、刘广雄、宋家宏、李骞、黄玲、傅泽刚、樊忠慰、陈衍强、吕翼、杨昭、吕翼、刘平勇、沈洋，以及更为年轻的李发强、尹马、王单单、朱镛等。

十、文学记事（2003—2014年）

2003年　开启文学新征程

经历了二十世纪五六十年代的辉煌，十年“文化大革命”的沉寂之后，云南文学走进一个新世纪，迎来了又一个文学的春天。

对新时期云南文学的发展，2003年可以说是一个重要的标志性的新起点。

一条时间的线条，可以勾勒出2003年以来云南各界重视、关心云南文化，特别是繁荣云南文学事业所采取的重要举措、发展思路、树立的目标及云南文学创作的面貌。

依托得天独厚的文化资源，特别是丰厚而灿烂的民族文化资源和独特的自然风光资源，高瞻远瞩的云南省领导，早在1996年就提出了建设民族文化大省战略。这一战略决策，具有超前的意识和卓越的智慧，对未来的云南文化经济发展具有深远而现实的意义。

然而，由于历史原因，很长一段时间，云南民族文化大省建设处于调研阶段，没有真正启动实施，只是做了一些理论上的准备和探索性的工作。

2003年是云南民族文化大省建设战略开始大规模起步实施的一年。

这一年，云南省委、省政府高度重视文化建设，为云南文艺的繁荣发展提供了较好的创作条件和良好的创作氛围，提出了云南文艺创作进入全国前列，再造云南文艺辉煌的新目标，并以强有力的措施推动云南文化的发展，云南文艺由此迈出更加坚实有力的步伐，开始进入一个新的历史阶段。

2003年4月11—15日，时任中央政治局常委李长春同志赴云南考察调研时指出，云南把美丽的自然风光、丰厚的文化底蕴、多彩的民族文化和发展文化产业、发展旅游业紧密结合，走出了一条文化与经济结合、加快发展的特色经济新路子。他殷切希望云南的宣传文化工作为全国提供更多的经验和借鉴。这给云南宣传文化界带来极大的鼓舞和新的启示。

当时新近分工负责宣传文化工作的云南省委副书记丹增，5月23日在省委宣传部干部大会上指出，要把发展文化产业作为繁荣云南文化的重要突破口。这是云南宣传文化战线一次重要的动员和部署大会。

云南省领导调研、梳理云南文化的资源，分析云南文化经济发展的路径。2003年7月11—12日，省领导在专题调研云南宣传文化工作后，提出云南宣传文化战线要加快步伐，深入推进文化体制改革、加快文化产业发展，争取用三五年时间使云南宣传文化工作步入全国前列。这是云南省委主要领导首次从宏观上、从整体上对云南省宣传文化工作目标任务提出明确要求。

7月10日，在云南省委召开的云南文艺界开拓创新、繁荣文艺大型座谈会上，丹增向云南省文艺界明确提出了云南文艺创作进入全国前列，再造云南文艺辉煌的目标任务。云南省文艺界如沐春风、群情振奋、深受鼓舞。

7月17日，省委召开的七届四次全委会进一步强调，要像当年抓烟草、抓旅游一样抓好文化产业。要通过几年的努力，争取使云南的文化事业和文化产业发展进入全国前列。

7月19日，云南省委、省政府召开繁荣民族文化、发展文化产业、建设文化大省动员大会。会议全面阐述推进文化体制改革、加快文化产业发展的基本思路、奋斗目标、总体设想以及重要原则等，明确提出经过三五年的努力，把文化产业培育成为云南新的经济增长点和支柱产业。这是建设云南民族文化大省标志性的一次重要会议，鲜明地提出建设民族文化大省的号召，吹响了向民族文化大省迈进的进军号角，由此真正拉开了建设民族文化大省的序幕。以这次会议为标志，云南文化产业进入了一个快速发展时期，文化体制改革和民族文化大省建设加快了步伐。这次会议也是云南文化体制改革和文化产业发展“统一思想年”的重要标志。

为加强对云南文学和云南影视创作的指导和扶持，2003年8月云南分别组建了云南省文艺创作领导小组和云南省影视创作指导小组。此举旨在加强对云南文学艺术创作的领导，组织云南文学艺术家积极开展创作活动，推动云南文学艺术繁荣创新，并决定2003年下半年由省里拨出50万元、从2004年开始每年拨给100万元专项用于文艺采风创作生活费用，以加大对文学的扶持力度。

由此，云南文化建设和文化产业发展被提到了重要的议事日程，一项项工作紧锣密鼓地实施。

在掀开发展文化产业、建设民族文化大省大幕的背景下，作为文化建设最为重要的基础性工作的云南文学，也进入了省领导高度重视和关心的领域。云南文学创作取得的突破性和历史性成果，可以说与作家付出的心血分不开，与云南强有力的政策推动、营造的良好氛围和关心扶持分不开。

云南影视创作条件得天独厚，资源丰富，云南看准了这一被人忽视的领域，首先从影视入手制定发展思路。经过调查认为，云南拥有丰富的影视创作资源和一批优秀影视创作人才，要在体制机制和观念上进行创新，在政策、资金和组织上提供保障，加强题材统筹规划和创作生产指导，培养壮大创作生产力量，争取在三五年内推出几部在全国产生重大影响的影视作品，把云南建成国内一流、世界著名的影视拍摄基地和影视创作大省。

文学创作是建设云南民族文化大省最为重要的基础性工作，也是衡量一个地方文化实力的重要标志。为此，在建立云南省文艺创作领导小组的同时，云南以组织文学活动、召开全国性文学会议等方式，积极营造文学创作氛围，争取外部环境和条件的帮助指导。8 月、11 月，云南先后邀请并协助中国文学界在昆明举办第四届全国少数民族文学创作会议、中国文联第七届主席团会议等会议，还邀请了一批全国著名作家、艺术家来到云南，就云南文艺创作和文化产业发展问题进行指导交流。一时间，中国作协的领导和一大批全国著名作家汇集云南，为云南省文学创作营造了热烈、活跃的良好氛围，进一步激活了云南广大作家创作的热情。

云南文艺走进一个新的起点。12 月 17 日，云南省传达全国宣传思想工作会议精神大会提出，为尽快实现云南文艺走入全国前列、再创辉煌的目标，云南对繁荣文艺的目标和要求更加具体和明确：未来的 2004 年为云南“文艺繁荣年”；总的要求是：“全面繁荣、突出重点，打造品牌、冲出云南”；具体要求是：以影视创作、版画创作、舞蹈创作、音乐创作和文学创作等为重点，推出一批精品力作，使云南文艺强项做大、弱项做强，多数文艺门类进入全国前列，在全国文艺格局中占有重要位置。为此，影视方面要广泛吸引全国有名的影视摄制公司、制片人和知名影视导演到云南合作拍片，力争使其中一两部能够产生全国重大影响；美术方面要大力扶持在全国有比较优势的云南画派画家群，使之在国内外扩大影响；舞蹈方面要把《云南映象》作为新时期云南舞蹈精品推向全国和世界；音乐方面要着力推出一批优秀作品，筹建云南聂耳音乐基金会；文学方面要努力培养和推出具有云南特色的文学创作生力军。

2003 年可以称之为“统一思想年”。这一年，为激发文艺家的创作热情和营造良好的文化建设氛围，在全省上下大张旗鼓地宣传造势，同时制定发展思路、健全机构、组织发动，为 2004 年“文艺繁荣发展年”打下良好的基础。

这一年，一些文学活动也在有序开展。

3 月 29 日，由云南当代文学研究会主办的“苏策文学生涯 60 周年作品研讨会”在昆明召开。著名作家苏策 1937 年参加革命，曾任云南军区文化部副部长、西藏军区文化部部长、昆明军区文化部副部长，创作出版了《生与死》《红河波浪》《雀儿山的朝阳》《在怒江激流上》《名将之鹰》《苏策短篇小说选》等小说、散文集10多部，其中不少作品反映抗日战争、解放战争和解放初期的部队生活，表现云南和西藏边地军民斗争的生活。研讨会对苏策为云南文学特别是二十世纪五六十年代的云南文学辉煌做出的积极贡献给予高度评价。

4月5日，云南著名彝族作家李乔纪念碑在石屏县异龙湖畔的焕文公园落成揭幕。李乔是一位世纪文学老人，是云南本土现当代文学的重要奠基者和开拓者。他很早就参加革命并致力于文学创作，与中国现代文学史上不少著名作家早有交往，一生勤奋写作、清淡为人，深受云南文学界敬仰。他在20世纪50年代创作出版的著名长篇小说《欢笑的金沙江》（三部曲），表现了凉山彝族地区的世纪变革和彝族人民的进步发展，在中国当代文学发展史上颇有影响。李乔先生去世后，他的家乡石屏人民为其建造纪念碑，以缅怀先辈、激励后人。

10月，云南著名儿童文学作家吴然散文诗集《天使的花房》获“第六届宋庆龄儿童文学奖”，并在北京人民大会堂接受颁奖。12月，第四届云南省文学艺术创作奖励基金会评奖揭晓。本届评奖活动共收到全省专业和业余文艺工作者自2000年1月1日到2002年12月31日期间创作推出的14个门类的810件有效作品，最终产生173件获奖作品，其中一等奖24件、二等奖50件、三等奖99件。这是对3年来云南省各文艺门类创作成果的集中检阅和展示。

2004年 厚积薄发，夏天敏获鲁奖

为实现2004年云南文艺“繁荣年”的目标，云南省委、省政府以及省文联、省作协等有关部门采取措施，积极推动文学繁荣发展。

在1月8日召开的云南省宣传文化系统干部大会上，省委领导对文艺发展提出：全面繁荣、突出重点，打造品牌、冲出云南。具体要求包括：要在影视创作领域有重大突破；要以版画创作、舞蹈创作、民族音乐创作和长篇小说创作等为重点推出一批文学艺术精品。

如何繁荣云南文学，除云南作家自身的力量外，还需要进一步梳理思路，借助名家智慧谋划。因此，2004年2月，云南邀请并协助中国作协在昆明召开中国作协主席团会议、中国作协全委会。参会的全国大批知名作家、艺术家来到云南，云南借此机会，就云南文艺创作和文化产业发展请与会名家进行考察指导，他们不仅为云南文学、文化繁荣留下许多宝贵意见和建议，而且为云南文学繁荣聚集了“人气”，使人们更加关注云南文学的繁荣。

云南省文艺创作领导小组和云南影视创作指导小组充分发挥职能作用，从政策鼓励、机制改革到资金补助，积极支持文学界的工作。2004年，省级财政拨款150万元，作为扶持全省作家、艺术家深入生活专项经费。

省文联、省作协有关部门贯彻落实省委、省政府的安排部署，采取了“聘任作家”“扶持重点文学作品创作”等机制，以扎实有效的措施、办法积极推进云南文学繁荣。6月初，省作协

在昆明举行“云南省扶持重点文学作品创作签约仪式”，全省各地老、中、青45位签约作家每人得到3000~5000元创作补贴。资金尽管不多，但签约作家感受到了省里的重视和关心，从而激发了更大的创作动力。省里还为每个州市拨给文艺创作生活补助经费，为各地繁荣文艺提供良好的物质保障基础。一些州市也拿出专项资金支持当地文艺创作。

创作人才的使用、培养、发现是文学繁荣的根本。为加强文艺创作队伍建设，发挥老作家的作用，省委在2004年分别召开了离退休老作家座谈会和老文艺家座谈会，努力发挥老作家、老文艺家“思想库”“智囊团”的作用，使他们身体力行、言传身教，积极培养后备人才，为云南文艺事业繁荣发展献计献策。

2004年，云南积极开展国内外文学交流活动，以文学活动促进文学繁荣。2月，中国作协主席团会议和全委会在云南召开，中国作协的领导和大批全国著名作家汇集云南，对云南作家进行指导与交流。3月，享誉世界的北欧“耐舍国际诗歌节”与昆明联办“2004中国昆明—北欧耐舍国际诗歌周”成为中国与北欧诗歌艺术交流的盛事；此前著名诗人舒婷一行赴昆明东川和曲靖会泽、麒麟等地进行采风活动等。7月，中华文学基金会在滇进行“育才图书室”捐赠活动，中国作协的领导和大批全国著名作家再次汇集云南。11月，在丹增和晏友琼等领导的关心支持下，省委、省政府在昭通隆重举办昭通文学创作讨论会，组织省内外作家和评论家对昭通文学创作和昭通文学现象进行研讨，推出以夏天敏为代表的昭通作家、诗人，为昭通文学创作的繁荣创新和昭通作家群的进步成长增添文学动力。

这些“引进来”的重要文学创作会议和文艺活动，使中国作协的领导和大批全国著名文艺家汇集云南，使云南繁荣文学创作、建设民族文化大省良好氛围不断升温。云南文学界在与省外著名作家的真诚指点和交流中，真切地看到云南繁荣文艺创作的优势与薄弱、现状与前景，从而激发出努力推进云南文学繁荣的决心和信心，并预示着云南文学的又一个春天就要到来了。

4 月，在云南文化建设史发生了一件标志性事件：云南省委、省政府组织了赴京宣传文化周系列活动。该活动以演出 3 月刚刚在上海荣获第四届中国舞蹈“荷花奖”5 项大奖的大型原生态歌舞集《云南映象》为标志，展开了一系列云南文化活动。共 9 位党和国家领导人、64 位中央有关部委的负责同志、100 多个国家和国际组织的 300 多位驻华使节和代表，以及云南省级宣传文化系统的负责人，均参加了规模空前的文化系列活动。该活动在北京和全国掀起强劲的“云南文化旋风”，形成“云南文艺震撼首都舞台，文化大省形象闪耀京华大地”的亮丽风景，国内外媒体对此系列活动进行了全方位、多层次浓墨重彩的宣传报道，云南文化形象从此走向全国、继而走向世界舞台，代表云南文化快速繁荣崛起良好形象的“云南现象”冲击波从此波及全国。

《云南映象》在北京的演出和系列活动，对外而言，是一次云南文化大规模出征的成功范例；对内来讲，是声势浩大的云南文化大省建设的实质性行动。由此，云南真正进入民族文化大省的实施阶段。

这次活动在云南产生了强烈的震撼，无论对云南的文化建设、文化体制改革、文化产业发展、民族文化大省建设，还是对云南宣传文化部门，对所有艺术门类，包跨文学、音乐、舞蹈、美术、摄影和影视等，都产生了多方面的重大影响。这是云南民族文化大省建设发展史上无法绕开的重大文化活动事件，它的影响延续至今。

经过几代文艺家的不懈努力与追求，经过历届云南领导人的开拓与关怀，云南文学在 2004 年厚积薄发，取得丰硕成果，呈现全面崛起的良好态势，迎来姹紫嫣红的文学春天。

这一年，云南文学迎来了丰收年，文学佳作纷纷涌现，不少作品荣获全国性大奖，实现云南文学的新突破，在社会上产生强烈反响。岁末，昭通作家夏天敏凭借优秀中篇小说《好大一对羊》摘取了中国文学最高奖项之一的全国第三届鲁迅文学奖·中篇小说奖。此前，张长的小说《空谷兰》获全国优秀短篇小说奖。鲁迅文学奖是我国最高荣誉的文学大奖之一，云南作家多年来与这项大奖无缘，夏天敏首次荣获全国中篇小说鲁迅文学奖，创造了鲁迅文学奖在云南“零”的突破，在云南引起极大的反响，并受到省里的表彰和奖励。长期生活在基层、深入农村、以韧性和执着潜心创作的夏天敏，不仅成为昭通文学作家群的代表和领军人物，而且为云南文学走向全国树立了标杆。

由中国作家协会主办的鲁迅文学奖，是以中国新文化运动伟大旗手鲁迅先生的名字命名的我国最高荣誉的文学大奖之一，共分为中篇小说、短篇小说、报告文学、诗歌、散文杂文、文学理论评论和外国文学翻译等 7 个奖项。

反映农村题材的《好大一对羊》发表在 2001 年《当代》文学杂志，并获得该杂志主办的中篇小说拉力赛冠军，后来改编拍成同名电影，在2004年参加了多个国际电影节，获得加拿大维多利亚电影节最高奖“最佳故事片奖”，改编拍摄成8集同名电视剧并获得“飞天奖”。

同年，青年作家范稳反映藏族居区生活、历史、宗教和民族文化的长篇小说《水乳大地》荣获《中国作家》杂志社“大红鹰奖”。同年3月，由中国作家协会、云南省文联、人民文学出版社、《中国作家》杂志社联合在京召开《水乳大地》研讨会，中国作协有关领导和首都知名评论家、主流媒体的新闻记者参加了会议。5月28日，云南省文联、云南省作协邀请省内外评论家在昆明召开《水乳大地》作品研讨会，充分肯定了这部作品的艺术价值和社会效益。

这部书从全国近400部长篇小说中脱颖而出，入围《人民文学》《当代》杂志和新浪网举办的2004年长篇小说“十佳”，并获得2004年度长篇小说优秀奖，2005年又被《中国图书商报》联合全国40余位知名评论家评为文学类1995—2004年“十年好书”之一，在全国文学界获得好评和得到广大读者认可。被《中华读书报》评选为“2004年度人物·优秀小说家”之一，全国一些媒体和网络对此书做了报道或评价。

2019年9月，范稳长篇小说《水乳大地》入选新中国70年70部长篇小说典藏。这一丛书系中共中央宣传部2019年主题出版重点出版物选题，由学习出版社联合人民文学出版社、中国青年出版社、北京十月文艺出版社、浙江文艺出版社、江苏凤凰少年儿童出版社、长江文艺出版社等共同推出。丛书精选了新中国成立以来的70部长篇小说，这些作品政治性、思想性和艺术性高度统一，代表了中国文坛70年间长篇小说创作发展的最高成就。

长篇小说《水乳大地》以西藏东部边缘地区一个世纪以来的风云变化为背景，塑造了一群非常有特点的人物形象：有藏传佛教的活佛，纳西东巴教的代表，基督教的传教士；有红汉人的干部，不惧天地鬼神的康巴汉子，以及西藏宗教苯教鼻祖的魂灵。小说就是在这种宗教和现实交错、多种民族混居、多种文化相互冲撞与融合的氛围里，打造出了一系列惨烈而有光彩的故事和性格突出、生动可见的人物形象。有评论家认为，这部小说是近年来国内长篇小说创作领域的一个重要收获。著名文学评论家王干说：《水乳大地》是“中国文坛的一次重大收获”，“2004 年，有了《水乳大地》，中国文坛不再苍白”。中国作协党组成员、书记处书记高洪波说：“这部作品也让我感受到了云南文学复兴的希望。” 著名文学评论家雷达认为：“《水乳大地》这部小说为当代中国小说注入新鲜血液，扩大了视野，开拓了新的主题，提供了大量超出我们阅读经验的壮丽生活场景。作品叙事宏大、想象瑰丽，具有丰富复杂的内涵，提供了很多可解读的东西。”

长篇小说创作是衡量一个地区创作实力的重要表征。在云南，长篇小说创作很长时间以来一直是弱项和难以突破的瓶颈。范稳的长篇小说创作打破了这种长期沉寂的状况，为云南长篇小说创作带来新风和希望。

范稳，现为云南省作家协会主席，国家一级作家，中国作家协会全委会委员，中国作家协会小说创作委员会委员。已发表各类题材、体裁的文学作品 600 余万字，已出版各种体裁的文学作品 16 部。代表作为反映西藏百年历史的“藏地三部曲”:《水乳大地》《悲悯大地》《大地雅歌》。曾获第七、第八、第九届茅盾文学奖提名奖，第八、第十一届《十月》文学奖，第四届《人民文学》长篇小说双年奖等。长篇小说《重庆之眼》获2017年度“中国好书”奖。部分代表作品被翻译成英、法、德、意文等。

具有优势的云南诗歌创作在这一年也取得较多收获。5月，著名诗人于坚因对中国新诗做出重要贡献，获北京大学诗歌中心、《新诗界》编辑委员会等主办的首届“新诗界国际诗歌奖”的“启明星奖”，其散文《火炉上的湖泊》获《人民文学》杂志举办的2004年度“茅台杯”人民文学奖散文奖。6月，青年诗人雷平阳以独特的诗歌风格，荣获中国作家协会、《诗刊》社第二届“华文青年诗人奖”。青年诗人樊忠慰的诗集《绿太阳》10月获云南著名民间文化奖项——第六届王中文化奖。

一直走在全国前列的云南儿童文学创作，2004年是取得收获的一年。继著名作家吴然《天使的花房》一书2003年获“宋庆龄儿童文学奖”，并在2004年云南赴京文化宣传系列活动中作为图书礼品赠送首都文艺界之后，2004年云南作家张昆华、白山分别以儿童长篇小说《白浪鸽》《猩猩语录》同获“冰心儿童文学图书奖”，中青年作家陈约红、汤萍、余雷、曾艳萍等儿童文学作家，以强劲的创作势头推出一批新作，云南儿童文学创作呈现引人注目的新气象。云南儿童文学已有多篇作品选入中小学语文教科书，并有大量作品选入新课标语文读本，位列作品入选教科书最多的省市之一。陈约红出版了长篇儿童小说《少年郑和》，汤萍推出了“魔法小女妖童话系列”4本并出版。她的创作弥补了云南儿童文学“幻想文学”之不足，创造了一个具有云南特色的魔幻精灵形象，从一个侧面改变了云南儿童文学创作的某些程式化和模式化，为云南儿童文学注入了新的神采气韵，具一种飞动之势。

2004 年，云南影视创作和影视产业呈现崛起之势。经过几年来的努力，特别是 2004 年以来打造“天然影视摄影棚”和“东方好莱坞”提出后，建造昆明玉龙湾影视城、大理天龙八部影视城、曲靖翠山影视城、元谋影视拍摄基地、保山哀牢王宫影视拍摄基地等影视拍摄基地初具规模。2 月，云南不失时机地颁布《关于对省外影视单位到云南拍片进行登记备案的通知》等文件，吸引省外影视单位来云南拍片和合作拍片，并为其提供优惠政策和热情服务。一大批影视导演，包括成龙、谢晋、谢飞、郑洞天、吴天明、陈凯歌、张艺谋、田壮壮、于荣光等纷至沓来，聚集云南拍摄影视作品，成龙的《神话》、陈凯歌的《无极》、张艺谋的《千里走单骑》、于荣光的《天和局》等纷纷在云南拍摄。此外，云南题材的电影《婼玛的十七岁》《德拉姆》《花腰新娘》《峡谷传奇》《谁主沉浮》《商贾将军》等影视作品也在云南拍摄。其中，云南省参与拍摄的《婼玛的十七岁》《花腰新娘》《德拉姆》等影片影响很大，后来荣获各种大奖。

云南文学创作在 2004 年取得了丰硕成果，云南文学创作的春天已经到来。

2005年　开展大型文学活动　激发作家创作活力

经过2004年“文学繁荣年”，云南文学进入全面繁荣的2005年。

这一年，是“十五”规划的冲刺年，云南紧紧围绕“全面繁荣、突出重点、打造品牌、冲出云南”的目标，采取新思路、新举措、新办法，继续巩固2004年“文学繁荣年”的良好局面，采取实行作家聘任制、积极组织作家坚实深入生活、组织大型文学活动和推荐优秀作品参加全国性比赛和评奖、用好深入生活补助专款、加大扶持重点作品和创作骨干力度等措施，云南文学呈现新亮点，形成良好的新局面。

组织多种多样的文学活动，特别是以“骏马奖”颁奖为平台，推进云南少数民族文学和云南文学持续繁荣。5月，第八届全国少数民族文学创作“骏马奖”揭晓，佤族诗人聂勒的诗集《心灵的牧歌》、彝族作家杨佳富的报告文学《中国大缉毒》、彝族评论家李骞的文学评论集《现象与文本》和阿昌族作家罗汉《紫雾》等4部作品获奖。

“骏马奖”是中国作协和国家民委共同主办的全国少数民族文学最高奖项，是一项为鼓励少说民族文学创作、繁荣我国多民族的社会主义文学而设立的具有崇高荣誉的全国性文学奖。云南4位少数民族作家作品从全国32个民族的343部参赛作品中脱颖而出，进入30部获奖作品，云南创造了获奖总数第一的成绩，为云南少数民族文学争得了荣誉，为云南民族文化大省营造了拼搏奋进的文学氛围。

70年的发展和壮大历程中，云南少数民族文学从1976—

2005年，先后有92人次荣获该项大奖，呈现出星河灿烂、繁星满天的文学景观。云南少数民族文学事业的繁荣，得到中国作协的认可。中国作协党组成员、书记处书记、本届“骏马奖”评委会主任吉狄马加说，云南是我国少数民族创作实力雄厚、佳作迭出、文学事业不断取得发展的民族文化大省。

以此为契机，12月3日，由中国作协、国家民委、云南省委宣传部主办，中国作协少数民族文学委员会、云南省民委、云南省文联、云南省作协承办的全国第八届少数民族文学创作“骏马奖”颁奖活动暨西部少数民族文学节在昆明隆重举行，同时召开了繁荣西部少数民族文学论坛，全国少数民族获奖作家和中国作协领导、全国著名作家欢聚一堂，参加盛会，交流创作经验，营造出推进云南文学，特别是少数民族文学的发展和繁荣的良好氛围。

文学创作活动不断开展。5月17日，第十届国际诗人笔会在大理召开，来自17个国家和地区的120多位诗人聚集大理，以诗会友。8月22日，中国作家出版社、《文艺报》、昭通市委等在北京中国现代文学馆召开了“昭通作家夏天敏作品集《飞来的村庄》研讨会”。12月3日，云南省作协、昭通市委宣传部和昭通市文联在昆明召开“昭通作家曾令云作品研讨会”。昭通作家群成为人们关注的文学亮点和文化现象。

2005年，为贯彻“文艺人才推出年”的决策，培养文学人才，云南采取“送出去、请进来、沉下去”的措施，将有潜力的青年作家选送到鲁迅文学院培养，邀请著名作家走进云南，让一些有才华和潜力的作家深入基层和农村从事创作。省作协举办了文学创作研修班，省作协与晨光出版社、昆明市文联、昆明师专民族儿童文学研究所、昆明儿童文学研究会联合召开了“创新发展云南儿童文学研讨会”。为了扩大作家视野，云南组织作家访问菲律宾、罗马尼亚、日本、韩国、西欧等10国，开阔了作家的视野。同时，邀请中国作协领导、著名作家陈建功、张胜友、蒋子龙、张平，著名作家白桦、贾平凹、白描到昭通、昆明讲课和进行文学交流，并参加在昆明举行的“开创云南文学新局面座谈会”，与云南作家进行广泛交流；召开了“繁荣云南文学艺术、建设民族文化大省座谈会”，王蒙、铁凝、谭谈、黄亚洲、张锲、邓友梅、高洪波、黄济仁和赵本夫等20多位全国著名作家出席座谈会。

12月29日晚，由云南日报报业集团主办的第七届云南日报文学奖颁奖典礼暨第八届云南日报文学奖征文活动启动仪式在昆明隆重举行，省委宣传部、省文联、云南日报及有关部门负责人以及云南文学艺术界的著名作家、嘉宾共300多人参加活动。该奖项是具有省一级规格、质量和水平的文学品牌奖项，一年一届。自1994年设立和创办文学奖以来，该奖项已连续举办了7届，推出了许多思想性和艺术性俱佳的文学作品，扶持了大批充满活力的文学人才，为云南文学发展和民族文化大省建设做出了积极贡献。评委对2005年以来在《云南日报》“花潮”版上发表的291篇诗歌、散文、报告文学、文学评论等作品进行了评选，最后以无记名投票方式评出了梁衡、张宝三、彭荆风3名特别奖，肖敏、邹昆凌获一等奖，杨世光、鲁若迪基等5名二等奖，风之末端等8名三等奖。这一奖项，在文学界和广大读者中产生了广泛影响和良好评价，随后第八届云南日报文学奖正式启动。

一批老作家为云南文学做出了巨大的贡献，有的已经离我们而去。为缅怀中国作家协会原副主席、著名文艺活动家、文学评论家、散文家、原昆明军区文化部部长冯牧同志，2005 年 9 月 2 日，云南省作家协会与云南文学当代文学研究会联合召开纪念冯牧同志逝世 10 周年座谈会。冯牧曾为我国解放战争和新中国的文学事业做出重要贡献，为云南地方和部队的文学繁荣创立了不朽功勋，深受云南广大作家的爱戴。通过这一活动，进一步激发了广大作家献身云南文学事业的热情和信念。

冯牧，北京人，参加过“一二·九”学生运动。1938 年到延安，曾在鲁艺学习和工作。后任《解放日报》文艺编辑，第二野战军四兵团新华社前线记者。1940 年后，历任昆明军区政治文化部副部长，《文艺报》副主编、主编，中国文联党组书记，中国作协副主席、书记处常委书记，《中国作家》主编。著有评论集《繁花与草叶》《耕耘文集》《文学十年风雨路》《冯牧文集》，散文集《滇云览胜记》等。其在云南蒙自写就的作品《八千里路云和月》为众多读者喜爱。特别是为培养云南军旅作家和云南文学发展做出了开创性的贡献。

2006 年　云南作家作品亮相北京刊物

2006 年，是云南文学发展极不平凡的一年。

2006 年，云南文学在持续繁荣的基础上，开拓发展，虽然少了些前几年屡获大奖、亮点频现的现象，但在更高的起点、更大的层面上，以一种厚积薄发的力度、向纵深层面发展的深度，以一种热流涌动的姿态，在平静中整体向前推进，根深叶茂的云南文学出现了万紫千红、成果累累的新文学景观，呈现出生机勃勃、繁荣发展的良好态势，云南文学进入历史上最好的繁荣发展时期。

这一年，云南在新的历史起点上推进民族文化大省建设，云南文艺事业迎来新发展和大有作为的一年。

云南文学创作势头越来越好。云南的长篇小说出版数量不断提升，有的作品引起文学界和读者的关注；中短篇小说创作势头良好，质量水平有了很大提高；诗歌创造呈现一种勃发旺盛、明锐精进的生机；儿童文学创作仍走在全国前列，优秀作品被选入多种教科书版本或获奖；其他文学类创作成果颇丰。

2006 年 7 月 14 日在昆明召开的总结表彰大会上，我们欣喜地看到了“三个之最”。2005 年 6 月至 2006 年 6 月，云南省作家在《人民文学》《中国作家》《诗刊》《当代》《散文》《民族文学》《解放军文艺》等重点文学期刊发表，并被《小说月报》《诗选刊》《散文选刊》等刊转的小说、诗歌、散文等各类作品达 40 人共 68 件之多，在历年比较中，是发表量最大、作者最多、作品类型最多的一年。为此，省作协在省文联党组支持下，对完成重点作品的 15 人和在全国重点文学期刊发表作品的 40 人的 68 件作品给予 12 万元的兑现创作津贴，并进行表彰奖励。这是省作协对年度成绩奖励额度最高、人数最多的一次。其中，夏天敏在获得鲁迅文学奖中篇小说奖后，继续保持强劲的创作势头，年内发表中篇小说 5 部；佤族诗人聂勒获得少数民族文学创作“骏马奖”后，风头正健，连续在《诗刊》《人民文学》发表诗歌 251 行；雷平阳获得华文青年诗歌后，发表诗歌 400 行；在该年度的重点作品创作中，有 17 位作家完成计划内的长篇作品创作。范稳继长篇小说《水乳大地》出版获得广泛好评，并获《中国作家》“大红鹰杯”奖后，又出版了受人们关注的长篇小说《悲悯大地》；由省作协推荐到中国作协的重点作品选题中，老作家彭荆风完成并出版了长篇纪实作品《挥戈落日》，李锦华完成长篇小说《飞越驼峰》。另外，于坚出版散文集《暗盒笔记》，存文学出版长篇传记《拉祜县长》，李霁宇出版长篇小说《青瓦》等，从云南作家涌动的创作热潮和不断发表出版的大量作品中，人们看到了云南文学全面走向繁荣的喜人现状和极具发展潜力的文学前景。

对此，省作协主席黄尧认为，农村题材、反映“三农”问题的文学作品有突出的分量。以昭通作家群为代表的一批作家，在继续关注农村题材，积极反映社会主义新农村建设进程的同时，对当下中国最大题材库、最大贫弱群体和变革最激烈最深刻的社会面投入人文关怀、情感关怀，对社会现象的历史根源，对人性的复杂面进行更深更广的开掘。

要让人们更了解云南，应进一步借用外部人才和智力打造云南文化品牌、塑造云南文化形象，使云南文化更为快速地走向全国、走向世界。5 月 9 日，由中国作协、云南省委宣传部、云南省文联主办，云南省作协承办，全省相关州市宣传部、文联协办的“全国著名作家写云南座谈会”在昆明举行，标志着“全国著名作家写云南”大型活动正式拉开序幕。全国著名作家陈建功、张笑天、张贤亮、陈世旭、阿来、邓刚、阿成、谭谈、舒婷、赵丽宏、关仁山、孙惠芬、乌热尔图、李贯通、方方、蔡测海、徐城北、尹汉胤和云南作家黄尧、张昆华、吴然、张庆国、雷平阳等参加座谈会和采风活动。18 位来自全国各地的著名作家和10位云南作家分成3个采风团，分赴云南省玉溪、红河、文山、临沧、思茅、西双版纳、德宏、丽江、大理等10个州市进行创作采风活动，在全国产生了较大影响。

新中国成立以来，云南的文化艺术在各个不同历史阶段取得了举世瞩目的成果，这一切都离不开新老文艺家的共同创造。为进一步形成尊重人才、尊重创造、尊重文化的良好氛围，再创云南文艺的新辉煌，经省委、省政府同意，4月18日，省委宣传部、省文化厅、省文联举行的云南省文学艺术“四个一批”表彰大会在昆明隆重举行，对300余位被授予“云南文学艺术卓越贡献奖”“云南文学艺术成就奖”“云南文学艺术贡献奖”“云南文学艺术新人奖”和“繁荣云南文学艺术特别贡献”荣誉称号的老、中、青文艺人才进行表彰。这是新中国成立以来云南省文艺界规模最大的一次表彰活动，是省委、省政府确定2006年为“文艺人才年”的一次重要的启动性活动和重大举措。受表彰的“四个一批”人员包括：一批新中国成立以来为繁荣发展云南文艺事业做出卓越贡献的已故著名文艺家；一批为繁荣发展云南文艺事业做出突出贡献的离退休云南文艺家；一批改革开放以来为繁荣发展云南文艺事业做出贡献的在职云南文艺家；一批近年来为繁荣发展云南文艺事业做出优秀成绩、赢得荣誉的优秀云南文艺新人。同时获得表彰的还有一批为繁荣发展云南文艺事业做出特殊贡献的省外文艺家。在一定意义上可以说，他们是50多年来云南文艺各个发展阶段、各个时期和各文艺门类的优秀人才，在云南文艺界具有公认的代表性。他们代表了云南文艺事业的历史和今天、过去和未来，也代表了云南各族人民对繁荣文艺事业、加快文化产业发展寄予的希望。“四个一批”表彰活动在云南省文艺界引起良好而强烈的反响，营造了更加良好的尊重文化、尊重文艺人才氛围，凝聚了广大文艺家和文艺工作者的精神，使大家团结一致、齐心协力，为云南文艺再创辉煌而不懈拼搏。

2006 年是著名作家李广田、刘澍德诞辰 100 周年的日子。9 月 28 日下午，省作协在昆明召开纪念大会，深情缅怀著名作家李广田、刘澍德诞辰 100 周年。丹增、晏友琼等领导出席了纪念大会，并在会前接见了李广田的女儿、北京师范大学教授李岫，将 2006 年 4 月颁发给李广田的“云南文学艺术卓越贡献奖”的奖杯和证书交到李岫手中。

李广田、刘澍德均生于 1906 年，都曾长期在云南工作、生活，对云南的文学事业做出了巨大贡献。李广田是著名作家、教育家，主要作品有《画廊集》《银狐集》《日边随笔》《创作论》以及描写昆明圆通山樱花的脍炙人口的名篇《花潮》等，曾担任云南大学校长和中国作家协会昆明分会副主席。

刘澍德在抗日战争期间流亡到云南，此后云南就成了他的第二故乡。他擅长运用云南方言土语写农村题材小说，与赵树理、马烽等作家著称于 20 世纪 50 年代的中国文坛，主要作品有短篇小说集《造青集》《卖梨》《红云》，中篇小说《桥》，长篇小说《归家》以及著名作品《老牛筋》等，曾担任过中国作家协会昆明分会副主席。

昆明在历史上诞生了不少著名诗人。二十世纪三四十年代西南联大在昆明时期，昆明曾是中国文学和新诗的策源地，此后这座有着诗歌传统的城市产生和滋养了一代代诗人，“昆明诗人以异彩纷呈的书写使昆明继 20 世纪四十年代西南联大时期以后再次成为中国诗歌的中心之一。”可以说，昆明是诗歌的重镇，诗歌是昆明的文化名片。2006 年 7 月，由昆明市文联、昆明市作协和《滇池》编辑部主办的“昆明诗歌研讨会”在昆明举行，全国知名的诗人、诗歌编辑和云南其他州市、昆明老、中、青作家、诗人、评论家共计 44 人参加了为期 3 天的研讨会。9 月，由昆明市文联主办，昆明市作协、昆明文学研究所承办的“消费时代文学价值探讨研讨会”在昆明举行，参加会议的省内外诗人、作家和评论家对这一问题作了热烈探讨。此外，各种笔会、文学研讨会、诗歌朗诵会在云南省各地蓬勃开展，为繁荣云南省文学营造了良好的氛围。

这些规模较大、影响广泛的交流活动的举办，极大地提升了云南文学创作的氛围，激发了作家的创作热情。以昆明为例，2006 年昆明市作协会员在省内外报刊发表作品超过千余篇。其中，张庆国的中篇小说《疾风缠绵》在人民文学发表后，云南多家报刊发表了评论文章。存文学的中篇小说《庆生的战争》发表在《大家》上，被《中华文学选刊》转载。雷平阳被《人民文学》与《南方周末》评为 2006 年度“优秀青年作家”。

云南省文学艺术创作奖是云南省具有权威性的政府文艺奖项。2006 年，三年一届的云南省文学艺术创作奖进入第五届评奖年。由省委宣传部、省文联、省文化厅、省广播电视局的有关领导及 12 个文艺家门类及文艺评论、广播剧组成的评委会，对报送的 990 多件文艺作品认真评选，评出荣誉奖和一、二、三等奖共计 180 多件。这些作品思想深刻，艺术精湛，高扬时代主旋律，在保持民族题材创作优势的同时，形成多元创新与发展的良好势头，集中展示了 3 年来文艺繁荣发展的最新成果，呈现出云南省文艺人才群星闪烁和发展壮大的显著特征。在文学类中，陈衍强的诗集《英雄美人》、彭荆风的长篇纪实文学《挥戈落日》、范稳的长篇小说《水乳大地》、胡廷武的散文集《九听》获一等奖，汤萍等 8 位作者的作品获二等奖，王明达等 15 位作者的作品获三等奖。通过此次评奖，进一步建立了激励机制，发现和推出优秀创作人才，特别是中青年文学人才，形成了尊重艺术、尊重创造、尊重人才的良好氛围，为保持云南文学的持续繁荣打下人才基础，进一步推动了云南文学创作的繁荣和发展。

随着大量优秀文学作品的涌现，云南文学事业的繁荣发展，各种文学奖项先后出现，陆续搭建平台，推出新人新作。由昆明市文联《滇池》文学杂志社主办、每年一届的“滇池文学奖”，2005 年 3 月 16 日在昆明连云宾馆举行颁奖仪式。重庆诗人冉冉、云南作家刘晓津、河北小说家胡学文、云南作家黄尧、云南作家黄代本及其作品获奖。本届还设立了入围奖。6 月 11 日，第九届全国当代少数民族文学研讨会暨第六届全国当代少数民族文学研究奖颁奖会在昆明召开，来自全国各地的当代少数民族文学研究者和获奖的少数民族作家、专家学者 60 多人参加了会议。大会还举行了第六届全国当代少数民族文学研究奖颁奖仪式。2006 年 11 月，由《边疆文学》杂志社主办的云南省民族作者笔会在昆明召开的同时，还举行了“边疆文学奖”颁奖仪式，10 位作家作者获奖。

4 月 11—17 日，组织云南作家采风团一行 20 余人到玉溪对“聂耳杯 · 大家看玉溪”征文活动进行采风创作。采风团创作的作品和自由来稿，由征文组委会组织专家评奖，40 名作家作者分获一、二、三等奖及优秀奖，在社会各界产生了广泛有益的影响。

云南省作家协会第六次代表大会于3月28—29日在昆明隆重召开。这是距云南省作家协会第五次代表大会7年之后，进入新世纪云南文学界的一次历史性的盛会，在云南文学发展史上具有里程碑的意义，标志着云南文学事业进入又一个新的繁荣发展阶段，云南文学的又一个春天到来了。来自云南各条战线及16个州市的作家代表共130余人出席会议，共商云南文学发展大计，共谋构建社会主义和谐云南，开创云南文学事业创新发展的新篇章。受中国作协党组书记、副主席金炳华委托，中国作协原党组成员、书记处书记吉狄马加代表中国作协对会议的召开表示热烈祝贺。云南省文联党组书记、常务副主席李仕良代表省作协第五届理事会作了题为“坚持先进文化前进方向，开创新世纪云南文学新局面”的工作报告，回顾了自1998年云南省作协第五次代表大会7年来，云南文学和省作协经历的跨世纪的社会变革带来的挑战和走过的充满机遇创新的历史进程，云南文艺空前繁荣，文化产业蓬勃兴旺的大好局面，为实现云南民族文化大省战略目标做出的重要贡献，全面深刻总结了云南文学创作繁荣的6条宝贵经验：一是抓好文学创作，实现繁荣目标；二是抓实人才培养，加强队伍建设；三是扩大内外交流，铸就发展平台；四是发展影视文学，促成产业转换；五是做好评奖工作，活跃理论批评；六是增强服务意识，转变机关作风。

大会选举产生黄尧为新一届省作协主席，欧之德、杨红昆、夏天敏、张庆国、袁鹰（原因）、李骞、黄晓萍、哥布、鲁若迪基、刘广雄为省作协副主席，同时还选举产生了22名省作协常务理事及52名理事。

11月10日，全国关注、海外瞩目的中国文联第八次全国代表大会和中国作协第七次全国代表大会在首都北京隆重举行。来自全国的作家代表，来自香港特别行政区、澳门特别行政区、台湾地区以及海外华侨华人文学界的特邀嘉宾，共910余人欢聚北京。在热烈的掌声中，胡锦涛同志发表重要讲话，在代表中引起热烈反响。这是新世纪新阶段我国文艺工作者的一次盛会，是党的十六大以后全国广大文学艺术家和文艺工作者的一次历史性聚会，具有十分重大的历史意义和现实意义。

云南省18名代表出席了中国作协第七次全国代表大会，其中既有老作家诗人晓雪、张昆华、吴然，中年作家夏天敏，也有中青年作家诗人于坚、张庆国，还有荣获过全国少数民族文学创作“骏马奖”的普米族诗人鲁若迪基、哈尼族诗人哥布、彝族评论家李骞、佤族诗人聂勒，以及对云南文学事业做出突出贡献的其他优秀代表。云南代表认为，胡锦涛同志的重要讲话肯定了文艺工作者的重要贡献，深刻阐明了文艺工作在和谐文化建设中的重要地位，并对广大文艺工作者提出了殷切期望；讲话高屋建瓴、总揽全局、亲切自然、求实创新、催人奋进，为新世纪新阶段文艺事业的发展指明了方向，是指导社会主义先进文化发展、建设和谐文化的纲领，给文学艺术家和广大工作者以巨大的鼓舞和鞭策。代表们激动地说，胡锦涛同志的重要讲话，预示着文学创作的高潮即将到来，文学的春天来临了！

近年来，在云南省委、省政府的高度重视、关心和扶持下，云南的小说、儿童文学、诗歌、散文和影视创作等喜获丰收，成为全国文坛的一个亮点。云南文学的知名度和影响力与日俱增，在社会主义的文学百花园中，呈现出群星闪烁的美好形象和独特的文学艺术魅力。中国作协党组书记、副主席、书记处书记金炳华在大会上做的工作报告中，先后8次提及云南的文学创作成果和组织工作，对获得鲁迅文学奖的夏天敏的中篇小说《好大一对羊》，引起反响的范稳的长篇小说《悲悯大地》，壮心不已、笔耕不辍的老作家彭荆风，在全国崛起的唯一一个以地级市命名作家群——昭通作家群以及云南组织的多项文学活动，给予了充分肯定，是所有省、区、市中被提及最多的省份。这是云南作家努力的结果，是云南文学的骄傲，极大地鼓舞和鞭策了云南作家和广大文学工作者的创作和工作热情。

会议期间，云南代表团充分履行代表的权利和义务，积极探讨，特别是在如何发展少数民族文学和儿童文学创作方面提出了一些很好的建议，受到了大会的重视，得到了西部少数民族文学作家的普遍认同和赞誉。云南代表团备受关注，少数民族作家代表光彩照人的美好形象，赢得与会代表的尊重和喜爱。

优秀的长篇小说因其宏大的叙事、复杂的结构、漫长的时空、众多的人物、深刻反映广阔的人生社会面貌，而被视为历史的巨幅画卷，成为衡量一个国家和民族文学成就的主要标志，代表着当代文学最丰富、最深厚、最细致的层面。

令人可喜的是，2006年云南出现了两部不同题材、风格迥异、引起广泛关注的长篇小说，一部是以搅动了人的灵魂、被称为“奇书”、英年早逝的昭通作者孙世祥的遗稿出版的《神史》，另一部是范稳继长篇小说《水乳大地》后，新出版的长篇小说《悲悯大地》。这两部长篇小说，犹如2006年云南文坛的“双子星”，散发出独特的光彩和令人探究的神秘色彩，丰富和拓展了云南长篇小说创作的艺术天空，在文坛留下了坚实的背影。

《神史》是昭通已故作家孙世祥百万字长篇小说遗稿，具有社会、学术、文学价值。这部书有90%的自传成分，书里出现的每个人物都可以找到原型。作者以纪实、实录的方式，文字按时间铺张叙事，深刻地反映了农村错综复杂的社会、宗族关系和主人公坎坷、多舛的人生命运，是中国农村的一个缩影。也有人认为，由于作者英年早逝，该书仅是一些素材，文学性不够强，有的地方文字语句尚存毛病。而该书自出版以来，一直受到广大读者的瞩目，各类媒体纷纷撰文评论，成为一个阅读和评论的热点。

孙世祥，1969年11月生于云南省巧家县。昭通师专毕业后，任过中学教师、报社编辑、记者。到云南省国家保密局后，三年中两次到贫困地区支教、扶贫。2001年因肝硬化医治无效而骤然病逝于昆明，年仅32岁。

《神史》由云南美术出版社出版发行后，引起强烈的反响，尤其在北京等地的学者中引起巨大的反响。2006年1月8日，以清华大学学者杨汝清为主，由清华大学、北京大学、北京师范大学等高校及首都新闻、出版界的学者们发起的“《神史》学术研讨会”，在清华大学召开。云南美术出版社《神史》编辑尹杰先生、孙世祥胞弟孙世美及其生前好友陈云彪参加了研讨会。与会学者从文学、哲学、社会学、伦理学、传播学等不同角度对《神史》做了深度分析，对《神史》的价值和意义做了充分肯定。著名学者孟繁之、余世存以及钱理群等人对这部著作给予高度评价。孟繁之认为《神史》是“近二十年小说创作中不多见的一部力作”，北京大学中文系博士生导师、著名学者钱理群在8月号的《读书》杂志上发表了万字长文评价文章《这本书竟是如此沉重》，认为《神史》搅动了人的灵魂，是一部“阐述中国农村社会的真实文本，是学者、决策者难得的参考文献”！

《神史》是文学界的一个个例，其深藏的价值和意义，还有待于专家和读者的进一步深入探讨和发现，有待于时间的检验。孙世祥出版的这部在我国文学和学术界引起如此不同凡响的著作，无疑将会随着时间的推移而呈现其应有的价值和意义。

范稳从1986年开始发表文学作品以来，以中长篇小说、长篇文化散文为主，创作出版了10余部各种题材的文学作品，题材内容涉及现实生活、民族文化、历史宗教等多个方面。此后，范稳的长篇小说《悲悯大地》荣获“《十月》文学奖”。这是范稳作品继《水乳大地》获得《中国作家》杂志大红鹰杯文学奖之后，第二本描写藏族聚居区生活题材的长篇小说获奖。《水乳大地》重点是描写佛教、基督教和纳西族信仰之间的冲突及融合，而《悲悯大地》则更多地把目光投到藏族人的生活本身，他们无处不在的神灵和宗教。它讲述了一个藏族青年摆脱世俗仇恨、历尽千辛万苦最终成佛的曲折经历，在宏阔的背景下，以史诗的笔法表现了善与恶、人与自然、人性与神性等丰富的精神内涵，从而使悲悯的主题呈现出震撼人心的力量。这部范稳历时3年创作的作品，以精彩的细节、奇异的物事，真实地再现了当地人神共处的生活场景，被人称为中国本土意义上的魔幻现实主义力作。

9月25日，云南省委宣传部、中国作家协会创研部、云南省文联和人民文学出版社在北京中国现代文学馆联合召开范稳长篇小说《悲悯大地》研讨会。陈建功说，近年来，一大批云南作家写出了好作品，赢得了大名声，范稳就是代表之一。

《悲悯大地》引起文学界和媒体的关注，认为范稳以他在全国有影响的长篇力作，不仅证明了他的创作实力，还为云南的长篇小说创作树立了新的高度和开拓了广阔的发展空间。

2007年 一些诗人作家荣获大奖

文学活动活跃，文学交流频繁，文学成果丰硕，一些诗人作家荣获奖项，是2007年的显著特征。

2007年，著名诗人于坚的新诗集《只有大海苍茫如幕》摘取第四届鲁迅文学奖·诗歌奖，成为继夏天敏之后，云南省第二位获鲁迅文学奖殊荣者；丹增的散文《童年的梦》、范稳的长篇小说《悲悯大地》分获第八届"《十月》文学奖"，云南是唯一有两部作品获此奖项的省份。

于坚获奖评语："不断求新探索，他对本土资源的开掘，对中国元素的重视，使他的诗歌在中国诗坛引人注目。评委会对诗人寻找更美的、更诗意的方式表达自己的感情寄以更高的期待。"

于坚又一次成为人们关注的焦点。

有专家认为："诗集《只有大海苍茫如幕》是众望所归的

优秀作品，诗人于坚执着于对本土资源的开掘，他的诗行自由地穿行于广阔的生活场景，散发着耀眼的光芒。”云南大学著名教授张文勋说：“于坚的诗歌有一个特点，他不是现代的，也不是后现代的，而是一种民族性的，他时刻都有一种让中国传统文化回归的责任感，这种所谓的回归不是复古。”于坚的《只有大海苍茫如幕》是他近3年来创作的新诗合集，其中很多篇目在此之前都未公开发表过。诗集中的同题诗广受读者好评：“春天中我们在渤海上 /说着诗 /往事和其中的含意/ 云向北去 /船往南开/有一条出现于落日的左侧/谁指了一下/转身去看时/只有大海满面黄昏/苍茫如幕。”

于坚获得鲁讯文学奖，是对他诗歌创作及探索精神的肯定和褒奖。作为当代诗坛的标志性人物之一、具有国际影响力的诗人，一直走在中国当代诗歌的前沿，开创了别具一格的诗风。他卓越的探索创新精神，独树一帜的诗歌风格，朴素、直接、粗粝，甚至惊世骇俗的诗歌语言，在诗坛发出浑厚深沉的金属之声。他努力构建自己的诗歌理论体系，倡导“口语化”写作，提出“拒绝隐喻”的命题。他的著名长诗《〇档案》被人们称为一部具有革命性的文本，当代汉语诗的一座“里程碑”。他的散文创作被称为“新散文”“大地散文”，诗歌理论作品也颇为引人注目。有评论家认为，他带给中国文坛的不仅是文学作品，他探索创新的价值，远远超出诗歌之外，具有文化思想上的意义。中国《诗刊》杂志副主编、著名女诗人李小雨惊诧：“于坚的出现是个奇迹！因为他不是出现在北京，而是在中国最偏远的昆明。”由于有人认为他是“先锋派”诗人，他所倡导的诗歌理论、诗歌探索的语言方式和民间化的写作立场，一直以来在诗坛颇有争议，这使他成为诗坛有争议的人物。

于坚多年来执着于诗歌的探索和写作，已出版诗集《诗六十首》《对一只乌鸦的命名》《于坚的诗》《一枚穿过天空的钉子》，文集《棕皮手记》《云南这边》《人间笔记》等10余种，2018年出版5卷本《于坚文集》。曾获《联合报》十四届诗歌奖、《人民文学》诗歌奖、2002年首届“华语文学传媒盛典”年度诗人奖、2002年度诗人奖、“新诗界国际诗歌奖”等荣誉。

此外，刘广雄的中篇小说《父亲的疆场》获金盾文学奖二等奖，老作家陈志鹏撰写的中篇报告文学《爱的火珠》在由中国报告文学学会、中国散文学会发起的时代先锋—中国企业改革报告文学大赛中荣获“特等奖”。

7位作家作品入选《中国当代散文排行榜》上、下卷。入选的作品是李广田的《花潮》、彭荆风的《凤凰女子》、张永权的《雾打芭蕉》、于坚的《秋天我在泸沽湖》、黄晓萍的《剑川男人》、叶多多的《美丽不需要结尾》、雷平阳的《云南黄昏的秩序》。《中国当代散文排行榜》是从半个多世纪的几十万篇散文中精选出的259篇文集，云南能有7位作家作品入选这部具有当代散文代表性和文学史料价值的重要著作，反映了云南散文创作繁荣发展的成绩和水平。

自20世纪以来，云南不少原先从事小说、诗歌创作的作家，转而专注于散文创作，其创作立场、方法、题材和行文规模等发生了巨大的改变。著名作家汤世杰就是从小说创作转而专注于散文创作，专攻“文化大散文”富有成就的重要作家之一。

汤世杰著有影响广泛的长篇小说《情感债务》《土船》《情

死》，中短篇小说集《高原的太阳》《魔洞》《独奏之梦》等，出版过诗集《第一盏绿灯》。近年来，他专注于长篇散文的创作，出版了重要的长篇散文卷《殉情之都——见闻、札记与随想》《灵息吹拂——香格里拉从虚拟到现实》《走中甸——香格里拉的悬念旅程》《烟霞边地》《土地诗篇》等。2007 年他的散文长卷《在高黎贡在》出版，并在昆明召开该书的作品研讨会。省作协主席黄尧在研讨会上说："汤世杰的长卷散文长期以来受到国内文坛的关注，他的成块成垒的著作，是云南文学近年来最重要的收获之一。"黄尧认为，汤世杰的散文具有 3 个显著的特点，一是写作的现场性成为这类创作的前提，他 10 余年来坚持不懈的现场写作，是一段不平凡的实践；二是写作的规模巨大使创作别开生面，他近 200 万字、10 余部之多的长卷散文，从金沙丽水、雪域高原，再到高黎贡山，树立了可读可吟的一块块碑石；三是美学理想的不懈追求，他的散文长卷，无论篇幅如何浩瀚，章法如何错变，都将美学的尺准立得很高。其锐利的思想电光，议论风生，蔚然而成为大观气象。

4 月 21 日，2006 年度滇池文学奖颁奖典礼举行。王祥夫的《王祥夫作品》、于坚的《于坚作品》、徐则臣的小说《沿着铁路向前走》、杨继平的小说《烟农》和钱玉禄（老六）的诗歌《南海子诗抄》获奖。

一些研讨活动助推文学发展。6 月 14 日，云南省委宣传部文艺处、省作协、新平彝族傣族自治县宣传部在新平召开"冯德胜《太阳地》作品研讨会"。与会者认为，作品通过苦聪头人一家三代人的爱情纠葛、观念转变和太阳地人与外族及大自然的抗争较量、相处交融，展示了一个民族沉重苦难的过去，以及苦聪人从原始社会直接步入社会主义社会的艰辛历程和巨大变革。12 月，女评论家黄玲探究女性文学现象的学术著作《高原女性的精神咏叹》出版。该书对当代活跃在云南文坛的百余名女作家进行了梳理，探寻云南女作家的创作个性特色、艺术创作规律和共性。有评论家认为，《高原女人的精神咏叹》是第一本以新中国建立以来云南几代多民族女作家队伍为研究对象的专著，其价值和意义不言而喻。

7 月 23 日，第八届云南日报文学奖颁奖典礼暨第九届云南日报文学奖征文活动启动仪式在昆明海航酒店举行。丹增的《土林遐思》荣获特别奖，阿来的《非主流的青铜》、吕翼的《阅读高原》、阿卓务林的诗《云南》等 17 篇作品获文学奖。这些获奖作品，从一个侧面反映了云南文学事业欣欣向荣、蓬勃发展的景象。

为加强文学人才，不断壮大作家队伍，云南省采取多种形式努力发现和培养各民族文学人才。11 月，云南省青年作家雷平阳、吕翼、鲁若迪基、窦红宇在省作家协会副主席杨红昆带队下参加全国青年作家创作会议。6—12 月，省作协编辑出版著名作家写云南文集《灵魂里的太阳花》、云南签约作家作品集《树上的风筝》《天上的眼睛》。

云南少数民族文学作家不断发展壮大，创作硕果累累，成为我国少数民族文学创作中的一支重要劲旅。近年来，云南各少数民族作家立足本民族悠久灿烂的历史文化，以独特的审美、鲜明的形象和独特的视角，书写本民族的生活、发展现状和广阔的发展前景，谱写民族精神和时代精神的崭新篇章，用滚烫的文字唱响云岭大地，唱响全国少数民族文坛。现在，包括傣族、佤族、拉祜族、景颇族、哈尼族等在内的全省 25 个少数民族都有了本民族的作家，从而确立了云南文学在我国少数民族当代文学中的地位。在云南各民族作家的发展中，逐步由个别发展成为群体，出现了彝族作家群、景颇族作家群、哈尼族作家群和小凉山诗人群等少数民族作家群。少数民族作家群的出现，是当代云南少数民族文学的一个重要文学现象，体现了各少数民族作家队伍的逐步壮大和成熟。截至 2007 年，云南各少数民族作家创作成果日益丰厚，2 人获得中国作协颁发的“庄重文学奖”，在第一至第八届全国少数民族文学创作“骏马奖”评比中，云南少数民族作家先后有 96 人次、近 100 部（篇）作品获此殊荣，取得获奖数连续五届居全国第一、两届连续第二的优异成绩。

进一步提携和培养少数民族文学新人，推动少数民族文学事业的发展。5 月，云南 13 名少数民族作家参加由中国作家协会、《民族文学》杂志社和国家民委《民族团结》杂志社联合举办的“全国人口较少民族作家研讨班”。云南作家作者何增华（彝族）、袁智中（佤族）、依蒙红木（佤族）、唐洁（德昂族）、孙宝庭（阿昌族）、玖和生（傈僳族）、巴敖东（怒族）、鲁若迪基（普米族）、彭兆清（怒族）等参加了研讨班。这个较高规格的研讨活动，将对全国少数民族作家文学创作、繁荣、发展产生积极而深远的影响。

采取一系列举措，鼓励少数民族作家用双语创作，使云南省少数民族文学的双语创作势头越来越好。云南对全国少数民族文字创作长篇小说及诗集进行扶持，扶持的有哥布的哈尼长歌《哟咪哟嘎，哟萨哟窝》（哈汉对照）、岳小保的傣语《帕英法》（傣汉对照）、傣族召存信的《“召景哈”的春天》（傣汉对照）、景颇族玛波的《罗孔扎定》（景颇汉对照）、彝族柏叶的《疯狂的野兔》（彝汉对照）。

存文学与诗人哥布是哈尼族文学的代表作家。存文学是近年来比较活跃的作家，继长篇纪实文学《拉祜县长》受到广泛好评之后，又创作了长篇小说《碧罗雪山》，受到评论家的肯定。南京师范大学文学研究生杨琼认为，卓越的文字感知力使得这部作品对自然场景中声‘色’光的描写，呈现出绘画与音乐的美感；这部小说反映了傈僳族虔诚自然的文化心理，表现了现代文明对人本身的反噬，具有清晰的象征意义。存文学一直在文学的道路上艰难地跋涉，一直在寻找文学的本源，他的草根小说写的都是普通人，都是这个时代的人。现在，他已出版了长篇传记文学《聂耳》《傣族将军》《我们的太阳》和长篇小说《碧罗雪山》。其中，《碧罗雪山》发表后，引起好评，已被改编成电影，荣获电影金爵位四项大奖和电影金马奖编辑奖。

哈尼族诗人哥布，以独特风格的哈尼文诗集《母语》获得第五届少数民族文学“骏马奖”后，一直致力于“双语”诗歌创作，著有哈尼文诗集《母语》《遗址》，汉文诗集《少年情思》，散文集《空寨》《大地雕塑——哈尼梯田文化解读》。他用哈尼语和汉语创作的长诗《哟咪哟嘎，哟萨哟窝》，诗名的含义直译是“自己的土地自己热爱，自己的呼吸自己作主”，意译为“在故乡的土地上愉快地生活”。全诗 10 个部分，3200 余行。有人认为这是哈尼族作家文学史上的第一部长诗，更是哈尼文创作史上的第一部长诗。作者为创作该诗，连续两年深入哈尼村寨，刻苦学习哈尼族的传统诗歌语言，认真收集创作素材，苦苦寻觅创作灵感。长诗用哈尼人的思维方式和语言表现了哈尼人的当代生活，具备丰富的史实性，有人认为是一部史诗。他创作完成后，还把长诗读给哈尼族同胞听，请他们提意见。

以鲁若迪基为代表的小凉山诗人群，群星璀璨。小凉山诗坛升起的新星阿卓务林不断推出令人耳目一新的诗作，著名评论家谢有顺在《想念一种有感而发的诗歌》评论中指出，鲁若迪基是以小写大、以简单写复杂的优秀诗人。他的诗是活在他的生活中的。很久没有读到这种语言有大地质感、精神面貌朴素清新的诗歌了。他的诗歌，简明而直接，应该说，他自觉地接续上了一种有感而发的写作传统。这是他诗歌的生命所在。在这样一个崇尚复杂和知识的年代，鲁若迪基的天真、简明和有感而发，显得尤为宝贵。他曾获得过全国少数民族文学创作“骏马奖”、2004 年度“华语文学传媒盛典”诗人提名奖。他的诗作《小凉山很小》，写出了他对家乡的自豪热爱与诗人内心的博大：“小凉山很小 / 只有我的眼睛那么大 / 我闭上眼睛 / 它就天黑了……小凉山很小 / 只有我的拇指那么大 / 在外的时候 / 我总是把它竖在别人的眼前。”这一年他出版的诗歌《没有比泪水更干净的水》后来入围第五届鲁迅文学奖。

2007 年，云南省作家创作出了一大批文学作品，在诗歌、小说、散文、报告文学等文学门类取得突破性进展，2006—2007 年度云南省作家在全国重点刊物发表作品近百篇。昆明作协抽样调查表明，该作协在 2007 年度公开发表在全国性或省、区、市以上报刊的文学作品为 600 余篇。由省作协推荐的吕翼的长篇小说《土壑》、鲁若迪基的诗歌《没有比泪水更干净的水》、于坚的散文《众神之河》3 部重点作品获得中国作家协会 2007 年重点作品扶持。

近几年，云南著名小说家张庆国是中青年作家中常年坚持深入生活的一位。他常年深入偏僻的山区体验生活，把乡村作为他体验生活和创作的基地。2007 年，作为云南省作协安排的挂职作家，他到峨山县社会主义新农村文学创作基地挂职，在县民宗局任局长助理。一年来，他先后深入峨山县一半以上的乡镇，到村子和村民家走访、调查和研究，研究了大量峨山县的地方文史资料，录音采访了峨山许多群众，整理了近 10 万字的录音采访文字材料，写作了中篇小说《黄金画家》《菊花堂》，受到读者的好评。他根据多年来 5 次单独走访云南山区调查的结果，创作了中国作协重点扶持的长篇小说《卡奴亚罗契约》，他的中篇小说《黑暗火车》被改编成的电影。

2006 年春天，潘灵以作家的身份被安排到保山市委宣传部挂职体验生活。历时 7 个多月后，他完成了集翡翠文化、边地文化和抗战文化为一体的长篇小说《翡暖翠寒》。该小说最初发表于北京《十月》杂志，后由作家出版社出版发行。《文艺报》《文学报》和《云南日报》均发表了评议文章。该小说还被润视荣光影业公司购买了影视改编权，改编为电视连续剧《翡翠凤凰》。此后，他把目光收了回来，关注现实中的滇西。这片生机盎然的土地上，新农村建设方兴未艾，人物故事层出不穷。特别是当他看到百余名市级机关年轻干部被安排到百余个村寨担任新农村辅导员时，他沉下来潜心创作了 20 余万字的反映滇西新农村建设的长篇小说《泥太阳》。

近年来，云南出现了一个非常可喜的现象，各级领导积极参与文学创作，出现了从徐荣凯、丹增2位省领导，到邹纲仁、孔祥庚、罗崇敏、李国伟、刘建华、熊清华、郑明、黄立新、陈强等各级领导，有30余人的“领导作家”。他们均在工作之余从事文学创作，以散文、诗歌、小说和歌词等文学形式，讴歌七彩云南，表现各族人民的精神风貌，有的还出版了诗集、散文集和小说集，形成了一种领导重视文学、带头创作的良好氛围。

2008年　7人荣获第九届全国少数民族文学“骏马奖”

走进2008年，云南的长篇小说创作发生了重大改变，取得了长足的进步；少数民族文学取得成果，玛波等7人荣获第九届全国少数民族文学“骏马奖”。

纵观2008年云南文学，省作协主席黄尧认为，云南文学显示出4个突出的特点：一是昭通作家群继续保持创作优势，实力雄厚，队容整齐，具有韧性、持久性和创造性，是中短篇小说和诗歌创作的突出群体；二是年轻作家作者以新人姿态成批涌现在云南文坛，一出现就站在较高的起点上；三是一批创作旺盛的作家保持着参与中国文学主流的姿态，并保持高产态势；四是文学评论家都有殷实的成果，他们的评论作品给予云南文学更大的信心。

为繁荣当地文学，激发文学爱好者的创作热情，搭建文学爱好者与作家之间交流学习的平台，各地文联和作协采取举办各种形式的培训班等形式，发现和培养文学新人。3月7—8日，普洱市文联、市作家协会邀请《收获》《报告文学》《中国作家·纪实》《中国作家》等报刊的作家、编辑和云南省部分作家对普洱市的文学爱好者250多人开展文学讲座。昆明市文联和昆明市民委联合于4月中旬在寻甸回族彝族自治县举办为期7天的文学创作培训班，共有82名学员参加。云南省作家张庆国、存文学、雷平阳、李小松等，就报告文学、小说、诗歌、散文创作为学员们开展讲座，同时进行辅导，学员组成小组开展讨论。此次培训班是昆明地区近10年来规模最大、时间最长、授课质量最高、参加人数最多的一次。

云南省采取多种措施，以推荐参评作品、奖掖优秀作家作品等形式，鼓励文学创作。5月，省作协推荐黄尧的《牛头图腾》、范稳的《水乳大地》、孙世祥的《神史》、李霁宇的《青瓦》4部长篇小说作品参加第七届茅盾文学奖评奖，其中范稳的《水乳大地》初选入围。9月11日，省作家协会在昆明召开重点作品表彰会。省作协以10万元对2007年在全国重点文学刊物上发表作品的61位作家进行表彰奖励，夏天敏、于坚、鲁若迪基等作家获得奖励。2007年度，云南省创作取得喜人成果，多位作家在《人民文学》《小说月报》《收获》《十月》《诗刊》《散文》《民族文学》《儿童文学》等全国重点文学期刊发表优秀小说、诗歌、散文和文学评论等各类作品98篇（部），为历年在全国重点文学期刊发表作品量最大、作品类型最多的一年。

一年来，一项项文学活动在云岭大地蓬勃开展，开展采风活动，让作家深入生活；内外合作，进行文学交流，促进文学创作。

4月，云南省作协、师宗县委，师宗县政府、师宗县委宣传部、师宗县旅游局联合主办“著名作家写师宗”。5月，省作协、马关县委、马关县政府联合举办“全国著名作家马关采风”活动。6月，昆明市作协组织了“昆明百名艺术家大采风”，走进了昆明市的西山区、安宁市、禄劝县、富民县等地。此后，还组织了“农村题材笔会”和作家自费到云南钱王之乡“会泽”采风活动，与中国作协等合作举办文学活动。4月28—29日，由中国作家协会、国家民委、中共云南省委宣传部、云南省文联共同主办，西双版纳州委、州政府，省作家协会承办的第五届全国少数民族文学翻译工作会议在西双版纳州召开，来自全国的60余名少数民族文学翻译家、作家欢聚一堂，深入学习贯彻党的十七大精神和全国宣传思想工作会议精神，研究加强少数民族文学翻译交流工作，促进少数民族文学繁荣发展。11月，由省文联、省作家协会主办，保山市文联承办的滇西八州市文学笔会在保山腾冲召开。中国作协与来自楚雄、大理、丽江、德宏、怒江、临沧、保山7个州市的文联、作协负责人和作家作者等近80人欢聚一堂，对滇西30年文学的发展历程进行回顾与前瞻。与会作家和评论家，对改革开放30年来滇西文学创作的成绩和文学事业历史性的繁荣发展给予了成分肯定，并就滇西文学的未来发展提出了有价值的建议。同时，就文学与生活、滇西文学特色、文学的民族性和滇西影视文学等议题展开了热烈的研讨。

5月28日，“2007年度滇池文学奖颁奖典礼”在昆明连云宾馆举行。湖北诗人沉河、云南青年女作家任洋、云南青年作家陈川、云南彝族作家杨昭、江苏作家庞培获得2007年度滇池文学奖。

8 月 4—5 日，昆明市文联、昆明市作协及评论委员会联合召开了昆明市文艺评论工作会议。会议围绕如何正确把握文艺评论工作的发展态势、如何深刻认识文艺评论工作的重要意义，以及如何估价改革开放30年来云南省和昆明市评论工作的状况、成绩和不足展开讨论。

为实施云南文化“走出去”战略，扩大对外文化交流，3 月 1—11 日，云南省作家协会应印度文学院的邀请，由省作家协会主席黄尧带队的 12 名作家代表团赴孟加拉国、印度访问。通过“走出去”进行对外文化交流，开阔了作家视野，并创作出了一些优秀作品。

以在省内外召开各种研讨会座谈会对作家作品进行研讨的形式，搭建文学交流平台，推出作家和作品，扩大社会影响，让云南文学走向社会、走向全国，是 2008 年云南省文学活动的又一特点和亮点。

在中国当代诗坛和少数民族文学界活跃着这样一位老诗人，他写诗，写文学理论批评以及大量的散文随笔。他集著名诗人、优秀的诗歌评论家和任劳任怨的文学组织工作者于一身，可以说“三位一体”。他就是云南省著名白族诗人、评论家、散文家晓雪。3 月 21 日，中国诗歌学会、中国现代文学馆、云南出版集团公司、云南省文联等单位联合在北京举行由丹增作序的《晓雪选集》出版座谈会。

中宣部副部长欧阳坚，中国作协党组书记、副主席金炳华，中国文联副主席、中国作协副主席丹增，以及著名诗人、作家、评论家王蒙、吉狄马加、陈建功、高洪波、李瑛、屠岸、邓友梅、张炯、玛拉沁夫、黄尧等 70 余人出席。会上，金炳华首先代表中国作家协会向《晓雪选集》的出版表示热烈的祝贺。他说，晓雪是我国著名的作家、诗人和评论家。他在文学创作和文学批评方面都取得了丰硕的成就，影响广泛。晓雪创作的诗歌散文和其他文学作品贴近生活，反映时代，歌颂美丽的家乡，歌颂人间的真情，歌颂祖国的繁荣发展。晓雪的文学评论观点鲜明，坦诚直率，发挥了引导创作、引导读者、促进文学繁荣的积极作用。晓雪还是一个优秀的文学组织工作者。他为人坦诚热情，全心全意为大家服务，热情关心青年作家，大力扶持文学新人，为我国文学事业做出了重要贡献。

《晓雪选集》皇皇6卷，是60余年辛勤耕耘的结晶。

丹增在《晓雪选集》总序中指出："《晓雪选集》的出版，是晓雪五十多年文学成就的回顾与总结。" 6卷370多万字的《晓雪选集》，包含了晓雪多年发表出版的大部分诗文，是他50多年文学成就的一个总结。北大教授、著名评论家谢冕认为："晓雪是以着重展现多种民族多种文化交相辉映的创造而获得全国声誉的诗人。他是一位能从大的方面认同于当日诗风、又能以自身的创造显示个人特点的诗人。他拥有云南的全部丰富和神奇。"

晓雪是中国诗歌学会副会长、中国当代文学研究会副会长、中国少数民族文学研究会会长，曾任云南省文联党组副书记、副主席、云南省作协主席。1956年，他撰写了洋洋洒洒7万言的大学毕业论文《生活的牧歌——论艾青的诗》，系统地对艾青诗歌的创作进行评论而名震文坛。此专著于1957年7月由人民文学出版社出版，引起广泛赞誉。这是我国第一部研究艾青的专著，也是新中国成立后的第一部现代作家论。以文学评论成名的晓雪广泛涉足诗歌、散文、文学评论、杂文、报告文学等多个领域，颇多建树，影响广泛。半个多世纪以来，他创作出版了诗集、评论集、散文集共 25 种，其中长诗《大黑天神》，诗集《晓雪诗选》，诗论集《新诗的春天》《诗的美学》《诗美的采撷》等先后在全国获奖。1996 年获意大利蒙罗德国际文学奖特别奖，2003 年获第五届全国当代少数民族文学研究突出贡献奖。

晓雪的诗有鲜明的民族特色、浓郁的地方色彩、强烈的时代精神和独到的个性特征，形成了一种朴素、单纯、清新、明丽而又含蓄多样的风格。他的散文写得自由自在、平易亲切而又诗意盎然，耐人寻味。他除对艾青做了系统深入的研究之外，还为我国现当代各民族数十位诗人、作家、艺术家写过专题评论，为 200 多位各民族老中青文艺家和业余作者的书写过序和跋，大家称赞晓雪是“文学领域的多面手”。

9 月 6 日，《云根诗词》作品座谈会在昆明市连云宾馆召开，中国文联副主席、中国作协副主席丹增，省老领导张宝三，著名文艺理论家、云南省诗词协会终身名誉会长、云南大学教授张文勋，云南省诗词协会会长、云南大学教授赵浩如等古体诗词创作、评论的专家和诗人作家，云南出版集团、新华社云南分社、玉溪市文联等有关单位负责人出席了座谈会。《云根诗词》作品座谈会是云南省作协近年来召开的第一个有关古体诗词作品的研讨会。丹增认为，孔祥庚同志忙里偷闲坚持创作、刻苦钻研、精益求精、忠贞不渝热爱文化的精神，为我们专业的、担任领导职务的或非领导职务的党政干部树立了榜样。座谈会上，云南省众多诗词专家、学者均对《云根诗词》予以高度评价。张宝三说，孔祥庚是一个踏实勤恳、工作扎实、有思想有能力有才华的领导，同时也是一位感情真切、待人诚恳、关注民生、潜心格律的诗人。张文勋认为孔祥庚的诗贴近现实，生活气息浓郁，有深远的意境和深刻的思想情感，为古体诗词创作注入了时代气息，以写实的笔触演绎优美的意境，格调高雅，渐臻高境，是经得起推敲的。张运贵认为《云根诗词》中的作品亲切、坦诚，是发自内心的真情吟唱，景真、情深、质朴、清新、淡雅、隽永，令人耳目一新。黄尧在发言中说，孔祥庚的诗视野开阔而专注、情感充沛而激越、古体格律偏向谨细，出典考究不害博雅。有的作品，尤其是短小的七绝精粹少疵，堪称可诵可传的佳作。于坚认为，古体诗词的灵魂与韵味已经生长和深植在中国文化的深处，成为中国文化的传统和汉语的基础，它永远不可能消失。

孔祥庚笔名云根，时任玉溪市委书记。幼年随父母吟诗，成年习诗纪事抒怀，信奉诗可以“和性情、厚人伦”。其诗作恪守声韵格律规则，追求意象美与韵律美，致力于正格中创新。诗词雅正清通，厚重自然。他曾在《人民日报》和《中华诗词》等报刊发表过作品，深受读者喜爱，被聘为《中华诗词》顾问。

《云根诗词》系孔祥庚从收存的诗稿中精心挑选的213首按韵律和时间顺序编选的一本诗词集。有评论家认为，诗人虽贵为高官，却有平民情怀，赤子之心。整个《云根诗词》毫无专横之气，而是平和冲淡，多以平民眼光摄取事物，与人交心。孔祥庚借助诗词抒怀言志，了解人民、关心人民、体恤人民、歌颂人民是他诗集的最大主题，同时也是他的诗词最能打动人、感染人的地方。

12 月 5 日，中国作家协会创研部、云南省委宣传部、人民文学出版社、云南省文联、云南省作协、保山市委共同主办的潘灵长篇小说《泥太阳》作品研讨会在北京举行。中国作协副主席、党组成员陈建功，中宣部文艺局、中宣部出版局、中国作协、中国社科院文学所、《人民文学》杂志、《民族文学》杂志、云南省文联、云南省作协、保山市委等有关方面负责人，著名作家、文艺评论家出席研讨会。陈建功代表中国作家协会向潘灵长篇小说《泥太阳》的出版表示祝贺。他说，一个时代应该有对一个时代一层人特别是农村人生活的写照，作家潘灵深入生活，汲取农村生活的丰富资源，写出呼唤时代的力作，这是非常可贵的。《泥太阳》给我们的启示，作家只有深入生活，走“三贴近”的创作路子，才能写出为人民群众所喜闻乐见的优秀作品。期待更多的作家坚持正确的创作道路，勤奋创作，为人民大众奉献更多更好的文学作品。近年来，云南重视文学创作，注重引导作家深入生活、关注日新月异的云岭大地。潘灵到滇西的保山市挂职，在两年的挂职体验生活过程中深入生活创作了《翡暖翠寒》和《泥太阳》两部长篇小说。《泥太阳》作为人民文学出版社向改革开放 30 周年献礼的重点图书出版后，受到了文坛的高度关注。

11 月 26 日，云南省委宣传部在昆明举行《真爱长歌》首发仪式。该书由女作家黄晓萍创作，云南教育出版社出版，全面系统书写了缉毒英雄罗金勇和全国道德模范罗映珍的感人事迹。《真爱长歌》是一部反映时代精神、体现主旋律，融思想性、艺术性和可读性为一体的优秀文学作品，描绘了英雄夫妻的感人形象，使英雄的故事广为人知。用艺术化的表现形式把社会主义核心价值体系渗透到云南省经济社会的各个方面，感染人、教育人、鼓舞人，是云南省大力创作主旋律作品的具体行动。在有关部门精心组织下，多年来，一些云南作家深入基层，挖掘题材，创作出一批云南经济社会巨大变迁、群众喜闻乐见的文学作品，用感人至深、充分展现社会主义核心价值体系的艺术体裁，引领多元多变多样的社会思潮，引导人们树立社会主义荣辱观，培育文明云南的道德风尚，为推动和谐社会建设提供强大的精神动力和道德力量。《真爱长歌》真实记录了这对英雄夫妻执着、率真的情感历程，将大爱无疆的情操展现到极致，展示出爱之坚忍顽强，情之博大精深。该作品荣获 2008 年云南省重点图书出版奖和“云南文化精品工程”优秀作品奖后，2009 年 9 月荣获第十一届精神文明建设“五个一工程”奖。

4 月 7 日下午，由云南省社会科学院、云南当代文学艺术文献信息中心、云南省作家协会主办的“蔡毅新作《不朽的魂灵》研讨会”在昆明举行。这是云南省文学评论家蔡毅继《创造之谜》之后出版的一本研究文学的理想问题，探讨文学艺术永恒性的问题的文学理论专著。著名诗人晓雪说，6 年前蔡毅出版了文艺理论专著《创造之谜》，现在这本新书是《创造之谜》的姊妹篇，是《创造之谜》的拓展和延伸。《不朽的魂灵》的特点可用 6 个字概括：新意、深度、文采。蔡毅是省社科院研究员、文艺评论家、省作协签约作家，从 20 世纪 80 年代以来一直坚持参与中国及云南的文艺评论工作。

对云南民族文学中的女性文学现象作整体研究的学术著作《高原女性的精神咏叹——云南当代女性文学综论》作品研讨会

于3月13日下午在昆明滨湖宾馆召开。这次研讨会是由云南省作协组织的。云南省文学界代表、女作家代表、评论家、高校教师等40余人参加了会议。2008年对黄玲来说，是收获的一年，《高原女性的精神咏叹——云南当代女性文学综论》荣获第九届全国少数民族文学创作“骏马奖”，中篇小说《在假期飞翔》被《小说选刊》转载，散文《从故乡启程》入选《2008年中国散文精选》。黄玲著有《李乔评传》《孽红》《母性土地》《纸房子》《逃离校园》和《苍天有泪》等小说。

一座独一无二的历史丰碑，展示着民族团结第一碑的精神气质。9月19日上午，在这块神圣的誓词碑下，由宁洱县委、县政府和普洱市民宗局、市文联举行的《我们的太阳》一书首发式隆重举行。哈尼族作家存文学创作的长篇传记《我们的太阳》一书，是他继《拉祜县长》之后，又一部反映普洱市民族题材的长篇纪实文学作品。该作品以普洱民族团结誓词碑为素材，反映了边疆少数民族群众为争取解放、自由、平等的新生活而团结奋斗的不凡历程，主要描写了二十世纪四五十年代普洱地区各民族革命斗争波澜壮阔的宏大历史画面，展示了各民族一心跟党走、前赴后继、可歌可泣的壮丽画卷。

8月23日，著名作家、第三届鲁迅文学奖获得者夏天敏创作的第一部长篇小说《极地边城》在昆明的新知读书城举行首发式。这部小说是夏天敏创作的第一部长篇小说，小说完全颠覆了真实的历史人物，通过对云霓小姐等主要人物宕起伏命运的描写，反映了昭通丰富厚重的历史文化。

8月10日，是我省已故著名作家李乔诞辰100周年的纪念日。中国作家协会少数民族文学委员会、省作家协会在昆明组织召开了“著名作家李乔诞辰100周年纪念会”，来自中国作协、在昆的部分作家和李乔的亲属，一起缅怀这位在长达94年的人生岁月中勤奋创作、成果丰硕、热爱生活、诚恳待人的作家。

中国文联副主席、中国作协副主席丹增，中国作协书记处书记杨承志，云南省人大常委会常务副主任晏友琼，云南省文联名誉主席梁公卿，云南省文联、云南省作协、红河州委领导和有关专家学者、作家，以及李乔家属出席了纪念会。

李乔，1908年8月10日出生于石屏县的一个贫穷的彝族家庭，20世纪30年代在上海开始文学创作。新中国成立后，他创作的《欢笑的金沙江》（三部曲）奠定了他作为当代彝族文学开拓者的地位，被列为20世纪中国文学百部经典之一。在他94年的人生中，文学创作一直是他生命的主旋律，80岁仍出版了2部长篇小说，90岁仍在创作中篇小说。李乔于2002年4月逝世。

丹增在讲话中指出，李乔是中国文坛的大家，是当之无愧的文学大师，我们应该继承李乔的精神遗产，像李乔那样勤奋创作、热爱生活、诚恳待人。杨承志在讲话中说，李乔开创了我国当代彝族文学的高峰，为繁荣和发展我国少数民族文学事业奉献了一生。来自李乔的出生地红河州以及李乔生活工作过的楚雄州的代表也参加了纪念会。与会代表深切缅怀李乔同志对云南文学的发展所做出的突出贡献以及他诚恳待人的优秀品质。

11月18日，带着深深的敬意和美好的祝贺，从北京、上海、香港、山东、四川和云南丽江、瑞丽、怒江等地以及加拿大赶来的作家、战友、同事、友人，在昆明欢聚一堂，共同祝贺著名作家彭荆风 80 寿辰和从事文学创作 60 年。

著名老作家、中国作家协会名誉副主席邓友梅发来贺电：祝我的老战友在战斗中度过了 80 年。他的战迹就在他的文学作品中；他的作品在现代文学史上是抹不掉的，是一个闪光的亮点。成都军区宣传部贺电：六十年耕耘，六十年辉煌，彭荆风老师是成都军区文学创作的杰出代表，在军事文学创作上佳作不断，对彭老为军区文化工作所做的贡献表示感谢。中国作协副主席陈建功、著名作家诗人艾克拜尔·米吉提、李耕、叶梅等也发来贺电。

2008 年，从某个侧面说，是云南文学创作成果年。苏策、彭荆风、晓雪、张昆华、张长、汤世杰、张永权、李霁宇等一批老作家，以丰富的创作经验、不减的热情和不凡的才华，创作出了不少优秀作品，一批中青年作家诗人以雄厚的创作实力向全国冲击，有的甚至走向世界，一批年轻作家脱颖而出，特别是云南的少数民族文学创作引人注目，取得骄人的突出成果，云南文学呈现星光璀璨的繁荣景观。

这一年，云南作家、诗人纷纷发表作品，出版文学专著。仅昆明市作协的作家出书 15 部，在《十月》《文艺报》《诗刊》《文学自由谈》和云南及昆明市报刊共发表千余篇小说、诗歌、散文、评论，呈现出一派文学创作繁荣的景象。

云南少数民族文学创作保持旺盛的创作力量。在 2008 年全国第九届少数民族文学创作“骏马奖”评选活动中，云南少数民族文学创作成果备受全国文坛关注，景颇族女作家玛波的长篇小说《罗孔札定》、佤族女作家袁智中的报告文学集《远古部落的访问》、彝族女评论家黄玲的文学评论集《高原女性的精神咏叹——云南当代女性文学综论》、回族评论家马绍玺的文学评论集《在他者的视域中》、德昂族女诗人艾傈木诺的诗集《以我命名》、阿昌族作家孙宝廷的散文集《月亮刀魂》、普米族诗人曹翔的《古城》7 人荣获“骏马奖”。本次云南荣获的“骏马奖”是从参评的 300 多部作品中脱颖而出的，云南有 44 部作品参与评选，占参评作品总数的 1/7，为参评作品最多的省份，并有 16 部作品入围，在全部入围的 90 部作品中名列第一，获奖总数为全国省、区、市最多的省份之一。11 月 16 日，在贵阳举办的全国第九届少数民族文学创作“骏马奖”颁奖典礼上，云南 7 位获奖者领受了自己民族的荣誉，展示了云南少数民族文学繁荣发展的成果和无尽魅力。

2009 年　云南文学以丰硕成果
迎接新中国成立 60 周年大庆

云南文学以崭新的姿态和丰硕的文学成果，为新中国成立 60 华诞献上特殊的精神礼物。

60 年风雨兼程，60 年春华秋实。2009 年，是新中国成立 60 周年，也是中国作家协会成立 60 周年。围绕这一隆重盛大的纪念活动，云南开展了一系列文学活动。为褒扬老一辈作家为新中国文学事业建立的功绩，表达对老一辈作家的敬意，激励年青一代创造文学事业新的辉煌，中国作家协会决定，向从事文学创作 60 周年的中国作家协会会员颁发荣誉证章和证书，云南的王松、柏鸿鹄、孙凯宇、张文勋、聂索、马瑞麟、刘绮、蓝芒、刘雪棋、周良沛等 10 位老作家获得证章和证书。

9月23日，在举国上下庆祝新中国成立60周年之际，为了表彰老一辈文艺家和文艺工作者为新中国文艺事业建立的功勋，激励年青一代为建设云南民族文化强省做出更大贡献，云南省召开了“云南省文联新中国成立前参加革命工作的老文艺家和老文艺工作者座谈会”。106位新中国成立前就从事文艺工作的老文艺家和老文艺工作者受到表彰，并获得了荣誉证书和奖杯。这次受表彰的老文艺家中，有在1942年毛泽东同志发表《在延安文艺座谈会上的讲话》时就曾面对面聆听过毛泽东同志演讲的老作家谭碧波，有在抗日战争和解放战争时期就参加了文艺工作的老作家。他们在60多年的文艺事业中，创作了大量优秀的文艺作品，誉满海内外，受到人民、组织、同行的认可和敬重。云南的文学事业就是在不断的承前启后中向前发展的。一大批老文艺家曾经在艰苦的条件下创造了云南文艺的辉煌，他们是值得尊敬并将永远不会被遗忘的。老作家代表彭荆风、张文勋、孙凯宇、刘绮在表彰会上发言，表达了内心的激动之情。

8月23日，云南省文联在云南省科技馆隆重举办“云南省文联庆祝新中国成立60周年文艺成就精品展”。为庆祝这一活动，云南省作协4月召开报告文学题材规划会，决定组织作家深入生活，创作10部反映云南巨变的报告文学，以文学形式反映新中国的沧桑巨变，为新中国成立60周年献礼。

16位少数民族作家参加鲁迅文学院培训和国庆观礼，是引人关注的文学亮点。9月5日，云南16位少数民族作家怀着无比激动的心情赴京参加为期4个月的鲁迅文学院第十二届中青年作家高级研讨班学习，省委宣传部、省文联、省民委的领导为少数民族作家们送行。本届的高级研讨班为少数民族作家班，是中宣部和国家民委为庆祝新中国成立60周年专门从全国的55个少数民族中招收学员而设立的，云南省共有16位少数民族作家参加培训学习，占了此次高级研讨班人数的1/3，是各省、区、市参加学员最多的。16位作家，除了特别给云南的彝族一个作家名额之外，其他15位作家分别来自云南独有的白族、哈尼族、傣族、景颇族、阿昌族、德昂族、纳西族、普米族、傈僳族、怒族、拉祜族、佤族、布朗族、独龙族、基诺族。参加研讨班学习的各少数民族作家，同时作为特邀嘉宾，参加国庆观礼及庆祝活动，这是继20世纪50年代初云南少数民族代表晋京后，作家晋京观礼最盛大、最隆重的一次，具有重大的历史意义和崇高的荣誉。16位少数民族作家表示，作为少数民族作家，深感任重而道远，一定要多出作品，出好作品，为繁荣民族文学做出应有的贡献。特别是要多关注本民族人民群众的生活，还要做党和少数民族、汉族和少数民族、各少数民族之间的文化信使、团结信使、和平信使。

在北京期间，他们和其他来自全国的各少数民族学员一起，汇聚成一幅象征祖国民族文学百花园的美丽图画。16位民族作家在中央电视台第九演播室与中共中央政治局常委李长春、中共中央政治局委员、国务院副总理回良玉等党和国家领导人共同观看了《爱我中华》民族团结专题晚会，唱响了一曲中华民族是一家的赞歌；在京西宾馆参加了国务院第五次全国民族团结进步表彰大会，深刻领会了“汉族离不开少数民族，少数民族离不开汉族，各少数民族之间也相互离不开”的党的民族政策，并且荣幸地在民族团结表彰会上，与胡锦涛、吴邦国、温家宝等党和国家领导人合影留念，成了一生永恒的记忆；中央政治局委员、中央书记处书记、中央宣传部部长刘云山到鲁院亲切看望了全体学员，发表了重要讲话，并和学员们聚餐联欢、合影留念。他们还参加了《民族文学》“祖国颂”征文颁奖活动，布朗族作家陶玉明、佤族作家伊蒙红木、拉祜族作家李梦薇、独龙族作家罗荣芬还获了奖。云南省16位少数民族作家参加鲁院第12期高研班是云南的荣誉，也是云南少数民族文学的重要收获，应该成为繁荣云南文艺创作的新起点。16位少数民族作家表示，将用更开阔的眼界和更饱满的创作激情再次上路，带着我们民族的梦想投入繁荣云南文学的光荣使命中，用优秀的作品为加强各民族的团结和谐、为建设云南民族文化强省做出自己积极的贡献。

鼓励创作，多出作品，多出人才。9月17日，为表彰云南省2008年度重点作品创作，由省作协举办的“云南省重点作品扶持表彰会”在昆明连云宾馆举行，省内的60个作者共92件作品获得奖励。这次获得奖励的作品分别有诗歌，散文，评论，短、中、长篇小说，纪实文学5个门类，这些作品分别发表在国内有影响的重点期刊《诗刊》《人民文学》《人民日报》《小说选刊》等14种刊物上。其中，晓雪的《青海雪》、张永权的《在遥远的独龙江》、于坚的《于坚近作》、雷平阳的《诗十四首》、樊忠慰的《呓语或独白》、鲁若迪基的《无言的大地》、聂勒的《寂静》和晓梅的《错过》等7位作者共34件诗歌作品获奖；那家伦的《玉韵大理》、叶多多的《雨季的头几天》、余继聪的《乡村昙花》、乔传藻的《牛背鹭》、吴然的《石林的歌声》等16位作者共21件散文作品获奖；宋家宏的《〈泥太阳〉

农村精神的缺失与重建》、冉隆中的《活跃在云南峨山新农村文学基地的彝族作家》、李骞的《千辛万苦出深山》等13位作者共23件评论作品获奖；潘灵的《别处》等8位作者共8件短篇小说获奖；存文学的《红秋的冬日》、黄玲的《在假期飞翔》等3位作者共3件中篇小说获奖；张庆国的长篇小说《卡奴亚罗契约》获奖；吕翼、朱镛的纪实文学《灾难中挺起的脊梁》受到表彰奖励。

这一年，云南还以文学笔会或研讨会的方式，总结探讨了创作经验，组织作家到全省各地采风、体验生活，进行文学创作。

9月18日，云南省作协与峨山县委、县政府共同举办的“云南峨山社会主义新农村文学创作基地作品研讨会”在昆明召开。文学界的专家学者聚集一堂共同回顾这一段值得珍藏的文学记忆，共同总结峨山模式带给我们的经验，也共同赏析6位作家所带来的厚重作品。一年一度、轮流坐庄的滇西笔会，引人注目。

云南采风活动内容丰富，形式多样。4月6日，由鹏立爱心文化工作室主办的“国庆60周年四海作家云南民族文化大观园采风活动”在昆明正式启动，并于7日起开始为期13天的滇西采风活动。省老领导刘树生为活动开幕请人专门送来了贺诗。以中国作家协会荣誉副主席邓友梅为团长、著名作家陈志鹏为副团长的四海作家云南民族文化大观园采风团，有来自中国文联、中国作家协会、中国香港和美国、德国、加拿大、澳大利亚、新加坡、文莱、印尼、马来西亚、荷兰、新西兰等16个国家和地区的著名作家和国内媒体的资深记者40余人。他们中有

20 世纪 70 年代末我国“伤痕文学”的代表作家、《伤痕》的作者、现旅居美国的著名作家卢新华，台湾中国妇女写作协会理事长陈若曦，美国《中外论坛》杂志总编辑王性初，北美华文作家协会现任会长杨芳芷，新加坡华文文艺协会理事尤今，海外华文女作家协会会长吴玲瑶，洛杉矶圣谷华文作家协会会长黄怡，澳大利亚华文诗会笔会会长、著名书法家庄伟杰，《香港文学报》副主编陈娟等，云南著名作家张昆华、张承源等也参加了活动。活动结束后，作家创作了一批文学作品，结集出版。

11 月 26—30 日，由《云南日报》、玉溪市委宣传部与《北京日报》联合举办笔会，著名作家、北京作协副主席刘庆邦，著名评论家、人民大学文学院院长、鲁迅博物馆馆长孙郁，军旅作家沉石，著名作家、散文家凸凹，著名军旅诗人、鲁迅文学奖获得者辛茹等一行 32 人参加笔会。昆明作协举办了一系列活动，9 月，召开新中国成立 60 周年国庆中秋茶话会暨创作座谈会；11 月，组织作家到晋宁采风，后创作了一批散文作品；12 月，在禄劝召开第四届县区笔会禄劝民族风情笔会，举行“生活与创作”“当前中国文学现状与发展”“文学创作与投稿”等文学讲座。

为提升云南文艺评论水平，扩大文艺评论交流，由省文联组织、省文联文艺理论室负责人带队、从事文学评论的专家一行 7 人 5 月赴西安交流考察。这是 20 多年来云南组织的第一支专门从事文学评论出省考察交流的代表队。陕西方介绍了文艺评论的发展历程、队伍状况、开展评论的做法和经验。云南代表队也介绍了近年来云南文艺繁荣和文学评论及《云南文艺评论》的情况。这次交流考察活动，对发展和繁荣云南文艺理论评论与文学评论，促进西部文艺理论评论交流，起到了积极的作用。

8月25日，昆明市文艺评论家协会在昆明召开成立大会。大会选举产生了主席、副主席、理事、常务理事，并聘请了著名老评论家任顾问。该协会现有会员约100人，是由昆明市各研究机构、大专院校学者、教师和各高校学生以及社会各界文艺评论写作者自愿结成的非营利性社会组织。协会将积极组织开展各类文艺理论、评论研究活动；举办文艺论坛、采风活动、报告会和文学创作讨论会；编辑出版各类评论类书籍。昆明市文艺评论家协会的正式成立和积极开展工作，将改变过去云南文艺创作与文艺评论不对称发展的格局，将对推动昆明和云南文艺事业的大发展大繁荣起到积极作用。

12月25日，云南第一个民间文学节——首届云南民间文学节高黎贡文学节在北辰财富中心开幕。这一文学节为云南省民间文学作品提供了一个良好的展示、交流、互动平台，每年由评委会委员及文学节主席公开评选，最终评出高黎贡文学奖、文学节主席奖各1名。这一文学节旨在繁荣云南文学，力推本土优秀作家，鼓励大批学者再创佳作，挖掘文学新人，促进云南与国内外文学界的相互交流。本次活动由昆明老虎文化机构和昆明金马不锈钢厨具有限公司主办。

研讨文学作品，推出人才作品。在省内外开展作家作品研讨活动，是推出作家作品，展示云南创作成果，扩大作品影响的有效途径。

5月15日，由云南省作协举办的《徐嘉瑞全集》首发式暨作品研讨会在昆明连云宾馆召开。大家高度评价了徐嘉瑞先生在文史学、云南民族民间文学、诗歌创作等方面取得的杰出成就，缅怀了徐嘉瑞先生追求进步、不断奋进的人生和锲而不舍的治学精神。云南文艺界、社科界、新闻界及出版界的专家学者以及徐嘉瑞先生的亲属共计 60 余人参加了会议。

文史大家徐嘉瑞是五四运动时期云南第一个写新诗的人。早在 20 世纪 20 年代初，他就用白话文写了大量新诗，以后他又创作了《望夫云》《多沙阿波》《和振古歌》等多部长诗；他对平民文学的关怀使他对中国文学史进行了一次独树一帜的改写，出版了他的第一部专著《中古文学概论》，胡适认为是“一部开先路的书”，另一部文学史专著《近古文学概论》，毛泽东在延安时曾阅读过，并有很多批注，称他为“第一个为下里巴人疾呼的学者”。他是中国少数民族文化开先河的史家，也是云南省研究少数民族文学史的第一人，他的《大理古代文化史》，是一部研究中国文化史、民族文化史及云南地方史的重要著作，被认为是研究民族文化必读之书，他的《金元戏曲方言考》开戏曲方言研究之先河，被认为是一部“开山的著作”。他的《云南农村戏曲史》，是研究云南地方戏曲的第一部史著。徐嘉瑞，1895 年 2 月出生于云南邓川，母亲是白族。由云南出版集团晨光出版社和云南大学出版社出版的《徐嘉瑞全集》共分 4 卷，总计 370 多万字，包括徐嘉瑞先生从 20 世纪 20—60 年代的著作，分为中国文学史、中国文学、云南民族文化、杂文及文论、诗词、戏剧、外国文学和翻译等 8 个部分，同时还收录了徐嘉瑞先生的小传和年谱。

黄晓萍创作的报告文学《真爱长歌》是云南文学界近年来的一个重要文学成果。5 月 21 日下午，由中国作家协会创研部主办的“黄晓萍报告文学《真爱长歌》研讨会”在中国作协大楼举行。会议邀请了中宣部、公安部、中国作协、中国社科院、北京大学、人民日报、光明日报、人民文学、中共云南省委宣传部、云南省教育厅、云南省公安厅、云南出版集团等单位的有关领导、专家学者和新闻媒体记者、《真爱长歌》作者黄晓萍以及《真爱长歌》主人公之一、全国道德模范罗映珍出席。在研讨会上，专家学者一致认为，《真爱长歌》以优美的语言和感人的故事展现了缉毒英雄罗金勇和道德模范罗映珍的先进事迹，弘扬了人间真情，是一部宣传社会主义核心价值体系的生动教材和优秀作品。

8 月 26 日，云南省文联、省作家协会和丽江市委、市政府在昆明联合举办了《王丕震全集》研讨会。王丕震在体弱多病的最后 18 年披肝沥胆，焚膏继晷，全力拼搏，从 62 岁起创作中国历史小说，在去世前的 18 年间一共创作了中国历史小说 142 部、3560 万字，每天平均写作 4500 多字，成为古今中外传统手写文学作品最多、最快的高龄作家，也是用文学形式描写历史名人最多的作家之一。

12 月 22 日，由云南出版集团、云南省作协主办的彭荆风长篇纪实文学《解放大西南》研讨座谈会在昆明海航酒店举行。著名军旅作家彭荆风历时 12 年十易其稿创作的 55 万字长篇纪实文学《解放大西南》出版后，引起社会各界强烈反响。来自云南文学界、出版界、史学界的专家学者聚集一堂，对这部史诗般的扛鼎大作进行了研讨。云南在昆的出版专家、作家、评论家、史学家以及成都军区代表纷纷在研讨会上祝贺这部气势恢宏、波澜壮阔的史诗般的力作出版发行。大家认为，彭荆风以丰富的史料与文学性、可读性结合的长篇纪实文学《解放大西南》，反映了60年前那场宣告蒋介石集团在中国大陆统治彻底崩溃的大战役的全貌，是近年来云南文坛不可多得的集历史、文学厚重为一体的重要作品。

在群星灿烂的当代中国少数民族作家中，杨苏是具有代表性和独特性的白族作家。他出版了厚重的4卷版本《杨苏文集》，引起人们的关注。1957年，他开始创作。迄今为止，他创作了短篇小说《路遇》《亲如兄弟》《木真的春天》《梅和老公》《求婚》《一包玉米》《绿谷》《老社长》等，长篇小说《藏民飞骑》《省委大院》《傈僳人家》《青春颂歌》，长篇传记文学《周保中将军》《艾思奇传》《王复生烈士》等作品。1961年，他出版的小说《没有织完的筒裙》在文坛具有广泛影响。

岁末年初，云南作家纷获各种奖项，作品入选各种文学精品版本，反映了云南文学创作繁荣的新景观，标志着云南文学新的高度。4月，“阅读中国—当代文学精品”（数字工程）书目出炉，云南有8位作家的11部长篇小说入选，分别为李乔的《欢笑的金沙江》，彭荆风的《鹿衔草》《绿月亮》，张长的《太阳树》，范稳的《水乳大地》《悲悯大地》，海男的《县城》《身体祭》，李霁宇的《青瓦》，潘灵的《泥太阳》，彭鸽子的《红嘴鸥的寻觅》。这些长篇小说塑造了众多鲜活的人物形象，从多个侧面反映了云南多彩的民族文化和生活，充分展示了云南文学的创作成果。此工程以体现新中国成立以来各个时期具有代表性和产生过重大影响的长篇小说为选稿标准，精选了自1949年以来出版的长篇小说500部，旨在弘扬中国文学的丰硕成果，培育广大读者对主流文学的阅读取向。

为繁荣云南文学事业，《边疆文学》杂志社与云南昊龙集团宣布，联手打造“边疆文学·昊龙年度文学大奖”。7月27日，2008年度滇池文学奖颁奖典礼在昆明举行。本次获“滇池文学奖”的5名获得者是四川军旅作家王棵、天津作家武歆、云南作家陈鹏、云南作家陈慧和云南诗人徒举袖衣。

12月，由云南省作家协会、楚雄彝族自治州文联主办，云南国通集团协办的一份新的文学期刊《金沙江文艺·百家》正式创刊面世。作为云南省百家文艺期刊方阵的龙头刊物，《金沙江文艺·百家》杂志选登各州市、行业协会、文学社团等文学杂志优秀文学作品。

2009年是收获的一年，云南作家获得种类繁多的文学奖项。于坚的散文《秋天，我在泸沽湖》获得“中国西部散文奖”，这是中国西部散文学会评选的奖项。由新疆知名的专家组成评委会、从《西部》杂志刊发的各类体裁的作品中遴选出获奖作品。雷平阳的小说《铁匠》获得由《小说选刊》设立的“蒲松龄文学奖”，散文作品《云南黄昏的秩序》获得中国西部散文家学会评出的“中国西部首届散文奖”，诗歌《昭鲁大河记》被《广西文学》评为广西文学奖，《云南记》组诗系列被《诗选刊》评为2009年中国最佳诗歌奖，获奖理由：雷平阳虽然偏居云南，而且让自己的诗歌美学始终固守在滇南的土地上，但他并没有因为地方性的限制而流于窄小的视野。相反，在组诗《云南记》中，诗人写出了边地风情的广博与灿烂，与物事对话，同人生抗争。雷平阳作品周围凝聚的气场，让他的诗歌结实、深沉，有着饱含人生善意的厚重感。第十届全国公安系统“金盾文化工程”优秀作品评选结果9月揭晓，边防武警彝族作家杨佳富的长篇小说《边关流星》获金盾文学奖。8 月，吴德铭的散文《向先贤顶礼的圣殿》荣获中国散文学会、北京市写作学会、华夏博学国际文化交流中心主办的 2009 年全国散文作家论坛征文大赛一等奖。在 2008 年度中国散文年会上，李智红的散文《行吟大理》荣获 2008 年中国年度散文银奖，此次年会由《长篇小说》杂志社和《安徽文学》杂志社联合举办；9 月，诗人爱松描写昆明西山睡美人的诗歌《睡美人》获得由中国散文学会、北京市写作学会等 4 家单位联合主办的 2009 年“华夏情”全国诗文书画大赛最高奖“金爵奖”。张永权的《太白岩上观万州》10 月获得由中国作协、江苏省委宣传部主办的“庆祝新中国成立 60 周年 · 长江颂”全国游记散文征文二等奖，陈洪金、周祖平分别获得优秀作品奖。赵云的诗歌《新视野里的大理》（二题）获中国散文协会举办的第二届“新视野杯”全国文学征文比赛散文类一等奖。李国庆的散文《捷径》获《中国作家》举办的中国作家笔会一等奖，徐福松的散文《幽碧湖之恋》获得中国散文学会举办的“新视野杯”三等奖。

2010 年　彭荆风、雷平阳双双获鲁奖

2010 年，是云南作家厚积薄发，取得历史性突破的一年。

这一年，以云南作家中的著名军旅作家彭荆风的纪实文学《解放大西南》、雷平阳的诗集《云南记》双双荣获第五届鲁迅文学奖，吴然的散文集《踩新路》荣获第八届全国优秀儿童文学奖 3 项大奖为代表，标志着云南文学创作走向了一个新时代。一年之内，揽获全国最权威的 3 项大奖，为云南文学事业

赢得了荣誉，增添了耀眼的光彩，展示了云南文学创作的实力和水平，创造了云南文学历史的最好成绩，取得新的历史性的突破。

云南文学星光璀璨。11 月 9 日晚，第五届鲁迅文学奖颁奖典礼在鲁迅先生的故乡——绍兴举行。云南作家彭荆风的纪实文学《解放大西南》、雷平阳的诗集《云南记》双双荣获第五届鲁迅文学奖。

截止 2010 年，云南已有夏天敏、于坚、彭荆风、雷平阳 4 人获得了鲁迅文学奖，这是云南省近年来文艺繁荣、建设民族文化强省结出的丰硕成果。

多年来，彭荆风、雷平阳两位作家深深扎根于云南这块火热的土地，执着耕耘，潜心创作，奉献了一系列优秀作品，为云南文学事业的繁荣发展做出了积极贡献。这次两人又凭借《解放大西南》和《云南记》两部力作获得我国文学奖的最高奖项——鲁迅文学奖，这既是对他们多年来辛勤劳动的充分肯定，也是对云南文学创作的最高褒奖。

本届鲁迅文学奖云南共有 4 部作品入围，分别是彭荆风的报告文学《解放大西南》、雷平阳的诗集《云南记》、鲁若迪基的诗集《没有比泪水更干净的水》及黄晓萍的报告文学《真爱长歌》。最终，彭荆风的报告文学《解放大西南》和雷平阳的诗集《云南记》分获报告文学大奖和诗歌大奖。

中国作协主席铁凝评论彭荆风和《解放大西南》说："他就像一位指挥员一般，心中有数地站在总观全局的高度来处理全书的结构，条理分明地来剖析战局的发展，把每个地区、每场战斗的人与事写得那样详细、精彩，并从中突出了众多人物的个性。这是历史的真实和作家文学技巧的有机结合，也表现了一位老作家对历史的深刻了解，和驾驭这类题材的深厚功力。”

评论家木弓认为：“《解放大西南》是一部气势恢宏的英雄史诗，一部热情讴歌中国共产党领导人民进行伟大的解放战争的史诗性作品。全书主题鲜明、情感真挚、气势恢宏、思想深刻，凝聚着一个从战争中走过来的老作家对党对人民对民族的赤胆忠心，也展现出一个永远为人民而创作的老作家的时代风采和艺术追求。在当代同一题材的创作中，《解放大西南》也许不是最长的一部，但可以说是最有分量的优秀作品之一。”

有着“文坛常青树”称誉的彭荆风，1929 年生于江西萍乡。1949 年参军，曾任成都军区创作室主任，中国作协理事、名誉委员，云南省作协副主席。1946 年开始发表作品，著有长篇小说《鹿衔草》《断肠草》《师长在向士兵敬礼》《绿月亮》等，长篇传记文学《秦基伟将军》，长篇纪实文学《滇缅铁路祭》《挥戈落日》，短篇小说集《当芦笙吹响的时候》《佧佤部落的火把》等，中篇小说集《蛮帅部落的后代》《爱与恨的边界》《雾茫茫》等，散文集《泸沽湖水色》《九月衣裳》，电影文学剧本《边寨烽火》（合作）、《芦笙恋歌》（合作）、《绿色的网》等。曾获全国第八届优秀短篇小说奖、首届金盾奖、全军当代军人风貌奖等奖项。

彭荆风从事文学创作至今已有 60 多年，用一生对文学的激情和对生活的热爱不断创造着属于文学和生命的荣光。1949 年，不满 20 岁的彭荆风成为中国人民解放军进军大西南队伍中的一员，成为解放西南的亲历者，那份战斗情结在他心中萦怀了近

60年。他说："我好像这大半辈子都在为这本《解放大西南》做准备。"为了写好这本有600多个人物、55万字、全景式地展示刘邓大军解放大西南的长篇报告文学，彭荆风花了12年时间，十易其稿，全部手稿重达27公斤。这一连串的数字，对于一个已经快82岁的老作家来说，可谓意味深长。他说："80多年的岁月，我四分之三的生命献给了文学，八分之一的时间用在了这本书上，文学是我的生命，有了文学，我的生命才有了活力！"

据介绍，《解放大西南》在此次"鲁奖"的报告文学类作品评选中第一轮就全票通过，这种情况是不多见的。评委们认为这部作品"写得非常扎实，全景式地反映了解放大西南的宏观战役"。更有评论家认为："这是一部集史料性、文学性和艺术性为一体的，史诗性的军事史学和文学作品。"

鲁迅文学奖评语："八旬高龄的彭荆风，历时多年，十易其稿完成了《解放大西南》。作者以高度的历史责任感和充沛的激情，全景式再现了人民解放军进军大西南的壮阔图景，将战争融入民族史、军事史、情感史去抒写，在中国当代报告文学创作中，显得十分可贵。"

评论家刘秀娟介绍说，解放大西南是一段特殊的战斗历史，因为它发生在解放战争的尾声阶段，历时较短，然而这却是一场宣告蒋家王朝在大陆的统治彻底崩溃的大战役，正因为是"尾声"，所以它才是一段充满权衡、矛盾、人心较量、立场选择的音调驳杂的历史，正是文学值得开掘的地方。在这场战役中，双方投入了近200万军人参与战争，人民解放军仅以不到6000人的伤亡，消灭了敌人90余万人的兵力，在短短两三个月内占领了川、康、滇、黔4省230多万平方公里的广大区域。看似是一场“势如破竹”、结局已定、没有悬念的战争，其实却牵动着从重庆到台湾、从美国白宫到斯大林政权众多的政治力量。因此，这部纪实文学一开始，就把这场战争放在了当时复杂的国内外局势中，对国民党的处境进行了细致的分析，同时也显示出视角的独特性——描写解放战争的作品，无论是小说还是纪实文学，往往以解放军为记事主体。而这部作品，却着重表现国民党阵营在这个时期的风云变幻。作者选择的是最不讨巧的全景式观照，基本上对重要的人物都要提及，对重要的事件都要叙述，既不能平铺直叙面面俱到，又不能虚构假设任意拔高。这就需要作家凭借深厚的文学功底作巧妙的艺术构思，运用构架长篇叙事文学的节奏感，汲取小说创作的细节描写和心理描写优势，有条不紊地将众多的事件和人物连缀起来，形成一种庞大而不杂乱的文学景观，《解放大西南》正是这样一部“大”文学。

雷平阳是近年来在中国诗坛较引人注目的青年诗人，《云南记》收录了雷平阳2007—2009年创作的150首诗歌，部分诗作先期发表在《人民文学》《诗刊》《星星》《诗歌月报》等刊物上，其中《祭父帖》《春风咒》《大江东去帖》《尘土》《光辉》等诗作产生了广泛影响。这些作品大多反映的是诗人生活所在地的“云南经验”，体现了诗人的生活态度和价值观以及对日常生活的细腻体察与敏感叙述。这些诗歌以饱满、细腻的笔触抒写了云南的天空、大地、风土、人情，以一颗执着而敏感的心灵，感受云南乃至中国大地在全球化视野中的变化与永恒。有评论认为，《云南记》是诗人怀着一颗大爱之心，打造出的一片神奇、凝重、深邃的诗的天空，是中国诗坛上近年来最具情感深度和语言光彩的诗集之一。他的诗朴素、沉郁、尖锐、宽大，是这个时代的诗人极为沉潜而优异的表现。

鲁迅文学奖评语："诗人怀着一颗大爱之心，在云南的大地上穿行，在父老乡亲的生命历程中感悟，在现实的土地和历史的星空中往返，打造出一片神奇、凝重、深邃的诗的天空，流贯其中的精神则超越了地域限制，而具有普通人性的价值。"

雷平阳，1966年生于云南昭通。现任昆明市作协副主席、《滇池》杂志副主编。出版有诗集《雷平阳诗选》《云南记》，散文集《风中的群山》《云南黄昏的秩序》《画卷》《普洱茶记》等。2004年获第二届华文青年诗歌奖，2005年获第三届"茅台杯"人民文学诗歌奖，2006年获中国青年作家批评家论坛2006年年度青年作家奖，2009年获2009·《诗选刊》中国年度最佳诗歌奖等奖项。

雷平阳对大地的赞叹，对日常生活的发现，有的是现代乡愁的寓言，有的是残酷生活的实录，有欢乐，也有悲哀，有庄严的面容，也有迷茫的表情。他的写作，饱含冲突，并且贯彻着一种精神紧张感。阅读他的诗，常常是难以平静的。他表达出了一个现代人的复杂心绪："既被'现在'、'瞬间'所牢牢地控制，又对'别处'、'远方'充满想象；既无法回避现世、欲望的快乐，又不愿臣服于此，依然要做必要的精神抗争。"著名评论家谢有顺这样说："正是故乡、大地和亲人这三种事物，为雷平阳的诗歌确立起了清晰的方向感，也形成了他不可替代的写作根据地。他对大地和亲人的赞歌，是从这个生命的根须中长出来的；他对残酷生活的洞察，也是为了写出生命被连根拔起之后的苍凉景象。他的确是一个有根的诗人。”

云南，是雷平阳永恒的故乡。评论家彭学明认为：“雷平阳的诗集《云南记》，是彩云之南的边地写作与抒情。在绵密纷繁的诗意和云蒸霞蔚的诗像里，作者云雀一样对亲人和土地一遍遍一声声的深情吟唱，是一个大地儿子献给大地母亲的天籁之声和深爱之吻。”

诗由心生。诗歌是词语的镜像，但更是时代与环境的产物。雷平阳的诗意象纷呈，词语密集，呈现了一种内敛、繁复的语义的修辞学。“《云南记》，可以看成是雷平阳处在创作成熟期的一次集中的作品展示。”评论家朱宵华这样说，“《云南记》是云南乃至中国当代文学近年来最重大的收获之一，其写作的、人本的、文化的价值，必然在许多年后显示出来。”

12 月 15 日，第八届全国优秀儿童文学奖揭晓，云南省儿童文学作家、《春城晚报》高级编辑吴然的散文集《踩新路》榜上有名。云南省委常委、省委宣传部部长张田欣致信云南省作协，表示祝贺。由中国作家协会主办的全国优秀儿童文学奖是为鼓励优秀儿童文学创作，推动儿童文学的发展、繁荣而设立的，是我国具有最高荣誉的文学奖项之一。本届共有 20 部作品获奖，其中散文 1 部。

这一年，云南文学活动活跃，营造出良好的创作氛围，推出了一系列作家作品。1 月 11 日，云南省作协在昆明召开“繁荣云南少数民族文学创作座谈会”，并欢迎参加鲁迅文学院第 12 届高研班的 16 位学员作家学成归来。

从文学理论层面，研讨诗歌的文学活动也在展开。诗歌创作是文化建设的重要组成部分，是文学艺术的璀璨王冠，云南也一直都是诗歌的沃土。8 月 18 日，由云南省委宣传部、云南省文联、玉溪市委、玉溪市政府主办，云南省作协、玉溪市委宣传部、玉溪市文联承办的“赞中华、颂云南、吟玉溪——繁荣云南诗歌论坛”在玉溪举行。这是近年来云南召开的专门研讨诗歌的重要论坛。张田欣首先代表云南省委、省委宣传部对繁荣云南诗歌论坛开幕表示祝贺。他说，我们以诗歌的名义，相聚在诗意盎然的玉溪，回顾和总结云南诗歌的历史和现实，探讨和展望云南诗歌未来的发展蓝图，这对繁荣和发展云南文学事业、推进云南民族文化强省建设将起到积极的促进作用。此次诗歌论坛是融中华诗词、新诗创作、学术研讨、采风学习为一体的大型交流研讨活动。来自中国作协和《中国作家》《中华诗词》《诗刊》杂志的专家及全省各地老、中、青三代知名诗人、作家、学者、评论家总计 130 多人参加本次诗歌论坛。

青年作家是建设云南民族文化强省的中坚力量，也是云南文学的未来。让文学点亮青春，让文学充实青年的梦，让文学照亮未来前进的路，7 月 4 日，以“文学与青春同行”为题，由云南省作家协会组织的云南省第二届青年作家创作会议在昆明举行，来自云南省 16 个州市的 48 名青年作家代表及各级领导、省内知名作家共计 80 余人出席了会议。会议号召青年作家要肩负起建设社会主义先进文化的历史责任，借省第二届青年作家创作会议的东风，勤奋写作，增强历史使命感和责任感，深入生活，加强修养，勇于创新，努力成为云南建设民族文化强省的重要力量。会议提出，青年作家要更新自己的创作理念，坚定自己的文学信仰，在不断的学习和思索中升华情感，在交流中增长才智、提高素养，挥洒才情、开启新篇、讴歌时代、反映现实、关注民生，努力提高自己的思想水平和艺术表现力，奉献出优秀的文学作品，为繁荣发展社会主义文学、为建设民族文化强省做出积极贡献。自2000年云南首届青年作家创作会召开以来，云南省青年作家队伍不断壮大。云南省青年作家的创作不断取得新的收获，形成了良好的发展势头。青年作家已经成为云南文学星空中最为闪亮的群星，取得了瞩目的文学成绩。会上，对青年作家中的优秀代表刘广雄、胡彦、纳张元、杨鸿雁、汤萍、窦红宇、吕翼、和晓梅、伊蒙红木、梁刚10位作家进行了表彰。

通过表彰奖励，激励文学创作，是云南近些年一直坚持、行之有效的重要方法。9月15日，云南省作家协会“2010年优秀作品表彰会”在昆明举行。据不完全统计，2009年度云南省作家在《人民文学》《诗刊》《十月》《小说月报》等全国重点文学期刊发表小说、诗歌、散文、评论等各类作品共79篇，云南省作家协会用10万元奖励为云南省文学事业的繁荣发展做出贡献的52名作家，鼓励全省作家多发优秀作品，多为云南文化强省建设做贡献。从表彰的作品可以看出云南省作家的创作呈现出比较强劲的态势，这与云南省作家的写作坚持对地域特色的挖掘分不开。同时，出现了一批在全国有影响力的年轻诗人，值得欣喜。

文艺评论是党的文艺工作的重要组成部分，是全面贯彻党的文艺方针政策，促进文艺创作繁荣的重要途径。文艺创作和文艺评论有如车之两轮、鸟之两翼，相辅相成，缺一不可。10月18日，云南省文艺评论家协会成立暨第一次会员代表大会在昆明召开。云南省文艺评论家协会第一次会员代表大会代表涵盖了省直机关和全省 16 个州市，包括文联系统、高等院校、科研机构和新闻媒体，以及云南 12 个艺术门类的代表，包含有 10 个民族和 6 个党派成员的文艺评论家。代表大会选举了协会第一届理事、常务理事、主席、副主席，并聘任了顾问和秘书长，召开了第一次常务理事会议。云南省文艺评论家协会是云南省文艺评论工作者自愿组成的专业性、学术性、地方性、联合性、非营利性社会团体，是党和政府联系广大文艺评论工作者的桥梁和纽带，是云南省文学艺术界联合会的团体会员。该协会具有鲜明的广泛性、专业性和权威性的特点。云南省文艺评论家协会的成立，对近年来取得丰硕成果的云南文艺创作实践的理性分析、科学总结和宣传推广，引领好云南文艺的创作导向具有积极的意义；改变了云南省文艺评论队伍多年来处于各自为政的涣散状态，把广大的文艺评论家和评论工作者联合起来，共同推进云南文艺评论的繁荣。这是继 2009 年 8 月昆明市文艺评论家协会成立后成立的省级文艺评论家协会。省、市评论家协会的先后成立，标志着云南文艺评论走向更加规范和专业的道路，为文学评论打下了坚实的人才和队伍基础。

文学笔会是促进文学交流与繁荣的一种有效途径。云南多年来以举办文学笔会来探讨文学创作经验，推出作品和文学新人。11 月 9—13 日，2010 年滇西文学创作年会暨云南少数民族文学翻译工作座谈会在临沧市举行，来自滇西 8 个州市的 60 余位作家作者参加了会议。这是滇西 8 州市文学笔会更名为滇西 8 州市文学创作年会后举行的第一届年会。会议期间，颁发了“滇西文学奖”及云南省第二届优秀文学期刊奖、优秀编辑奖。永基卓玛、上下九、彭兆青、赵晓梅、陈洪、孙庆明、玛波、何鸟、张雷、伊蒙红木、周斌、纳张元共12位作家的小说荣获滇西文学奖。11月，由云南省文联、省作协、昆明市文联共同举办的“2010年滇东笔会暨昆明作家影响力论坛”在昆明举行。来自滇东8个州市100余位作家代表出席了文学笔会。会议期间，颁发了首届“滇东文学奖”及云南省第二届优秀文学期刊奖、优秀编辑奖。朗确、王印吉、廖会芹、李世学、张永宁、段平、徐培春、张庆国、杨鸿雁、陈佳妮、朱庸、蔡发玉共12位作家作品荣获首届“滇东文学奖”。“昆明作家影响力论坛”就如何探索和寻找文学创作方向、繁荣昆明文学等议题展开研讨，特邀出席的全国著名评论家李建军、张燕玲、陈歆耕、黄桂元等做了主题报告。

民间文学活动也丰富了云南文学创作。12月，为期3天的第二届高黎贡文学节落下帷幕，共有8位作家的作品入围高黎贡文学奖，昭通作家杨昭最终获奖，四川诗人杨黎获本届高黎贡文学节主席奖。

扩大对外交流，推出作家作品。10月21—11月1日，云南作家北欧考察团一行6人，对北欧的挪威、丹麦、瑞典进行文化考察和交流活动。10月，云南省文联、省作协组织的云南作家代表团赴俄罗斯访问。同时，云南省文联、省作协与“走进来”的国内外作家代表团进行交流，先后接待了访问云南的美国爱荷华大学国际写作计划主任、诗人克里斯托弗·麦瑞尔率领的美国作家代表团、北美洛杉矶华文作家代表团，以及中国台湾作家代表团、鲁迅文学院成曾樾等一行4人到云南的调研活动。

文学研讨不断举行，推出新作品。4月13日，由中国作家协会重点作品扶持办公室、云南省作家协会主办，云南美术出版社协办的著名军旅作家彭荆风的长篇纪实文学《解放大西南》研讨会在北京召开。中国作家协会主席铁凝、中国作家协会副主席陈建功、中国作家协会原书记处书记张胜友以及解放军总政治部文艺局、云南美术出版社等有关单位负责人及著名文艺评论家、知名专家学者出席研讨会。

2月4日，由云南省委宣传部、省文联、武警云南边防总队和省作协联合举办的“中国海地维和云南烈士作品座谈会”在昆明召开。云南维和烈士钟荐勤同志生前曾经出版过长篇小说《唯有情牵》，而《维和日记》则是他在完成维和任务之余记录维和英雄集体活动和心路历程的实录。参会专家认为这两部作品以敏锐的眼光和真情隽永的文字再现了维和英雄们在责任与义务、亲情与使命、家庭与国家、世界苦难与光明未来之间的抉择宣言，是烈士以文学的形式为我们留下的珍贵遗产。4月8日，由云南省文联、云南省作协举办的中国作家协会会员、中国残疾人作家联谊会副会长史光柱作品《寸爱》研讨会在昆明召开，来自省内外50余名作家、诗人、文学评论家出席研讨会。与会者认为：史光柱作为著名的战斗英雄，在双目失明的情况下，一直坚持创作并用作品深刻记录了自己真实的心路历程，诗集《寸爱》的出版，再次赢得了读者的关注。5月12日，中国作协、公安部边防局、中国作家杂志社、云南省委宣传部共同在北京举办由刘广雄创作的长篇报告文学《中国维和英雄》研讨会。中国作家协会副主席高洪波，中国作协、《中国作家》杂志社、公安部边防局、中宣部文艺局、云南省文联、云南省作协、武警云南边防总队等相关负责人，专家学者、作家、文艺评论家出席研讨会。云南省委常委、省委宣传部部长张田欣致电祝贺："《中国维和英雄》这部报告文学以中国维和战士真实感人的故事为主题，对于弘扬中华民族的无私奉献精神，体现当代中国军人核心价值观具有重要意义。他们是中国的光荣，也是云南的骄傲。"高洪波说，《中国维和英雄》是一部真实反映当代军人维护世界和平，塑造中国军人形象的优秀作品。这部作品真实感人，催人泪下，是一部讴歌时代英雄，鼓舞民众的优秀当代军旅文学作品。这部作品，从一个侧面反映了中国在国际舞台上重要而特殊的地位，在如何弘扬主旋律、如何表现英雄主义、如何写国际题材等方面值得总结和借鉴。

7月16日，由云南省文联、省作协举办的云南著名作家刘鸿渝的长篇小说《天涯地角》研讨会在昆明召开。9月28日，曲靖作者赵鸿翔的长篇小说《红土　红土》研讨会在昆明召开。

7月26日，云南著名作家雷平阳创作的反映郑垧靖先进事迹的长篇纪实文学《热爱》初稿座谈会在龙陵举行（出版时改为《大地有多重》）。优秀共产党员、基层宣传干部的楷模郑垧靖，用17年的坚持诠释了基层党员干部的人格力量，体现了忠诚于党，心系百姓、心贴百姓、心忧百姓的精神，《热爱》让人信服地展现了这种精神。11月，由云南出版集团公司和云南人民出版社策划，《大地有多重》一书首发式在昆明举行。该书以滇西大地的历史风貌和社会主义新农村建设为背景，运用文学艺术的手段，还原郑垧靖生活、学习、工作的真实面貌，充分反映郑垧靖的成长历程和情倾基层、敬业奉献的感人事迹，成功塑造了一个心系百姓、心贴百姓、心忧百姓的优秀基层宣传干部形象。该书以翔实的资料、诗化的语言、感人的细节，再现了一个鲜活、真实的基层宣传干部的形象。

以颁奖活动激励和推动文学创作。4 月 23 日，云南省作家协会在昆明举行第六届云南省文学创作奖颁奖活动，为 20 位获奖作家举行颁奖仪式。5 月 23 日，在毛泽东同志《在延安文艺座谈会上的讲话》发表 68 周年的日子里，第九届云南日报文学奖颁奖典礼暨第十届云南日报文学奖启动仪式在昆明举行。来自全省的近 300 名有关领导、专家和作家欢聚一堂，共同庆祝云南文学界的又一节日。云南省委常委、云南省委宣传部部长、云南日报文学奖顾问张田欣，中国文联副主席、中国作协副主席丹增，省政府顾问邹䌹仁等出席颁奖典礼并为获奖者颁奖。雷平阳的诗歌《安魂曲》、赵云的诗歌《绿太阳》、于坚的诗歌《谈论云南》、米切若张的散文《沉默的大西山》、张乃光的散文《监洱海白月亮》、晏友琼的散文《致礼丙中洛》、半夏的散文《希望像马厩中的麦秸闪着微光》、丹增的散文《谢晋：用生命拥抱电影的人》、阿卓务林的散文《像宁蒗河一样流淌》、余继聪的散文《收藏阳光》获得本届文学奖。该奖自 1994 年设立创办以来，已成功举办了 8 届。

6 月 7 日，《边疆文学》举行 2009 年度文学大奖颁奖，云南作家于坚、重庆诗人冉冉、云南作家和晓梅、甘肃作家叶舟及云南诗人雷平阳获奖。本次文学奖由国内著名评论家李敬泽、谢有顺、王干、阎晶明、何向阳、胡平、叶梅等担任评委。该奖项旨在推动《边疆文学》形成全国影响力，并让更多的文学爱好者投身文学创作，促进云南和中国文学的进步与繁荣，推动文学重返生活的中心。《边疆文学》是云南创刊最早的文学杂志，迄今已有 54 年历史。12 月 19 日，“云南建设杯”第七届滇池文学奖颁奖典礼在昆明举行，河北作家李浩的小说、散文《李浩作品》，湖南作家笑苏的小说《乡村车祸》，昆明诗人鲁布革的诗歌《鲁布革的诗》，云南作家上下九的小说《彼岸》，云南作家唐健的散文《照壁山纪事》获奖，另有卡罗、梁刚、尹马、周志、蔡立 5 位云南本土作家获入围奖。

2010 年是云南百年不遇的大旱之年。云南省作家协会与《云南日报》文化生活部共同举行的抗旱征文活动也在抗旱中火热进行，作家作者拿起手中的笔，以文学的方式激励全省广大群众抗旱救灾的斗志，一些优秀作品在《云南日报》刊发，《边疆文学》还出版了抗旱文学增刊。

昆明文学向深度开掘。处于云南政治‘经济’文化中心的昆明，一直是云南文学创作重镇，2010 年文学创作也取得了重要成果。

昆明作家具有追求纯文学的传统，注重深度挖掘，对都市生活题材作品熟悉，产生过“都市作家群”。近年来，昆明作家把更多的目光对准了昆明以外的云南大地和民族生活，创作成果斐然。

2010 年，对昆明作家协会来说，是收获的一年。据不完全统计，昆明作家协会会员在省内外报刊发表作品 500 余篇。雷平阳的诗集《云南记》获得第五届鲁迅文学奖，出版了长篇报告文学《大地有多重》一书，黎泉与胡性能出版了的长篇报告文学《岁月铜山》，冉隆中在《南方文坛》《小说评论》《文学自由谈》开设文学评论专栏或专辑，《底层文学真相报告》被中国作协列为 2010 年重点扶持项目，杨鸿雁的中篇小说《潦草的痛》在《小说月报》刊出，杨振昆的散文集《红土地恋歌》、李国庆的小说集《缅桂仙子》、靳卫平的长篇报告文学《铁血英雄》、段华的诗集《无声雨》等相继出版，存文学的电影剧本《碧罗雪山》获电影金爵位4项大奖和电影“金马奖”编辑奖，彭鸽子获中国散文协会征文优秀奖，张承源等11位作家获得“中华赞，乡土情”散文诗词歌赋大赛奖。

7月18日，昆明市作家协会召开第六次会员代表大会，全面总结了5年来昆明市作协取得的重要文学成果和经验，选举产生了新一届作协领导，张庆国当选为昆明市作协主席，昆明市原作协主席黎泉被聘请为昆明市作协名誉主席，同时选举产生了昆明市作协副主席。5年来，昆明市作协以打造“昆明文化品牌”为主旨，以出精品、出人才为核心，采取各种措施繁荣文学创作，组织作家深入生活，举行各种专题研讨会、笔会，发掘本上文化，使昆明市作协涌现了一大批优秀作品和文学人才，为打造“文化昆明”、繁荣发展昆明文化事业、建设云南民族文化强省战略做出了重要贡献和积极努力，引起全国文学界的关注和认可，昆明文学已经成为推进云南文学创作繁荣的重镇。

昆明市作协重视深入生活，人才培养，在创作上关注现实，重视文学交流，开掘深度创作。为促进文学创作，昆明市作协积极开展文学活动，4月23—26日，由昆明市文联、昆明市作协举办的第五届新昆明市县区文学笔会暨昆明地区文化资源开发战略研讨会在安宁温泉召开，来自昆明市及县区的50余位作家、评论家、文化学者参加了本次研讨会。针对目前昆明市的文化资源保护与发掘、文艺繁荣等主题提出了许多富有创意的意见和建议；组织昆明7位作家到嵩明县采风，了解嵩明的乡土文化，与当地文学爱好者交流；组织作家作者参加昆明市文联组织的“亮点昆明”采风活动，分别到东川、寻甸、嵩明采访，了解当地新昆明建设项目中的成就，特别是文化建设方面的成就，创作“亮点昆明”作品。这一年，还培养吸收新会员43人，促进了队伍的年轻化。

一些诗人作家取得文学收获。9月23日，天地人缘·中国当代杰出民族诗人诗歌奖颁奖典礼在青海省举行。经过评委会的认真评选，来自全国9个少数民族的10位诗人——吉狄马加、晓雪、阿尔丁夫·翼人、舒洁、木斧、阿尔泰、列美平措、南永前、娜夜和何小青被授予中国当代杰出民族诗人诗歌奖。云南省著名诗人晓雪的授奖词是：“在持续半个世纪的创作生涯中，晓雪在中国西南发出的诗歌声音，深沉而诚挚。他的诗歌清新深情，诗歌里弥漫着浓郁的地域与民族风情，这样的歌吟具有对光阴的穿透力。”

于坚是一位不断走向世界的诗人，2010年他出访了美国、法国和冰岛，诗集《便条集》和长诗《飞行》在法国出版。近年来，他除写诗之外，也开始创作小说，2009年在《天涯》发表了第一篇小说《女娲补天记》，2010年在《人民文学》第5期发表的小说《赤裸着晚餐》，被中国小说学会评为“2010年度中国小说排行榜”第三名，入选辽宁人民出版社出版的《2010中国最佳短篇小说》。他的小说更多的是关注精神困境。评论家季进认为：“小说展示了因住房蜗居而造成的精神蜗居。日常生活空间、精神私密空间以及身体隐私空间，都被安置在独立的住房里，一旦没有住房的保障，不仅日常生活，就连精神世界都可以赤裸裸地被人窥视，就像没穿衣服的身子，任意遭受别人眼光的践踏。”这一年，他的散文《大地深处》在由中国散文年会组委会、《散文选刊》杂志社主办的“2010中国散文排行榜”中名列第二，《众河之神》获陕西省新闻出版局主办的首届陕西图书奖，陕西师大出版社出版的《于坚随笔》（四卷），即《于坚诗学随笔》《于坚思想随笔》《于坚人间随笔》《于坚大地随笔》，囊括了诗人于诗歌之外的所有文字，为我们了解这位穿行在散文之中的诗人提供了一个比较全面的读本。于坚认为，这是一个散文时代，散文更接近人生，接近生活世界，散文的时代则是生活的时代。散文的散就是无序的意思，“随笔”一词我以为比“散文”更好。随，随便。随便怎么写。只要你这么写，能够唤醒经验，直指人心。何小竹撰文说：“读《于坚随笔》四卷，感受最深的是，他时时刻刻给予阅读者的那种启发。在崇尚‘浅阅读’和‘轻阅读’的今天，似乎有价值的阅读都被认为是沉重的乃至沉闷的。其实不然。当夜深人静，阅读这样的文字，有一种洗去尘埃，精神腾飞，穿行于自由之境的快意。”

范稳创作了具有广泛影响的“藏地三部曲”之后，2010年将写作和研究方向转向了红河哈尼族文化和滇越铁路，并长期深入红河收集材料，采访感受，以文化的眼光重新考量滇越铁路历史，创作了具有文化思考、文化意味的长篇小说《碧色寨》。此前，女作家海男创作了殖民与本土文化冲突、充满了中法文化的异域想象的长篇小说《碧色寨之恋》。为这部小说，作者在碧色寨考察、生活了数载，倾尽词语的力量去面对碧色寨，面对时光、灵魂、命运、生死与尘封的爱情。作者说：“这是一部从开始时的燃烧到变成灰烬以后的冷却之书。”

2011年　诗歌创作不断繁荣，中篇小说创作势头强劲

在诗歌创作方面，云南诗歌创作活跃，成绩突出，一直备受中国诗坛关注和认可。于坚、雷平阳、海男等诗人，执着于诗的创作与探索，走在中国诗坛的前沿。3月，于坚德语版诗集《〇档案》在德国被“感受世界”评为亚非拉最佳文学作品名单的第一名最佳奖。该奖项由德国亚非拉文学作品推广协会主办。《〇档案》发表于1994年，于坚独特创新的诗风引起当时中国诗坛的关注与争议，来自各方的回应众说纷纭，评价褒贬不一。事隔近20年，《〇档案》走出国门，2010年被译成德文出版发行后获奖。一时间，于坚再度成为被关注对象。雷平阳，创作势头不减，长诗《村庄、村庄》获得第九届《十月》文学奖。潜心创作的海男出版了诗集《告恋人书》，得到全国读者和网友的喜爱和好评，其中《献给独克宗古城的十四行诗》，备受中国读者推崇。他们三人的诗歌均选入《诗探索》选编的《2011中国年度诗歌》。

普米族诗人鲁若迪基的诗集《没有比泪水更干净的水》以其独特的风格获得第七届云南省文学艺术创作奖励基金奖，一直坚持以本民族语言——哈尼文进行母语创作的哥布，2010年将他具有史诗性的长诗《神圣的村庄》中的部分诗歌翻译成汉

语刊出，引起诗坛关注。

近年来，云南诗坛涌现了一批默默创作的优秀青年诗人，一出手就显示出过人的才华。傈僳族诗人李贵明就是其中的一位，他的第一本诗集《我的滇西》一出版就获得好评和认可，并被评为第七届云南省文学艺术创作奖励基金奖最高奖——一等奖。

云南的诗歌创作异常活跃，新人辈出，涌现了老、中、青包括各民族在内的大理诗群、昆明嵩明诗歌群等，诗人们经常举办活动，在诗歌刊物上发表诗作，引起当地、昆明乃至省外的关注，显示出文学巨大的感召力，彰显出云南深厚的文化底蕴和诗歌土壤。

云南的中篇小说创作成果显著。2011 年，云南作家不仅发表了大量作品，而且质量上乘，不断走向全国。夏天敏创作势头不减，不断在全国推出优秀佳作。其中，他在《芒种》2011 年第 7 期刊发的讲述一个清朝税卡盲点引发的四代人信念坚守的故事《时光里的银子》，先后被《中华文学选刊》《小说选刊》转发，后来入选《小说选刊》选编和漓江出版社出版的《2011 中国年度中篇小说》一书。这部小说可视作夏天敏继 2004 年《好大一对羊》获得第三届鲁迅文学奖·中篇小说奖以来掀起的个人中篇小说创作小高潮的代表之作。

2011 年是作家张庆国小说创作的丰收年，他以其优秀的中篇小说引起中国文坛和网友的关注和好评。这一年，他在武汉《芳草》、北京《中国作家》《十月》《当代》和南京《钟山》先后发表了 5 部中篇小说：《如风》《如戏》《错字案》《羞耻》和《如鬼》，共 20 余万字。其中，中篇小说《如风》被中国 5

家选刊《小说月报》《小说选刊》《新华文摘》《中篇小说选刊》和《北京文学·中篇小说月报》转载后，又入选人民文学出版社、中国作协和《小说选刊》编辑部编辑出版的3部2011年中国小说佳作年度选本。小说《如风》经中国小说学会评审，入选“2011年中国小说年度排行榜”。北京《文艺报》、上海《文学报》等多次载文评论，称张庆国的小说《如风》流畅饱满，语言老到并富于张力，在猎手和猎物追逐与被追逐的刻画中，并列展开了多重叙事线索，含义深刻丰富。小说《如鬼》内容复杂、时间跨度很长，人物刻画极其深邃，倾尽心力，作家深厚的叙事功力和铺设结构的精妙笔法令人惊叹，读罢如冷风拂颈，不胜凉意。另外，网上也有读者和评论家对张庆国2011年所发小说的相关议论。

云南许多作家诗人出版作品，如李霁宇、冉隆中、蔡毅、陈约红、郑祖荣、姚霏、朱霄华等，其中李霁宇的长篇报告文学著作《生命的乐章》、陈约红的“自然文学丛书”（5册）、朱霄华的《朱霄华作品六种》（6册）等曾引起社会各界和新闻媒体关注。

在散文创作方面，云南不少作家以不同的风格从事散文创作，数量众多，富有成果。3月，由人民日报、中国作协共同主办的“盛世民族情”征文评奖揭晓，藏族作家丹增的《醉在丙中洛》、普米族作家鲁若迪基的《用诗证明》、布朗族作家陶玉明的《冬天的南勐河畔》、彝族作家纳张元的《父亲的三双鞋》4位作者获奖。在第七届云南省文学艺术创作奖励基金奖评选活动中，于坚的长卷散文《众神之河》给人一种深沉和震撼之美，获得一等奖；文学新人左中美清新隽永的散文集《不见秋天》

获得二等奖。

6 月 20 日，青年作家吕翼小说创作研讨会在鲁迅文学院召开。此次研讨会由中国作协少数民族文学委员会、鲁迅文学院、云南省文联、中共昭通市委、昭通市人民政府主办，云南省作家协会、中共昭阳区委、区政府承办，何建明、李敬泽、白描、吴义勤、张水舟、黄尧、杨红昆、胡性能等近 20 名省内外评论家、作家对吕翼的作品进行研讨。近年来昭通作家吕翼在小说创作方面成果突出，创作发表了大量小说，其中长篇小说《土脉》获得第七届云南省文学艺术创作奖励基金奖三等奖。在研讨会上，大家对吕翼的小说创作进行了深刻剖析、研讨，总结其创作经验，也指出了其缺点和不足。与会者一致认为，吕翼是一个有潜力的作家，有对生活的了解，对生活的热情，是值得期待的一个年轻作家。

9 月，云南省作家协会在昆明召开 2011 年重点作品扶持表彰会，表彰上一年度在全国重点文学期刊上发表的作品，用 10 余万元对申报的 96 篇作品、92 人次进行表彰奖励。

4 月 11 日，“首届《百家》文学奖”颁奖典礼在昆明举行。丹增的中篇小说《江贡》获得一等奖，刘广雄的长篇报告文学《中国维和英雄》获得二等奖，蔡晓龄的散文《中国的事物》、陈衍强的组诗《农村娃儿》、马瑞玲的短篇小说《树妖》获三等奖。

全国散文创作会议 4 月 13—15 日在西双版纳傣族自治州举行。该会议由中共云南省委宣传部、云南省文联和西双版纳州委、西双版纳州政府主办，云南省作家协会、《散文世界》杂志社和中共西双版纳州委宣传部、西双版纳州文联承办。会议期间，与会作家就当前的散文创作进行了交流，并参加了“赞中华、写版纳”百名作家采风活动。

搭建平台，扶持创作、培训青年作家。8月24日—9月13日，由鲁迅文学院主办，云南省作家协会承办，大理州文联和大理学院文学院协办在云南省大理州成功举办首届西南六省区青年作家培训班。来自云南、四川、重庆、西藏、贵州、广西等地共41名青年作家参加了为期20天的培训，培训效果显著，反响强烈。这次参加培训的学员，少数民族学员约占1/3。中国著名文学理论家、评论家、作家和编辑等10余名老师，在12次讲座中从文学创作的技巧、当今文学创作的热点、人文理念、人文价值对文学创作的影响以及创作中如何处理地域性和民族性等问题进行了充分解析和讲解。在鲁迅文学院、各省区市作协的大力支持下，这次培训达到了预期的效果，取得了圆满的成功。鲁迅文学院开放办学，培养更多文学人才，是一次极具探索意义的尝试。

中国文联第九次全国代表大会和中国作协第八次全国代表大会在北京召开。在北京出席“两会”期间，来自云南的作家、艺术家代表聆听了胡锦涛同志的重要报告。11月7日，人民文学出版社、天天出版社再次与昆明儿童文学研究会合作，在昆明召开“儿童文学领域的生态文学暨湘女作品研讨会”，围绕着“儿童文学领域的生态文学”的现状与发展方向、“湘女儿童文学”作品中的生态意识等议题展开专题研讨。会议期间，代表们向全国儿童文学作家发出“生态文学创作倡议书”，并在昆明挂牌成立“儿童文学·生态文学创作基地”。11月24日下午举行的中国作协八届全委会第一次全体会议上，铁凝当选为中国作协第八届全委会主席。同时，推举了130名老作家和老文学工作者为中国作家协会名誉副主席和名誉委员，云南省作家张昆华、晓雪被推举为名誉委员。

10月，2011年滇西文学创作年会在丽江举行。滇西文学创作年会以诗歌创作为研讨主题，总结近年来滇西文学创作的成果和经验，分析滇西文学的发展与不足，并发现和推出文学新人。8个州市的作家交流各自诗歌的创作成就和存在的问题，同时探讨如何进一步发展区域文学，提高诗歌创作水平。滇西8个州市作家代表共80余人出席会议。会上，李小雨、雷平阳做了精彩生动的讲座，宣读“滇西文学奖”获奖名单，并举行了颁奖仪式。

11月，云南省作协组织评委对申报第七届云南文学艺术创作奖励基金奖（文学类）进行评奖，共评出一等奖4名、二等奖6名、三等奖9名。

12月16—18日，第三届高黎贡文学节在昆明举行，来自曲靖市的诗人艾泥荣获本年度作家大奖，而文学节主席奖则颁给了来自福建的著名诗人吕德安。这个旨在向当下的文学写作致敬的云南的第一个民间文学节和第一项民间文学奖，创办自2009年，至今已成功举办了3届。

12月17日，由云南省作协、昭通市文联等联合举办的宋家宏、黄玲作品研讨会在昆明举行。会上，一批当代云南老作家以及中青年作家对两位作家、评论家出版的专著进行了热烈讨论。宋家宏2011年出版了学术专著《审美与重构》《阐释与建构》，书中既有对云南文学宏观上的研究，也有对具体作家作品的评论，对云南文学中的具体现象提出了一些比较独到的观点。黄玲于2011年出版了专著《李乔评传》（修订本）与中篇小说集《四季流云》，前者对云南省著名彝族作家李乔的人生道路和文学创作道路进行了全面、深入的研究，而后者选编了作者多年来小说创作的部分作品，表现了对当下高校知识分子现实生存的思考与探索，有较强的现实意义。

2012年 《大道健行》获“五个一工程奖”，4位作家获“骏马奖”

2012年，云南文学从深度开掘、广度拓展，以崭新的姿态迈入文学的新天地。云南的诗歌和民族文学尤其令人关注。云南首次8位少数民族作家在北京召开作品研讨会，各大媒体竞相报道，引起文坛关注。唐似亮的长篇报告文学《大道健行》获得“五个一工程奖”，潘灵的长篇小说《泥太阳》、陶玉明的散文集《我的乡村》、叶多多的散文《我的心在高原》、李贵明的诗集《我的滇西》4部作品获奖，云南获奖作品位居全国各省区市前列。这些作品以饱满的热情、质朴的感情、独特的风格，讴歌了改革开放中涌现的云南人物的美好心灵，描绘了七彩云南的神奇与美丽，憧憬云南的美好未来，是新时期云南文学创作的又一重要收获。

2012年，云南通过文学交流、举办进修班、研讨作品、评奖颁奖、采风创作等各种文学活动，培养青年作家，助推文学创作，有效地推动云南文学繁荣发展。

2月29日，由省文联、省作协和云南日报报业集团共同主办的“高原情怀·大山品质”文学征文颁奖典礼在昆明举行。

蒋吉成《背来的土地》等9篇作品分获一、二、三等奖。征文活动自2011年12月16日举办以来，引起了广泛关注，来稿数量多、质量高、范围广。此次颁奖典礼是文学征文活动的第一阶段，第二阶段的征文还在继续举行。

4月16—17日，4省（区）繁荣少数民族文学事业座谈会在昆明举行，中国作协党组书记、副主席李冰出席会议，来自云南、广西、四川、贵州4省（区）作协负责人和作家代表就各自所在省（区）少数民族文学创作情况、少数民族作家的培养与扶持等经验进行了交流，并对不断深化繁荣少数民族文学进程中遇到的困难和面临的问题进行了研讨。座谈会认真总结了西南近10年来少数民族文学发展中行之有效的好经验，分析了目前存在的、亟待解决的问题，汇集了共识，有效地推动了云南少数民族文学向前发展。

5月17日，由云南省委宣传部、省文联、省作协在昆明召开云南省纪念毛泽东同志《在延安文艺座谈会上的讲话》发表70周年座谈会。出席座谈会的领导和文艺家们还为当年在延安工作过的著名老文艺家谭碧波先生祝寿，共同庆贺老人的百岁诞辰。

5月3日，省文联、省作协组织24位文艺家及作家到曲靖市陆良县花木山林场开展“陆良八老、当代愚公”文艺创作采风活动，创作或拍摄了大量优秀反映“陆良八老”的作品。5月17日，“陆良八老·当代愚公”摄影美术书法展在省图书馆隆重开幕，《云南日报》花潮版整版刊登了云南省作家创作的报告文学《陆良八老记》，进一步宣传了“陆良八老”的感人事迹及高尚情操，弘扬了“陆良八老”身上所体现的云南精神。

8月23—26日，以诗歌创作为主题的2012年滇东文学创作年会暨滇东文学奖、2011年昭通文学创作奖、中小学师生征文奖颁奖典礼在昭通举行，来自滇东8个州市的200多名作家、诗人齐聚一堂，对诗歌创作进行研讨。会上，为获得滇东文学奖、昭通文学年度创作奖、中小学师生征文奖的139名作者颁奖。年会期间分别举行了滇东诗歌创作研讨会、专题文学讲座。

9月10—14日，由云南省文联、省作家协会与大理、楚雄等滇西8个州市文联共同举办的2012年滇西八州市文学创作年会在香格里拉举行，著名作家叶梅、于坚等与来自8个州市的40余名散文作家、作者出席了年会。8个州市的与会代表分别对各州市散文创作现状进行了介绍、交流和深入研讨，还到松赞林寺、普达措国家森林公园、独克宗古镇等地进行了实地采风。

中国作家协会《诗刊》社第28届“中国蒙自·青春诗会”于9月24—29日在蒙自市举行。“青春诗会”是中国新时期诗歌史的年轮。自1980年以来，“青春诗会”已成功举办了27届，先后推出了舒婷、顾城、于坚等一批中国诗坛的代表性人物。此次活动，30余位来自全国各地和云南本土的诗人、评论家相聚在蒙自南湖畔，进行了为期6天的诗歌作品研讨、交流、现场改稿、辅导学习、集中点评等活动。

10月10日，省文联在施甸善洲林场举办“云南省善洲林场文学艺术创作基地”授牌仪式。省文联负责人表示，杨善洲同志的先进事迹和崇高精神，为我们树起了一座丰碑。善洲林场文学艺术创作基地挂牌，为全省广大文艺工作者深入学习和宣传杨善洲精神搭建了平台。希望全省广大文艺工作者认真学习杨善洲先进事迹，汲取精神动力，创作出更多优秀作品。

10月20日，由中国作家协会《文艺报》、云南省文联主办，云南省作家协会承办的“2012云南报告文学创作研讨会”在昆明举办。这次报告文学创作研讨会是对近年来云南报告文学的全面梳理，总结云南近些年来报告文学的成绩及经验，寻找不足与差距，以期推动云南报告文学的不断繁荣发展，为建设民族文化强省做出贡献。

12月22日，昊龙·第四届高黎贡文学节落下帷幕，作家张稼文摘得第四届高黎贡文学奖桂冠，成为年度作家。作家尘埃则在网友票选的“网络人气作家奖”中，以5582票登上榜首，而王小妮、海男则成为本届文学节主席奖的获得者。

推出名家名作，再现文学魅力。12月20日，由省作协主办的《李乔文集》首发式在昆举行。省文联主席、党组书记郑明，作家诗人晓雪、张昆华，以及李乔的女儿、画家李秀，李乔亲友出席首发式。与会作家、亲友纷纷缅怀李乔，盛赞他毕生追求光明与真理，追求民主、自由与和平的精神。大家认为，作为彝族文学的奠基人，李乔的长篇小说《欢笑的金沙江》三部曲达到了一个新的高度，在国内文坛具有重要地位和影响。与会者说，他生性耿直，生活节俭，胸怀坦荡，心存正义，从无畏惧，在中国文坛与云南文学界以长者之身和道德文章垂范世人。会上，李秀向省图书馆、市图书馆、省文联、师大图书馆、省文史馆捐赠了《李乔文集》。

培养年轻作家，推出作家作品。文学人才是繁荣云南文学的第一要素。为繁荣文学创作，推出更多作品和文学人才，

2012年，云南加大扶持创作、培养文学人才的力度，采取“走出去”“请进来”等多种形式，培养各民族作家作者，使优秀作家作品不断涌现。

5月30日，云南省作协在昆举行2012年省作协作家定点深入生活活动启动仪式暨省作协2011年云南文艺基金奖文学类的获奖者颁奖仪式。会议为19位作家颁发一、二、三等奖后，举行2012年省作协作家定点深入生活活动启动仪式，省作协对来自11个州市的12位定点深入生活的作家签约给予一定的生活补助，鼓励扶持他们进行文学创作。

繁荣文学创作，培养年轻作家。省作协评出2012年滇东、滇西文学奖，并分别在昭通、香格里拉举行颁奖典礼，推出了新人新作；还推荐刘平勇（昭通）、左中美（大理）、段爱松（昆明）、徐霖（玉溪）、蒋文佳（曲靖）5位作家参加在贵阳举办的鲁迅文学院第二届西南六省区市青年作家培训班培训。云南省作协、云南文学院在昆明主办了2012云南儿童文学·青年作者培训班，吴然等6位作家、评论家为来自全省中小学的30名学员作了5次讲座。

云南广大作家作者以汗水、才情和智慧，浇灌出了云南文学万紫千红的春天。云岭大地呈现出生机勃勃的文学繁荣景观，并显示各州市出不同的文学创作特点，展示出各州市突出的创作优势。如昭通创作实力不凡的小说和诗歌，令人瞩目的小凉山诗歌，楚雄新崛起的散文创作，红河涌现的诗歌，特别是异军突起的哈尼族母语文学创作，令人欣喜。目前，红河州已出现一批约50人规模的哈尼族母语作家诗人，他们用哈尼文创作的作品通过翻译在《民族文学》《边疆文学》《百家》《云南日报》《红河文学》《诗红河》等报刊上发表，出版哈尼文与汉文对照文学作品 20 部。

2012 年，昆明市作协同样结出了不俗的文学果实。据抽样调查，在省内外报刊发表文学超过 1000 篇（首）。其中，张庆国在《中国作家》发表小说《杀牛迷局》、存文学在《花城》发表长篇小说《牧羊天》、叶多多在《北京文学》发表报告文学《一个人的滇池保卫战》、陈鹏的小说《闯入者》被《中篇小说选刊》选登。同年，张庆国的小说《身体在歌唱》、冉隆中的《底层文学真相报告》、马成云的散文集、刘光平的诗集《另一种热爱》、尘埃的诗集《只有天使不哭泣》、温酒的丫头的诗集《后院》、江野的小小说集《野宴》出版发行。昆明市作协主办的《昆明作家》，文化底蕴日趋深厚，质量迅速上升，在广大作家中产生了积极影响。

少数民族文学创作活跃，彰显独特魅力。2012 年，云南少数民族文学创作格外引人关注。现有的 1800 名省级作协会员中，近一半是少数民族作家，200 多名全国作协会员中，少数民族作家也将近一半。目前，全省 25 个世居少数民族均有全国作协会员和文学群体，少数民族作家已经成为云南文学事业繁荣发展的骨干和主体力量。正如中国作协主席铁凝在“倾听红土地的声音·云南少数民族文学研讨会”上所说，改革开放以来，云南少数民族文学获得前所未有的发展，各民族作家的创作热情空前迸发，为中国当代文学注入了生机与活力，为增强民族团结和边疆建设做出了重要贡献。当前，云南少数民族文学正处于发展态势良好的上升期，特别是人口较少民族文学创作有了翻天覆地的变化，蕴藏着很大的发展潜力。

在少数民族作家队伍建设方面，云南走在全国省区市的前列。多年来，云南省以“走出去”“请进来”等多种方式，多措并举，着力培养和发现少数民族作家，推动少数民族文学创作繁荣。云南省少数民族文学创作正面临良好的发展格局，作家队伍老中青梯次完满、文学种类齐全，有大量好作品涌现。尤其在诗歌、小说创作方面有显著突破，少数民族母语创作的作品更是亮点。省文联、省作协先后出台多项针对优秀少数民族作家的奖励、培训政策并使其制度化、常态化，将有力地推动云南省少数民族文学创作不断出人才、出精品。

为培养更多更好的少数民族作家，6 月 28—7 月 8 日， 由云南省文联主办，云南省作协、楚雄州文联、楚雄市文联承办的云南省少数民族青年作家培训班在楚雄举行，来自 14 个少数民族的 40 名优秀青年作家参加培训。此次培训班管理和内容设计参照中国作协鲁迅文学院高级研修班模式，邀请丹增、于坚、阿来、周晓枫、叶梅、商震、乔叶等知名作家，举办 7 次高质量的文学讲座，同时开展文学讨论、社会实践及论坛等丰富活动。其间，7 月 3 日，云南省首次设立的云南省少数民族文学创作精品奖在楚雄举行颁奖典礼。同期举办的云南少数民族文学创作论坛、全省少数民族青年作家培训班等活动，共同助力云南省少数民族文学创作持续繁荣发展。

纪念毛泽东同志《在延安文艺座谈会上的讲话》发表 70 周年之际，5 月 19—24 日，鲁迅文学院第十二届中青年作家高级研讨班代表 55 个民族的 55 名少数民族作家重返母校，重温讲话精神，云南省 16 位少数民族作家应邀赴京参加了系列活动。中国作家协会在北京人民大会堂召开“坚持以人民为中心的创作导向座谈会”，云南省诗人鲁若迪基代表鲁迅文学院 12 位学员作“为有源头活水来”的专题发言。

云南 8 位少数民族作家引起广泛关注。6 月 9 日，由中国作协、中共云南省委宣传部、云南省作协共同主办的“倾听红土地的声音云南少数民族文学研讨会”在北京举行。中国作协主席铁凝，中国文联副主席、中国作协名誉副主席丹增，中国作协党组成员、书记处书记白庚胜、李敬泽以及中共云南省委宣传部、省文联、省民委、省作协领导和北京的专家学者汇聚一堂，就云南少数民族文学创作近年来所取得的成绩进行了研讨。会议以云南省彝族作家普飞、哈尼族作家存文学、普米族诗人鲁若迪基、佤族诗人聂勒、德昂族女诗人艾傈木诺、纳西族女作家和晓梅、傈僳族作家李贵明和白族作家张乃光 8 位作家的作品为基点展开讨论，展示云南少数民族文学发展取得的可喜成绩。北京的著名作家、专家这样大规模、集中地对云南 8 位少数民族作家的作品进行一对一的研讨，这在云南文学史上，尚不多见，各大新闻媒体纷纷报道，引起了广泛关注。

铁凝在讲话中指出，参加研讨的 8 位作家从一个侧面反映了云南文学的现状，云南作家正在为中国当代文学展现着斑斓的色彩和独特的魅力，“文学滇军”的力量和来自红土地的声音不容小视，中国文坛上少数民族文学的繁荣离不开云南做出的巨大贡献。

在至今举办的 9 届全国少数民族文学“骏马奖”评奖活动中，云南少数民族作家获奖人数和奖项均居全国前列。2012 年，潘灵等 4 人获全国少数民族文学“骏马奖”。

以少数民族为主的“小凉山诗人群”，2012 年创作势头不减，继续扩大影响，在《诗刊》《民族文学》《光明日报》《文艺报》《西藏文学》《中国诗歌》《诗潮》等国内报刊发表诗歌100多首。诗歌作品入选《2012中国诗歌排行榜》《2012中国最佳诗歌》《诗刊》“2012年诗歌年选”等权威选本。

“小凉山诗人群”的领军人物、著名普米族诗人鲁若迪基相继获《民族文学》年度奖、《光明日报》与《诗刊》“雷锋—道德的丰碑”全国诗歌比赛奖、云南文艺基金奖、云南少数民族文学创作精品工程奖，诗集《没有比泪水更干净的水》获第三届徐志摩诗歌奖。还有一个亮点是，小凉山诗人中唯一能用母语——彝族文字写作的诗人杰克木呷的诗歌在《民族文学》等多家报刊刊出。此外，彝族作家赵泽华所著作品集《小凉山微语》由云南民族出版社出版。在丽江市第四届文学艺术评奖中，阿克雾宁石根获荣誉奖、黑羊作品获一等奖，杨艳川作品获二等奖。

10月19—21日，小凉山诗人11人参加诗歌报网站泸沽湖金秋诗会。通过开展诗歌朗诵、学术讲座、诗人即兴创作、民族文化采访等活动，小凉山诗人群在网络上声名远播。

“昭通作家群”再次发力。2012年，《中国作家》第4期头条推出了夏天敏的长篇小说《极地边城》。根据沈洋中篇小说《包裹》改编、其担任编剧之一的电影《包裹》，樊忠慰的诗歌集《家园》获第六届“云南文化精品工程”文学类入选奖，这也是昭通在历次评奖过程中取得成绩最好的一次。在第七届云南文艺基金奖评选中，阮殿文的散文集《像大地一样》、吕翼的长篇小说《土脉》获文学类三等奖。同时，刊物《昭通文学》获“云南省连续性内部出版物”银奖。彝良“9·7”地震发生后，昭通市文联组成的昭通作家艺术家采访团深入彝良灾区一线采访，创作了二十余万字的文学作品，并编辑出版了《昭通文学》第3期“地震纪念专刊”；沈洋连夜赶赴彝良重灾区深入采访，创作完成了十八余万字的长篇报告文学《遥远的洛泽河》，全景式、全过程展示了彝良“9·7”地震中涌现的人间大爱及不屈不挠的抗灾精神。

近5年来，昭通文艺事业呈现出队伍壮大、创作繁荣、充满活力的良好局面，昭通作家分别在《人民文学》《中国作家》《当代》《十月》等重要文学刊物发表文学作品1464件，连续5年保持在全省16个州市前列。目前，昭通文学写作者达3000余名。

努力“打造中国地域儿童文学的第一品牌”。从2011年8月起，晨光出版社就组织部分知名作家、评论家和策划专家制定了《“七彩云南儿童文学”作品出版计划》，整合多方面资源，努力“打造中国地域儿童文学的第一品牌，共建未来一代精神成长的七彩高地”。从2012年起，“七彩云南儿童文学精品书系”第一辑16本已经陆续出版。中国作家协会副主席、儿童文学委员会主任高洪波、中共云南省委宣传部主要领导分别为书系作序，对书系给予充分肯定和高度评介，并热情向广大少年儿童读者推荐。

2013 年　小说、报告文学创作一片繁华

2013 年又一个丰收之年，在小说、报告文学等方面都取得了新成果。据不完全统计，2013 年云南作家在《人民文学》《中国作家》《十月》《诗刊》等全国重点文学期刊上共 52 人发表文章 100 余篇，其中长篇小说 2 篇，中篇小说 8 篇，短篇小说 10 篇，散文 32 篇，诗歌 26 篇，评论文章 24 篇，报告文学 3 篇。其中，从昆明市作协会员抽查调查初步统计，2003 年昆明市作家发表小说、散文、诗歌作品 54 篇。

2013 年末，在北京现代文学馆，“《十月》创刊 35 周年最具影响力作品奖”和“第十届《十月》文学奖”同时颁发，云南省有 3 人获奖：范稳的长篇小说《悲悯大地》获得“《十月》创刊 35 周年最具影响力作品奖”；于坚的诗歌《于坚的诗》、胡性能的中篇小说《下野石日记》获得第十届“《十月》文学奖”。《十月》文学杂志创刊于 1978 年，是中国首份以刊发中篇小说为主的大型文学刊物，此次颁发的《十月》创刊 35 周年最具影响力作品奖是从该杂志 35 年来刊发的作品中精选出来的代表性作家作品。范稳是获奖中最年轻的一位，他的长篇小说《悲悯大地》于 2006 年获《十月》文学奖。在这次颁奖典礼上，云南的长篇小说、诗歌和中篇小说获奖，展示了云南的文学创作实力，对边地云南文学是一种鼓舞和鞭策。

同年，于坚的诗歌《沙漠与绿洲》获第三届《中国作家》郭沫若诗歌奖。这是云南诗歌的又一个新收获。

云南少数民族作家是文学创作的一支生力军。2013 年度，云南少数民族作家以自己独特的写作风格和鲜明的民族特色，

继续在中国文坛呈现良好的创作状态，鲁若迪基、哥布、艾傈木诺等诗人频频在各刊物上发表作品，引人关注。李贵明的诗歌《怒江》获得“2013《民族文学》年度奖”。在中国少数民族作家“我的中国梦”征文活动中，云南白族作家那家伦的《云南往事》获得征文一等奖。这是云南少数民族作家在本年度的又一收获。

云南小说：寻找新的突破点。2013年10月，《小说月报·长篇卷》以整本篇幅发表了黄尧的新作——长篇小说《卯城》。黄尧是云南文学的领军人物，也是多年来文学工作的组织者，对培养云南青年作家队伍，特别是培养少数民族的青年作家队伍做了大量工作。1987年，他毕业于北京大学中文系作家班，历任云南省作协副主席、主席，云南文学院院长，中国报告文学学会理事，中国作协第六、七届全委会委员，中国作协影视委员会委员，现任云南省报告文学学会会长。著有长篇小说《女山》《无序》《牛头图腾》，中短篇小说集《荒火》《死湾》，报告文学集《辉煌的青春》（合集），儿童文学专著《狩猎·勇敢者人格》，专著《生命的原义》，长篇散文《云烟渺渺》《山鬼留言》《衣我者》等。报告文学《生命的近似值》获1981—1982年全国优秀报告文学奖，长篇报告文学《世纪木鼓》获第七届“五个一工程奖”、国家图书奖，电视剧本《老师》《月落女儿湖》和《寻呼妈妈》分获1996、1997、1998年“飞天奖”，《荒火》获“十月文学奖”等。长篇小说《卯城》这部带有传记特征、罕有的“城市文化、心灵史”的小说，是作家着意留给历史、故乡和一代人的记忆。1998年由云南人民出版社出版的《世纪木鼓》是第一部以纪实文学的样式反映我国众多的少数民族中一个社会发展程度较为滞后的民族——佤族，在将近一个世纪，尤其在新中国的50年中社会历史进程的作品。该书在生动记录历史的浩荡长卷中，许多篇章催人泪下，激人思进，正气昂扬。作者激越思辨，通过“佤族”这一特例，对民族文化进行了多向的、深层的、有意义的开掘，尤其对半个世纪以来，在党的民族政策的光辉照耀下，我国民族社会历史调查、民族文化整理浩大工程的开展的重大意义及其后续的巨大影响作了令人信服的揭示，在这一点上，作品具有民族理论、文化人类学等多学科的价值。

近年来，云南部分作家陆续推出了在全国有一定影响力的长篇小说，如范稳的《藏地三部曲》、海男的《碧色寨之恋》、张庆国的《卡奴亚罗契约》、夏天敏的《极地边城》。另外，邵瑞义、马明康、窦红宇等云南作家也先后出版了长篇小说，云南各地兴起了一股创作长篇小说的热潮。这股热潮，以昆明、昭通、红河等地最为突出。云南省作家协会因势利导，在本年度的9月15—18日，联合《文艺报》、中共红河州委宣传部在红河州蒙自召开了“2013云南长篇小说·影视文学剧本红河创作会”。这次创作会，在内容及形式上进行了创新，加强了针对性和实用性。会议上，与会评论家进行“一对一”评论，一个专家对准一部作品评论，谈成就，更谈问题，对云南小说创作提出了富有见地的建议。

2013年度是中篇小说及散文诗歌全面开花的年度。这一年，彭荆风、夏天敏、胡性能、包倬、陈鹏等人在省内外发表了多篇中短篇小说，部分小说引起了外界的关注和小说界的思考。比如包倬发表在《中篇小说选刊》上的中篇小说《401》、陈鹏发表在《十月》上的中篇小说《绝杀》等。半夏在《十月》上发表的《忘川之花》是他经过3年时光磨砺出的一部倾注了大量心血的作品。黄玲出版了《妖娆的异类——海男评传》，海男这位在中国当代文学史上已经留下深刻印迹、具有广泛影响的女作家，30多年的创作历程，出版了80多部作品。她的个人化写作特色和不懈的文学探索方式，曾经让她成为有争议的对象。她经历着被一些读者喜欢，被一些读者排斥的独特境遇。黄玲以其坚韧、执着，对其创作进行了梳理和总结。

2013年，云南中短篇小说的一个重要收获是新人新作的亮相。这一年是小说家包倬的文学丰收年，这位“80后”的年轻作家给云南的小说注入了新的活力与元素。云大论坛第26期主办《包倬小说和“80后”作家的新变》专题研讨包倬的小说。

云南小说无疑是云南文学创作中的短板，无论发表作品数量和质量相对其他文学发达省份来说，还是有很大的差距，特别是长篇小说还需要取得更大的突破。

10月，藏族作家丹增出版了文学专著《小沙弥》。这部半自传体作品集，用深情的笔触讲述了西藏的奇崛往事，让读者真切地抚触到西藏圣洁而奇伟的文化。书稿所收的作品多以丹增的生活亲历与哲学思索为主题，即使是书稿中唯一一篇小说《江贡》，也有许多细节是以作者的生活为题材的。书中不乏哲理散文，如《生命的意义》《谈死亡》《也谈人生》等作品，引人关注，具有启示意义。

2013年也是云南文学的散文年。为配合全国“我们的中国梦—讲述中国故事”文艺作品征集推介活动，中共云南省委宣传部发起了同主题的“中国梦·云南故事”文艺作品征集推介活动，云南省作协与云南日报开展了讲述云南故事为主要内容的“中国梦·云南情”主题征文活动。这一活动旨在通过艺术的形式挖掘和讲述富有浓郁时代特色、鲜明生活气息的故事，更好阐释、宣传和弘扬中国梦，把人们寻梦的理想讲述出来，把人们追梦的历程展示出来，激发广大人民的奋斗热情，坚定人们对美好未来的憧憬和信心，汇集实现中国梦的强大合力。

云南是一个诗歌大省，在中国诗歌版图上占有重要地位，呈现出独特亮丽的文学景观。近年来，云南作家获得了鲁迅文学奖、全国新诗奖和少数民族文学创作骏马奖等一大批诗歌荣誉。

2013 年，云南省作协还召开了阿兹乌火（李骞）长诗《彝王传》研讨会。彝族作家李骞创作诗歌的同时，也写文学评论，但主要写诗歌。他曾在《人民文学》上发表长诗《圣母》，《彝王传》是根据彝族人民传说中的民族偶像素材创作的，诗人以彝王的非凡经历和心怀彝人百姓的善良本性入笔，展开诗的联想，讲述了一个壮丽的彝王传奇。本年度，昭通诗人樊忠慰出版诗集《渴死的水》，全书共分 5 卷，收录了《悬棺》《荒冢》《我爱你》《红草莓》等诗歌。

2013 年也是云南诗歌向岁月和青春致敬的年份。2012 年，王单单参加了《诗刊》社第 28 届“青春诗会”。2013 年 4 月，他凭借组诗《晚安，镇雄》获得由《人民文学》杂志社、中共宁波市鄞州区委、鄞州区人民政府共同主办的首届“人民文学新人奖”、《边疆文学》新锐奖，《王单单的诗》获云南省作协边疆文学《百家》文学奖。12 月，云南师范大学文学院、西南联大新诗研究院承办的首届西南联大国际文学节开幕式暨诗歌朗诵会召开，德国著名诗人、汉学家、翻译家沃尔夫冈·顾彬，中国当代著名诗人舒婷、西川、欧阳江河、韩东、哥布、李金佳等出席。

2013 年，云南报告文学和纪实文学保持良好的势头，继续稳步向前。青年作家李朝德出版了长篇报告文学《乌蒙长歌》，全书共 18.7 万字。该书由中共云南省委宣传部、云南省作家协会组织，由李朝德多次到曲靖陆良县龙海乡采访，用一年多的时间创作而成。该书反映了龙海乡花木山林场 8 位普通农村老人，栉风沐雨三十载，用数十年如一日的执着和汗水，绿化荒山，守护山林，造福桑梓的感人事迹和心路历程。该书运用翔实的资料，以纪实的手法、生动的语言再现了“陆良八老”扎根荒山 30 年造林，并把林场无偿献给国家的感人事迹，充分诠释了他们身上体现的云南精神，反映了鲜明的时代主题。该书是 2012 年度中国作家协会重点扶持作品，作品出版后受到评论界的关注，也引发了对当今生态和当下生活的思考。

云南报告文学又一个新的收获是沈洋出版长篇报告文学《遥远的洛泽河》。该书真实地记录了 2012 年彝良“9·7”地震抗震救灾始末，全书 18 万字。该书是在省文联、省作协及昭通市有关部门及时部署下，选派昭通青年作家沈洋在地震后的第一时间深入灾区一线，通过十天十夜连续的艰苦采访，历时 1 年多时间创作完成的。该书全景式地再现了地震的惨烈和灾区人民的生存困境，讴歌了灾区群众善良、乐观、坚韧的品质，以大爱无疆、人心向善作为主旋律，抒写出抗震救灾的动人场景，既有文学的价值，也有文献的价值。

2014 年　推出“云南青年诗人群”，海男获第六届鲁迅文学奖

2014 年，中国作协的“白皮书”中首次出现了“云南青年诗人群”这个概念，这是继“昭通作家群”之后云南文学仅有的进入中国作协“白皮书”里的创作群体。近年来，云南崛起了一大批青年诗人，他们包括王单单、刘年、唐果、影白、芒原、泉溪、尹马、祝立根、胡正刚、张伟峰、杨红旗等，他们中的大多数为“80 后”甚至“90 后”，频频发表诗作于中国诗坛最重要的刊物如《诗刊》《星星》《诗选刊》等，如璀璨闪亮的新星骤然布满天幕，令人惊喜和注目。这一现象立时引发了中国文坛对云南诗歌创作的再次聚焦，人们在谈论云南这块诗意的土地时，它的山川大地以及蓬勃生长的诗人群体总是相得益彰，成为中国诗人的原乡。

2014 年 10 月，云南青年诗人爱松、影白前往海南参加第 30 届“青春诗会”。这个创立于 1980 年的中国最有影响力的诗歌盛会，曾经推出了众多的优秀青年诗人，其中很多成为后来中国诗坛的代表人物。每一届受邀参加“青春诗会”的诗人不过十数人，云南一省占有 2 个名额在全国也几乎是绝无仅有的。云南在之前的 30 年间，只有于坚、海男、雷平阳、鲁若迪基、樊忠慰、阿卓务林 6 位诗人参会，而最近几年来，云南青年诗人中就有泉溪、唐果、王单单、刘年、爱松、影白代表云南参加诗会，人数和之前的 30 年持平。云南青年诗人群已经成为云南文学重要的生力军。

2014 年 8 月 11 日，云南女诗人海男的诗集《忧伤的黑麋鹿》

荣获第六届鲁迅文学奖，海男也成为云南继夏天敏、于坚、彭荆风、雷平阳之后第5位获此殊荣的作家。海男以诗集获鲁迅文学奖，再一次显示了云南诗人在全国的分量和实力。《忧伤的黑麋鹿》除了她女性心理的书写外，最重要的还有《中国远征军第一次出缅记》《古滇国书》两组诗人置身于历史，极具史诗性质、气势磅礴而又撼人心扉的长诗。授奖词评价："海男勘探云南广袤的精神地理，在神秘、忧伤和浓烈、执着的情感体验中生成了独异的精神空间，诗意丰沛，充满张力，既有静水流深的平静，又有飞蛾扑火的决绝。绵密的意向呈现，情感与理性的平衡，沉郁和明朗的叠加，形成了别具一格的诗歌气质。"《忧伤的黑麋鹿》代表了海男诗歌写作的最高水平，也是当代文学中优秀诗歌的代表之一，能荣获第六届鲁迅文学奖，可以说是实至名归，是时间对一位忠诚的写作者的嘉奖与回报。

2014年对于云南诗人雷平阳来说也是一个丰收年。在这一年里，他几乎囊括了包括《人民文学》《诗刊》的年度大奖以及中国诗歌学会首届屈原诗歌奖金奖等中国最重要的诗歌奖项。2014年出版的最新诗集《基诺山》收录了雷平阳自2010年以来的大部分诗作共计111首，分为"渡口""偏安""基诺山"三辑。长诗《渡口》一经发表，好评如潮，被人称作"突破之作""野心之作"，不论是意象、情景之设置，对现实的描摹，还是对个体、族群存在的拷问，都发人深省，震撼人心。

2014年4月，于坚获得由《人民文学》杂志社主办的第三届朱自清散文奖。12月21日，由《芳草》文学杂志主办的第四届汉语文学女评委奖上，作家张庆国以中篇小说《如风》获"最佳叙事奖"。

2014 年 9 月 3 日，范稳在抗战胜利纪念日前后推出的新长篇小说《吾血吾土》，是以描写一位西南联大的知识分子投笔从戎参加抗战，并在不同历史时期的坎坷波折命运为主线的小说。它着眼于战争中的人性以及中华民族的精神内核和文化灵魂，叙述了一个文化人的家国情怀和作为中国人的民族尊严与责任。这是范稳继“藏地三部曲”之后又一重大的新的文学探索。这部长篇小说在创作过程中受到多方关注和期待，被定为中国作协 2014 年重点扶持文学作品和抗战胜利 70 周年专项长篇小说。小说出炉以后好评不断，获《长篇小说选刊》2014 年度长篇大奖，并将在 2015 年第 2 期转载。

2014 年 12 月 13 日，首个南京大屠杀死难者国家公祭日，云南作家段瑞秋的新作《女殇：寻找侵华日军性暴力受害者》在北京首发。这是她历经 3 年时间，在全国范围内抢救式地采访了 27 位侵华日军性暴力受害者后所作的，被认为是这段历史的纪实类作品的终结之作。

2014 年 8 月，为帮助昭通鲁甸灾区人民重建家园，云南省作协联合中国作家协会创联部向全国作家发起了全国作家支援鲁甸灾区人民重建家园书画义卖倡议，全国作家积极响应倡议，征集到 80 位中国著名作家共 140 余幅书画作品。其中有诺贝尔文学奖获奖者莫言，有中国文坛声名显赫的作家王蒙、贾平凹、陈忠实等人的书法、绘画作品，还有黄尧、雷平阳、于坚、夏天敏、海男等云南作家群体的书法绘画作品。10 月 21—24 日在云南美术馆举办的名为《水墨暖乌蒙》展览上，随处可见作家的责任和深情。

在中共云南省委宣传部提出的“深入生活、扎根人民”主题实践活动中，云南文艺界举行的“百名作家写云南、百名画家画云南、百首歌曲唱云南”行动于2014年11月28日启动。这是繁荣发展云南文艺事业的一项重要举措。启动仪式结束后，作家们于当天中午分赴各州市采风。在此次活动中，省内外作家共20余名分两条线路参加了百名作家写云南活动。

2014年12月4日，丽江古城中国当代文学论坛暨《大家》创刊20周年系列活动开幕。2008年诺贝尔文学奖得主勒·克莱齐奥以及来自全国的文学大家丹增、吉狄马加、马原、刘恒、林白、吕新、王祥夫、耿占春、周昌义、于坚、海男、韩东、徐敬亚、杨黎、何小竹、朵渔等悉数到场，开启了高规格且非常专业严谨的“当代文学论坛”。

云南文学“走出去”“请进来”迈出稳健步伐的步伐。2014年6月在第二届中国—南亚博览会框架内举办的“中国·东南亚·南亚昆明作家论坛”，来自东南亚、南亚各国的作家相聚春城，其中柬埔寨、老挝、缅甸、尼泊尔、泰国、越南及特邀嘉宾国俄罗斯的38位作家参会。此前4月初，云南省作协受邀率队前往柬埔寨参加了第五届湄公河文学奖颁奖活动，并且经组委会成员国一致通过代表中国成为成员之一。

云南省作家协会大事记

1956年1月，《边疆文艺》创刊。同年3月，成立云南省文艺工作者联合会和中国作家协会昆明分会。为中国作协系统最早成立的八个分会之一，袁勃当选为作协昆明分会主席。

1960年3月，省文联召开云南省文学艺术工作者第二次代表大会，袁勃仍为省作协主席。

1978 年 4 月，《边疆文艺》复刊。5 月，云南省文学艺术工作者第三次代表大会在昆明召开，选举陆万美为作协主席。

1982 年 2 月，云南省第一次当代文学学术研讨会在昆明举行。会议后期成立中国当代文学研究会云南分会。

1989 年 4 月，省作协云南分会第四次会员代表大会在昆明召开，晓雪当选为主席。

1991 年 5 月，省作协和云南人民出版社共同举办的“云南小说创作研讨会”在昆明召开。会议对《红高原文学丛书》（10 部）和《云南长篇小说文库》（7 部）等作品进行了深入研讨。

1994 年 12 月，李乔文学创作 65 周年研讨会在昆明举行。

1997 年 1 月，省作协与作家出版社、百花洲出版社联合在北京召开汤世杰作品讨论会，对汤世杰的长篇小说《情死》和长卷散文《殉情之都》进行了研讨。

1998 年 6 月，云南省作家协会举行第五次代表大会，李仕良当选为省作协主席。10 月，全国当代彝族文学研讨会在云南楚雄召开。12 月，黄尧的著作《世纪木鼓》由云南人民出版社出版。该书后获全国图书奖和中宣部“五个一工程奖”。

2002 年 1 月 25 日，纪念柯仲平诞辰 100 周年大会在昆明举行。10 月，由云南省作协、云南人民出版社等单位联合举办的“昭通文学现象及昭通作家群研讨会”在昭通和昆明举行。

2003 年 4 月 5 日，著名作家李乔纪念碑落成揭幕仪式在石屏举行。7 月 10 日，云南召开“云南文艺界开拓创新繁荣文艺座谈会”，中国云南省委副书记丹增发表讲话。2003 年 8 月，中国作家协会、国家民委、云南省委宣传部联合在昆明召开全国第四届少数民族文学创作会议。中国作协党组书记金炳华、中共云南省委副书记丹增等领导在会上发表讲话。

2004 年 3 月，人民文学出版社等单位在北京召开范稳长篇小说《水乳大地》研讨会。中共云南省委副书记丹增等领导出席了研讨会。6 月，第三届鲁迅文学奖在深圳颁奖。云南作家夏天敏的中篇小说《好大一对羊》获奖。8 月，“繁荣云南文学艺术、建设民族文化大省座谈会”在昆明举行。丹增等领导和全国著名作家一起出席研讨会。

2006 年 3 月，云南省作协召开第六次会员代表大会。黄尧当选为新一届省作协主席。

2007 年 11 月 2 日，于坚诗集《只有大海苍茫如幕》获第四届鲁迅文学奖。

2010 年 2 月，由云南省作家协会主办的文学选刊《百家》正式创刊。10 月 19 日，彭荆风报告文学《解放大西南》、雷平阳诗集《云南记》获第四届鲁迅文学奖。

2011 年 8 月，首届鲁迅文学院西南六省区市培训班在大理举办。

2012 年 4 月 17 日，由中国作家协会主办的“繁荣少数民族文学事业座谈会”在昆明举行。中国作协党组书记、副主席李冰出席会议。

2014 年 6 月，由云南省文联主办、云南省作家协会承办的“中国 · 东南亚 · 南亚昆明作家论坛”在昆明举办。8 月 11 日，海男诗集《忧伤的黑麋鹿》获第六届鲁迅文学奖。

2016 年 1 月，云南省作协召开第七次会员代表大会，黄玲当选为省作协主席。2017 年 8 月，黄玲因工作调动辞去省作协主席职务。

2017 年 3 月，省作协在大理召开首届农民作家培训班暨作品研讨会。11 月，云南省作家协会 2017 年文学年会在普洱召开。自此，自 20 世纪 80 年代成立的滇东、滇西文学笔会（年会）改为全省文学年会。

2018 年 5 月，由鲁迅文学院与云南省作家协会联合举办的云南省首届人口较少民族文学创作培训班在丽江举行。10 月，省作协召开七届四次理事会，增补选举范稳为省作协主席。在本次理事会上，成立了云南省网络创作委员会。

异军崛起的云南文化产业

云南文化产业作为云南民族文化强省建设中的重要部分，以强劲而蓬勃的力量，一路从无到有，从小到大，开疆拓土，风雨兼程，砥砺前行，从1996年推出民族文化大省建设，到2008年向云南民族文化强省迈进，走过了不凡的历程，在中国文化产业界创造了“云南现象”文化产业发展的“云南模式”，开创了云南文化产业发展新天地。

“歌舞云南”“文学云南”“音乐云南”“影视云南”，铸就了熠熠生辉的“文化云南”品牌，云南文化产业走出了一条具有边疆民族地区特色的创新发展道路，发出了云南文化自信的响声。

2018年11月23日，“壮阔东方潮　奋进新时代”云南省庆祝改革开放40周年系列新闻发布会发布，云南文化产业成为全省的亮点，文化产业增加值从2014年的396亿元增加到2017年的517亿元，占地区生产总值的比重从3.10%提高到3.16%，成为云南经济社会发展的重要部分，为云南经济发展新的增长点。更为重要的是，云南文化产业的发展，极大地增强了文化软实力，树立了文化自信、文化自觉，塑造了云南开放、文明、和谐、美丽的新形象，为云南的脱贫攻坚、文化经济发展、文化茂边、建设中国面向南亚东南亚辐射中心，起到了不可估量的作用。

以改革为动力　文化产业长足发展

从 1996 年在全国率先提出云南民族文化大省战略建设，到 2008 年向民族文化强省迈进，从 2004 年“云南文化北京系列宣传活动周”活动开启大规模进军文化产业，到现在文化产业向支柱产业推进，文化改革创新，一直贯穿着云南文化产业发展的不凡历程。

党的十八大以来，聚焦文化领域“四梁八柱”性质的重大体制机制，云南积极推进文化体制改革，实施 2014 年制定的《云南省深化文化体制改革实施方案》确定的 24 个方面 117 项改革任务。4 年来，国有经营性文化单位全部转企改制，优化了文化产业布局，推进了文化创意和相关产业融合发展，推动了文化产业转型升级。

文化产业发展走上了快车道，新闻出版、广播电视等传统产业巩固壮大，文化创意产业、文化信息产业等持续发展。

云南省的文化企业，从 2014 年不到 14200 户增加到 2018 年的 29197 户，重点文化企业数量从 344 户增加到 743 户。云南文化、骏宇文博、微想科技、金彩影业等 7 家文化企业在新三板挂牌。

文化产业聚集区走向成熟。昆明市、西双版纳傣族自治州、丽江市、迪庆藏族自治州、保山市 5 个州市的文化产业增加值占当地 GDP 的比例已接近或超过 5%，成为支柱产业。

“文化+”“互联网+”催生文化产业跨界发展的新业态。2018创意云南文化产业博览会上，VR全景、AR、3D等数字视觉技术，虚拟现实，人机互动，机器人技术，巨型地幕影院等创意文化产品集中亮相，展示出文化与科技融合发展的无限空间和巨大潜力。

立足资源优势，特色文化产业焕发光彩

“彝绣产品走得了秀场，也进得了市场。”楚雄彝族自治州文产办副主任周兵介绍，2017年全州绣女5万余人，彝绣产业总产值超过1亿元，成为群众脱贫致富的重要产业。楚雄彝绣和彝族服装服饰不断亮相北京、上海乃至世界的时装舞台，精美的民族服饰和刺绣走向全国乃至世界。落户楚雄的“七彩云南民族赛装文化节”，已经成为云南民族服装服饰文化的一张闪亮名片。

立足民族文化资源优势，突出云南特点，实施文化与旅游、文化与科技、文化与金融融合，云南文化产业转型升级、高质量发展。

2013年云南在全国率先出台了《云南省民族民间工艺品发展规划》，重点打造以“金、木、土、石、布”为核心的特色文化产业，通过打造“地域牌”“民族牌”“特色牌”，唤醒沉睡的民族文化资源，民族民间工艺品提质增效，稳步发展，开拓国内外市场，到2018年逐步形成了产业发展体系。

建水紫陶、鹤庆银器、个旧锡器、剑川木雕、开远根雕等具有浓郁地方特色的民族民间工艺品，年产值均在10亿

元以上。

通过传统文化创造性转化、创新型发展，特色产业快速发展，“一村一品”花开城乡；通过文化技艺与现代时尚元素的融合，一批具有创新创意元素的文化企业生产的民族手工刺绣、扎染、民族娃娃、布艺包、斑锡、斑铜、乌铜走银等特色工艺品，在海外市场崭露头角，成为文化产品出口创汇的重要来源。

植根于民族文化、历史文化和自然景观的深厚土壤，演艺产业繁荣发展。《云南映象》《丽水金沙》《印象·丽江》《梦幻腾冲》《澜沧江·湄公河之夜歌舞篝火晚会》等一批旅游演艺项目，长演不衰，带动了当地旅游业发展，带动了群众就业。

发挥“天然摄影棚”优势，把影视产业打造成为重点、亮点产业，云南民族题材和历史题材显示出艺术创作拍摄的优势和独特魅力，不少作品获得全国性和国际性奖项，云南影视走进了一个新时代，涌现了《花腰新娘》《婼玛的十七岁》《杨善洲》《好大一对羊》《木府风云》《茶颂》《我的团长我的团》《滇西 1944》《锻刀》《西南联大》等具有广泛影响的优秀影视作品。

“走出去”发展，落地生根，开花结果

2018 年 7 月 7 日，伴随着中国《小河淌水》和缅甸《瓦城的花朵》的音乐，缅甸仰光中国文化中心在仰光正式启用。来自云南的杨国正等 3 位老师，为缅甸学生讲授中国书画、茶道、面塑，缅甸学生专注的眼神，流露出对中国文化的喜爱。这是

记者在缅甸仰光中国文化中心看到的生动场景。

近年来，云南省与文化和旅游部先后共建了柬埔寨金边中国文化中心、缅甸仰光中国文化中心。伴随着中国文化的步伐，云南文化产业也走出国门，开启了文化产业“走出去”的“云南样本”。

云南利用与南亚东南亚地缘相近、文缘相通、人缘相亲的独特区位优势，以“亲诚惠容”的外交理念，主动服务和融入国家“一带一路”建设，建设面向南亚东南亚辐射中心。

云南通过实施《云南文化产业“走出去”三年行动计划》，走政府主导、企业主体、市场运作、社会参与发展之路，形成了多渠道、多层次、宽领域的文化产业“走出去”格局。昆明市成为全国首批对外文化出口基地，图书报刊、歌舞演艺、广播影视、广播电视传输服务、工艺美术品等纷纷“走出去”，落地生根，开花结果。

“站得住”，“能生根”。《吴哥的微笑》开创了在柬埔寨驻演的先例，累计演出近4000场，成为我国在国外定点驻演时间最长的经典剧目；新知集团的华文书局在海外建成8个国际连锁华文书局；电视连续剧《舞乐传奇》开启了中缅电视剧合作的历史。

云南与人民日报海外版共同创办《中国—东盟南亚特刊》《桥时代》等刊物；云南日报报业集团与9个国家的主流媒体合作开办了6种语言14份《中国·云南》新闻专刊；云数传媒率先将中国数字电视地面传输DTMB技术标准落地老挝、柬埔寨。

2013年创办的创意云南文化产业博览会至2019年已连续举办7届。一年一届的创意云南文化产业博览会被评为全国十大文博会之一，成为西部地区最具影响力的两大文化产业博览会之一和云南文化产品最大的交易平台，也逐渐成为南亚、东南亚一些国家参与交易的平台。

进入新时代，云南文化产业踏上新征程，为云南省国民经济支柱产业的目标，整装再出发。

一、敢为人先　风雨兼程

从酝酿到调研，提出建设“云南民族文化大省”

世纪之交，在改革开放的进程中，云南如何加快发展，以跨越的步伐迈进新世纪，在文化中开拓创新，在文化经济中拓展出一个新天，对云南来说，这是一个时代性的课题。

一些主管宣传文化的领导、专家，把目光和视野投向隐藏的云南文化。

历史上，云南在外界的眼中开化较晚，是蛮荒之地。然而，实际上，云南历史深厚博大，民族文化资源富集，这在全国实属罕见。

生活在 170 万年前的元谋人，是至今发现最早的中国和亚洲人类，证明云南是人类最早文明的发祥地之一。澄江帽天山发现的 5.7 亿年前的动物化石群，展示了距今 5.3 亿年前寒武纪早期生命快速多样化的独特记录。元谋人、昭通人、西畴人、丽江人、昆明人等创造了丰富的史前文化，以晋宁石寨山、江川李家山、官渡羊甫头为代表的古滇青铜文明，表现出独具特色、博大精深的文化内涵。千百年来，各民族创造了悠久灿烂、极具民族个性的文化样式。如彝族的十月太阳历文化、纳西族的东巴文化、傣族的贝叶文化、哈尼族的梯田文化、藏族的藏传佛教文化、白族的本主文化以及各民族绚丽多彩的生产生活、习俗节祭、风情礼仪、文化艺术、民间医药等，各民族多元共存、文化多元共生，造就了一体多元的民族文化，具有类型上的多样性、形态上的原生性、精神上的包容性的特征。产生于春秋战国时期的古滇文化、秦汉时期的哀牢文化、魏晋南北朝时期的爨文化、唐宋时期的南诏大理国文化、元明清以来以汉文化为主体的各民族文化，构成了云南2000多年文明史的纵向脉络。比较有代表性的，还有产生于秦汉、绵延到近代的南方丝绸之路文化和茶马古道文化，是云南与中原地区交往历史的缩影。云南的民族文化，是中华历史文化的重要组成部分。在云南众多的资源中，民族文化是最大的最重要的资源，丰富的民族文化资源可以转变为经济优势和产业优势，这有利于云南民族文化资源的开发，打造出更具历史厚度的文化产品。

面对21世纪知识经济时代的来临和全球经济一体化的发展趋势，云南如何唤醒这些沉睡的历史文化资源，把丰富厚重的民族文化资源转变成为经济优势，推动云南经济社会发展，既是一个潜力巨大的机遇，又是一个挑战性的发展战略课题。

这是一个在云南文化发展史上，应该浓重记上一笔的月份。1996年12月，中共云南省委六届四次全委会提出：把云南建设成为“富有特色的民族文化大省”。这是云南以远见卓识、前瞻性的发展眼光提出的一个宏大的文化战略发展目标。距江苏省在全国首家提出建设“文化大省”后，仅仅2个月，云南就提出这一目标。这次会议通过了《中共云南省委关于贯彻党的十四届六中全会（决议），加强全省精神文明建设的实施意见》，首次明确提出："要扩大对外文化交流与合作，积极吸收世界文化优秀成果，让云南民族文化走向全国，走向世界，努力把云南建设成为富有特色的民族文化大省。"由此，正式提出建设民族文化大省。这抓住了突破云南发展瓶颈的一个重要切入点，也抓住了发展文化产业的关键时机。

2002 年 11 月，党的十六大报告正式提出"文化产业"概念。云南文化产业与云南民族文化大省建设，可以说，相生相伴。

1996—2002 年是第一个阶段，主要是理论探索和起步阶段，是云南研究如何建设民族文化大省的调研时期，云南在寻找民族文化大省发展方向、路径，规划发展蓝图、框架、纲要。云南还处于社会主义初级阶段的低层次，教育科技发展相对滞后，劳动者素质不高，与发达省份相比，经济发展缓慢、人的思想落后，归根到底是人的文化素质问题。面对知识经济时代，面对世界范围各种思想文化的相互激荡，面对人民群众日益增长的精神文化需求，怎样建设云南民族文化大省是云南一个跨世纪的时代难题。

理论先行，立足云南，面向全国乃至世界文化发展趋势，云南领导、专家开始进行调查研究和学术研究，对云南文化进行长期的调研、梳理、研究。其间，云南组织有关领导、人文学科知名专家学者、省宣传文化系统管理精英、文化相关行业机构的专业人士进行深入认真严谨的研讨，并荟萃出版了精选论文集《走向 21 世界的云南民族文化》一书。文集以超过 1/3

的分量集中于“民族文化资源与产业开发研究”，这说明云南民族文化大省建设一开始就把文化产业作为其中的一个重要组成部分。

1999年1月，云南省委、省政府主办了“云南建设民族文化大省研讨会”，正式将云南民族文化大省建设目标定位为中国特色社会主义文化建设纲领在云南的具体实践。2000年8月，云南省委、省政府主办的“云南民族文化大省建设第二次高级研讨会”明确提出：“民族文化产业兴，民族文化大省立”，把文化资源开发和文化产业发展作为云南民族文化大省建设的重要支柱。2000年12月，云南省委、省政府正式公布实施《云南民族文化大省建设纲要》，以此作为云南指导云南民族文化大省建设的纲领性文件。此后又出台《云南民族文化大省建设实施方案》和《云南民族文化大省建设“十五”规划》，用以指导云南民族文化建设和文化产业发展的各项工作。对上述重要文件的制定、发布和实施，历任省委、省政府的主要领导，特别是先后分管此项工作的云南省老领导都做出了重要努力和贡献。

《云南民族文化大省建设纲要》提出：“有效开发云南丰富的民族文化资源，努力提供文化内涵丰富、深受广大人民群众欢迎的文化产品。大力促进报刊、出版、信息传输、影视音像、教育、体育、文化娱乐、艺术展演、民族民间工艺与服饰、广告等文化产业的发展……统一规划，统一管理，依据各地民族文化资源基础，建设诸如民族包含饮食城、民族纺织服饰园、民族民间节庆娱乐场、民族工艺艺术一条街之类的民族民间文化产业区。同时，在有条件的地方开展‘民间艺术之乡’、‘民间工艺之乡’创建活动，进行‘一乡一业’、‘一村一品’乡土特色文化产业、产品开发。在省、区、市一级党委和政府层面上，积极倡导发展文化产业，并将此作为知识经济时代区域经济社会发展的新兴增长点。”

按照《云南民族文化大省建设纲要》和《云南民族文化大省建设实施方案》提出的基本思路，文化产业发展工作的指导思想、奋斗目标和发展重点，全省各州市和相关部门结合本地实际，为积极发展新兴文化产业做出了富有成效的探索和努力。至此，云南文化产业发展获得了一个坚实的起点。

以改革创新为动力，以《云南映象》文化项目造势，推动文化产业创新发展

2001 年 12 月，云南省第七次党代会再次确认：建设“绿色经济强省”“民族文化大省”“中国连接东南亚南亚国际大通道”，为云南经济社会发展的三大战略目标。

2002 年 11 月，中国共产党第十六次全国代表大会召开，明确了“全面建设小康社会”的战略目标，强调“发展文化产业是市场经济条件下繁荣社会主义文化、满足人民群众精神文化需求的重要途径”，为云南发展文化产业明确了方向、新的思想动力。

2003 年 4 月，李长春同志视察云南时提出，云南文化产业要为全国提供更多经验，这为云南发展文化产业带来极大的感召和鼓舞，云南文化产业从起步阶段逐步发展。

“文化产业”这一术语产生于 20 世纪初，最早出现在霍克

海默和阿多诺合著的《启蒙辩证法》一书中。文化产业的英语名称为 Culture Industry，也可译为文化工业。作为一种特殊的文化形态和特殊的经济形态，不同国家对文化产业有不同理解。联合国教科文组织关于文化产业的定义是：按照工业标准，生产、再生产、储存以及分配文化产品和服务的一系列活动。2002 年 11 月，党的十六大报告正式提出“文化产业”的概念。在发展文化产业上，一些人认识模糊、重视不够，持等待观望态度，对发展文化产业的方法、路径不清楚。为解决这些思想认识等问题，云南提出：2003 年为“统一思想年”、2004 年为“文艺繁荣年”、2005 年为“产业发展年”。

从 2003—2004 年，主要是思想动员，举办各种培训，统一思想阶段。文化产业作为一个新兴产业发展，对传统的思想认识和文化观念的更新和超越成为首要的任务。全省把 2003 年定为“统一思想年”，首先着力解决的就是思想认识问题，排除影响文化体制改革和文化产业发展的各种陈旧观念，在认识上清除障碍。通过召开动员大会、举办领导干部培训班、举办研修班、邀请专家做专题讲座、开展理论研讨、组织新闻媒体广泛宣传等形式，多管齐下统一思想，提高认识；自上而下解决认识问题，制定完善相关政策，清除观念障碍，营造良好的政策环境。

云南文化产业发展紧锣密鼓推进。2003 年 7 月 17 日，省委七届四次全委会明确提出，把文化产业作为建设云南民族文化大省的一个根本性战略措施来抓，把文化产业培育为云南新的经济增长点和新的支柱产业，要充分发挥云南独特的民族文化资源优势，像当年抓烟草、抓旅游一样抓文化产业。通过几年的努力，争取使云南的文化产业和文化发展进入全国前列。7月19日，省委、省政府召开了云南省“发展文化产业、繁荣民族文化、建设文化大省”大会。会议明确了云南省推进文化体制改革、加快文化产业发展的基本思路、奋斗目标、总体设想以及重要原则；明确提出以体制改革为突破口，重点发展广播影视、新闻出版、文艺演出、文化娱乐、体育、会展和乡村特色文化七大主导文化产业，到云南省国民经济和社会发展第十一个五年计划期末，形成一批主导产业，发展一批龙头企业，培育一批竞争主体，打造一批著名品牌，建成门类齐全、运转有力的文化产业体系，使文化产业增加值占云南省生产总值的比重达到6%~10%；对云南省深化文化体制改革、加快文化产业发展做了全面部署，由此全面推开了云南深化文化体制改革、加快发展文化产业的序幕。

2003年8月，省委、省政府成立了省文化体制改革和文化产业发展领导小组及其办公室——省文产办，16个州市也相继组建了领导小组，负责文化体制改革和文化产业发展的领导工作和综合协调。

深化文化体制改革，加快文化产业发展。首先解决思想认识问题。从2004年开始到2006年，省委、省政府连续3年每年组织1期全省文化产业发展高级研修班，对文化产业的发展产生了重大影响。3期研修班，培训省级各相关部门领导、各州市党政领导、各县（区、市）党政主要领导和分管领导以及大型文化企业负责人近1000人次。同时，省级相关单位、全省16个州市及部分县（区、市）也按照省里的模式，组织开展了相应的培训，使全省干部、职工20000多人次受到了深化文化体制改革、加快文化产业发展的培训，形成了自上而下地解决认识问题的良好局面，对于全省人民解放思想，转变观念，形成大力挖掘和开发文化资源、大力发展文化产业发展的良好氛围产生了重大作用。同时，通过政策营造环境，通过政策促进发展，把文化产业发展纳入经济社会发展的总体目标，深化文化体制改革、加快文化产业发展被作为重要内容写入《云南省国民经济和社会发展第十一个五年规划》和省第八次党代会报告中，并明确了文化体制改革和文化产业发展的目标和要求，强调要建立富有云南特色的文化产业体系。大规模的培训、政策措施的不断完善，为文化体制改革和文化产业发展工作提供了强有力的政策支持，为文化体制改革培养人才营造了氛围。

积极完善政策法规体系。2004 年 5 月，省委、省政府正式出台了《关于深化文化体制改革、加快文化产业发展的若干意见》《关于加快文化产业发展的若干政策》《关于开展文化产业统计工作的意见》3 个文件，通过财政、税收、工商、投融资、土地、公安、人才、社会保障等一系列优惠政策，省政府专门设立了文化产业发展资金，为文化体制改革、文化产业发展提供了宽松和谐的发展环境、社会氛围和强有力的政策保障。

2003 年 6 月，中央下发《关于文化体制改革试点工作的意见》、召开全国文化体制改革试点工作会议后，云南随即开展文化体制改革试点工作。

以点带面，逐步扩大试点范围。除中央确定的全国综合试点地区丽江市以外，云南还确定了大理州、腾冲县和省杂技团、省图书馆、昆明市电影公司 5 个单位作为省级文化体制改革试点地区和单位积极推进。到2004 年底，首批试点工作基本结束。

2005年，将试点扩大到昆明、红河、楚雄、曲靖、保山、迪庆等6个州市和石林、巍山、建水等25个县区，两批改革试点共8个州市和26个县（区、市），使云南文化体制改革试点地区分别占州市总数的50%和县区总数的近20%。

从2001年开始，云南陆续组建了一批国有文化企业集团公司。在报业方面，组建了云南日报报业集团，目前拥有9报3刊1网，形成了种类齐全、分工专业的报刊系列；在出版方面，组建了拥有28亿多元资产的云南出版集团公司；在广电方面，组建了拥有36亿多元资产的云南广电网络传输股份有限公司；整合了全省131个分支机构的广电网络传输资源，组建了云南文化产业投资控股集团有限责任公司。

2011—2014年，文化体制改革进入重点攻关阶段，对国有文艺院团、非时政类报刊出版单位、重点新闻网站进行文化体制改革。

稳步推进政府职能部门和文化企事业单位的改革。各地各部门按照“政府办公益性文化、企业办经营性文化”的思路，紧紧扭住“管办分离”这个核心，积极转换政府文化管理职能，推进文化企事业单位的改革。在行政管理体制上，丽江市、保山市在全省率先进行了文化、广电、新闻出版等相关部门的合并，组建了文化市场综合执法大队，西双版纳将旅游部门与文产办合并为文化旅游办公室。

在资源整合上，昆明市整合交响乐团、花灯剧团、民族歌舞团、滇剧团和儿童艺术剧团整合资源成立了昆明市民族歌舞剧院；楚雄州整合演艺资源成立了楚雄州民族艺术剧院；红河州整合州内资源成立了红河传媒集团、红河影视产业集团等5

个集团。在经营性文化事业单位改革上，丽江市撤销了市民族歌舞团、木府博物院等 4 家单位的事业单位建制，市电影公司和市民族歌舞团进行了以民营为主的改制，实行了干部职工的身份转换；昆明市、大理州等地将一批国有文化事业单位进行转制、改组、改造、重组，撤销了事业建制，按照现代企业制度的要求分别转制为国有、国有控股或民营文化企业。在公益性文化事业单位改革上，省图书馆等一批公益性文化事业单位，积极探索劳动、人事、分配内部三项制度改革，实现了以岗定员、以岗定薪、按质取酬的全员聘用制，提高了服务质量。在新闻媒体改革上，丽江日报社、丽江电视台、大理日报社、大理电视台等积极推进新闻媒体的宣传与经营“两分开”，对经营性职能及资产、人员进行了剥离，实行市场化运作、企业化管理。同时，全省电影放映院线全部完成了改制任务。

2012 年底，由原云南电视台独资设立的云南云视传媒集团有限公司和原云南人民广播电台独资设立的云南云广传媒集团有限公司 2 家企业合并而成的云南广电传媒集团有限公司正式成立，并于 2013 年 2 月正式登记注册，注册资本 3.7 亿元。

以项目《云南映象》为文化引领，推出文化繁荣的“云南现象”、文化产业发展的“云南模式”。

云南文产快速发展时期的标志性事件，是 2004 年 4 月由著名艺术家杨丽萍与云南山林文化传媒有限公司合作打造的云南大型民族“原生态”歌舞集《云南映象》在北京演出，红遍全国，走向世界。云南省委、省政府以《云南映象》演出为契机，在北京举行了影响巨大的云南文化宣传系列活动，开创了一个省（区、市）在首都北京集中展示文化产业成果的经典案例，至今无人超越。

2004 年 4 月 10 日，云南赴京文化宣传系列活动在北京保利大剧院隆重举行首场演出，引起轰动。演出一票难求，现场观众被美妙迷人又质朴奔放的民族舞蹈及深入心灵的音乐深深打动，如痴如醉，许多人喝彩、欢呼、落泪，甚至站起来随之起舞，剧场成了一个令人陶醉的舞蹈和音乐殿堂……《云南映象》中 70% 的演员来自本土各村寨的少数民族，他们以不加雕琢的民族唱腔，原始自在奔放的舞姿，优美曼妙的造型，原汁原味的真实服装和道具，再现了民族风情浓郁、洋溢着生命激情的精彩云南，刮起强劲的云南文化旋风。

《云南映象》是与云南文化体制改革、发展文化产业应运而生、呼之而出的优秀舞蹈经典作品。其时，正是云南省建设民族文化大省、实施文化体制改革、加快文化产业发展这一宏伟规划始发时期。作为云南确定的七大文化主导产业之一，文化演艺业在“政府引导、企业投资、市场运作”的指导方针下，率先进行文化改制并取得突破。

《云南映象》是 2003 年以来云南文化产业发展最具代表性的成果，更是云南在文化体制改革中，解放思想、改革创新、文化艺术与市场结合的大胆而具体的探索与实践。2003 年《云南映象》排练时，遇到“非典”、资金短缺，省政府及时给予 20 万元的资助用于购买灯光设备。可排练完成时，迟迟得不到有关管理部门演出许可证的批复，因该剧是一个创新的舞蹈集，涉及非常敏感的民族、宗教内容，谁也不敢贸然批准，只有上报当时主管宣传文化的省委主要领导。省委领导指示：“让市场和观众去检验！”就这一句话，2003 年 8 月 4 日《云南映象》

得以在昆明幸运地进行首次彩排，结果引起社会各界如潮的好评。《云南映象》从此公开上演。2004年3月，《云南映象》在上海举行的第四届中国舞蹈“荷花奖”评选中，一举夺得最高奖舞蹈诗金奖等5项大奖。

《云南映象》作为“云南赴京文化宣传系列活动”的重头戏，在北京保利剧院连演8场，共9位党和国家领导人、64位中央和国家有关部门负责人，来自100多个国家和国际组织的300多位驻华使节和代表观看了演出，在首都形成了“大街小巷说云南”的话题。《云南映象》演出的同时，云南先后举办了云南省繁荣民族文化、发展文化产业、建设文化大省座谈会、外国驻华使节和国际驻华代表及港澳代表文艺招待晚会和招待酒会、繁荣云南民族舞蹈艺术专家研讨会、组织云南优秀作家文学赠书活动等一系列活动，引起新闻媒体极大关注。从新华社、人民日报、中央电视台、中央人民广播电台、北京主要媒体，到香港凤凰卫视、网络媒体，包括中央、首都和国外的50多家媒体，集束式、全方位、多角度地报道了云南赴京文化宣传系列活动，新闻报道量近300条（次），其中，人民日报以极高的规格在头版头条套红刊登《云南文化产业势头强劲》的消息，中央电视台使用8个频道、出动数十名记者，集中对一个省举办的此类文化活动进行如此大规模、全方位的宣传报道，在央视历史上是前所未有的。由此，云南赴京文化宣传系列活动刮起了一股强劲的“云南文化旋风”，“云南文化热”就此掀起帷幕。

以《云南映象》为代表的云南赴京文化宣传系列活动获得了极大的成功，在首都和全国产生了良好的影响，体现了云南的勇气、智慧和实力，极大地增强了云南的文化自信、文化自觉。《云南映象》为云南发展文化产业起到良好的示范和文化引领作用。随后，大理的《蝴蝶之梦》、西双版纳的《勐巴拉娜西》以及丽江的《印象·丽江》等10多台文化与旅游融合的舞台精品相继诞生。这些作品丰富了云南文化与旅游的内涵，赢得了社会效益和经济效益的双丰收。

云南赴京文化宣传系列活动和《云南映象》成功演出后，2004年10月，云南在上海举行云南文化产业推介周活动；11月，《云南映象》受国务院新闻办派遣前往巴西、阿根廷参加“中国文化南美行”演出活动；12月，云南省歌舞剧院受文化部派遣赴俄罗斯参加中国文化周演出活动。2005年10月，在第七届中国上海国际艺术节举办“感受云南”系列演展活动。2006年4月，赴香港举办“云南影视作品赴香港宣传推介活动”；11月，在北京举办《云岭天籁》赴京展演系列活动……这些推介云南民族文化、为文化产业发展造势、营造良好氛围的活动，树立了云南形象，使外界了解、关注云南文化，对云南文化产业发展产生了巨大的助推力，使云南在全国文化产业领域占据了重要的一席之地。

经过2003年文化产业快速发展，到2004年云南文化产业的迅速崛起，云南在边疆、民族、贫困地区，没有照搬发达地区的模式，以试点推进深化文化体制改革，依托民族文化资源的优势和特色，打好民族特色牌，走出一条科学开发民族文化资源、大力发展民族文化产业、建设民族文化的路子，探索出了一条有别于东部经济发达地区的区域特色文化产业发展的新途径，形成了独具一格的“云南现象”和“云南模式”。“云南模式”引起媒体的广泛关注，2004 年 4 月 30 日《中国文化报》以头条位置推出长篇报道《文化产业发展“云南模式”》，第一次正式作出了“云南模式”的概括和报道；10 月，在 2004 年云南文化产业上海推荐周期间举办的“滇沪合作文化产业论坛”上，“云南模式”已经进入国内文化产业研究领域专家学者学术审视的视野；到 2005 年云南在建水举办的“2005 文化产业云南论坛”上，来自国内出席会议的专家集中研讨文化产业发展的“云南模式”，并给予高度认可。从此，“云南模式”享誉全国，云南文艺繁荣的“云南现象”也得到认可，叫响全国。

从发力到提升，2008 年云南由民族文化大省向民族文化强省迈进

2008 年 2 月，在云南省宣传思想文化工作会上，提出推动云南民族文化大省向民族文化强省迈进，到 2020 年，形成较为完备的公共文化体系，文化产业成为全省的重要支柱产业，文化事业整体水平、文化产业发展实力跃居西部地区领先地位。力争到 2020 年文化产业的增加值占全省 GDP 的 8% 左右，基本实现由民族文化大省向民族文化强省的迈进、由旅游经济大省向旅游经济强省的跨越。

2009 年，云南省委八届八次全委会又作出把云南建设成为绿色经济强省、民族文化强省、中国面向西南开放的桥头堡的云南经济社会发展的三大战略目标。云南文化建设走进了新的发展阶段。

自 1996 年提出建设民族文化大省的奋斗目标以来，经过 10 多年的努力，到 2008 年，目标已经基本实现。云南民族文化大省建设取得显著成效，云南文化产业进入新的黄金时期，云南经济发展已进入快车道，文化的竞争力、影响力不断提升，这些都为建设民族文化强省打下了良好基础。随着形势的发展，特别是党的十七大提出兴起社会主义文化建设新高潮、推动文化的大发展大繁荣的新要求，把文化建设与经济建设、政治建设、社会建设作为四位一体提了出来，彰显了文化建设的重要作用和地位。站在新的历史起点上，响应文化大发展大繁荣的时代呼应，云南提出由民族文化大省向民族文化强省迈进的战略目标。建设云南民族文化强省，是建设云南民族文化大省的深化和拓展，更是文化的内涵和品质的提升。

坚定不移地围绕民族文化强省这一战略目标，云南树立新的文化观念，坚持文化的公益性和产业性两手抓、两加强，做到一手抓公益性文化事业，一手抓经营性文化产业，并且始终把社会效益放在首位。坚持“三个结合”：一是要实现文化和旅游的结合，二是要实现文化与企业的结合，三是要实现文化与科技的结合。着力打造香格里拉品牌、茶马古道品牌、七彩云南品牌、聂耳音乐品牌“四大文化品牌”；推进新博物馆、大剧院、艺术家园区、云南文苑、云南亚广传媒中心五大标志性设施建设；推动云南六大院团的深化改革，推动六大院团又好又快发展；加快新闻出版、网络、影视产业、民族工艺品、印刷包装业、珠宝玉石文化、体育产业、休闲娱乐业、茶文化等十大文化产业发展。

围绕向民族文化强省迈进的目标，云南转变观念，牢固树立新的文化发展观，云南在全社会形成文化自觉，树立文化自信，像抓工业经济一样重视文化产业发展，像抓经济体制改革一样推进文化体制改革。相继出台了《关于进一步深化文化体制改革推进经营性文化事业单位转企改制的若干意见》以及财政、税收、工商等一系列扶持优惠政策，努力为文化体制改革和文化产业发展提供宽松的发展环境和有力的政策保障。文化体制改革快速稳步推进，由点到面走向纵深，全省文化体制改革勇闯“深水区”，在重点领域和关键环节率先突破，先后成立了四大文化产业集团，推动一批经营性文化事业单位转企改制，通过改革，各转企改制文化单位活力普遍增强，效益明显提升。云南出版集团确定了5年内实现资产和销售收入“双百亿”目标，启动了投资30亿元、占地800亩的云南国际图书城、数字动漫城等一批大项目，多种经营战略取得实效，2010年上半年销售收入3.6亿元，比去年同期增长18%。云南文投集团启动了总投资50亿元的丽江民族文化产业示范基地建设和香格里拉蓝月山谷文化旅游项目，在云南腾冲、法国巴黎、柬埔寨吴哥分别打造了大型演艺节目《梦幻腾冲》《雨林童话》和《吴哥的微笑》。云南日报报业集团实施了党报数字化改造工程和党报快速覆盖工程，《云南日报》当天能看到的比重已达61%，同时启动了云报传媒广场、文化地产等一批重大项目建设。

按照“把文化产业培育成新的经济增长点和新的支柱产业”的目标和要求，千方百计地加快文化产业发展，以广播电视、新闻出版、演艺、音像、网络、体育、会展和乡村特色文化等为主导的文化产业不断发展壮大。2009年，文化产业增加值达到360亿元，与北京、上海、广东、湖南一起成为当时全国文化产业增加值最快的“前五强”。文化产业已成为云南省的新兴产业和新的经济增长点。2010 年，云南省委决定“十二五”期间省级文化事业建设费由每年 4500 万元增加到 8000 万元，省级文化产业发展专项资金由每年 2500 万元增加到 1 亿元，同时建立 10 亿元规模的文化产业发展引导基金，以推动云南文化建设的大发展大繁荣。

以“三结合”为发展思路，培育壮大十大主导产业，形成“主业拉动、基地促动、项目牵动、龙头带动、文旅活动”的文化产业发展格局。腾冲文化旅游产业发展植入了“加速引擎”，2009 年，实现旅游收入 16.2 亿元，同比增长 29.6%，文化产业增加值达 4.9 亿元。丽江 2009 年全市文化产业增加值以 26% 的速度递增，文化产业增加值占全市 GDP 的比例提高到 11.3%。文化与旅游的结合，带动了民族工艺品、茶文化、影视等多个相关产业共同发展，逐步形成各具特色的云南文化产业系列群体，形成了以瑞丽、盈江、腾冲为重点的珠宝玉石毛料生产加工建设基地和产业链；带动了以鹤庆银器、个旧锡器、建水紫陶、剑川木雕和各种民族刺绣为代表的民族民间手工艺品发展，形成了一批专业化生产民族工艺品的公司和加工村，促进了千家万户农民群众脱贫致富；还催生了滇西纪录片基地、丽江束河影视拍摄特色基地等一批影视拍摄基地，每年都吸引着省内外影视剧组来云南拍摄，影视作品成为推销云南的“文化导游”。

深化改革　特色产业快速发展
转型升级　向高质量发展

2012 年以来，云南文化产业进入转型升级阶段。云南依托丰厚的文化资源优势，将文化产业作为全省重要产业来打造，以深化文化体制改革为动力，研究探索新思路、新体制、新业态、新模式、新产品，积极推进“文化 + 旅游、文化 + 科技、文化 + 金融”的融合发展，实施文化产业转型升级，向高质量发展，向特色化、高端化、国际化迈进，文化产业规模不断壮大，文化综合实力和影响力全面提升，成果显著，文化产业已成为云南经济重要组成部分和新的增长点。

云南认真贯彻落实党中央关于全面深化改革的重大部署和习近平新时代中国特色社会主义思想，针对云南文化发展主要障碍，聚焦“四梁八柱”性的重大体制机制，推出了一批体现中央精神、具有云南特点、可操作性强的改革举措，全省文化发展的主要体制机制框架基本形成。云南省委、省政府 30 多次专题研究文化改革工作，制定了《云南省深化文化体制改革实施方案》和《云南省“十三五”时期文化发展改革行动计划》，确定了 10 个方面、24 个大类、117 项改革任务。推动了文艺院团转企改制工作，根据中央要求保留事业体制的 5 家，包括省京剧院、省滇剧院、昆明聂耳交响乐团、楚雄州民族艺术剧院、迪庆州民族歌舞团；划转非遗传承保护中心和民族文化传承保护中心的 58 家；转企改制的 41 家；撤销 12 家。同时加大了对省级文艺院团的扶持力度，省财政每年给予省级每个文艺院团 500 万元的扶持资金。经营性文化事业单位转企改制任务基本完成，推动了云南报业传媒集团、云南出版集团、云南广电网络集团、云南广电传媒集团4户国有文化企业建立具有文化特色的现代企业制度，并健全坚持社会效益和经济效益相统一的体制机制，积极发挥云南省意识形态阵地的主渠道、主阵地、主力军，承担了大量的公益性任务，在主营业务面临巨大挑战的背景下，主动巩固和扩展市场，融入和服务国家“一带一路”建设。2017年总资产220.91亿元，同比增长2.17%，营业收入110.82亿元，同比增长11.98%，利润10.01亿元，上缴税费3.32亿元。推进非时政类报刊社改革任务，全省共有报刊190种，其中报纸62种、期刊128种，完成非时政类报刊转企改制34种。同时，推动了出版单位转企改制、广电传输网络整合、电影发行放映转制、广电系统电视剧制作机构剥离转制、省级党报党刊发行机构剥离转制等改革任务；省级和州市全面完成文化市场综合执法总队和支队组建工作。通过文化体制改革，充满活力、富有效率的全省文化体制机制正逐步形成。全省117项文化改革事项已完成101项，经中宣部对各省区市文化体制改革工作的综合考核评价，云南省居全国第13位，西部第2位。

云南文化产业保持较快发展，规模进一步壮大，文化综合实力和影响力全面提升，发展“空间无限、潜力无限”。

——2012—2016年，全省文化产业增加值从298.97亿元增加到453.65亿元，居全国第19位、西部第4位；占GDP的比重为3.1%，居全国第17位、西部第5位。

——一大批优秀文化企业成为产业发展骨干。全省规模以上文化企业从2013年的344家增加到2016年的628家，增长了 82.6%；营业收入从 2013 年的 337.8 亿元增加到 2016 年的 856.3 亿元，增长了 153.5%；资产从 2013 年的 572.8 亿元增加到 2016 年的 1370.9 亿元，增长了 139.3%。

——昆明市、丽江市、迪庆藏族自治州、保山市的文化产业增加值占当地 GDP 的比例接近或达到 5%，成为支柱性产业。

——云南文化、骏宇文博、微想科技、天游科技、黑马软件、客莱谛、金彩影业等 7 家文化企业在新三板相继挂牌。

——建成云南省博物馆新馆、云南省大剧院、亚广传媒中心、云南文苑、云南广播电视集中集成播控中心、东南亚小语种和云南少数民族语言影视译制中心等重点公共文化设施项目。

云南文化产业机构持续优化，文化服务也在文化产业中占比过半。云南文化产业以国有控股为主体，其他经济形式为补充，多种所有制经济共同发展的新格局正在形成。文化产业已成为云南经济的重要组成部分和新的增长点，为云南经济社会发展做出了贡献，为在新时代继续推进文化改革发展奠定了坚实基础。

2018 年 11 月，云南省庆祝改革开放 40 周年系列新闻发布会发布，云南以解放思想、深化改革为动力，不断开拓创新，文化产业成为全省经济发展的亮点，文化产业增加值从 2012 年的 298.97 亿元增加到 2017 年的 517.38 亿元，占 GDP 比重从 2012 年的 2.9% 增长到 2017 年的 3.16%，在全国排第 17 位，在西部排第 3 位。到 2018 年，全省文化企业共有 29197 家，规模以上文化企业 743 家。

特色文化产业快速发展，已经成为云南民族地区脱贫致富的重要手段。2013 年，云南在全国率先出台了《云南省民族民间工艺品发展规划》，重点打造特色文化产业，通过打造“地域牌”“民族牌”“特色牌”，唤醒了沉睡的民族文化资源，民族民间工艺品提质增效，稳步发展，开拓国内外市场，到2018年以传统民族民间工艺品“金、木、土、石、布”五位一体的特色文化产业基本形成体系。2016年，以“金、木、土、石、布”为代表的云南民族民间工艺品产业占全省文化产业增加值的26%，120家民族民间工艺品规上企业营业收入达421.5亿元。建水紫陶、鹤庆银器、个旧锡器、剑川木雕、开远根雕等具有浓郁地方特色的民族民间工艺品年产值均在10亿元以上，一些产品远销国外。“丝路云裳·七彩云南民族赛装文化节”（原为七彩云南民族赛装文化节）成为云南一张亮丽的文化名片，为边疆民族地区妇女脱贫致富拓展出一条新路径。全省各地成千上万的各民族村寨群众通过发展特色产业，优化了农村经济结构，找到了脱贫致富的有效手段。

在“一带一路”建设中，实施“走出去”战略，创造了文化产业“走出去的云南模式”，云南文化影响力增强。2016年10月13日，习近平同志和柬埔寨首相洪森共同为金边中国文化中心揭牌，这是国务院批准的全球第一个从中国文化之家升格为中国文化中心的文化传播机构。2018年7月7日，由中华人民共和国文化和旅游部与云南省政府共建的仰光中国文化中心正式启用，仰光中国文化中心作为中国政府在缅甸派驻的官方机构，将成为深化中缅两国的传统友好关系、进行文化交流与合作的文化纽带。文化商品不断走向海外，2017年云南省文化出口突破3亿美元。云南文化产业实现了新闻出版、广播影视、歌舞演艺、民族民间工艺品等全方位“走出去”，以云数传媒公司输出中国 DTMB 技术标准、昆明新知集团建设华文书局、云南演艺集团打造旅游演艺项目《吴哥的微笑》为代表，云南文化企业成功走向老挝、柬埔寨、缅甸、泰国、斯里兰卡、印度尼西亚等南亚、东南亚国家。

创意云南 2019 文化产业博览会，7 个场馆和 7 个分会场 20 项系列活动共同展示云南文化产业的魅力，吸引了国内外 1300 余家文化企业参展，观展人数达 28.2 万人次。广东、浙江、海南、福建等省的企业积极参展，阿富汗、菲律宾、日本、土耳其、尼泊尔、印度尼西亚、韩国以及中国台湾、香港等 9 个国家和地区的厂商也带来颇具特色的文化产品亮相展会。在为期 5 天的展会中，充分展示了云南文化产业的蓬勃生机，以及产业发展新业态、新亮点和新成果，充分体现了“文化融合发展 创意提升价值”主题内涵，影响力不断扩大；展会内容丰富、创意突出、特色鲜明、成果丰硕，已成为展示云南省旅游文化融合发展、助推云南文化产业转型升级、跨越发展，推进云南民族文化强省建设的重要平台。

在新时代　向支柱产业目标迈进

2018 年 8 月 13 日，创意云南 2018 文化产业博览会圆满落幕。文博会开幕当天召开的全省深化文化体制改革推动文化产业发展座谈会，再次释放出明确而强烈的信号：按照《云南省文化产业发展“十三五”规划》和《云南省“十三五”时期文化发展改革行动计划》，努力向 2020 年把文化产业建设成为云南省国民经济支柱产业的目标迈进。新时代的云南文化产业吹响了强劲的集结号，在已奠定的坚实基础上，云南文化产业踏上新征程，聚焦聚力，全力以赴：塑造云南文化新形象，打造云南文化新品牌，构建云南文化产业发展的新生态。

云南文化产业在取得有目共睹的成就的同时，也看到了自身存在的差距和问题。云南文化产业快速发展，但与北京、上海、广东、深圳、江苏、浙江等文化产业发展较快的省市相比，在文化产业的发展规模、产业链的打造和创意、创新型的产业集群的培育方面还有很大的差距和提升空间。

云南文化产业正处于发展动能转换阶段，急需突破发展中的瓶颈，一是整体实力还不强；二是产业结构不够合理，发展不平衡不充分的问题还比较突出，尚未形成各大行业齐头并进、多元发展的局面；三是社会资本投入和财政扶持资金不足，融资困难、投入不足，致使重组整合、做大规模的能力不强，严重制约了文化产业的发展。

面对困难和挑战，面对新任务新要求，云南需要充分发挥自身的优势，加大推进文化与旅游、文化与科技、文化与金融的深度融合发展力度，推动传统特色文化产业转型升级，打造创新型文化创意产业，促进文创园区提质上档，扶持国有文化企业做强做大，努力实现云南文化产业健康发展。为实现文化产业成为国民经济支柱产业的目标，云南采取新的措施：

——加快出台操作性强、实施路径清晰的《云南省关于加快文化产业创新发展的若干政策》。通过文化经济政策的落实和完善，推动云南文化产业在“壮大产业规模、提升发展实力”“营造创意氛围、激发创新活动”“扩大文化消费、推动文化产业走出去”等方面取得较大突破。

——加大“文化+金融”服务体系建设的工作力度。探索金融资本服务文化产业基地、文化企业上市孵化和培训基地，以资本为纽带，为文化企业上市培育和并购重组、文化产业项目融资、文化产业招商引资等提供优质服务和绿色通道。

——积极筹建“云南文化产业投资发展基金”。把建立“文化产业基金”作为突破云南文化产业发展瓶颈，做大产业规模，实现产业转型升级的重要举措。

——组建云南文化发展投融资平台，通过市场化运作，承担起云南文化产业的资源整合作用，引导和带动社会资本投向文化产业领域，助推文化产业的布局优化和结构调整，推动产业聚集和转型升级。

——建设面向南亚东南亚现代文化制造业聚集区。以中泰铁路云南段沿线的工业园区和经济开发区为重点，打造云南文化产业聚集带动区，吸引东部地区及沿海现代文化制造业企业入驻园区，着力发展以生产智能电视、电影院线设备、影视设备、AR/VR 设备等产品为主的现代文化制造业。

——建设“美丽村寨”文化产业综合体。结合实施乡村振兴战略，面向国内外积极招募精品酒店、特色民宿的优秀品牌和运营团队，因地制宜，在有条件的乡村规划实施“系列精品酒店+非物质文化遗产传承中心+特色产业展示营销平台”的“美丽村寨”文化产业综合体建设，构建文化旅游新业态，提供更有特色的文化消费体验。

——塑造云南文化新形象。努力将云南文博会打造成为集中展示云南文化产业发展成果，推动促进文化产业互动交流，辐射全国和南亚、东南亚的文化形象品牌和文化产业促进平台。

按照“政府主导、企业主体、市场运作、产业发展”的可持续发展模式，将“丝路云裳·七彩云南赛装文化节”升级打造成国内一流、世界知名的文化节庆活动。通过组织开展各类大型文化活动，塑造云南文化新形象，以独特丰富的人文之美、民族之美、生态之美助力“中国最美丽省份”建设。

在此基础上，全省发展200家主营业务收入上亿元的文化企业，新增一批在主板、创业板或新三板挂牌上市的龙头企业，培育10个文化产业“走出去”骨干企业，建成1~3个文化产业开发开放试验区。

进一步壮大新闻出版发行服务业、广播电视电影服务业、文化休闲娱乐服务业、文化信息传输服务业、文化创意设计服务业、工艺美术品业6个重点行业；构建或完善文化产业金融、文化产业承载、现代文化产业、文化产业大数据、文化产业项目储备、文化产品交易、文化品牌、文化产业科技、文化产业人才、文化产业政策十大体系。

新的目标，振奋人心；新的征程，催人奋进。通过不懈努力，文化产业一定会实现成为云南国民经济的支柱产业的目标。

二、演艺产业从云岭走向世界

建设民族文化大省重要决策的提出，强有力的政策扶持和市场引导，把云南文化产业在短短10年内推向了一个良性、高速运转的平台，云南演艺业在持续繁荣中取得了骄人的成绩，云南歌舞引起了世界的瞩目，并成为云南文化崛起的重要标志。

锁定目标　开发富矿

人民音乐家聂耳在短短 2 年中创作出近 40 首歌曲，除了他与生俱来的音乐天赋以外，还与他生活于云南的“音乐土壤”有极大关系。

云南堪称文化富矿区，是歌舞的海洋、民族音乐的殿堂，丰美厚重的民族文化资源为舞台艺术精品的创作提供了丰富的养分。“歌舞云南”缤纷绚丽、精品迭现，从《云南映象》到《天地之上》，从“一窝雀”到“太阳女”组合，云南民族歌舞连连捧走中国舞蹈最高奖，走红中国乐坛，在全国掀起一股强劲的“云南旋风”。在《云南映象》几百场的成功商演之后，事实上搭建起一座活动的民族歌舞博物馆，同时走出了一条民族文化产业的成功之路。

20 世纪 90 年代中期开始，云南把建设民族文化大省提升到战略的高度来研究。1996 年 12 月，云南省委发出了“建设民族文化大省”的号召。1999 年 1 月，省委、省政府举办“云南建设民族文化大省研讨会”，正式将民族文化大省建设目标定位为中国特色社会主义文化建设纲领在云南的具体实践，动员全省社会各方面力量参与，研讨如何发挥云南民族文化资源优势，大力发展社会主义文化事业，积极开发民族文化产业，形成新的经济增长点，并确定了重点发展包括文化演艺业等在内的主导文化产业，以“政府引导、企业投资、市场运作”等方式和一系列扶持优惠政策，使主导产业不断发展壮大。

举办展演　培育精品

就在这一口号提出的当年，云南开始每两年举办一届“云南省民族民间歌舞乐展演”，在继承传统的基础上，每个民族推出一批有代表性的声乐、器乐、舞蹈节目。同时，创造一切机会，举荐具有浓郁特色的民族民间文化表演项目参加全国性的展示活动，把民营文化公司编创、开发原生态民族歌舞推向市场，真正具有产业意义的云南歌舞开始在市场上萌生，云南演艺业逐渐走入全国乃至世界观众的视野。

没有精品就不可能形成品牌，没有品牌也不会有像样的产业。无论是艺术院团，还是民营公司，都要在精品建设上下功夫，以精品带动改革，以精品推动产业，以精品赢得市场。每个团体表述成绩时无不以精品形成的品牌多少为依据，而多数品牌又是在专家评价、舆论监督、市场检验的过程中逐渐形成的。以精品建设提升演艺产业的品质，云南演艺业 10 年来在全国独树一帜，成就斐然。如今的云南，一大批优秀舞台作品和响亮的艺术品牌在全国叫响，一批适应产业需要的演艺公司和制作商应运而生，产生了许多兼顾市场规律与艺术规律的创作者和营销人才。

大胆改革　提升实力

进入新世纪后，全省文化产业领域大胆解放思想，创新观念，坚持体制机制创新、艺术创新和运作方式创新，进一步实现文化与旅游、文化与企业、文化与科技的结合，使文化产业成为云南省新的经济增长点，正发展成为继烟草、有色金属、旅游等五大产业之后又一个新兴支柱产业，并创造了引人瞩目的“云南现象”，有力推进了云南省文化的大发展大繁荣，不断提升了云南文化的软实力，为全国文化产业发展进行了积极探索，取得了不少成功经验，得到中央有关领导的充分肯定和社会各界的高度评价。其中，云南省演艺产业借助成熟的旅游业平台，在体制机制创新中得到了较快发展，市场占有率和社会影响不断扩大，显示出强劲的发展活力和品牌效应，取得了巨大的成效，创造出最具云南特色的成功经验。《云南映象》《丽水金沙》《云岭华灯》《吉鑫宴舞》《梦幻彩云南》《红土恋歌》《太阳女》《母亲河》《澜沧江·湄公河之夜》《勐巴拉娜西》《蝴蝶之梦》《香格里拉》《七乡鼓韵》等歌舞晚会共同铸就了云南歌舞艺术的品牌。

顺畅的文化体制机制，为云南的演艺产业注入了活力。1998 年丽江“东巴宫股份有限公司”成立，就成功地把东巴乐舞和纳西族歌舞推向市场。丽江市民族歌舞团也曾经在旧体制的束缚下，靠财政拨款养演员、养节目，结果生存困境，步履维艰。2001 年，丽江市委、市政府大胆决策，把具有经营属性的文化事业单位推向市场。当年，深圳能量公司与丽江市民族歌舞团共同组建了“丽水金沙演艺有限责任公司”。经过 4 个月的努力，大型民族风情歌舞《丽水金沙》于 2002 年 5 月正式公演，并最终通过市场的检验，得到了广大市民及游客的认可，演出场次由每天 1 场增加到每天 2 场，旅游旺季达到每天 4 场。截至 2006 年底，大型民族风情歌舞《丽水金沙》已累计演出 3000 多场，接待观众近 200 万人次，总收入超过 1 亿元，实现税利近 3000 万元。《丽水金沙》用生动的市场实践率先探索出了一条国有艺术院团改革的成功之路。2003 年 5 月，中央领导考察丽江时，充分肯定了丽江文化产业建设取得的成就，破格将丽江列为全国文化体制改革综合试点城市。

在大理，全州文艺演出团体的改革、整合使文艺演出市场雏形初具。以大理州民族歌舞剧院为例，2004 年 5 月挂牌 1 年就完成了 4 台新创晚会、4 场白剧的排演，策划、构思、编创了 20 多个新节目，全年共计演出 295 场次，全年累计创收 101 万元，比 2003 年"两团"的创收总数增加近 10 倍，职工月平均收入比原来增加了 300 多元。

云南传统的花灯艺术也在不断突破创新。2004 年，省花灯剧团推出大型花灯歌舞《云岭华灯》，标志着云南花灯在改革创新、走向市场的道路上迈出了可喜的步伐。该节目不仅受邀参加了 2005 年第七届上海国际艺术节"感受云南"展演系列活动，并始终活跃在全省各地乃至全国的舞台上，产生了良好的社会经济效益。

作为云南省文化体制改革的重要成果，由云南文投集团及其下属企业云南省杂技团有限公司打造的大型杂技晚会《雨林童话》，于 2010 年在法国进行了为期四个半月的巡演，门票收入达 1000 万欧元。这是云南省杂技团有限公司首次与最具实力的国际演出公司合作，独立组团打入欧洲主流杂技市场，从而成为云南省文化产品"走出去"的又一成功范例。

联姻旅游　打造品牌

坚持文化与旅游结合，把文化作为旅游的灵魂，在旅游开发中注重提升文化内涵，在文化产业发展中注重发挥旅游的文化传播功能，全省主要旅游景区先后打造了以市场为主导的文化专场演出。除《丽水金沙》外，《云南映象》《蝴蝶之梦》《勐巴拉娜西》等优秀文化产品与旅游业结合，赢得了观众，扩大了市场份额，提升了旅游产业的附加值，拓展了产业链。云南省在发展旅游文化演出方面为全国创造了不少经验。

演艺产业和其他产业一样，需要形成国内与国际两大市场，才可以完成自己的最高产值。尤其带有传统文化元素的产品，其国际市场带来的产值有时远远高于国内市场。世界巡演 800 余场、观众超过 70 万人次、演出行程 10 万多公里至 2006 年 8 月 6 日，大型原生态歌舞集《云南映象》满载骄人业绩辉煌走过 3 周年。从诞生之日起，《云南映象》就光芒四射，并在海外市场开出了每场 3 万美元的报价，成为享誉全国乃至全球的演艺精品。以内容为王、以高端营销渠道开拓国际文化市场，使《云南映象》成为国内民营演艺公司的市场典范。2009 年，云南演出市场再添新军，大型衍生态打击乐舞《云南的响声》、歌舞集《香格里拉的记忆》、大型原创歌舞杂技晚会《梦幻腾冲》等，与一大批多年来依旧持续热演的歌舞晚会，共同锻造着云南歌舞艺术的品牌。

大理州旅游部门与中国东方歌舞团、云南吉鑫集团联手打造，于 2005 年 2 月正式推出的大型民族风情歌舞《蝴蝶之梦》，通过创新艺术观念和生产机制，整合大埋旅游生产要素、全国歌舞创作表演人力资源和大理民族文化资源，使丰富多样的舞蹈、音乐语汇和神奇的高科技手段相结合，生动演绎了大理最负盛名的“蝴蝶会故事”，成为大理旅游市场上备受游客欢迎的旅游产品之一。

积极创新，是云南省杂技界在全国乃至世界屡屡获奖的制胜法宝。在过去的5年里，各杂技团体成功打造了多个精品节目，并在全国杂技比赛“金狮奖”、蒙特卡洛国际杂技比赛、法国巴黎杂技比赛等国内外各大赛事中取得金奖13枚、银奖22枚、铜奖22枚、其他奖项13枚、单项奖200余枚的可喜成绩，是云南省12个艺术门类中获大奖最多的门类之一。

2003年，云南省杂技团和战旗杂技团组成西南杂技团，集中力量推出大型杂技精品晚会《挑战巅峰》，演出引起强烈反响并获得了丰厚的经济效益。2004年，云南省杂技团把优秀节目积极推向社会和市场，在演出市场中开拓杂技广阔的表演空间和发展空间。当年，省杂技团与云南茅粮酒业集团合作，在全省各州市以“快乐茅粮，快乐杂技”为主题演出98场，观众达32万人次，创收60万元。全年类似演出共155场，观众超过百万人次。同年，省杂技团还开辟了广东和澳门2个省外市场，创收近20万元。在韩国、日本、美国、加拿大等地的成功商演，让省杂技团于2004年创汇151万元。

截至2005年，以《云南映象》《丽水金沙》等文化精品为龙头，带动了全省演艺业的发展，全省演艺业增加值达到13594万元，已在全国排名第10位。

鼓励民营　撬动市场

由于云南省委、省政府在发展文化产业方面推出了一系列强有力的举措，鼓励民营资本进入文化产业发展，10年来，除云南映象文化产业公司、吉鑫集团外，还有一批民营文化企业在全省文化产业特别是演艺产业中发挥着不可忽视的作用。

2003年以来，云南省演出市场热闹非凡，本土文化消费市场持续升温，异彩纷呈的舞台艺术之花竞相绽放，不仅方言喜剧《太雀了》、“盛中国小提琴独奏音乐会”等演出的票房从省城昆明到各州市一路“飙红”，接踵而来的“华夏龙情”“兰坪之夜”等大型演唱会更是把云南省演唱会市场搅得火热。在这些成功演出的背后，民营资本以其灵活的机制和良好的运营策划能力，成为撬动本土演出市场的有力杠杆。

据省文产办统计，截至2005年9月，仅昆明市就有13000余家文化企业登记在册，其中民营企业占84.6%，从业人员超过10万人。这足以证明，昆明的民营文化企业呈现蓬勃发展的好势头。云南蒲公英文化传播公司几年来已成功运作了数十个舞台艺术精品。其中，由该公司成功移植陈佩斯著名喜剧作品《托儿》《阳台》，精心打造的云南方言喜剧《支花篮》《太雀了》，以“百姓题材、平民消费”的理念和完全的市场运作方式，迅速占领云南市场。特别是《支花篮》开演至今，票房接近200万元人民币，并创下了首轮演出就收回成本的云南演出市场奇迹。《太雀了》在昆首演后，正在全省各地巡演，预计演出50场。2005年7月，在桂林举行的演艺交易会上，蒲公英公司作为代理，签下了大型彝族风情歌舞《太阳女》在华东、华北等地 50 多场的演出意向。

大众联合传媒在深入耕耘广播媒体的同时，积极运筹其他文化传播项目，尤其是筹办大型文化活动的优势更在公司的运营过程中日渐凸现。公司成立之初，就参与了阳光频率 2004 年校园系列活动，随即又与阳光频率联合主办了“旅日女中音歌唱家陈曦独唱音乐会”等活动，展现出较强的活动策划能力。2005 年 9 月，大众联合传媒又成功地将 Beyond 全国演唱会的终点站落定昆明。在文化产业领域引入民营经济、引入竞争机制，使越来越多的百姓享受到了丰富而又实惠的精神文化产品。

三、影视产业异军崛起

2012 年 9 月 1 日晚，云南与云南润视荣光影业制作有限公司联合制作的民族史诗大剧《木府风云》在央视 1 套完美收官，这部讲述明代云南纳西木氏土司家族内部腥风血雨的争权夺势和权力更迭的恩怨情仇故事的 40 集电视连续剧，后又在短短不到 3 个月的时间内，第 2 次在央视黄金时间播出，持续引发收视热潮，创下国内“一剧两登央视黄金档”的荧屏纪录，掀起强劲有力的云南影视文化冲击波。

自《木府风云》播出后，丽江每天的游客数量与往年同期相比增长了 1 倍多。由孙楠演唱的主题歌《净土》迅速走红，被广为传唱。网友说：“听着听着心就飞到了丽江。”

这是近年来云南影视产业发展的一个突出案例，也证明云南影视产业进入了一个繁荣时期。

云南影视产业，是云南省在实施文化改革发展、推进民族文化强省建设中涌现的新兴产业。近年来，云南高度重视影视产业的发展，出台一系列政治措施，把影视产业作为云南省重点打造和扶持的十大主导文化产业之一，有关部门齐心协力大力实施，社会力量积极参与，形成推动影视产业发展的力量，推动云南省影视产业蓬勃发展，出现了影视产业异军崛起的发展势头。自 2007 年，云南每年生产的电视剧达到 13~15 部，计 400~500 集，电视剧产量排名全国第 9 位。

一批优秀的云南题材、云南故事、云南摄制的影视作品在影视界引起广泛关注，云南影视剧的制播走进了一个新时代。

进入新世纪的 15 年来，云南题材的影视艺术作品达 100 多部，其中 40 余部获得国家级的各类奖项。单从数量上讲，超过了 1949 年到 2000 年的创作总和。

特别是 2012 年以来，影视产业不断结出累累硕果，在全国获得了诸多大奖，展示了云南影视建设的成果。在全国第 12 届、第 13 届“五个一工程奖”评选中，云南省出品的电视剧《金凤花开》《解放大西南》《杨善洲》《木府风云》《茶颂》，电影《杨善洲》《索道医生》分别获奖；电视剧《木府风云》《杨善洲》《舞乐传奇》，电影《独龙之子高德荣》，微电影《独龙梦》《木魂》《幸福小院》《跳菜》荣获各类国家级奖项。2018 年，纪录片《西南联大》获得第八届光影纪年—中国纪录片学院奖最佳系列纪录片奖。

一些影视作品在央视播出。2012 年以来，《杨善洲》《木府风云》《劝和小组》《舞乐传奇》《边城》《南侨机工英雄传》《一步登天——走向现代文明的独龙族》《独龙之子高德荣》《编织彩虹的人》《生命中的好日子》《锻刀》《无问西东》《让我听懂你的语言》等影视作品纷纷在中央电视台播出，产生了广泛影响。

云南影视无论创作质量，还是数量，均取得突破，证明云南影视进入了一个繁荣发展的新时代。

说到电影，偏居西南一隅的云南，在近代史上与电影并不陌生和疏离。早在 1895 年 3 月 22 日，法国发明家卢米埃兄弟第一次放电影《工人回家去》被作为电影诞生之日不久，法国驻昆明总领事方苏雅（奥古斯特·弗朗索瓦），就从法国携带借来的摄影机在昆明拍摄了 31 分钟的无声电影纪录片。笔者曾在视频上观赏过这个 100 多年前在昆明拍摄的匆匆人影和昆明艺人表演戏剧的影片片段。

1905 年，中国第一部电影《定军山》诞生后的第二年，位居昆明翠湖水月轩的照相馆老板蒋楦创办了中国人自己经营的第一家电影院“水月轩电影场”。20 世纪 40 年代，刘淑清集资兴办的昆明南屏大戏院，并和美国好莱坞的米高梅、20 世纪福克斯、华纳、环球等全球著名八大影片公司签订租片协定，可与美国同步上映《月光下落》《大独裁者》《左拉传》《魂归离恨天》等大片，被誉为“远东第一电影院”。1923 年，香港朗华影片公司在昆明拍摄了云南题材的第一部故事片《洪宪之战》并在昆公映。

新中国成立后，从 1954 年上海电影制片厂拍摄第一部反映云南少数民族斗争生活的故事片《山间铃响马帮来》以来，国内外电影机构在云南拍摄或者反映云南题材的故事片有 160 多部。

在人们的记忆深处，二十世纪五六十时代，云南电影迎来了“黄金时代”。《五朵金花》《阿诗玛》《山间铃响马帮来》《勐垅沙》《芦笙恋歌》《摩雅傣》《边寨风火》《景颇姑娘》《神秘的旅伴》等一批云南民族题材的影片，使神秘美丽的云南走向了全国，走进亿万观众的心中，云南成为人们向往的地方。随着这些影片在全国的播放，一批优美的电影插曲在岁月的流逝中成了传唱至今的经典，云南成为人们向往的美丽、丰富、神奇的地方。

改革开放后，电影《阿诗玛》自 1979 年解禁公映后蜚声世界，京剧舞台艺术片《铁弓缘》、故事片《从奴隶到将军》《钢锉将军》《高山下的花环》《孩子王》《孔雀公主》《青春祭》《应声阿哥》《鸽子迷奇遇》《我只流三次眼泪》等均产生了全国性的反响，分别荣获国家级及国际性电影奖。

云南本土独立摄制电影始于 20 世纪 80 年代，到 90 年代云南本土电影摄制力量逐渐走向成熟。从《叶赫娜》算起，云南民族电影制片厂 20 多年来共拍摄电影故事片 48 部，其中《金沙水拍》《彝海结盟》《彩月和她的情人》《太阳鸟》《相爱在西双版纳》《幸福花园》《石月亮》及一批纪录片在国内外产生了较好影响。

20 世纪 70 年代末，云南开始电视剧创作。80 年代前后，云南创作拍摄的电视剧《明姑娘》《郑和下西洋》《葫芦信》《军魂》《阿惠》《血色王冠》《雨林中的孩子》等在全国产生一定影响，获奖位次居全国前列，曾一度形成“滇版电视剧”的说法。90 年代期间，云南也组织拍摄了《解放云南》《老师》《关肃霜》《五朵金花的女儿》《最后的马帮》等一批优秀电视剧。

1958 年正式成立的云南民族电影制片厂，经历过撤销、多次改名，还在 1978 年与西安电影制片厂合拍了第一部故事片《黑面人》，此后拍摄了《叶郝娜》《九月》《绿色的网》《河内·河内》等有一定影响的电影。

进入新世纪以来，在发展文化产业、繁荣民族文化、建设民族文化大省的进程中，云南把繁荣影视创作、发展影视产业作为重点，作为优势产业来推进。

云南 39 万多平方公里的土地，是一个天然的影视创作基地和影视拍摄基地。云南拥有得天独厚的民族文化资源和自然资源，素有“动物王国”“植物王国”“花卉王国”“有色金属王国”的美誉，有着悠久灿烂的历史文化、多姿多彩的民族民间文化和神奇迷人的自然景观；这里气候宜人，从寒温带到亚热带的立体型气候一应俱全，全年均可以开机拍摄；拥有香格里拉、三江并流、石林、丽江古城等大批世界文化和自然遗产，为影视创作提供了良好的条件和素材。云南依托得天独厚的影视资源优势，发展影视产业具有先天的条件和优势。

2003 年 2 月，云南提出把云南打造成中国最美最优最佳的影视创作基地和天然摄影棚，采取一系列优惠政策加快推进影视产业的繁荣发展，积极实施“引进来”“走出去”战略，欢迎、邀请国内外影视剧组、名编剧、名导演、名演员、制片人和投资商到云南参观、考察、选景拍片，共同打造云南影视产业和“云南影视”品牌。同时，云南及各州市通过在北京、上海等地举办的各种新闻发布会、座谈会、颁奖会、影视创作座谈会和影视产品推介洽谈会，竭力推介云南的影视文化资源和蓬勃发展的影视产业，使云南的知名度、美誉度和影响力与日俱增，越来越多的人了解云南、认识云南、向往云南、走进云南。省内外知名影视制作机构和影视名人纷至沓来，2003年以来，百余部省内外影视机构的作品在云南拍摄。田壮壮执导的“茶马古道”系列之一《德拉姆》、陈凯歌导演的《无极》、张艺谋导演的《千里走单骑》，唐季礼导演、成龙主演的《神话》，北大君士传媒和云南省委宣传部等推出的《好大一对羊》等，均在云南拍摄，一时形成了全国关注的“云南影视现象”。

为推动和鼓励本土影视的发展，云南设立了1500万元的文化产业发展专项资金，成立了云南省重大题材和文艺项目领导小组、云南省影视创作艺术中心、云南省委宣传部文艺创作中心，先后出台了《关于加快云南影视产业发展的意见》《关于促进云南影视发展若干政策规定的通知》《云南省广播影视“十三五”发展规划》，制定了全省发展影视产业、影视创作的目标任务，从政策、体制机制保障到扶持奖励等方面推进影视产业发展。

依托自然景观和民族文化资源优势，初步建成昆明玉龙湾影视城、大理天龙八部影视城、曲靖翠山影视城、丽江束河茶马古道影视城、元谋影视基地和保山哀牢王宫影视基地等8个影视创作拍摄基地，以及滇西纪录片基地、临沧佤文化影视创作拍摄基地、香格里拉影视拍摄基地等多个特色基地，每年吸引了大量的剧组到云南拍摄。在此基础上，云南制定宽松政策，安排专项资金，组织专业队伍，积极扶持影视创作和影视生产，激励本地影视制作公司创作更多更好的云南本土影视作品。

在政府引导、社会广泛参与投资、市场化运作的文化产业发展政策指引下，云南本土影视机构的不断发展壮大，如雨后春笋般涌现，一大批民营文化企业纷纷加入影视产业，形成了国家、集体、个人一起上，大力发展云南电影事业和影视产业的喜人局面。民营影视机构已迅速发展 50 余家，云南的影视资本中，民营资本已达 80% 以上。

2005 年 8 月，国家批准在云南设立全国第一个省级行政区域影视产业试验区——中国云南影视产业试验区。该试验区的成立，有效解决了云南发展影视产业存在的影视资源分散、影视基地缺乏统一管理、影视制作各个环节未能有效衔接、影视制作的生产要素处于分散状态等问题，使云南独特丰富的自然条件和人文资源得以充分利用。同年，启动了“云南影响”电影系列，采取政府引导支持，利用民间和境外资本，实施市场化运作方式，由海峡两岸暨香港 10 位具有创造实力的新锐青年女导演执导 10 部云南题材影片并对影片实行捆绑式销售。2005 年，在红河举办的“纪念中国电影百年·红河电影周”系列活动以及“云南民族新电影”的拍摄与展销活动。红河州着力发展影视业，先后推出了哈尼族题材影片《婼玛的十七岁》和彝族题材影片《花腰新娘》，双双荣获电影“华表奖”最佳故事片奖，出现了“红河影视现象”。

2013 年，由中国电视艺术家协会和云南共同发起主办的“亚洲微电影节”落地临沧。6 年来，先后有 30 多个国家 400 多位艺术家和影视明星荣获该电影节的最高奖“金海棠奖”，共有 18000 多部国内外优秀作品参评。现在，亚洲微电影节已被视为权威性、影响力俱佳的电影盛典，引领了全国微电影事业和产业的健康发展，增进了亚洲国家之间的文化交流。

从《千里走单骑》《无极》《神话》到《玉观音》《周渔的火车》《文成公主》《天龙八部》《大法官》《一米阳光》《太阳滴血》《大马帮》《倩女幽魂》《茶马古道》《摩梭女儿国》《国际刑警》《我心飞翔》等影视剧，从获奖影片《德拉姆》《婼玛的十七岁》《花腰新娘》《好大一对羊》到《钱王》《怒江魂》《光荣的愤怒》《谁主沉浮》《天和局》《商贾将军》《心中的香格里拉》《金凤花开》《我的团长我的团》《翡翠凤凰》《滇西1944》《木府风云》《无问西东》《舞乐传奇》《锻刀》《独龙之子高德荣》《西南联大》等云南本土参与制作的影视精品，不难看出云南影视产业的崛起。

天雨流芳，梦境丽江，旅游与文化的交融，丽江美丽的自然风光、丰富多彩的民族文化资源和良好的人文环境，吸引了众多影视剧组来丽江进行影视拍摄。丽江已经成为很多导演心目中理想的影视拍摄外景基地和题材、素材资源库。近20年来，先后以丽江为外景地拍摄或是以丽江题材拍摄的电影电视就有100多部，其中较有影响的有《兰陵王》《西游记》《天龙八部》《新神雕侠侣》等，影响较大的有《一米阳光》《茶马古道》《北京青年》《逃亡大香格里拉》《狼侠》《钱王》《千里走单骑》等，而影响最大的是近年完成并先后在央视八套和一套播出的40集连续剧《木府风云》，改写了电视剧近年来新的收视率和好评率，并在新加坡、泰国、美国等60多个国家和地区播出，创下近年中国电视剧海外播出之最。同时吸引了广大游客，木府接待人数同比翻了7番。2018年，第一部由丽江人自己编剧、独立导演，并由丽江本土团队摄制的电影《迷失的彩虹》正式上映，丽江有了第一部丽江人自己拍摄的电影。

现在，纷至沓来的外来影视剧组与云南本土拍摄剧组不断汇聚成一股新的影视拍摄力量，催生丽江影视“星光城”的发展，逐渐呈现出“丽江影视现象”。

在取得成绩的面前，云南也清醒地看到了不足和差距，存在云南本土题材作品影响力不广、重大题材挖掘不足、缺乏本土影视人才等问题，以及思想观念局限、资源散乱、一些影视基地陷入困境、缺乏强有力的政策支撑体系等制约云南影视产业向纵深发展的症结。对此，专家有针对性地提出，在思想认识上要有新的突破，提高对文化影响力重要性和影视产业规律性的认识；在科学规划上要有新突破，要对文化影视资源进行规划，编成项目，认真组织实施，将项目转为影视产品和精品；在资源整合方面要有新突破，克服散乱杂，改变有政策没有很好管理的现象；在政策和措施方面要有新突破，要专门研究制定影视产业如何发展的新政策新措施，鼓励全国影视作家和剧组来云南发展，鼓励本土作家、吸引全国作家来云南打造品牌，同时培养云南影视人才，共同创作具有经济效益、社会效益的优秀作品，创作出具有重大影响的影视精品力作，推进云南影视产业向纵深发展。

2018 年以来，纪录片《西南联大》、电视剧《让我听懂你的语言》在中央电视台热播。《西南联大》获得纪录片奖，反映出云南制造、云南题材影视作品的魅力。

四、特色文化产业一路绚丽多姿

云南特色文化产业是发展最快、惠及民生覆盖面最广的产业，也是不断走向全国乃至世界的产业。

2013 年，云南在全国率先出台了《云南省民族民间工艺品发展规划》，重点打造特色文化产业，通过创造性转化、创新性发展，把文化资源优势转化为产业优势和经济优势，唤醒了沉睡的民族文化资源，云南在继承的基础上，创新创意发展特色文化产业，使特色产业提质增效，高质量稳步发展，开拓国内外市场，走出了一条特色产业发展之路。

到 2016 年，云南以“金、木、土、石、布”为核心的民族民间工艺美术品产业，实现增加值 117.92 亿元，占文化产业增加值的 26%；“金、木、土、石、布”特色文化产业依然是云南发展文化产业的重要增长极，形成了“金、木、土、石、布”五位一体的云南民族民间工艺品产业发展体系，成为云南民族地区脱贫致富的重要手段。

建水紫陶、鹤庆银器、个旧锡器、剑川木雕、开远根雕等具有浓郁地方特色的民族民间工艺品年产值均在 10 亿元以上，一些产品远销国外。

云南石产业 2018 年总产值突破 1000 亿元，带动就业近 200 万人。

经过 10 多年的发展，云南石产业品牌建设初见成效。2010 年，云南省确立“把石产业作为特色优势产业加快培育，把云南省建成石产业大省”战略目标，将宝玉石、观赏石、建材石“三石”作为云南石产业整体打造，在全国首开先河。云南石产业发展迅速，不仅成为云南文化产业和旅游产业的重要组成部分，还成为解决云南石产业链更多人就业和贫困地区脱贫致富的一条路子。

“丝路云裳·七彩云南民族赛装文化节”立足云南各民族服饰资源，放眼国内国际服饰文化演进潮流，彰显民族服装服饰“各美其美，美人之美，美美与共”文化内涵，传承弘扬优秀民族文化，促进各民族共同团结进步、共同繁荣发展，顺应服饰文化产业发展态势，助推旅游文化产业发展，打造“国内一流、世界知名”赛装文化品牌。它从楚雄永仁的一个小山村，走向全国乃至国际时装舞台，已是云南一张亮丽的文化名片，成为云南民族服装服饰迈向全国走向国际服装大舞台的重要平台和全省、全国知名民族节庆品牌，为边疆民族地区妇女脱贫致富拓展出一条新路径。全省各地成千上万的各民族村寨群众通过发展“云秀”等特色产业，优化了农村经济结构，找到了脱贫致富的有效手段和途径。

在历史的长河中，云南 26 个民族创造了博大精深的民族文化，在生产生活中产生了融合了农耕文化和游牧文化的民族民间工艺品。

历史悠久、丰富多彩的民族民间工艺品资源，使云南成为全国民族民间工艺品最为富集的区域之一。云南民族民间工艺品种类繁多，表现形式多元化，包括以银铜器、斑铜、斑锡以及木雕、根雕、红木家居、茶具为代表的雕刻雕塑工艺，以竹编、草编、扎染、彝绣、傣锦、民族服饰等为代表的编织刺绣工艺，以建陶、华宁陶、黑陶、傣陶、泥塑为代表的陶艺工艺，以三弦、葫芦丝、芦笙为代表的民族民间器乐工艺，以砚台、石艺、观赏石、玉器、玻璃制品为代表的民间石刻工艺，以手工造纸、剪纸、甲马纸、普洱茶包装纸、宣纸为代表的纸艺工艺等 10 多个大类，数万种工艺品。

这些历史悠久，技艺精湛，图案与众不同，花色不胜枚举，造型惟妙惟肖，花样款式繁多的民族民间工艺品，表达了人们祈求美好幸福生活的情感，反映了人们的生活观念、信仰宗教、风俗习惯，折射了人们的民族性格、审美取向、信仰追求。

具有民族多样性、民间性、乡土性和普及性特征的民族民间工艺品，产品多样化、品种类型民族化，地域特色明显，民族色彩浓重，工艺美术产业化底蕴深厚，是云南文化产业发展的重要产业形态，在文化产业发展和国民经济中具有重要地位。

一方水土，滋养和造就一方产业。近年来，在加快文化产业结构战略性调整中，云南以文化慧眼发现民族民间工艺品中潜藏的巨大文化价值、经济价值和发展的广阔空间，组织文化产业专家调查研究论证，2014 年创造性地确立了“金、木、土、石、布”五位一体的云南民族民间工艺品产业发展体系，在全国率先制定实施特色文化产业发展战略。

通过找准定位、盘活资源、遴选产业、推出大师、锻造品牌、加强融合、多渠道展示、完善营销体系，云南特色文化产业在继承传统的基础上，创新创意发展。

为加快特色产业发展，云南制定了《云南省民族民间传统文化保护条例》《云南省民族民间工艺品产业发展规划》《云南非物质文化遗产项目代表性传承人认定与管理办法》等法规条文，提供政策支持；公布民族民间工艺保护名录，指导传统工艺传承与发展方式，努力建设云南民族民间工艺品交易市场，打造民族工艺企业市场平台；在组织机构管理、融资贴息、土地支持、税收优惠等方面支持民族民间工艺品业发展。云南计划到 2020 年，把“金、木、土、石、布”民族民间工艺品产业打造成为云南文化产业的重要门类，培育出多个年产值上千万元的民族民间工艺品示范村、龙头企业、知名品牌和示范区。

云南通过举办各种活动，将“金、木、土、石、布”推向前台。2014 年以来，云南举办了“建水紫陶传家宝设计大赛”“书画名家走进千年建水紫陶”“华宁陶拉坯邀请赛”“针尖上的云南刺绣大赛”暨“云南十大刺绣名村镇”评选活动。2014 年 12 月，云南主办了“云南特色工艺创意设计高级研修班”，16 个州市的 125 位有突出成就的民间艺人参加培训。2015 年，云南举办文化产业特色企业、特色村寨、特色协会和知名品牌评选活动，扩大了云南省特色文化产业的社会影响。同时，不断加强民族民间工艺品大师、领军人物、知名品牌、龙头企业的遴选塑造和宣传推广，使更多的工艺大师崭露头角。近年来，云南将优秀的特色文化企业和产品及品牌推荐到云南文博会、深圳文博会和上海民博会进行展销，继 2008、2009 年昆明（中国）国际民族民间工艺品、文物艺术品暨旅游文化商品博览会后，又成功举办了 2010 年昆明泛亚国际民族民间工艺品博览会。这些举措和活动，促进云南传统工艺技艺与创意设计、现代科技、时代元素相结合，推出特色鲜明的文化企业和品牌，使特色文化产业不断提升品质，发展壮大，涌现出一大批民族民间工艺品生产村落、企业和知名品牌，增强了云南特色文化产业的影响力和美誉度。

对民族民间特色工艺品的分类、提炼和概括的“金、木、土、石、布”为代表的云南特色文化产业，以其丰富的产品、新颖的创意、精良的工艺、鲜明的特色、显著的效益，成为云南最具代表性的蓬勃发展的文化产业。现在，全省登记注册的以生产销售民族民间工艺品为主的企业达7000多家，涉及铜器、锡器、金银器、玉器、刺绣、扎染、民族乐器、工艺画等多个领域。近年来，随着云南旅游业的快速发展，民族民间工艺品获得了广阔的发展平台和市场空间，销售额年均递增12%~15%，年产值已经超过百亿元，成为云南文化产业的重要产业之一。

云南还建成了经营面积1万多平方米、汇聚云南26个民族民间手工技艺的云南民族民间工艺品交易市场，共设银器馆、锡器馆、茶叶馆、工艺品馆等5个场馆，交易展销商品达1000多种，涵盖了云南26个民族精湛精美的民族民间技艺，堪称国内最大的民族民间手工艺品交易市场。

云南特色文化产业把民族文化资源优势转化为产业优势，唤醒了沉睡的民族民间文化、非物质文化遗产，云南民族民间工艺品遍地开花、结出硕果。5个门类的民族民间工艺品蕴含民族风情、地域特色，浸润着手工艺人的体温、心血和智慧，最具云南特色和魅力，一进入市场，便深受市场和消费者的喜爱。

第十届中国（深圳）国际文化产业博览交易会、第七届中国西部文化产业博览会、第九届中国（东阳）木雕竹编工艺美术博览会、上海自贸区文化授权交易会……云南民族民间工艺品均赢得满堂彩。通过不断引导、培育、打造，云南民族民间工艺品已经成为文化产业“走出去”和文化贸易的重要增长点，一批云南特色文化企业生产的民族手工刺绣、扎染、民族娃娃、布艺包、斑锡、斑铜、乌铜走银等特色工艺品已经在海外市场崭露头角，成为文化产品出口创汇的重要来源。2013 年，云南核心文化产品出口达 3 亿美元。石林阿着底的刺绣在 2014 年世界最大规模的意大利米兰国际手工艺品销售展上斩获 200 多万欧元订单；云南根艺在世界工艺文化节暨第九届中国（东阳）木雕竹编工艺美术博览会上销售突破 100 万元；中国原创民族品牌“茶马云南”被正式授权成为 2015 意大利米兰世博会中国企业联合馆“云南民族商品特许供应商”。

经过多年的快速发展，云南特色文化产业已经形成了一批产业发展优势明显、行业人才聚集、经济效益显著、具有一定知名度的产业门类，如瑞丽、腾冲的珠宝玉石，建水紫陶、个旧锡工艺品、石林石雕、会泽斑铜、香格里拉黑陶等，造就了一大批以鹤庆新华村、剑川狮河村、建水碗窑村、石林阿着底村为代表的知名民族民间工艺品村，形成了“家家有手艺，户户是工场”“一村一品”的民族民间工艺品产业，村民依托手工技艺和传统工艺品，增收致富，逐渐走出生活贫穷、自然恶劣、农业薄弱的困境。这些特色工艺品知名度较高，从业人员众多，已成为当地的支柱产业，具有广阔的发展前景。

随着民族民间工艺品产业的发展，全省工艺美术师队伍也在逐步壮大。目前，全省共有 300 多人获得工艺美术师认证，国家级大师 2 人（木雕工艺美术大师段国梁、斑锡工艺大师赖庆国）、省级工艺美术师 70 多名，获得初级职称 230 多人，提升了工艺美术产品的附加值，吸引了更多的行业从业人员。鹤庆新华村的寸发标因银器制作构思独特，制作精良，被联合国教科文组织授予“民间工艺美术大师”；建水紫陶传承人陈绍康、昆明合虚文化的王仲德等也被联合国教科文组织授予“民间工艺美术师”称号。云南民族民间工艺美术师的作品逐步受到全国工艺美术界和收藏界的关注。例如，赖庆国的吉象普洱茶珍品锡储（斑锡）、九象奇妙壶（斑锡）等 3 件作品被国家博物馆收藏；段国梁的作品《博古四条屏》被国家博物馆永久收藏，大型木雕《张胜温画卷》作为当代民族文化遗产被云南民族博物馆永久收藏；洛桑扎西、孙诺七林的 4 件金银器工艺美术品被国家博物馆收藏，云南晋宁乌铜走银传承人袁昆林的作品《秘境古滇赏瓶》获中国工艺美术精品博览会金奖。

“金、木、土、石、布”特色产业一路释放耀眼的光芒。

“金”：指金、银、铜、锡等金属类工艺品。

银铜器，以云南大理鹤庆县新华村为中心，向周边扩散并带动保山、楚雄等地区。银器、银铜器、铜器等工艺品的形式及制造工艺精湛。大理州鹤庆县新华村民族手工艺品生产历史悠久，被誉为“中国民间艺术之乡”和“云南银器博物馆”，多以家庭小作坊加工方式为主，至今已有 1000 多年，目前已形成了“家家搞加工，户户办工厂，一户一品”生产格局。全村从事手工艺品加工的有 887 户，占总户数的 85%；从业人员 1470 人，占全村总劳力的 59%。传统的手工工艺品加工为人们开辟了一条生财之道，每年仅民族旅游工艺品加工收入就达 2100 万元，户均收入近 2 万元。该村传承人寸发标被联合国教科文组织授予“民间工艺美术大师”称号。他将祖传的工艺精华与现代审美融为一体，制作的九龙系列等精湛高超的工艺品远销美国、东南亚等 10 多个国家和地区。红河金易文化发展有限公司和个旧市斑锡工艺美术有限公司投资 1200 万元建设的金易文化园已初具规模。

乌铜走银，以云南省昆明市官渡区、石屏县为中心。云南独特的金属纯手工工艺乌铜走银曾与北京景泰蓝齐名，并称“天下铜艺双绝”。乌铜走银工艺最初源于滇南石屏县，初创于清康熙、雍正时期，是云南一种独特的传统铜制工艺品。在清朝、民国时期与北京的景泰蓝齐名，合称为“金属工艺品双璧”，至今已有300多年历史。2013年7月18日，云南晋宁乌铜走银传承人袁昆林的作品《秘境古滇赏瓶》获中国工艺美术精品博览会金奖。此瓶采用双胎制作工艺，瓶身通体纹饰结合古滇青铜文化，包含人物、动物、植物，刻画生动，描述了2000多年前古滇国人狩猎、生活、人与自然和谐共存的秘境画卷。专家认为，作品展现了乌铜走银制作技艺的冶炼合金、雕刻造型、绘画、微雕等特点，纹饰精美，含义深远，是一般乌铜走银作品难以企及的。乌铜走银制作技艺传承人金永才，2010年创办了乌铜走银传习馆，创立的乌铜走银文化产业公司2017年营业额已达1600万元，产品销往中国香港、中国澳门、日本、日内瓦等国家和地区。

斑铜，以昆明、会泽、东川为重点发展区域，因表面显现出各种不规则的瑰丽花纹，色彩金红交错，故取名为“斑铜”。斑铜为云南特有的工艺精品。昆明市斑铜厂制作的斑铜作品孔雀瓶、大犀牛等被中国工艺美术馆收藏，斑铜作品孔雀瓶曾被作为国礼赠送给外国领导人。

个旧产锡，其锡文化已有2000多年的历史。个旧出现锡工艺制品后，诞生了斑锡工艺品。锡工艺是利用锡的可塑性和延展性强，打造出精致造型的工艺品。云南个旧锡文化创意产业园至 2017 年项目产值达到 3 亿元。

丽江珐琅彩银器制作工艺历经数百年历史，濒临失传。丽江云天工珐琅彩银器文化传播有限公司经过多年探索、创新和努力，终于制作出了色彩绚丽、具有宝石般光泽的珐琅彩银器，获得云南省第六届“工美杯”金奖。其产品不仅畅销国内，还远销印度、英国等国家。

民族刀具，以大理、迪庆等地区为重点发展区域，重点是阿昌族户撒刀、藏族卡卓刀具、禄丰剪刀等具有民族特色的民族民间工艺品。香格里拉卡萨藏家手工艺文化传播有限公司继承数百年传世名刀制作技法，制作的卡萨藏刀，刀刃锋利，削铁如泥，削纸如飞，品质优良，独具民族特色，在云南乃至全国藏刀工艺品行业中都具有较高的知名度和声誉，远销全国各地。

“木”：木工艺品。

剑川木雕历史文化悠久，享誉海内外，被文化部命名为“中国木雕之乡”。当地有近 2 万人从事木雕行业，年总收入近 3 亿元。剑川县根深艺圆木器木雕有限公司坚持纯手工制作与雕刻，为改变产品单一这个一直困扰剑川木雕的问题，他们从国外购进花梨木、酸枝木等名贵珍稀原料，以精湛的工艺加工生产高档家具，力争将每件作品都打造成既实用又具有艺术欣赏和珍藏价值的绝世精品。2014 年，木雕产品《前程似锦》获得中国工艺美术精品奖金奖，同时入围艾琳国际精品铜奖。剑川兴艺木雕文化发展有限公司与美国敖思腾公司联合开发生产的欧式木雕装饰产品已批量出口到美国加利福尼亚等 20 多个州，成为剑川木雕走向国际市场的成功典范。剑川县被文化部命名为“中国民间文化艺术之乡”。如今剑川木雕艺人共同成立了木雕协会，实现规模化、产业化生产。剑川县正在打造集历史文化、休闲旅游等于一体的木雕文化产业园。

云南裕丰工贸有限公司打造的印象根艺极具个性化创意，公司采用规模化生产流程，在全国拥有 36 家厂、110 家代理商，每年销售 1 万多件根雕产品，年收入达 760 万元，成为云南根雕龙头企业。

德宏州瑞丽成为东南亚、南亚红木资源集散地和名贵木材“中转站”，形成了以仿古家具、木雕、根雕为代表，集原料采购、加工生产、销售服务于一体的完整的红木文化产业体系。葫芦丝是梁河县的民间文化艺术瑰宝，其音质柔和圆润。近年来，梁河举办了葫芦丝艺术节和中国·梁河国际葫芦丝文化旅游节。到 2016 年，全县有葫芦丝生产企业 6 家，农业专业合作社 2 家，年产葫芦丝 3 万多支，年产值 400 多万元。全县每年种植葫芦 40 多亩、年产葫芦 8 万多个，形成了集加工生产、演奏培训、音像制品制作于一体的葫芦丝特色文化产业体系，成为中国唯一一种民族器乐地理标志产品，同时被授予国家地理标志证明商标。

“土”：指陶瓷泥塑工艺品。

陶艺和瓷器企业在云南分布广泛，具有良好的基础和广大的市场。

近年来，云南充分开发建水紫陶、华宁陶、玉溪青花、迪庆尼西黑陶、傣族慢轮陶等陶艺工艺品，陶产业逐渐兴盛。

华宁陶至今已传承 600 多年，是明代景德镇以外制作青花瓷的重要窑场。近年来，玉溪市华宁县重点扶持陶瓷产业，在华宁陶发源地碗窑村建设了华宁陶文化展示中心等。全县目前有制陶企业、工商户 51 户，从业人员 1700 多人，陶产业的年产值实现 5 亿多元。2016 年，碗窑村成功申报为国家级传统村落。

建水县被称为“中国名陶之乡”，建水紫陶被誉为“中国四大名陶”之一。目前，建水紫陶文化产业园贡献文化产业增加值达 8.36 亿元，在全省同类型文化产业园区中排名第一，有力推动了民族地区经济社会繁荣发展。建水县贝尔陶庄文化产业有限公司的品牌贝尔陶庄在业内具有相当的知名度，是建水紫陶规模最大、技术力量最雄厚的领军企业，制作的彩填天球梅瓶获得第九届中国工艺美术大师暨国际艺术精品博览会“百花杯”金奖，填补了云南陶瓷史上没有国家级金奖的空白，公司实现了紫陶艺术品、收藏品与紫陶日用品、旅游产品的双线发展，产品销往国内昆明、青岛、成都、郑州、上海、台湾等地区，远销日本、丹麦、美国等国家。

“石”：多样化的石产业。

云南石产业丰富，呈多样化特点，有玉石、奇石、观赏石、砚台、大理石等。

现在，云南形成了以传统翡翠文化为引领的石文化，包含宝玉石、观赏石、建材石的“三石”产业。南红玛瑙蜚声中外，黄龙玉正式列入国家《珠宝玉石名称》，麻栗坡祖母绿市场前景看好，石林彩玉的地方标准制定颁布，云南奇石城被命名为“中国观赏石展览展示基地”，水富被授予“中国观赏石之乡”，大理被授予“中国观赏石之城——大理石都”称号，“玉出云南”品牌效应不断扩大。中国昆明国际石博览会已成为中国乃至亚洲知名品牌石博览会。

近年来，云南珠宝市场交易额突破 200 亿元，其中翡翠的交易比重达到 80%，超过 160 亿元。德宏珠宝产业的规模占全省的 1/3，全州从事珠宝经营的商户已超 6000 户，从业人员超过 4 万人。近年来，德宏以打造“美丽德宏·中国玉都”珠宝文化品牌，促进产业化发展，建成“瑞丽珠宝步行街”“金星石木文化城”等重点珠宝文化产业项目近 30 个，还建立了玉雕人才培训基地；通过开展“珠宝文化节”“珠宝博览会”等一系列珠宝文化宣传推介活动，珠宝交易额达到 100 亿元。瑞丽市获批准建设“全国翡翠文化产业知名品牌示范区”。

以中国翡翠第一城腾冲、中国琥珀之都腾冲、黄龙玉之乡龙陵、隆阳南红玛瑙为内容的保山四大珠宝品牌进一步在全国叫响，全市珠宝产业产值达 80 亿元。龙陵黄龙玉此前人们称之为黄蜡石，作为观赏石进行收藏和买卖，2004 年才被发现并作为一种新兴玉种，实现了从“石”到“玉”的蝶变。龙陵县 2011 年招商引资引进的保山黄龙玉开发有限公司，集开采、加工、销售黄龙玉为一体，建设了建筑面积 1500 平方米的黄龙玉公盘交易中心，带动 3000 多户个体私营企业的 25000 人从事黄龙玉加工销售，2014 年实现黄龙玉产值 10.3 亿元。

云南天彝苴却砚文化开发有限公司深入挖掘永仁苴却砚的历史，研制开发苴却砚，使其成为楚雄州旅游商品十大品牌之一。天彝品牌获评云南省著名商标，产品远销昆明、青岛、北京、东莞、深圳等地，具有较高声誉，带动了当地上百个小作坊的 300 多人从事苴却砚加工生产。

云南石产业不仅有珠宝玉石，还在金沙江、怒江、澜沧江流域形成了奇石文化产业。石头在云南，处处成宝贝。石产业不仅成为文化旅游产业的重要组成部分，还成为群众脱贫致富的一条路子。

“布”染织绣品业。

染织绣品业涵盖云绣、民族织锦、白族扎染等。云绣，以云南各少数民族聚居区为重点区域，融合彝族刺绣、苗族刺绣、白族刺绣、傣族刺绣、壮族刺绣、哈尼族刺绣、布依族刺绣等八大刺绣种类；民族织锦，以傣锦、景颇锦、壮锦为代表；白族扎染，以周城为典范，白族民间传统手工技艺及其染装饰品、服装、鞋帽、桌布等形式工艺品独具特色。

楚雄州大姚县咪依噜民族服饰制品有限公司采取“公司+合作社+农户”的运营模式，年销售收入1600多万元，拥有绣娘1000余人，并对2000多名绣娘进行技能培训，解决了当地农村留守妇女的就业问题。许多专职绣娘年收入三四万元，成为当地的致富带头人。

云南民族服饰已经走向国外市场。昆明憨夯民间工艺品公司将中国民族元素和西方时尚元素相结合，公司制作的56个民族造型的憨态可掬的中国布娃娃，开发的民族布包等布艺工艺品，卖到了欧洲、中东、美洲等地区的20多个国家，年销售收入超3000万元，进入云南文化产业30强。昆明难看工艺礼品厂研发制作的民族工艺包、手机套、小饰品、帽子、家具饰品等美伊系列民族工艺品，共有2000多个款式，产品形成批量化、流程化、订单化生产，除畅销国内外，还出口到美国、日本、西班牙、法国、德国等26个国家和地区，在全国及海外建立了1000多个固定的销售网络，2014年总收入达1500万元。石林阿着底刺绣公司以“公司+协会+会员”的运作方式，吸收正式会员3200多人，培训全省各地刺绣人员8700余名。公司产品已远销俄罗斯、韩国、日本、印尼、新加坡、印度等国，目前已向17个国家和地区供货。2014年，阿着底刺绣的销售收入达1.4亿元，每位绣娘年均实现经济收入2万余元。在2014年，石林阿着底刺绣在世界最大规模的意大利米兰国际手工艺品销售展上斩获200多万欧元订单。文山钰幅戎民族刺绣公司刺绣纺织品已有上万个品种，大半产品出口到越南、老挝、泰国和美国，2017年销售收入达1300万元。

现在，“布”已成为云南民族贫困地区农村妇女脱贫致富的重要产业，成为文化产品出口创汇的重要来源。云南“布”这一特色文化产业年增加值约6亿元，从业人员数万之众。其中，仅楚雄州的绣娘就达7万余人，有彝绣合作社57个、经营户400余户，彝绣产业年产值突破1.5亿元，正逐步形成一个集传承、保护、创意、设计、展示、营销为一体的全省乃至全国彝族服装服饰产业的中心。特别是从2016年启动并落地在楚雄永仁的“丝路云裳·七彩云南民族赛装文化节”，至今已连续成功举办了3届，逐步成为全国知名的民族节庆品牌，有力促进了云南旅游文化产业发展，证明了云南文化产业发展空间无限、潜力无穷。

通过努力，云南特色文化产业快速发展壮大。2016年，云南以“金、木、土、石、布”为核心的民族民间工艺美术品产业实现增加值117.92亿元，占文化产业增加值的26%；重点工艺美术品企业营业收入达421.49亿元，形成了“金、木、土、石、布”五位一体的云南民族民间工艺品产业发展体系。

特色文化产业潜力巨大，发展空间无限。在2016年底出台的云南文化产业“十三五”发展规划中，明确提出了构建“金、木、土、石、布”五位一体的云南民族民间工艺品产业发展体系，创建全国特色文化产业示范区。在“十三五”期间，云南要培育50个产值上千万元的民族民间工艺品示范村和50个年营业收入上千万元的民族民间工艺品龙头企业，打造50个民族民间工艺品知名品牌和50个有较高知名度的民族民间工艺品销售示范区。

云南民族民间工艺美术品长足发展的同时，逐渐凸显出了一些问题。纵观全省工艺美术行业，基本上都为手工作坊式、家庭式、自产自销的经营模式，生产经营主体规模小、零星分散、同质单一。专业人才匮乏，从业人员素质偏低。云南省工艺美术行业从业人员大多来自农村，文化素质普遍偏低，缺乏现代经营理念和创新意识。据统计，全省工艺美术行业从业人员60万人，具有大专学历以上的不到10%，高中学历的占50%，初中学历的占40%，从业人员文化素质普遍不高。法规不健全，宏观指导有待加强。由于缺乏相应的政策法规，云南省在民族民间工艺品保护、研制、发掘、规划、监管、服务等方面无法可依、无章可循，导致云南省工艺美术行业处于无序竞争、无序开发的被动局面，发展不平衡，行业布局不合理。

有关专家建议，首先，着力打造特色基地，引导产业聚集发展。按照统筹规划、分类指导、突出重点、打造特色的思路，抓好瑞丽、腾冲的珠宝玉石，建水紫陶、永仁苴却砚、新华村银制工艺品、个旧锡工艺品等优势产业的发展，着力培育产业集群，发挥产品特色优势和地域集群效应，提升产业层次，形成具有鲜明特色的产业聚集区。其次，强化人才队伍培养，提高从业人员素质。充分发挥工艺美术大师和专业人才的作用，鼓励和支持工艺美术大师设立工作室，带徒授艺，提高传统工艺美术特殊人才的待遇。支持专业院校调整优化专业结构，拓宽专业培养方向，培养工艺美术行业急需的专业人才。再次，出台相关政策法规，确保行业健康发展。目前，全国各省区市相继出台了民族民间工艺品保护条例，应按照相关立法程序，尽快将保护云南省传统工艺美术的立法工作列入议事日程，出台《云南省传统工艺美术保护条例》，确保云南省民族民间工艺品行业传承、开发、保护、发展有法可依，有章可循，步入良性发展轨道。最后，加强保护开发，抢救濒危失传技艺。云南省传统工艺美术历史悠久，文化内涵深厚，技艺精湛，需要系统地加强挖掘、整理和研究。应加强对传统工艺技艺的收集整理，建立健全云南民族民间工艺美术大师、民间艺人和传统技艺资料库，抢救濒危失传技艺。

五、从小山村走向纽约

传统遇见时尚，纽约牵手楚雄。2019 年 9 月 11 日，“丝路云裳 · 七彩云南 2019 民族赛装文化节”亮相引领全球审美和时尚潮流的纽约时装周。从延续了 1350 年的传统节日——永仁县直苴村赛装节，到引领全球审美和时尚潮流的纽约时装周，“丝路云裳 · 民族赛装文化节”从云南一个小山村的“乡村 T 台秀”走向世界时装的大舞台。彝绣中常用的鱼、鸟等文化图腾，以及云南大山中形态万千的花卉在 T 台上恣意绽放，塑造出 40 余个相映成趣的潮流造型，在保留彝绣“灵魂”经典的基础上，与当代审美情趣巧妙结合，把彝绣的美“剥开”重新再造，带到世界的时尚中心，掀起以彝绣为根的时尚浪潮，让彝绣焕发生机，让世界看到彝绣世界性的艺术价值。传统文化通过现代时装演绎，走向世界舞台，诠释千年彝绣之美。

每年的农历正月十五这一天，楚雄彝族自治州永仁县的小山村直苴，人山人海、热闹异常，正在举办一年一度的赛装节。四里八乡的彝族群众身着节日盛装聚集于此，对歌跳舞、赛装赛美、通宵达旦。赛装节这一古老的节日，“千年过一节，一节过千年”。

彝族创世史诗《梅葛》开篇写道：“远古的时候没有天，我们来造天；远古的时候没有地，我们来造地。”敢于创造天地的彝族人民，早已把对美好生活的向往和对美好事物的诠释都融入了刺绣中。彝绣工艺独特、构图精美、色彩艳丽、寓意深刻，具有很强的实用、观赏和收藏价值，是彝人引以为傲的“指尖艺术”“心灵花朵”。

在楚雄州，彝家姑娘从会跑会跳就开始向长辈学习刺绣，七八岁就能独自完成一幅绣品，到十四五岁时便可娴熟掌握刺绣技法。服饰，是一个民族特有的文化标识；彝绣，是传承千年的民族文化瑰宝，深入每位彝族姑娘的血液中，她们从中找到快乐和寄托，一针一线都带着真挚浓烈的情感，与生俱来，发自内心，表达着勤劳勇敢、乐观坚毅的生活态度。

2016 年夏天，省委领导以敏锐的目光，看到了民族赛装节蕴藏着发展民族服装服饰产业的巨大潜力和市场前景，从发展文化产业、建设民族文化强省的高度，把“彝族赛装节”这个地方性节日上升到省级层面，将其确定为云南重点旅游文化节庆品牌，并永远落户于永仁的直苴。从2016年启动至今，云南省已连续成功举办了3届“丝路云裳·七彩云南民族赛装文化节”，逐步成为全省全国知名的民族节庆品牌，有力促进了云南旅游文化产业发展，证明了云南文化产业发展空间无限、潜力无穷。

2016年10月的北京国际时装周上，楚雄州与国际名模、著名服装设计师马艳丽合作，精心设计推出50套以彝绣元素为主题的高级定制时装。T台之上，一场传统与现代交织、民族文化牵手时尚潮流的视觉盛宴，以直击心底的强烈冲击，引发巨大轰动和关注，赢得广泛好评，惊艳了世界。

2017年11月5日晚，北京饭店金色大厅气氛热烈，在香格里拉组合《月夜》纯净、高远的歌声中，高级服装设计师马艳丽和她的团队与云南合作打造的“云秀·香格里拉”近80套系列新品激情登场，扑面而来的国际范、中国风、云南味震撼了现场观众，彰显出绚丽多姿又生机勃勃的云南形象，让世界感受到香格里拉服饰和人文之美。观众们纷纷表示，“云秀·香格里拉”把国际品牌与云南民族服饰、现代时尚与民族元素进行有机融合，探索了一条民族服饰市场化、产业化的新路，对云南民族服装服饰产业的发展将起到很好的示范和引领作用，无疑将推动云南服装服饰走向全国、走向世界。

2017年12月18日 ，“云衣霓裳·炫彩彝风——七彩云南楚雄彝族精品服饰上海展演活动”在上海大剧院拉开帷幕。为期3天的演出和展示，在国际文化大都市上海滩刮起了绚烂强劲的云南民族风。展演入场券首次通过“上海文化云”平台向上海市民公开发布，发布不到 1 小时，入场券一抢而空，一票难求，受欢迎程度大大超出预期。

连续 3 天演出场场爆满，现场热度持续升温。每场演出后，观众久久不愿离开：“已被彝绣实力圈粉。”楚雄州彝绣企业现场展示刺绣技艺、彝绣精品热卖。40 余家中央驻沪、上海、云南等主流媒体持续聚焦报道。“七彩云南民族旋风迷倒上海滩”成为媒体热搜词。上海纺织集团董事长童继生赞誉并发出邀请：“一个民族拥有这么丰富多样的民族服装服饰，大大超出我的想象！明年上海国际时装周的大门向你们敞开！”

自永仁直苴启动仪式开始后，云南民族赛装文化节从深圳、北京、上海等文化产业博览会的营销推介，到楚雄彝绣走出国门去往法国、意大利、西班牙等国家和中国香港特区、台湾地区；从楚雄州与马艳丽合作，“千年彝绣”惊艳亮相北京国际时装周，到迪庆藏族自治州与马艳丽再度合作，“云秀·香格里拉”引爆北京时尚服装界，再到楚雄州彝族刺绣、服装服饰舞台剧目“云衣霓裳·炫彩彝风—七彩云南楚雄彝族精品服饰上海展演活动”在上海大剧院成功上演、楚雄彝绣特色成衣服饰专场时装发布会亮相上海时装周……“丝路云裳·七彩云南民族赛装文化节”没有停止走向全国和世界时装舞台的脚步。

随着民族赛装文化节的发展壮大，云南全力打造这一民族节庆品牌作为国内一流、世界知名的云南文化形象品牌。

选对路子、找准法子，小小绣花针也有大作为。自云南打造“丝路云裳·七彩云南民族赛装文化节”以来，推动了民族文化创新性发展、创造性转化，楚雄彝绣服装服饰产业迅速发展，已成为推动全州文化产业发展的新的“引爆点”和“推进器”，涌现出咪依鲁、纳苏、彝家公社等一批彝绣文化龙头企业，逐渐形成了规模化、产业化和市场化。

凭借“民族赛装文化节”这一平台，把“传统、创新、时尚”相融合的楚雄彝绣特色服装服饰，通过线上线下、多品牌销售渠道推向市场，以沪滇文化帮扶协作计划项目为契机，上海的东方国际（集团）将帮助楚雄从服装材料、创意设计、加工生产、市场销售、品牌打造等环节，全产业链推进民族服装服饰产业化国际化，形成产业化商业闭环，做大做强云南民族服装服饰产业，推动云南民族服装服饰走向全国、走向世界，促进云南旅游文化产业高质量发展。

云南特色文化产业“金、木、土、石、布”中的“布”，主要指的是以楚雄彝绣为代表的云南民族服装服饰文化。在云南“布”特色产业发展中，楚雄州已探索出一条独具特色的“公司 + 合作社 + 绣娘 + 订单”产业化发展之路。但是，它仍然需要进一步创新内容、创新设计，借助资本力量，在推动特色文化产业中，实施创新创意，进一步转型升级，做大做强，让“丝路云裳 · 七彩云南民族赛装文化节”品牌，越来越响亮，成为惠及民生、百姓增收致富的渠道。

六、推出文艺人才　迎来星光灿烂

云南是我国民族文化资源最为富集的省份，新中国成立以来 3 次大的文化高潮的兴起，都是在发掘弘扬民族文化资源的基础上形成的。在这些主要的历史发展阶段，云南涌现出像李乔、杨丽坤、关肃霜、杨丽萍和“昆明军区作家群”“昭通作家群”等一大批蜚声中外的艺术家，提升了云南的文化知名度和影响力，成就了云南文化发展史的灿烂辉煌。

新世纪以来，云南在全国率先实施“文化立省”战略。省委、省政府早在1996年就提出了建设民族文化大省的目标，经过全省上下10多年的努力，取得了阶段性的成果。2008年，省委、省政府按照科学发展观的要求，审时度势，提出了推进民族文化大省向民族文化强省迈进的战略思路，制定了《关于建设民族文化强省的实施意见》。2009年召开的省委八届八次全会提出了“建设绿色经济强省、民族文化强省和中国面向西南开放的桥头堡”的三大战略目标。近年来，在省委、省政府的坚强领导下，云南省文化体制改革和文化发展各项工作呈现出积极向上、蓬勃发展的良好态势。中共云南省委宣传部按照省委、省政府的统一部署，在发展文化产业、繁荣文化事业中大力加强全省宣传文化人才队伍建设，通过各种方法和措施，努力发掘、精心培养和科学使用各类宣传文化人才，充分发挥宣传文化人才在建设民族文化强省中的重要作用，为宣传文化事业发展与和谐文化建设提供强有力的人才保障和智力支撑。

第一，抓组织领导，为宣传文化人才队伍建设提供有力保障。

云南历来高度重视文化人才建设工作，将文化人才建设纳入全省干部队伍建设总体规划。2008年出台的《中共云南省委、省人民政府关于建设民族文化强省的实施意见》提出，要认真贯彻“人才强文”战略，制定文化人才资源开发规划，大力实施“四个一批”等人才培养工程，努力造就文化领域的一批名家大师、一批文化相关专业领域的领军人物，加快培养一批懂经营善管理的经营管理人才、一批掌握现代传媒技术的专门人才。省委专门成立了人才工作领导小组，在各类人才中专列“民族文化人才”一项，并制定省委宣传部为这类人才培养的牵头负责单位。近年来，每年召开的全省宣传思想文化工作会议，都结合宣传思想文化工作的任务和要求，对宣传文化系统人才工作进行统一部署和安排，并纳入全省宣传思想文化工作要点和立项监督的任务，制定政策，健全机制，狠抓落实，在培养、吸引和用好宣传文化人才方面做了大量工作，取得明显成效。

第二，抓调研规划，为宣传文化人才队伍建设提供科学依据。

第一次全国、全省人才工作会议召开以后，省委宣传部及时联合有关部门，对全省宣传文化系统各门类专业技术人才和人才资源状况进行了调研统计。在此基础上，通过组织开展《云南省宣传文化人才队伍建设研究》和《云南省宣传文化人才考核评价办法》两个省级社科规划课题的研究，深入分析当前全省宣传文化系统人才工作存在的不足和薄弱环节，对全省宣传文化系统今后的人才需求和发展趋势进行了预测，为指定《云南省宣传文化系统人才发展规划》奠定了良好的基础。目前，宣传文化系统“四个一批”人才和民族民间文化人才培养工作已经列入云南省人才培养总体规划，纳入全省人才统计和培养范围，有力地推动了全省宣传文化系统人才队伍建设。

第三，抓龙头示范，引领带动宣传文化系统人才队伍建设。

2005 年，“四个一批”人才建设工作实施意见提出要用

5~10 年的时间，培养 200 名理论、新闻、出版、文学艺术方面的优秀人才，使他们成为云南省宣传文化系统相关领域的领军人物和学术带头人。2005—2009 年，云南省在全省范围内先后选拔了宣传文化系统“四个一批”人才共计 102 人，其中，理论类 16 人、新闻类 34 人、出版类 12 人、文艺类 40 人。2007 年，为适应文化体制改革和文化产业发展的需要，云南省下发了《全省宣传文化系统经营管理人才培养工作意见》，提出用 5~10 年的时间在全省培养选拔 50 名熟悉艺术形态工作、懂经营会管理的高层次复合型人才，并明确把经营管理人才纳入全省宣传文化系统“四个一批”人才培养工程。截至目前，云南省已有 5 人入选全国宣传文化系统“四个一批”人才、3 人入选经营管理人才、1 人入选专门技术人才。与此同时，云南省还积极做好民族民间文化人才的选拔培养工作，先后确定命名了一批民族民间美术师、音乐师、舞蹈师和非物质文化遗产传承人，其中国家级非物质文化遗产代表性传承人 51 人、省级 824 人，为弘扬云南各民族优秀传统文化发现、培养、聚集了一大批优秀人才。

云南省切实贯彻人才联系等制度，每年都通过领导出席各文艺界别、各文化院团的座谈会、团拜会获联谊会等形式，对文化战线的专家、学者、艺术家通报宣传思想文化工作情况，认真听取他们对文化工作的意见建议，起到了广交朋友、沟通信息、交流思想、统一认识、凝聚人心的作用。

在工作中，云南还很注意本土人才与外来人才，既在实践中发现和使用本土人才，主动、有计划地加以培养，充分发挥本土人才的积极性、主动性和创造性，又以开阔的胸襟大胆引进外来人才，实行拿来主义，为我所用，通过“打组合拳”的方式来有效解决云南文化人才不足的问题。2008 年以来，云南已聘请了 2 批共 30 人在全国有影响的文化名人作为“云南文化顾问”，充分发动全国各级各类文化人才积极投身云南的文化建设，形成人才合力。2010 年，云南召开了云南文艺创作工作座谈会，广泛听取省内外专家、艺术家对加强云南文艺创作工作的真知灼见，主动与他们合作交流，采取签约制、招投标制、共同合作生产等方式，实行文艺创作的云南制造、全国创造。

第四，抓教育培训，不断提高宣传文化人才队伍的整体素质。

云南按照分级管理、分类培训、突出重点的要求，在举办好各类宣传文化单位负责人和业务骨干培训班、研讨班的同时，通过争取省院省校合作人才培训项目、省外专局境外人才培训项目支持和委托高校、党校培训的方式，进一步加大宣传文化人才培训力度，较好地推进大规模干部培训工作，提高宣传文化人才队伍的理论素养、知识水平、业务本领和领导能力。

2003 年以来，先后举办了 4 期云南省文化体制改革和文化产业发展领导干部培训班，全省各州市县党政主要领导、宣传部长、文化局长，省级宣传文化部门领导、省直部委办厅局主要负责人，本科院校校长等共计 800 人参加了培训；利用省院省校合作人才培训项目，在浙江大学举办了 3 期云南省宣传文化系统高级研修班，重点对入选全省宣传文化系统“四个一批”人才和经营管理人才进行了集中培训；在国家外专局的支持下，利用境外培训资源，先后举办了赴法国“媒体管理与新闻业务”

培训班和赴新加坡“新闻发言人业务”培训班；先后和北京大学、人民大学、复旦大学等著名高校合作，举办酒文化人才、文化创意产业、文化市场运作等专题培训班，为云南文化人才培养搭建平台。

2007年以来，云南共推荐4人参加了中组部“西部之光”访问学者学习，推荐15人参加了中宣部全国宣传文化系统“四个一批”人才研讨、研修或考察活动。为进一步提高云南的音乐创作和声乐演唱水平，2007—2010年先后选送4批学员到上海音乐学院、2批学员到中央音乐学院进行为期1年的专业学习进修，共培训了33名有发展潜力的声乐演员。2009年，云南组织举办了“云南省声乐及创作研修班”，邀请国内有影响力的声乐专家、音乐创作家对云南青年音乐人才进行专业系统的讲座式培训。2010年，云南还举办了滇沪合作文化人才培训活动，组织云南文化产业管理干部和文化企业负责人30人赴上海参加文化产业发展及市场扩展培训班，同时举办云南大型文化活动策划人培训班、云南文化产业骨干培训班。

云南采取“走出去，请进来”的办法，加强对各类人才实践锻炼。主动邀请全国知名的名家大师，以召开学术会、采风创作、观摩考察等方式，来云南进行实地调研指导，开展合作交流。先后组织“全国著名画家画云南”活动3次、“著名作家写云南”活动2次、“著名歌手唱云南”活动2次，云南艺术家在这些活动中通过与名家大师的近距离接触和交流，开阔了视野，增长了见识。

第五，抓极力扶持，为文化人才健康成长创造有利条件。

云南省一方面结合宣传文化领域重点工作实施、重大赛事演出、重要课题研究项目，积极为各类人才创新创业、施展才华搭建、提供平台；另一方面，采取有力措施，切实解决宣传文化人才遇到的困难和问题。从 2003 年开始，设立云南省文艺采风创作专项补助资金，每年拨出 100 万元创作基金，扶持全省文艺采风创作。从 2005 年起，设立“四个一批”人才培养专项资金，明确了对入选人才在课题研究、培训进修、学术交流等方面给予优先支持。2005 年，筹集 2000 多万元成立聂耳音乐基金会，扶持音乐创作，给签约作家发放创作补贴，为全省作家、艺术家采风创作提供了较好的物质保障。2008 年起拨了 1000 万元的专项奖励资金，每年初对上一年度在全国各类文化活动和文艺赛事中取得优异成绩的文艺家进行集中表彰，以激励更多的优秀文化人才多出精品、多在国内外获。

目前，云南省共有国家级非物质文化遗产保护项目 75 个，省级名录 217 项；国家级非物质文化遗产项目代表性传承人 51 人，省级传承人 824 人。省政府对国家级传承人每人每年补助 8000 元，省级传承人每人每年补助 3000 元。各州市县也出台了相应的补助政策。

第六，抓宣传推介，为宣传文化人才队伍建设营造良好氛围。

人才作用的发挥，氛围十分重要。氛围好，则人才聚，事业兴；氛围差，则人才散，事业衰。2006 年，为在全省进一步形成“尊重文化人才、重视文化发展”的氛围，省委、省政府对 332 名新中国成立以来不同时期为云南文艺事业做出重要贡献的文艺人才进行了隆重的表彰，分别授予“云南文学艺术卓越贡献奖”“云南文学艺术成就奖”“云南文学艺术贡献奖”“云南文学艺术新人奖”，极大地鼓舞了广大文艺工作者的干劲和创作热情，在省内外产生了积极广泛的影响，进一步推动了全省文艺事业和文化产业的繁荣发展。据悉，这是全国各省区第一次大规模、大范围、长时段对各类文化人才进行表彰。在2006年、2009年连续两届“兴滇人才奖”评选活动中，杨丽萍、张文勋两人作为民族民间文化人才先后获此殊荣，在社会各界尤其是文化界产生了良好反响。

七、云南文化产业发展重大活动回放

云南民族文化大省建设提出及第一次研讨会

1996年12月，云南省委六届四次全委会通过了《中共云南省委关于贯彻党的十四届六中全会〈决议〉，加强全省精神文明建设的实施意见》，首次明确提出：“要扩大对外交流与合作，积极吸收世界文化优秀成果，让云南民族文化走向全国，走向世界，努力把云南建设成为富有特色的民族文化大省。”

透过这个文件我们可以看出，云南省已经高度重视文化建设与发展的重要性，并且明确提出了云南文化建设与发展的基本战略。正是为了更好地落实省委六届四次全委会的精神，研究并理清云南民族文化大省建设的发展战略目标，云南省委宣传部把研究工作及会议筹备任务交给了云南省社科院，计划在1997年底举办一次理论研讨会，会议议题就是“如何把云南建设成为富有特色的民族文化大省”。

由于云南民族文化大省建设战略目标已经正式确定为中国特色社会主义建设在云南的具体实践，研讨会规格也上升至由中共云南省委、省人民政府共同主办。省委、省政府决定将会期调整到 1999 年 1 月。

1999 年 1 月 13—15 日，云南省委、省政府共同主办了“云南民族文化大省建设第一次研讨会”。这次研讨会在云南文化建设与发展历程中具有里程碑的意义。

这次研讨会由省委、省政府直接出面共同主办，省委、省人大、省政府、省政协多位领导出席，省级各相关部门领导、高校和科研机构专家学者积极参与，规格之高、影响之大，在云南历史上是空前的，足以说明此次研讨会的重要意义。

为进一步提高认识，统一思想，明确任务，加快步伐，推动发展，省委、省政府决定召开这次高规格的大型研讨会，并通过这次会议进行动员和部署。大家围绕云南建设民族文化大省、推动精神文明建设上一个新台阶这个主题，发表了宝贵的建议和意见。

这次会上，很多专家学者和各方面的同志提供了很多很有深度、有水平的论文，在讨论过程中又提出了很多非常深刻的意见……所有与会同志热情都很高，都为这样一次会议，为我们建设民族文化大省这样一个光荣的、崇高的事业做出了贡献。这次研讨会对于云南今后经济、社会、文化的发展将产生重要影响。

省委、省政府召开的这次云南建设民族文化大省研讨会，在全省来说是一次总动员。作为全面启动民族文化大省建设的重要标志，载入云南省文化建设和精神文明建设的历史史册，并将产生显著的推动作用。省委、省政府将在这次会议讨论的基础上，形成一个有关云南建设民族文化大省的若干实施意见，用于指导今后的工作。

云南文化产业发展进程与云南民族文化大省建设进程同时起步。丰富的文化多样性资源使云南发展文化产业具有得天独厚的条件，云南省提出民族文化大省建设战略，同时也就开始强调发展文化产业的重要意义。从筹备这次研讨会开始，云南各界就极为重视文化产业的研究工作和实际推进工作。研讨会上，与会专家学者和实际工作者对文化与经济的关系、文化事业与文化产业的关系、文化资源保护与文化产业开发的关系、文化发展的公共服务建设与市场要素建设的关系等问题，已经提供了大量的研究成果，这也就是云南成为在全国率先提出发展文化产业的省份之一的一个重要标志。在省区市一级党委和政府层面上，积极倡导并实际推进文化产业发展，并将此作为知识经济时代地区经济社会发展的新增长点，云南的工作在全国先行一步。

云南赴京文化宣传系列活动

1999 年，建设民族文化大省正式被确定为云南省三大战略目标之一。如何推进民族文化大省建设，成为省委、省政府谋划的重要工作之一。党的十六大召开之后，云南省委、省政府便着力把文化产业培育成为云南新的经济增长点和新的支柱产业，并一直在寻求走向全国的突破口。正是在这样额背景下，进北京举办文化宣传系列活动成为一个重要选择。

可以说，省委、省政府在北京举办云南文化宣传系列活动，是为了塑造云南与时俱进、全面发展的良好形象；为了展现云南生机勃勃、充满希望的美好前景；为了促进云南民族文化更加繁荣、文化产业快速发展；为了指云南对外开放与交流合作，促进云南以更加开放的姿态走向全国、走向世界；为了鼓舞云南各族人民用于创新、团结拼搏，加快推进全面建设小康社会的步伐。

2004 年 4 月 10 日，云南赴京文化宣传系列活动开幕式及《云南映象》首场演出在北京保利剧院隆重举行。中央政治局委员、国务院副总理回良玉，中央政治局委员、中宣部部长刘云山，中央政治局委员、中组部部长贺国强，全国人大常委会副委员长成思危，国务委员唐家璇、陈至立，全国政协副主席王忠禹、刘延东、陈奎元等 9 位党和国家领导人，64 位中央和国家有关部门的负责人以及首都各界嘉宾共 1400 余人出席开幕式并观看了首场演出。中央、北京市和云南的主要新闻媒体以及海外驻京新闻媒体对开幕活动进行了广泛热烈的报道。

连日来，云南赴京文化宣传系列活动在首都北京不断引起强烈反响，赢得越来越多国内及国际人士的广泛赞誉，以空前的影响力取得了极大的成功。通过活动，云南发展文化产业的新成果得以充分展示，绚丽丰富的云南民族文化产生了深刻影响，与时俱进、全面发展的云南良好形象像一面鲜艳的大旗，像美轮美奂的精神盛宴树立在北京，留在一个个观众感动的心底。

省委、省政府高度重视此次云南赴京文化宣传系列活动，中央和国务院有关部门对活动十分关心支持，省级各有关部门密切配合、齐心协力。从《云南映象》的一场场轰动到对云南文化建设的高度评价，从两次座谈会到向首都文艺界赠书，短短几天中，系列活动以精心的策划组织、丰富多彩的内容、空前的规模、具有冲击力的效果，在北京掀起了一股强劲的“云南风”、一股弘扬中华民族优秀文化的飓风。首都各界评价说，云南文化震撼着首都舞台，云南民族文化大省新形象闪耀在京华大地。系列活动期间，近 20 位党和国家领导人、60 多位中央部门的负责同志观看演出和参加活动，这在以往的地方性晋京活中动极为少见，体现了中央对云南的关心支持和对云南发展文化产业、建设民族文化大省的充分肯定。出席活动的许多领导同志认为，云南是一座民族文化资源的富矿，云南省委、省政府高度重视文化产业，系列活动很好地展示了云南经济发展、文化繁荣、民族团结、社会稳定的崭新形象和全省各族人民与时俱进、开拓创新、求真务实、全面进步的时代风貌，让人们看到了一个多姿多彩的云南，一个扩大开放的云南，一个奋发进取和前景广阔的云南。

民族艺术神韵与现代审美意识有机结合的《云南映象》，在首都舞台产生了巨大的吸引力，无论国内还是国外观众都争相一睹为快。仅 4 月 11 日晚的演出，就有 100 个国家和国际组织的 300 多位驻华使节和代表一道前来观看，其中包括 110 多位各国大使和国际组织驻华首席代表夫妇、80 多位公使和文化参赞，还有来自英国 BBC、美联社、意大利安莎社、日本共同社、西班牙埃菲社、德国电视一台、澳大利亚广播公司、卡塔尔半岛电视台、英国《金融时报》等 10 余家外国重要媒体的记者。一场外地来京的演出聚集了如此多的使节，实属罕见。五大洲各国朋友为晚会的艺术魅力和所展示出的美丽神奇的云南倾倒，高度评价《云南映象》是一台无比精彩、美妙绝伦的演出，是云南民族文化绽放的新奇葩，它的成功不仅是云南的成功，也是中国的成功，而且会轰动全世界。同时认为云南发展文化产业大有可为，一定能建成当之无愧的民族文化大省。许多国家纷纷表示要邀请《云南映象》前去演出和展示，让独特丰富的云南民族文化走向国际市场。还没到过云南的外国朋友说，通过系列活动，他们将尽快安排去“看不完、歌不尽、拍不下、游不够的云南”。首都文化界和各界观众对系列活动更是称赞不已，在北京形成了一个关注云南、谈论云南的热闹氛围。文化艺术界人士盛赞《云南映象》是近年来全国有效继承保护和科学整合开发民族文化资源的成功范例，认为系列活动不仅是云南文化的集中“亮相”，也是弘扬中华民族优秀文化、打造文化产业品牌的一次出色的实质性推动，它不仅是云南的名片，也是一张中国的名片。许多被演出震撼得惊叹、感动得流泪的观众对云南独特迷人的民族文化赞不绝口，不少专程从外地赶来观看演出的观众说，云南文化艺术包容性丰富、特色性鲜明，系列活动使人们看到了更加美丽的云南、璀璨缤纷的文化，让更多的人向往云南。

首都各大媒体也以集束式的全面报道宣传云南民族文化和系列活动，称系列活动是今年北京的一大亮点，它带来了最美妙的云南民族艺术、最动人的云南新形象，预示了富于吸引力的云南文化产业发展图景。仅 3 天内，新华社、人民日报、中央电视台、中央人民广播电台、香港凤凰卫视及数十家国内主要媒体在重要位置或时段大篇幅、全方位地报道了系列活动盛况，宣传云南文化产业及民族文化大省建设成果，报道量近 300 条（次）。中央电视台综合、新闻、国际、文艺、西部各频道全面出击，播出总长度近 12 小时。中央人民广播电台做了 6 小时的专题报道和 1 小时的新闻直播，不少报纸以大照片整版宣传，后续宣传仍在进行，在首都形成了“大街小巷说云南”的关注性话题。系列活动带来的影响，随着《云南映象》演出和加演在不断深入扩展，关注云南、为云南喝彩的赞美和后续效益正在延续。

2004 云南文化产业上海推介周

2004 年 4 月，云南省委、省政府以《云南映象》进京商演为契机，在北京举办了云南赴京文化宣传系列活动，迈开了云南文化走出去的第一步。在这次活动成功举办的基础上，省委领导提出要使云南文化产业迈出走向全国的实质性步伐，通过向全国推介云南省丰富多彩的民族文化资源和具有广阔投资前景的文化产业发展项目，达到招商引资的目的，共同开发和发展云南文化产业。

于是，2004 年 10 月 24—28 日，在云南省委、省政府的大力支持下，云南省委宣传部联合上海市委宣传部在上海共同举办了“2004 云南文化产业上海推介周”。在上海各界的鼎力支持下，这次活动圆满完成了预期任务，成功向上海、浙江、江苏等东部发达省市推介了云南的文化产业发展项目，又一次塑造了云南形象，宣传了云南，为云南文化产业的下一步发展搭建了一个面向全国的平台，奠定了良好的基础。

10月25日，推介周在上海图书馆会展中心隆重开幕。上海市委副书记殷一璀、云南省委副书记丹增分别在开幕式上致辞。殷一璀代表上海市委、市政府，向远道而来的云南代表团表示衷心感谢和热烈欢迎，并祝愿活动取得圆满成功。她指出，此次活动是云南省委、省政府大力发展文化产业、展示极其丰富的民族文化资源的一项重要举措。在上海这个大都市举办的推介会很多，但是一个省把文化产业拿到上海来推介，这还是第一次。上海和云南两地经济与文化的交流合作有着良好的传统和基础，两地友谊也越来越深厚。这次活动除了全面展示云南的文化资源、文化产业发展现状及前景、文化产业政策及投资环境外，还将举办云南文化产业项目展洽、云南特色文化产品展销等多项活动。从推介项目看，涵盖了文化旅游、文化娱乐服务、商业文化服务，还包括了文化艺术和体育产业、文化产品制造业、广播电视和影像业、新闻出版业等领域。这些项目对进一步促进滇沪合作交流起到了积极作用。这次活动的成功举办对上海文化事业的发展和进步，无疑也将起到十分重要的推动作用。

随着云南文化产业上海推介周的启幕，在上海图书馆一楼设立的展洽厅便以鲜明、浓郁的云南民族特色掀起了强劲的“云南风”。数以万计的上海市民和全国客商兴致勃勃地来赶“文化集”，民族民间工艺品交易和文化产业项目洽谈十分活跃，在会展频繁的上海引起广泛的关注。

作为云南省文化产业的首次整体亮相，全省各州市都在展厅内设立展位，展示各自最具特色的文化产品和最具优势的文化产业项目，而民营企业的踊跃参与更体现了云南省文化产业全面发展的新气象。不论是丽江纳西东巴文化、思茅普洱茶，还是大理剑川木雕、新华银器，都有最具代表性的企业带来精美展品进行展示和销售。昆明市共用8个展位展示了近2年发展文化产业取得的成绩以及一批具代表性的民族民间手工艺品，其中有5家民营企业参展，包括富民青云工艺厂的民族旅游工艺品、昆明观光假期旅行社有限公司工艺品厂的七彩云石、石林普氏民族民间传统刺绣品厂的彝绣、春城民族玩具厂的民族妹系列等。昆明市文化产业项目申报非常踊跃，共有60多个项目参加推介周。不仅有多个项目签约，而且展销效果很好，民营企业文化在这里寻找到很好的市场空间。

上海市民对云南民族工艺品表现出了极大的热情，丽江纳西文化产业开发公司的展品在开展前就被抢购一空，富民青云工艺厂的民族旅游工艺品“牛虎铜案”“孔雀”“傣家少女”等展品销售一空，而且有不少客商表示愿意为其在上海做代理。该厂销售经理冯女士感慨地说，第一次到省外参加文化产品推介活动就充分感受到了云南民族文化的魅力以及文化产业的广阔前景，也增强了企业进一步进军全国市场的信心和决心。上海市肖纳文化发展公司主要从事艺术品、工艺品的代理销售，王文渊说他非常有信心把纳西文化在上海炒热，将来争取做到上千万，形成长期的合作。

作为文化产业的重要组成部分，云南日报报业集团、云南电视台、云南人民广播电台以及云南省几大出版单位也各自设立展位，展示云南省新闻出版业的丰硕成果。云南日报报业集团共带了云南报业文化娱乐活动中心、云南日报报业发行网络建设以及电视连续剧《雨林苍茫》等项目参加。报业集团此次参加推介周除了推介项目之外，与上海相关部门进行交流和学习也是很重要的一部分。云南日报报业集团将借助上海这一国际大都市的有利平台广交朋友，广泛开展交流合作，为进一步发展壮大夯实基础。

云南文化产业上海推介周是一场内涵丰富的滇味文化盛宴，吸引了成千上万的上海市民前来参与和参观。就在项目宣传、推介、洽谈、研讨、签约等活动相继展开之时，“滇彩霓裳—云南民族服饰展”“共同家园—云南自然风光民族风情摄影精品展”“红土炫彩—云南版画精品展”“《云南风》民族歌舞晚会”等一系列反映云南美丽风光和人文风貌的展示活动也相继举行。“共同家园—云南自然风光民族风情摄影精品展”用 100 多个美丽的瞬间，让上海观众触摸到了一个多彩多姿的云南，39 万平方公里美丽神奇的土地上，地质地貌、自然景观、芸芸众生、民族文化……到过云南的人，会勾起缱绻纯美的回忆；没到过云南的，影展已将一个惟妙惟肖的云南勾勒得呼之欲出。云南，让人怦然心动的地方，因此我们理解了那些曾是“云南人”的上海知青，为什么会在展馆里满含热泪翩然跳起傣族舞；为什么观众留言簿里，会铭记上那些热辣辣的话语……云南版画在中国版画领域独树一帜，在全国屡获大奖，是云南美丽的自然风光和绚丽的民族文化滋养了云南版画。在此次推介活动中，版画又一次发挥了它独特的优势。本次展出的 100 多幅作品，是从改革开放以来云南版画参与全国大型展览的获奖作品中精选出的，既展示了云南美术劲旅的实力，又艺术地表现了美丽神奇的云南。上海资深版画家杨可扬看后说：“云南的版画水平很高，不仅反映了地方文化特色，而且手法独特，具有很高的艺术价值。云南的版画家们创作出这些色彩饱满、文化积淀厚重的作品，是与他们生活的这块土地的历史、文化、音乐、风土人情等相符合的。”画家、美术评论家谢春彦用诗一般的语言来赞美云南的版画艺术，让人在感动中有了新的反思：“云南的版画透着一种朴实，更接近创作的母亲——大地的灵魂，使作品看来是那么地无拘无束，带有泥土最朴实的芬芳，更具有原始的生命力。但也给人强烈的感官刺激，它们像宝石一样发出五彩的光华，刺了我的眼睛，使我有一种惊艳之余的惭愧，非常值得我们学习。”推介周开幕式上那粗犷豪放的“迎宾舞”以及文艺晚会《云南风》的开场戏不同凡响，令人难忘。8 月，临沧市深入沧源岩帅、班佬、班洪等佤族山寨遴选演员，14 名群众演员被录取，最大的 30 余岁，最小的 17 岁，全都能歌善舞。号称歌王的尼块，天生一副好歌喉，已出版《远飞的鸟》《阿佤人》等唱片。他们中大多数都是纯正的佤山原住民，为了参加上海推介会，他们分别从边远的山寨集中到县城培训，很快赶排出了“迎宾舞”和《云南风》晚会的开场戏，佤族原生态歌、舞、乐表演《木鼓欢歌》。这些参加表演的演员大多是第一次走出山寨，且全都是首次离开云南。当初离开山寨到县城，有的徒步，有的坐牛车。到省城乘上陌生的火车到了大上海，高耸的楼群、炫目的彩灯令他们惊喜不已，仿佛进入了梦幻世界。连日来，通过晚会和摄影、服饰、版画展等在上海这个国际化大都市舞台上的联袂展示，一个绚丽多姿、欣欣向荣的云南凸现在世人面前。

推介周上，云南省重点推介的 156 个文化产业发展项目中，共有 24 个项目成功签约，涉及合作或意向性合作金额 69.4 亿元。如果加上部分文化企业在推介周上获得的订单，此次对外招商引资总额超过 70 亿元。

此次推介周，为云南文化产业走向全国奠定了坚实的基础，迈出了实质性的一步，探索了云南对外招商引资的新途径，展示了云南文化产业广阔的投资前景，文化产业招商引资硕果累累，同时推动了云南文化产业项目储备、实施等各项工作，加强了滇沪两地的交流与合作，进一步宣传了云南，塑造了云南文化产业快速发展的形象。

首届中国西部（昆明）文化产业博览会

2005 年 12 月 8—11 日，对西部文化产业发展历程来说，是一个注定写进文化创新发展的历史性日子。

来自西部 12 个省区市的代表团、全国各地知名文化企业以及国外大型文化企业的代表团和嘉宾，汇集在碧空如洗、阳光明媚的春城，参加规模宏大的国家级文化产业盛会——首届中国西部（昆明）文化产业博览会。这届盛会，以其高规格、高水准、大规模及丰富多彩的内容、丰硕的成果和广泛的影响，开创了西部文博会的先河，成为西部文化产业发展史上的一个重要标志。

创新西部合作机制

西部地区文化资源富集，有着深厚的文化底蕴，文化产业的发展有很好的基础，西部各省区市如何携手开发和利用西部独特丰厚的文化资源，使之转化为文化生产力和财富，让西部从文化资源丰饶的地区成为文化产业发展强劲的地区，力争使文化产业成为西部经济的特色优势产业和可持续发展战略中的重要支柱产业，正成为西部各省区市不约而同地追求，这也是首届西部文博会带来的一个重大课题。

正是因为有了西部携手共谋文化产业发展大计的创新尝试，首届西部文博会的举办得到了中央的亲切关怀和文化部、广电总局、新闻出版总署的鼎力支持。其他 11 个西部省区市对首届西部文博会的举办也给予了大力协助和高度重视，均组成了高规格的代表团前来参会，这也从一个侧面反映出全国对云南在推动文化事业和文化产业发展上取得的可喜成绩的充分肯定和高度认可。许多参会领导、代表团成员和各界嘉宾纷纷对云南迅速崛起的文化产业给予高度评价，认为云南省领导具有前瞻性和远人的战略眼光。文化创新开出灿烂之花，敢为人先，带来文化盛会。云南省率先提出并举办国家级的文化产业盛会，体现出云南省超前的眼光、过人的气魄以及文化创新的勇气。

展示西部文化产业

4 天时间里，富有鲜明民族特色、原创性、地域性的西部各省区市代表团，以庞大的阵容和规模，携带着驰名的文化产品、精美绝伦的民族民间手工艺品、美轮美奂的艺术品、历史悠久的文物典藏以及“高含金量”的文化招商项目，在宽敞明亮的昆明国际会展中心悉数登场，参观人数突破 20 万人次，使得首届西部文博会成为近期西部最受关注的重大事件之一。

场馆内外结合摆设文化盛宴。展会期间，内容丰富、形式多样的30余项活动在春城“遍地开花”，让首届西部文博会真正成为产业的盛会，人民的节日。除展览洽谈这一主题活动之外，系列论坛、签约仪式、文艺表演、大型拍卖会、云南影视产业实验区挂牌仪式授牌仪式、图书签售、奠基仪式、项目推介会、专题国画展、宣传片《云南普洱茶》开机仪式、《文化产业发展论》首发式以及“天天演”群众文化活动和体育体验、训练互动等一系列重要活动，汇聚了文化创意概念，深化了文化产业研究，带动了文化领域投资，刺激了文化市场消费。

由于首届西部文博会力促项目合作和文化产品交易，加之西部12个省区市展团以及海内外客商、嘉宾的热情参与支持，本届西部文博会交易洽谈成果丰硕，签约项目合作协议金额高达152亿元，涉及新闻出版、广电影视音像、文化社会娱乐服务、文体艺术、文化信息传输服务等多个行业。投资主体呈现出多元化特点，除国家机关或大型国有文化产业集团和企业参与投资外，民营企业已成为投资文化产业的重要力量。据统计，本届西部文博会上签约的41个项目，每一项均有民营资本注入。

热议西部文化产业

首届西部文博会还为云集于此的文化产业领域高层和精英提供了思维激荡的空间。在一系列精彩纷呈的西部文化产业发展系列论坛上，各路专家学者纷纷解囊献计，激情对话文化产业。论坛中，大量的文化产业发展信息和各种发展思路相互交流和碰撞，充分显示出西部文博会相互交流、相互启发的平台效应。

参加西部文化产业发展系列论坛的来宾共计 1660 余人。主论坛之一的“西部文化产业发展高峰论坛”，得到了文化部、云南、宁夏、新疆、青海、西藏、贵州等省区领导及国内文化产业界知名专家学者的高度重视。与会专家学者对西部文化产业的合作发展以及发展道路进行了深入探讨。在主论坛之二的“西部文化产业发展专家论坛”上，作家张贤亮等知名专家学者就西部文化产业区域联合发展等重大理论和实践问题进行了专题演讲。西部文化产业发展系列论坛的成功举办，提升了首届西部文博会的品位，扩大了首届西部文博会的社会影响。

掀起西部文化热

文博会吸引了国内外媒体极大的关注，掀起西部文博会热潮。中央、西部各省区市以及东部和国外媒体发稿数千篇，对西部文博会进行了全方位、多层次、多角度的集中报道，仅中央电视台就有新闻联播、经济信息联播、综艺报道、中国新闻频道报道了开幕的消息和会展情况，香港凤凰卫视也在新闻节目中做了报道。云南人民广播电台用 13 个语种对开幕式进行了现场直播。整个媒体宣传使文博会产生了广泛的影响，西部文博会品牌声名远扬。

为期 4 天的中国西部（昆明）文化产业博览会圆满结束了。成功举办的西部文博会，为西部发展文化产业营造了良好的气氛，更进一步坚定了西部各省区市加快发展文化产业信心和决心，对进一步加强各省区市全方位的文化产业合作与交流，形成联络互动、共同提升、共同发展的良好局面，对把西部文博会打造成知名的会展品牌，推动西部地区文化事业和文化产业发展、构建社会主义和谐社会，具有重大而深远的意义，将产生持续的重大影响，写入西部文化产业创新发展的历史篇章。

云南电影香港宣传推介活动

2006 年 4 月 7—10 日，由云南省委主要领导率队，以云南省对外文化交流协会、中国云南影视产业实验区管委会的名义，在香港举办首届云南电影香港推介活动。这次活动的举办，是在香港第 25 届电影金像奖颁奖典礼活动期间，也是在香港第 27 届国际电影节前夕。

云南电影香港推介活动旨在借助香港发达的影视产业平台和长远的影视业历史，利用香港人才聚集、影响广泛、国际交流频繁的优势条件，充分推介云南丰富的自然资源、人文资源和良好的影视拍摄投资环境，促进云南影视产业的对外交流合作，加快云南文化产业面向全国、走向世界的步伐。同时，以影视产业为龙头，进一步做大做强云南的文化产业，向世界展示云南绚丽多彩的民族文化。

本次宣传推介在短短 3 天内相继推出了开幕交流酒会、云南电影欣赏会、“多彩云南—天然摄影棚图片展”等丰富活动，充分展示了近年来云南文化产业特别是影视产业所取得的成就和云南“天然摄影棚”的资源优势，介绍了云南发展影视产业的优惠政策和良好环境。作为第一家赴港举办本土电影推介专项活动的内地省份，云南电影推介活动受到当地圈内外人士的广泛关注，获得了极大的成功。据不完全统计，有150多位香港影视界和社会名流及60多家媒体的近百名记者出席开幕酒会，近2万人参观了图片展，许多香港市民和外国游客产生了到云南观光或投资的强烈意愿。多家香港影视企业就与云南加强紧密合作进行了沟通洽谈，一些项目已达成初步意向。著名导演尔冬升决定近期赴云南拍摄《穿越香格里拉》，香港星皓娱乐有限公司总经理王海峰把原定在别的省份拍摄的《落叶》移到云南来拍，香港演艺人协会秘书长、香港演艺会社总经理何锦华准备到云南设立公司，并希望与云南影视机构结成合作伙伴关系。

在港期间，丹增还应邀参观考察了部分知名影视文化企业和社团，分别与寰亚综艺娱乐集团董事局主席、香港电影商会会长林建岳，香港商报总编辑陈锡添，香港国际青年文化交流中心主席巫凯诚等进行了座谈，并接受了当地权威刊物的专访。

云南民族新电影北京推介活动

2006年11月19日，云南省委宣传部、省广电局和中国云南影视产业实验区管委会共同主办的“云南民族新电影推介活动”在北京中国电影集团公司举行。现场推介的4部云南新片以及云南影视近年来取得的显著成果受到了与会专家的广泛赞誉。

中国文联副主席、中国作协副主席丹增出席推介活动并讲话。他在讲话中介绍了云南得天独厚的影视资源、正在全国崭露头角的影视人才、云南扶持民族电影发展的举措思路以及内引外联共同打造云南“最美、最优、最大的天然摄影棚”取得的明显成效、中国云南影视产业实验区设立以来取得的良好进展，希望海内外影视界更多地关注云南、看好云南，积极参与云南影视产业发展，实现互利双赢、共同繁荣。

国家广电总局副局长赵实，国家广电总局电影局局长童刚、副局长张宏森、江平，国家广电总局法规司司长王云鹏，中国电影集团公司总经理韩三平、党委书记焦宏奋、副总经理史东明、总经理助理耿西林，中国电影家协会分党组书记、常务副主席康健民，中国电影基金会常务副会长薛桂枝，著名电影艺术家翟俊杰、黄宗江、严寄州、雷恪生、谢芳、庞学勤、高山英子等，以及云南省宣传文化系统有关负责人参加了推介活动。来自全国的 80 多家主流媒体对活动热切关注。

推介活动中，影片《河内·河内》《别姬印象》主创人员和“云南影响”项目负责人分别介绍了影片的拍摄、制作和项目运行情况。《河内·河内》由云南民族电影制片厂、北京沃森影视公司和越南作家协会联合拍摄，影片通过描写一个中国女孩到越南寻找外祖母当年的足迹，展示了一段凄美的爱情往事。该片是两国电影人成功整合国际、国内资源，进行低成本电影闯市场的有益探索。《别姬印象》是云南良黎影视文化公司继《婼玛的十七岁》之后推出的又一部民族电影。“云南影响”新电影系列是云南对电影创作的又一新探索，它聚合了两岸三地 10 位具有国际影响力的中国女导演，将在云南的 10 个不同地点拍摄 10 部影片。推介活动现场还播放了电影《河内·河内》《别姬印象》以及“云南影响”新电影系列的《箱子》和《公园》的片花。

张宏森、康健民、翟俊杰等嘉宾在推介活动上发言，对云南民族新电影的发展给予了充分肯定。专家们认为，云南省委、省政府的高度重视和积极推动，随着全省文化体制改革的不断深入推进，云南的影视产业异军突起，发展态势令国内外瞩目。近年来，云南少数民族题材电影有了很大的变化，题材已不仅仅局限于以前的表现民族团结这一主题，而是拓展到真诚表现本民族情感、本民族精神、本民族喜怒哀乐等方面，在全国独树一帜，在中国影坛独放异彩。云南省以其特殊的地理优势、浓郁的民族风情和独特的人文环境，在全国形成了云南题材电影创作的热点，涌现出了像《婼玛的十七岁》《花腰新娘》《千里走单骑》等真正展现当代云南各民族生活的优秀影片，提高了我国少数民族题材电影的创作水平，打造了云南影视产业的品牌，正在迎来云南民族电影发展新的高潮。云南省为促进影视产业的发展，出台了优越的政策措施，创造了有利的条件，营造了宽松的环境，提供了便利的服务，建立了风格各异的影视基地，吸引了众多知名影视机构和影视人来云南拍片，共同开发和挖掘云南丰富的影视资源富矿，最终促进了云南影视产业的不断壮大，促进了中国电影的整体发展。这一做法值得学习和借鉴。

电影艺术家们纷纷表示，将寻求更多的机会到云南拍片、进行影视创作，尽全力支持云南影视产业的发展，共同创造中国电影新的辉煌。

云南文化赴京宣传系列活动暨《云岭天籁》演出

2006年11月18日晚，北京天桥剧院内洋溢着热烈的气氛，云南文化赴京宣传系列活动大型原生态民族音乐集《云岭天籁》首演拉开帷幕。

中央政治局常委李长春等出席开幕式。中宣部、中央外宣办、国家审计署、中共中央统战部、全国工商联、新闻出版总署、文化部、教育部、国家民委、全国妇联、国家行政学院、国家环保总局、国家开发银行、新华社、《求是》杂志社、光明日报等中央和国家有关部门负责人，全国人大教科文卫委员会副主任委员徐荣凯，中国文联副主席、中国作协副主席丹增，云南省委、省委宣传部主要领导，与1200多名首都各界观众一道观看了演出。

整场演出以完美的舞台呈现和精湛的表演，向首都观众展示了《云岭天籁》这一继《云南映象》之后云南精心打造的又一原生态民族文化品牌。通过云南原生态民族音乐的荟萃集中和典型体现，凸显了丰富多彩、异彩纷呈的云南，向观众呈现了云南多民族、多色彩、多视点的民族文化神韵，勾勒出云南原生态民族音乐的独特形象和个性魅力，同时集中展现出云南在原生态民族音乐创作和表演上取得的丰硕成果，鲜明体现出云南原生态民族音乐的多元形态和发展前景。演出中，当李怀秀、李怀福再次唱响了滇南“四大腔”之一的“海菜腔”，独特的换气方法和长气息的演唱，真假声不露痕迹的自然转换，令现场观众掌声四起、惊叹不已。云南少数民族原生态音乐绚丽多彩的独特魅力，在舞台上尽情绽放，清纯绝妙的原生态音乐如天籁之音流进观众的心田，观众以热烈而长久的掌声表达了喜爱之情。演出在首都观众中产生了强烈反响，现场气氛热烈、高潮迭起，观众们对云南艺术家的精彩表演多次报以长时间真诚而热烈的掌声，赞誉之词不绝于耳。

演出在热烈的掌声中圆满落幕，李长春等党和国家领导人与全体演职人员亲切握手并合影留念，祝贺演出取得圆满成功。李长春对《云岭天籁》的创作演出给予了高度评价。他说，这台演出非常精彩，在全国各省区市舞台艺术中堪称一流，突出地表现在歌好、舞好、词好、服装好、舞美好“五个好”。《云岭天籁》汇集了云南原汁原味的民族音乐、绚丽多彩的民族服饰、精致现代的舞美灯光、别具一格的语言艺术以及优美流畅的舞蹈语汇，不仅让观众耳目一新，心灵震撼，更让人看到云南省委、省政府近年来大力繁荣民族文化、发展文化产业、建设民族文化大省的丰硕成果，感受到云南传承、弘扬中华优秀文化的信心和决心。李长春鼓励全体演职人员及云南文艺工作者一定要以更加开阔的思路和世界性的眼光，进一步探索和深化管理体制和运作机制，把《云岭天籁》推向全国乃至世界，为全国提供更好的经验和借鉴，进一步扩大和增强中华文化的影响力和竞争力。

云南是我国西南边疆的一个多民族省份，地理位置优越、各种资源丰富、民族风情浓郁，是我国多民族原生态文化最为富集的地区。瑰丽多彩的云南文化资源，是国家实施“中华文化走向世界”战略的重要组成部分。党的十六大以来，在党中央、国务院的正确领导下，云南经济发展、文化繁荣、民族团结、社会稳定，各项建设事业取得了辉煌成就。举办此次系列宣传活动，是云南深入贯彻中央关于加快文化发展战略部署的一次具体实践，是一项落实胡锦涛同志提出的“让中华文化走向世界”的具体行动。希望通过这次活动，进一步展示云南民族文化绚丽多彩的独特魅力，展示云南繁荣民族文化、发展文化产业、建设民族文化大省的最新成果和发展前景，展示云南改革开放、经济社会和谐发展的良好态势和美好形象，吸引更多的力量支持和参与云南现代化建设，云南的宣传文化工作一定能够再上台阶。

2008（昆明）中国民族文化产业发展国际高峰论坛

2008 年 3 月 26 日，由云南省委宣传部、云南省文产办、中国产业发展论坛联合举办以“弘扬民族文化、加强国际交流、发展民族经济、创建和谐世界”为宗旨，以民族文化产业发展为论坛主题的高规格的文化产业盛会——2008（昆明）中国民族文化产业发展国际高峰论坛在昆明隆重举行。国内外资深文化产业专家和著名文化企业家共计 150 多人出席论坛，共话民族文化产业发展，为推动云南民族文化强省建设出谋划策。

会议介绍，云南立足民族文化资源优势，紧紧围绕中央深化文化体制改革、加快文化产业发展的重大决策部署，扬长避短，整合资源，循序渐进，切实推动“繁荣民族文化、发展文化产业、建设文化大省”进程。近年来，云南文学艺术持续繁荣，文化产业快速发展，文化体制改革稳步推进，打造出许多具有云南特色的文化品牌，文化云南的形象日益显现，文化产业正逐步成为云南新的经济增长点。党的十七大突出强调了加强文化建设、提高国家文化软实力的极端重要性，吹响了兴起社会主义文化建设新高潮、推动社会主义文化大发展大繁荣的时代号角。云南省委、省政府审时度势，提出了进一步提升云南文化产业竞争力和影响力，在加强保护少数民族文化资源的基础上，依托丰富的民族文化资源，大力发展民族文化产业，把民族文化资源优势转变为经济优势，走一条自然资源与文化资源开发相结合、旅游产业建设与民族文化产业建设相结合、民族文化建设与社会主义市场经济建设相结合的发展道路，实现云南民族文化资源大省向民族文化产业强省的转变。当前，云南民族文化强省建设已扬起了风帆。2008 中国民族文化产业发展国际高峰论坛在昆明召开，必将为云南整合民族文化资源，加强项目合作，促进文化繁荣，共谋产业发展带来新思路、新理念、新机遇。我们将以论坛为契机，加强与国内外民族文化产业界的交流合作。

会议指出，云南这样的边疆民族贫困地区，发展文化产业决不能照搬发达地区的模式，必须打好民族特色牌，走一条科学合理、保护开发民族文化资源、大力发展民族文化产业、建设民族文化大省的发展路子。党的十七大对繁荣发展我国社会主义文化作出了全新的战略部署，新的形势和任务，使云南民族文化产业发展已经进入必须由量的扩张向质的提高转变的关键时期。张田欣强调，发展民族文化产业、建设民族文化强省，第一要抓住思想认识这个前提，进一步深化对发展民族文化产业的认识；第二要抓住体制机制这个关键，进一步解放文化生产力；第三要抓住重塑市场主体这个重点，进一步整合资源，做强做大文化产业；第四要抓住品牌这个亮点，着力提升文化的影响力；第五要抓住文化人才这个支撑，激发艺术家的创造活力。

在为期2天的论坛中，与会的专家和文化企业家就怎样发展云南民族文化产业、整合挖掘民族文化资源打造新型文化产品、民族文化产品怎样实施“走出去”参与国际竞争战略、产业化保护和开发非物质文化遗产、弘扬民族文化打造世界级旅游品牌、现代科技与文化产业发展、云南舞台怎样走向世界、民营经济与文化产业、云南民族民间文化资源开发保护与云南文化产业发展等议题进行演讲。新华社、人民日报、光明日报、中国文化报、香港文汇报、香港凤凰卫视和云南省主要媒体等共20多家对论坛进行了报道。

中共云南省委、省政府出台
《关于建设民族文化强省的实施意见》

2008年4月28日，中共云南省委、省政府正式出台《关于建设民族文化强省的实施意见》（以下简称《实施意见》），这标志着包括文学艺术、文化产业在内的云南文化建设新战略目标的确立、新发展任务的展开和新推进举措的实施。

《实施意见》指出，建设民族文化强省是云南文化与时俱进、创新发展的客观要求，是实现云南经济社会又好又快发展的客观要求，是不断满足人民群众日益增长的精神文化需求的客观要求，是加强对外文化交流、扩大云南影响力的客观要求。经过10多年的努力，云南民族文化大省建设取得了显著成效，基本完成了预定的主要任务，达到了预期目标。文化体制改革稳步推进，文化产业快速发展，公益性文化建设得到加强，文学艺术持续繁荣，对外文化交流活动日益活跃，全省文化的整体实力显著增强。党的十七大吹响了推动社会主义文化大发展大繁荣的时代号角，对新时期的文化建设提出了新的更高的要求。云南省文化建设要在现有的基础上进一步打造文化精品力作，塑造云南文明进步的新形象，提升在全国的竞争力和影响力，推动云南民族文化走出国门、走向世界，必须更加主动地推动文化的繁荣发展，必须整合资源、改革创新、提升质量、注重效益，努力把文化资源优势转变为经济优势和产业优势，实现民族文化资源大省向民族文化产业强省转变。

《实施意见》提出，民族文化产业奋斗的目标是：到“十一五”期末，文化的创新能力和整体实力明显提高，文化体制改革基本完成，文化事业全面繁荣，文化产业较快增长，群众文化活动活跃，文化基础设施建设成效显著，公民思想道德素质和科学文化素质明显提高；全省文化产业增加值的年均增长速度高于同期经济增长速度，在 GDP 的比重比 2007 年上升 1 个百分点；文艺精品在全国各类文艺大赛中成绩优异；公共文化基础设施基本达到国家规定标准，民族文化强省建设取得实质性进展。到 2020 年，形成比较完备的公共文化服务体系，文化产业竞争力显著增强，在 GDP 中的比重比 2007 年上升 3 个百分点，成为云南省国民经济的重要支柱产业。文化产品的数量和质量基本能够满足人民群众的精神文化需求。文化发展主要指标、文化事业的整体水平和文化产业的发展实力居于西部地区领先地位。

《云南的响声》在京上演，引起轰动

2009年7月2日晚，北京听到了云南的响声。云南省在新的历史起点上推进民族文化强省建设倾力打造的又一标志性文化成果，著名舞蹈艺术家杨丽萍担任总导演并领衔主演的大型衍生态打击乐舞《云南的响声》在北京保利剧院隆重演出，震撼了现场的观众，获得好评。

中宣部、财政部、发改委、外交部、农业部、交通部、建设部、国土资源部、水利部、林业部、文化部、扶贫办、中国文联等中央国家有关部委负责人，与首都各界观众共1200余人观看了演出。缅甸、越南、孟加拉国、新加坡、瑞士、玻利维亚6国驻华大使，近百位驻华使节应邀观看演出。

《云南的响声》由云南省委宣传部、《云南的响声》文化传播有限公司、云南《红土情》音乐艺术工作室联合出品。该作品的成功运作，是云南大力推进民族文化强省建设、深化文化体制改革、转变观念、激活机制、扶持民营企业、发展文化产业、科学发展取得的最新成果，是云南省在新的历史起点上推进民族文化强省建设的一个大手笔。《云南的响声》是《云南映象》的姐妹篇。省委、省政府一直支持和关心，从创作之初就把这部作品列入云南省重点关注和扶持的文化精品工程，从扶持资金、协调各方到经纪人的引进培养、杨丽萍大剧院的规划启动，甚至联系演出地点、购置道具运输等细节，都给予大力扶持、关心。经过近一年的精心努力，《云南的响声》5月初在昆明首演，后赴杭州、上海、武汉、郑州、福州等地成功演出，在全国掀起了一股观赏云南舞台艺术作品的新热潮，取得良好的社会效应和经济效益，成功地走出了一条文化产业的发展道路。在全球金融危机中，《云南的响声》逆势而上，在中国文艺舞台上发出光彩夺目的响声。

从《云南映象》到《藏谜》，再到《云南的响声》，从原生态到藏文化、再到如今的衍生态，杨丽萍以艺术智慧和市场敏感创造了一个又一个商业演出奇迹。完全靠票房收入维持的3部作品，均在演出市场获得巨大的成功。同时，她完成了从一名舞蹈演员到一名成功民营文化企业家的人生华丽“转身”。杨丽萍是最早砸掉铁饭碗、凭艺术产品谋生的职业舞蹈家。作为法人，她创办了《云南映象》文化传播公司后，按照市场规律运作和管理文化企业。她领衔主演的《云南映象》先后在国内主要城市和海外50多个国家和地区演出1300多场，总收入达1.2亿元，搭建起一座活动的民族歌舞博物馆，成为云南一张亮丽的名片。与《云南映象》演出一年才成立公司不同，《云南的响声》一开始就成立了《云南的响声》文化传播有限公司，成为自主经营、自负盈亏的民营文化企业，完全按照市场化方式运作，维持公司正常运作的所有经费完全来自票房收入。这部新作创作之初，就与北京希肯国际演出有限公司签订了全国巡演50场的合同，再次开创新的商演之路。它为舞台艺术作品如何成功走向市场提供了可借鉴的经验，也为舞台艺术产品如何升级为艺术文化生产力提供了新的启示。具有浓郁云南地方特色和文化风格的《云南的响声》，以新颖的艺术构思和艺术手法，以精彩纷呈的民族民间舞蹈和云南本土的400种“乐器”，给观众带来强烈的视听冲击，尽情演绎了云南美妙的天籁之音，表达了对生命的无限敬畏与热爱之情。当晚，《云南的响声》在生命光辉和鼓声模拟的胎音中拉开帷幕。杨丽萍具有强烈的仪式感的舞蹈，演员们独特质朴的舞步，“太阳雨”纷纷扬扬的画面，把人们带进了美丽、神秘的云南，产生无限美好的遐想和神奇的感受，从而激发出人们向往云南、热爱云南的真挚情感，让人听到大自然的声音，感受彩云之南人与自然和谐相处的清新境界；数百件民族乐器，甚至锄头钉耙、水车石磨被搬上舞台，水流声、鸡叫声、铃铛声……一起构成叹为观止的声音协奏曲，把观众引入音乐的意境之中，感受自然之美妙、艺术之神奇、云南之美好。最后，演出在震撼人心的鼓声中完满落幕。精彩的演出，频频获得现场观众如潮水般热烈的掌声和喝彩声。演出结束后，现场观众全体起立，有节奏地为演员们的精彩表演长时间鼓掌，久久不愿离去。

“震撼、精彩、感动”成为现场观众和专家看完演出后的评价。专家和观众认为，这部作品以质朴的表演和神秘美妙的音乐，让首都观众听到了云南发出的最真实、最质朴、最纯粹的响声，展示了彩云之南的丰富、神奇和魅力，让人感受到云南经济发展、社会稳定、文化繁荣、民族团结的和谐美好形象，云南各族人民爱家乡爱国的高尚情怀，以及对庆祝新中国成立60周年的喜庆心情，对宣传、保护、传承和弘扬优秀民族文化，打造民族文化品牌、繁荣民族文化事业，让云南民族文化走向全国和世界，具有重要的意义和积极的作用。面对金融危机，《云南的响声》擂响了鼓舞勇气和信心的战鼓，是宣传云南、提振信心、应对危机、凝聚民族精神和力量的美妙乐章。人民日报、新华社、中央电视台等47家中央和国内主流媒体，法国电视一台、法国光速制片、巴基斯坦联合通讯社、西班牙埃菲通讯社、德意志新闻社等20余个世界重要新闻机构对演出盛况进行了采访报道。《云南的响声》在北京演出后，将到成都、贵阳、重庆、广州、台湾等地进行50场全国巡演，还将赴日本等国家进行商演。

7月3日上午，中共云南省委宣传部邀请部分首都音乐、舞蹈、艺术评论界著名专家学者在北京举办《云南的响声》作品研讨会。与会者对杨丽萍及其新作独到的艺术创新和大胆的市场实践，以及云南持续推动文化事业繁荣、文化产业特别是演艺产业向纵深发展取得的最新成果和经验，给予了充分肯定和高度评价。

专家的发言从不同角度出发，分析精准中肯，很有高度和专业水平，加深了我们对《云南的响声》的理解和欣赏，有助于将其修改完善，进一步打造具有代表性的云南文艺精品。同时，专家们对云南文化繁荣、文化产业发展，以及如何组织领导今后的云南文化建设提出了很多具有远见卓识的意见和建议，十分宝贵，值得我们冷静地思考和研究。

《云南的响声》之所以成功，有五大要素，即原生性、创新性、民族性、时代性和艺术性。这部优秀作品的诞生是一个“三步曲”。首先是“怀胎”，该剧从一开始就以纯市场化方式进行运作，同时，省委、省政府高度重视，为杨丽萍的艺术创作创造条件并营造出良好的文化氛围。其次是“催生”，就是大胆创新并多方支持，共同努力，使《云南的响声》成为让全国乃至世界刮目相看的精品力作。最后是“成熟”，《云南的响声》第一步走稳了，下一步的目标就是推向世界，不仅要让云南人民喜欢，还要让全国人民认同，最终要走向世界，这需要反复地修改和加工提炼，对节目进行精简，在编排上做到精巧，最终以精品呈现在观众面前。

研讨会上，北京音乐、舞蹈、评论界的著名专家学者在充分肯定这部作品的创新艺术实践的同时，更深层次地挖掘和探寻了云南文化事业全面繁荣、文化产业快速发展的内在核心动力。专家认为，云南省委、省政府高度重视文化建设，云南省领导用真情做文化、抓文化，以务实的态度尽全力为文化事业和产业的发展营造宽松环境，扶持有力、措施到位，成就了云南文化的持续辉煌，为全国提供了可资借鉴的宝贵经验。

舞蹈艺术　杨丽萍“土风”的创新

“《云南的响声》是生活的交响、生命的颂歌。”杨丽萍的老师、中央民族歌舞团著名编剧张苛一语直击杨丽萍舞蹈艺术的本质，认为杨丽萍总在“土风”中创新，用土的符号在变化发展。如“太阳雨”这一场，把装置艺术、行为艺术等用活了；“催生”在舞台上是很难表现的，杨丽萍托起了生命的快乐，以死换生，表现手法充满奇思妙想；“醉鼓”很难让人想象是女性导演出来的，生命与鼓的交融令人流泪。张苛还说，著名编导张继钢让他代为转达：“杨丽萍是奇才，她的艺术不仅独特而且格调、品质很高，我希望杨丽萍永远跳下去，我会是她永远的观众。”

中国音协分党组书记、常务副主席徐沛东说，云南给他的惊喜一个接着一个。在“响声”中，他又一次看到杨丽萍扎根红土地的潜心挖掘，而不是简单地把民族语汇和肢体语言进行堆积罗列。“我是第一次见到这么多响声融成一种交响，不加修饰地对生命进行赞扬和歌颂，连野性也带给我感动。”这部作品是红土地散发的芳香，有很强的艺术冲击力，如果杨丽萍和她的团队心里没有忘我的表现和投入，就达不到这种与众不同的艺术境界。

在中国舞协副主席、原中央民族歌舞团团长李毓珊看来，《云南的响声》是云南走在时代前列的最强音，也是和谐之音，“响声”歌颂和渲染了我们这个时代，让人感到特别振奋和感动。我们的时代标志就是创新，她发挥奇思妙想，在人们司空见惯的地方发现美，就是创新。演出的每一个片段都有红土地的烙印，响声与音乐、色彩浑然一体，构成了一个和谐画卷，显示了杨丽萍的胸怀、气度和丰富的积累。

中国艺术研究院舞蹈研究所研究员江东认为，《云南的响声》真正做到了“别开生面，巧夺天工”。杨丽萍在这部新作上的创作和表演，已达到“天成”，自然、流畅，而且从中能看到杨丽萍从一个表演艺术家到编导的成功转型，把自己放到了一个和谐的氛围中，是在云南文化氛围中的一个整体的展示。“响声”是部一气呵成的艺术精品，每个片段都有国际眼光，可以打动世界上任何的观众。著名音乐人陈哲认为，“响声”是音乐的一部分，来自云南边陲大山田野里的大自然响声，要彻底放大，并做到张弛有度，演出中的服装、音乐、舞蹈都要有丰富的变化。

核心动力 云南省“真情”待文化

与会专家均长年关注云南文化建设，甚至是积极参与其中。对于云南在民族文化强省建设中不断涌现出的一个个丰硕成果，专家们认为，如果不是云南高度重视文化事业和文化产业的繁荣发展，用真情做文化、抓文化，是不会取得今天的成绩的。

徐沛东说，云南在连续几届青歌赛上都给全国带来震动。不久前结束的全国流行歌曲创作大赛中，共有27000多首歌曲参赛，云南在3个一等奖中就占据两席。中国聂耳音乐（合唱）周意义重大、轰动全国，受到了中央领导的高度评价。这是云南对中国文化事业、文化产业的贡献，值得深入思考。云南省领导对文化建设的支持不是停留在口头上，就像对杨丽萍的民营文化企业“一路开绿灯”，这样的扶持是实实在在的。可见，云南省委、省政府在把文化艺术精品力作推向市场方面付出了大力气。

李毓珊盛赞《云南的响声》是云南和谐的“响声”，云南省领导如果不真诚对待艺术，云南不可能持续涌现出一个又一个优秀作品。云南文化产业发展呈现的不仅是一个点，而且是一个面，且在“大面”中又有“亮点”，取得这样的成就，关键在于云南领导层真心实意地对待文化，而不仅仅把它当作政绩。如果说杨丽萍是用生命在跳舞，那云南省领导则是用情感、用生命在抓文化，这一点非常令人敬佩。

“向杨丽萍致敬！向所有演员致敬！向云南方方面面的领导致敬！”著名音乐评论家金兆钧表示，目前国内很多省份都提出要建设文化大省，但云南的文化真正做到了可持续发展，是按照科学发展观来做文化。云南为艺术家提供了宽松稳定的创作环境，并在政策、资金等多方面给予大力扶持，云南文化战略思维的高度及其具体行动的落实，通过近年来取得的一系列令全国瞩目的成绩得以证实。金兆钧同时表示，他不久前在北大为演出经纪人专门举办的进修班上，就是以云南为例讲解文化产业发展的有关问题。

延伸思考　云南有责任作“文化引领”

著名作曲家、北京电影学院党委副书记王黎光谈到，从《云南的响声》中看到了云南民族文化创新的艰苦探索和民族文化传承的时代张扬。如今，不论从话语体系还是艺术形式方面都需要一种引领，要成为社会的主流，才能做艺术作品的主创，最终成为文化发展的主宰，云南要有在全国做文化引领的责任感。可见，专家们对云南文化发展的前景充满了更多的期待。

会上，与会专家们一致认为，云南省高度重视文艺人才、大力扶持文艺创作、大胆开拓文化市场、全力打造文化品牌、发展文化产业的经验和做法，为全国提供了借鉴和启示。徐沛东说，如今提倡构建文化市场、打造文化产业，政府领导做什么、怎么做特别值得深思。真要有一大批像云南这样的领导，为艺术和艺术家服务，甘愿做铺路石，当下的艺术创作、艺术产业发展的环境会更好。感谢云南给予我们文化产业发展、文化市场开拓的启迪。

从杨丽萍创作的角度来说，她的这部作品真实、真情，这种求“真”的艺术态度，在当今的文艺创作、文艺市场中是值得大力弘扬的。此外，《云南的响声》文化传播有限公司作为民营文化企业在体制机制方面的创新，同样值得我们学习，《云南的响声》从一开始就进行完全的市场运作，对于发展文化产业有着很好的借鉴意义。从《云南映象》到《云南的响声》，舞蹈中的演员个个都是艺术家，有的是从放牛娃变成了艺术家，在舞台上把自己的艺术才能都奉献出来了。杨丽萍在自身超越的同时，把农民孩子的艺术才能充分挖掘出来，用艺术张扬了人生的追求，显示出民族艺术旺盛的生命力。王黎光表示，音响和音乐是有着本质区别的，《云南的响声》能够把生活中随处可见的音响变为艺术形式，这种探索非常艰难，在这一点上，杨丽萍给很多人做出了榜样。"响声"的艺术语言适应了现代的时代发展，与艺术的回归相碰撞，与当代艺术审美的价值取向相吻合，用国际化的手段把民族元素很好地进行了提炼和发挥，因此，杨丽萍的创造，对于云南的艺术创作是很好的借鉴和风向标。

《吴哥的微笑》柬埔寨首演

由云南文化产业投资控股集团精心打造的大型史诗剧《吴哥的微笑》，2010 年 11 月 27 日在柬埔寨著名旅游胜地暹粒省吴哥首演。该剧将以商业运作的方式长期驻场演出，这标志着云南省文化体制改革，特别是国有文艺院团转企改制进入了新的阶段。

文化部部长蔡武、文化部外联局局长董俊新、国家文物局副局长童明康、中国驻柬埔寨大使潘广学、柬埔寨暹粒省议会议长陈索菲，以及中柬两国文化艺术专家及来自世界各地的观众共400余人观看了首演。

蔡武对《吴哥的微笑》给予了高度评价和充分肯定。他说，《吴哥的微笑》是一台能够再现吴哥窟伟大历史的优秀作品，是一台能够艺术再现柬埔寨悠久文化的歌舞史诗，也是云南推进民族文化强省和中国面向西南开放桥头堡建设战略、实施文化“走出去”战略跨出的坚实一步，是国有文化艺术院团转企改制后面向市场开辟的新的道路。

《吴哥的微笑》是中柬两国共同打造的第一个文化合作项目。整台演出由“序·问神、辉煌的王朝、复活的众神、搅乱乳海、生命的祈祷和尾声·吴哥的微笑”6个章节构成。

作为云南省文化体制改革的重要成果，于2009年末组建的云南文投集团在拓展投融资渠道、打造舞台艺术精品、推动文化产业发展等方面已取得了明显成效。集团下属企业云南省杂技团有限公司打造的大型杂技晚会《雨林童话》于2010年在法国进行了为期四个半月的巡演，门票收入达1000万欧元。这是省杂技团有限公司首次与最具实力的国际演出公司合作，独立组团打入欧洲主流杂技市场，从而成为云南省文化产品“走出去”的又一成功范例，已经演出近4000场。

云南文化建设工作大会

2010年12月19—20日，云南省委、省政府在昆明召开全省文化建设工作会议。会议全面总结了近几年来云南省文化建设取得的成绩和经验，深入分析面临的形势和任务，提出了贯彻落实党的十七届五中全会精神，推动云南文化大发展大繁荣的新思路和新举措。会议要求，全省干部群众要进一步统一思想、提高认识，加快文化改革发展步伐，努力开创云南民族文化强省建设新局面。

这是改革开放以来，云南省召开的规模最大、规格最高、具有开创性的一次文化建设工作会议，是一次统一思想、开拓创新的总结会，是一次真抓实干、谋划未来的动员会，也是一次紧凑高效、全面深入的鼓劲会，在云南文化建设史上具有里程碑式的意义。

会议的主要任务是落实中央关于推动文化大发展大繁荣的战略部署，认真学习贯彻胡锦涛同志在中央政治局第22次集体学习时的重要讲话精神，中共中央政治局常委李长春，中共中央政治局委员、中央书记处书记、中宣部部长刘云山在云南考察时的讲话精神，加快文化改革发展步伐。他说，近几年我省文化建设取得了显著成绩，思想理论建设取得显著成效，文化体制改革取得重大突破，公共文化服务体系日益完善，文化综合实力迈上新的台阶，文艺创作持续繁荣，文化影响力不断提升，文化资源保护不断加强。在推进文化建设中，我们积累了宝贵经验，就是要始终坚持把文化建设摆在全局工作的突出位置，始终坚持以人为本，始终坚持改革创新，始终坚持把社会效益放在首位，始终坚持统筹兼顾。

会议认为，在充分肯定成绩的同时，我们也要清醒地看到，云南省文化建设水平与文化资源大省的地位还不相称，与建设民族文化强省的目标还有很大差距。因此，各级领导干部要深刻认识加快文化改革发展的重大意义，切实承担起推动云南文化大发展大繁荣的历史责任。下一步全省文化建设工作要创新发展思路，突出工作重点，在民族文化强省建设上取得新进展。

把推进社会主义核心价值体系建设作为根本任务，巩固各族人民团结奋斗的共同思想基础；把改革创新作为强大动力，不断增强文化发展活力；把完善公共文化服务体系作为主要着力点，保障和改善群众的文化民生；把培育战略性文化支柱产业作为重要突破口，不断增强云南文化的综合实力；把促进文化精品创作生产作为努力方向，为群众提供更多更好的精神文化产品；把推动云南文化“走出去”作为桥头堡建设的重要内容，加快融入世界文化创新的发展空间。

会议要求，各级党委、政府要切实增强推动文化大发展大繁荣、建设民族文化强省的使命感和紧迫感，认真落实好中央和省委、省政府的决策部署，着力提高领导文化科学发展的能力和水平，加强组织领导，健全保障体系，加强人才队伍建设，营造浓厚氛围，为推进民族文化强省建设提供有力保障。

会议明确了当前和今后一段时期云南省文化改革发展的总体思路、主要任务和工作要求，各地各部门要深刻领会、认真落实。他指出，一要突出优势、明确重点，全面推动云南文化大发展大繁荣。各地各部门必须进一步认清形势、扎实工作，以新的文化视角，全面把握文化的先进性、公益性、产业性和民族性，重点抓好“六个一批”工作。加快建设一批公共文化基础设施，加快重大标志性文化设施、城乡公共文化工程项目的建设，加大公共文化服务和产品供给力度，抓好公共文化设施的综合利用；培育壮大一批骨干文化企业，着力推进文化产业结构转型升级，重点突破和发展具有云南特点和优势的广播影视、新闻出版、文化演艺、文化旅游、休闲娱乐、节庆会展、珠宝玉石、民族民间工艺、茶文化和体育等产业门类，集中建设一批文化产业园区和基地，积极实施大项目带动战略，培育壮大一批有实力的文化企业，加强文化市场体系建设；重点扶持发展一批特色文化产品，大力推出影视产品，持续打造演艺产品，塑造新时期“七彩云南”“茶马古道”“香格里拉”“聂耳音乐”“边屯文化”等知名云南文化品牌，加强对各级各类文物和非物质文化遗产的保护；着力推进一批经营性文化事业单位改制，继续深化完善已转制单位的改革，加快重要新闻媒体经营性部分的剥离和转企改制，加快文艺院团改革，加快推进各地经营性文化事业单位转企改制工作；精心策划一批特色鲜明的文化活动，多渠道营造“文化云南”的良好氛围；积极推进一批对外文化交流合作项目，把云南建成我国面向西南开放的文化合作交流窗口。二是转变作风、狠抓落实，努力完成云南文化建设各项任务。各级党委、政府要切实把加快文化体制改革和发展、促进民族文化强省建设，作为我省经济社会发展的一项重大战略任务，加强组织领导，加强政策保障，狠抓行动落实，努力形成齐抓共管的文化建设新格局。多渠道增加文化建设投入，制定好“十二五”文化发展规划。以改革创新的精神谋划云南文化建设，以扎实有力的行动推动云南文化发展，为建设民族文化强省做出新的更大的贡献。

这次会议是在“十一五”和“十二五”交替之际，在经济社会和文化发展呈现许多新特点新趋势、党中央对文化建设作出一系列重要部署，在省委明确提出“两强一堡”战略、云南文化建设取得新成绩的大好形势下召开的。会议系统总结了党的十七大以来特别是省第八次党代会以来云南文化建设取得的成绩和经验，深入分析了面临的形势，全面安排部署了

“十二五”时期云南省文化建设的主要工作和任务。会议规格高、规模大，内容实、会风好，收获大、信心强。

会议要求各地各部门、各级领导干部，一要进一步深化认识，树立新的文化发展观。二要进一步加大改革力度，不断激发文化发展活力。当前要抓好5个方面的改革：推动出版、发行领域率先完成全行业转企改制；尽快完成州市（县）电影发行放映单位的转企改制；积极推进国有文艺院团改革；加快推进各级广电网络传输机构的转企改制和资源整合，年底前实现一省一网；积极推进电台、电视台的合并，实现资源的节约化经营和互利共享，提高办台水平和传播力度。三要进一步坚持以人为本，加快建设覆盖城乡的公共文化服务体系。四要进一步抓好产业带动，把文化产业培育成为云南新兴战略支柱产业。力争实现全省文化产业增加值占GDP比重2015年达到8%，2020年达到10%以上；要继续在进一步推进文化与旅游、文化与企业、文化与科技“三结合”上下功夫，加快云南文化产业的发展。五要进一步打造文艺精品力作，促进云南文艺繁荣发展。六要进一步加快文化“走出去”步伐，为建设中国面向西南开放的桥头堡服务。七要进一步构建投融资平台，形成支持文化发展的多元化投融资渠道。八要进一步健全政策体系，加大对文化改革发展的政策保障力度。九要进一步推进人才队伍建设，为实现民族文化强省提供强有力的人才支撑。

云南四大文产集团成立

报业传媒、出版、广电网络、文产投资四大文产集团的成立，是云南省深化文化体制改革取得的重大成果，标志着云南省民族文化强省建设迈出新的大步。

2009 年 12 月 18 日以来，短短的 10 多天内，云南报业传媒（集团）有限责任公司、云南出版集团有限责任公司、云南广电网络集团公司和云南文化产业投资控股集团有限责任公司先后揭牌成立，在民族文化强省建设的宏伟蓝图中写下浓墨重彩的一笔。

强力推进，改革势在必行

地处边陲的云南，历来就是创造历史和传奇的地方。

早在 1996 年，云南就以不凡的气魄和超前的眼光率先提出“文化立省”战略。2003 年，云南以过人的胆识和决策，在全国较早推进了文化体制改革。近年来，云南以勇于开拓、大胆创新的思路和举措，推动云南文化建设一路走红全国、走向世界，亮点频现、成果丰硕，创造了引人注目的“云南现象”，走出了一条具有云南特色的文化产业创新发展之路，推动云南由民族文化大省向民族文化强省迈进。云南探索的民族文化建设“三创新”“三结合”经验，受到了国内的关注。

然而，在一片叫好声中，云南也清醒地认识到，建设民族文化强省必须有大集团、大项目、大品牌的支撑，而云南文化产业的核心竞争力远未形成，发展规模小、产业结构单一、地区之间差异大，缺乏在全国有真正实力、影响力的文化龙头企业。与先进省市你追我赶的改革发展态势相比，云南明显滞后了，体制机制问题越来越成为制约文化生产力发展的瓶颈，深化文化体制改革变得异常迫切和重要。

云南省委、省政府高度重视文化体制改革和文化产业发展，省委常委会多次听取工作情况汇报，进行专题研究，并做出了组建云南文化产业投资控股集团有限公司的重大决策。年初召开的一次省委常委会上强调，要抓好文化体制改革工作，把宣传文化系统作为试点进行改革，大胆突破，扎实工作，取得实效。

文化体制改革是一项错综复杂的系统工程，涉及每一个人，涉及深层次的矛盾和问题，涉及权力和利益的调整和分配。为解决思想观念认识问题，云南省委、省政府多次召开理论研讨会，组织学习有关精神，对全省各州市、县党政主要领导、省直部门主要负责人、文化企业负责人进行轮训。省发改委、财政厅、人力资源和社会保障厅等有关部门负责人，到省文化厅、省广电局、云南日报报业集团、云南出版集团等单位，深入调查，听取意见，分析问题，找准难点，进行再动员部署。

为了提供对文化体制改革的政策支持，从 2001 年开始酝酿 2002 年起草，经多方征求意见数易其稿后，云南出台了《中共云南省委、云南省人民政府关于进一步深化文化体制改革推进经营性文化事业单位转企改制的若干意见》，进一步明确了深化文化体制改革的指导思想、方针原则、总体目标和主要任务，形成了具有鲜明的云南特点的文化体制改革政策支撑体系。

2003 年 10 月中旬的云南省委常委会又专题听取了全国文化体制改革经验交流会精神和云南省的贯彻意见，要求进一步加大改革力度，明确了对各地各单位改革的具体要求。在不到一年时间内，省委、省政府如此高密度地研究文化体制改革，在云南省历史上是空前的，充分体现了省委、省政府对推进这一工作的决心和魄力。

在省委、省政府的统一领导下，财政、发改委、人力资源和社会保障、编制、税务、工商等政府职能部门积极行动，省财政厅等部门专门成立了文化体制改革工作机构，各部门确定专人负责、专门处室办理，制定专门的工作规程和具体的实施办法，主动支持和配合，为云南省文化体制改革从试点向面上全面展开创造了良好的环境。

文化产业向集团化方向发展，率先形成一批带动性强、成长性好、影响力大的文化产业集团，有利于资源整合形成整体竞争态势，力促“小舢板”变航母，真正做大做强云南省的文化产业。为此，按照文化体制改革“时间表”和“路线图”，云南省以大气魄、大手笔、大动作，有计划、有步骤地从大型国有文化单位入手，以“整体转制”“整合重组”“剥离”改制和“组建”等方式，进行前所未有的文化体制改革。

决策者的眼界决定了改革的深度和广度。一个共识在云岭大地渐渐形成：深化文化体制改革是加快发展的必由之路，只有改革才能从根本上解决问题，只有改革才能解放和发展文化生产力，让民族文化强省建设插上腾飞的翅膀。改革要涉及“深水区”，在组建大型文化产业集团和加快经营性文化事业单位转企改制等重点领域和关键环节要率先取得突破。

转企改制，重塑市场主体

12 月 18 日，在四大文产集团中率先挂牌成立的云南报业传媒（集团）有限责任公司，是由国有文化资产管理部门授权的云南日报报业集团全额出资、剥离报业集团经营性部分组建的企业法人。云南日报报业集团的文化体制改革，紧紧围绕事业单位与经营公司、新闻采编与经营业务“两分开”方面进行了卓有成效的探索。

云南日报报业集团负责人说，成立了云南报业传媒（集团）有限责任公司，掀开了报业集团改革发展新的一页。在市场主体确立后，我们要抓住我省大力发展文化产业、繁荣文化事业的契机，在经营性领域大胆闯市场，促进文化产业的发展。我们将本着主业规模化、产业多元化的发展路径，延伸产业链，做大做强集团公司。

在这一轮改革中，云南日报、云南网等集团所属报刊社、网站建立健全编委会，采编系统设立采编业务部门和采编业务岗位，确保正确的舆论导向，把办好报纸、高扬党报旗帜，巩固党的舆论阵地作为第一政治责任；经营方面，将云南日报、云南网等具有公益性质的报刊社、网站的广告、发行、印务等经营业务剥离，与集团现有的经营公司整合，组建了“云南日报报业集团传媒有限责任公司”，转制为企业，自主经营、自负盈亏。按照现代企业制度进行市场化经营，优化和整合报业资源，发展壮大报业产业。通过推进现代企业制度建设，实施“三步走”战略，完善治理结构和经营管理体制机制，谋求更大的运营空间和融资空间，获得强劲的发展动力，取得更大的发展实绩。

集团所属的非时政类报刊的改革，在 2010 年上半年完成一至两个试点单位改革的基础上，积极稳妥地推进转企改制工作。集团负责人表示，在整个集团范围内推动宣传与经营业务相对分离又相互促进，既保持新闻媒体事业单位的性质，保证党委、政府对新闻媒体的领导和调控，为经营业务提供内部支撑，创造优质经营载体，又通过媒体公司的企业化运作，在市场竞争中做强做大，更好地支持新闻宣传事业的发展。

2009 年 12 月 23 日，云南省第一家整体转制为企业的文化产业集团——云南出版集团有限责任公司挂牌成立。这次改革是云南出版集团发生根本性转变的标志性事件，是云南出版史上的重要一笔。

纳入这次整体转企改制的包括集团公司所属全部经营性文化事业单位，即总部和所属 5 家图书出版社、1 家报社、1 家期刊社，共 8 个经济实体，因此是一次真正意义上的公司化体制改革。集团所属全部经营性文化事业单位，全部取消事业法人资格，重新注册登记为企业法人，所有员工一次签订企业劳动合同，转换身份，转制后将完全按照公司法的要求进行运作。

作为经营性出版单位，通过建立现代企业制度、完善法人治理结构，形成真正的市场主体，才能运用市场调控手段和资源配置功能，不断拓宽市场发展空间。

云南出版集团自 2005 年初成立以来，不断发展壮大。2008 年底销售净收入达 28.15 亿元，实现利润 2.03 亿元，资产总额 27.97 亿元，位列全国服务企业 500 强第 288 位；云南省百强企业第 21 位。在全国 39 家出版集团、大社名社中的排位：总资产列 13 位，销售收入列 11 位，利润总额列 16 位。正是基于企业近年来取得了长足的发展，让云南出版集团公司在这一轮的改革中占得先机，根据省里针对不同改革单位给出的相应政策，凭借自己的实力有效解决了离退休职工的福利问题。

资源整合，开创未来新篇

资源整合才能形成整体竞争态势，做强做大云南的文化产业。要打破按地区、按行业、按部门分配资源的方式，使优势资源发挥最大效益，甚至让优势资源通过产业化运作变为资本。

2009 年 12 月 27 日，云南广电网络集团公司挂牌成立。由云南广播电视信息传输网络股份有限公司、昆明广播电视网络有限责任公司、云南电视台 3 家具备独立法人资格的实体共同发起，并先期共同以现金出资注册成立云南广电网络集团有限公司。该公司成立后，将按照中央关于“一省一网”的要求，在 2010 年内对云南广播电视信息传输网络股份有限公司、昆明广播电视网络有限责任公司、云南数字电视有限公司、丽江市有线电视网络有限责任公司实施资产、债务、人员的整合重组，按现代企业制度的要求，形成统一管理、经营、标准的集团化新体制，成为真正意义上的企业集团、法人主体，实现“全省一张网”。

云南广电网络集团有限公司成立后，将加快推进有线电视数字化整体转换工作，到 2011 年全面完成全省县级以上城市有线电视数字化；加快传统有线电视网向下一代广播电视网的转型，积极构建多媒体综合信息服务的业务平台和运营体系。通过努力，集团公司将最终实现由小网向大网、由模拟向数字、由单向向双向、由用户看电视向“用电视”的转变，实现从传统的有线电视接入商，向以视频业务为主导、多业务融合为支撑、适应“三网融合”发展需求的多媒体综合信息服务提供商转变。

刚成立的云南文化产业投资控股集团有限责任公司，在“起航”伊始便有了清晰准确的定位：云南省文化建设的最大融资平台和投资主体；云南文化产业增量的载体和提高质量的平台；打造云南面向东南亚、南亚的“文化高地”，成为云南文化“走出去”的纽带和桥梁；云南省文化体制改革和文化产业整合的推动者和载体。公司通过资本运作，放大投资效应，发挥政府投资主体作用，拉动社会投资规模化增长，积极开发优质资源、盘活存量资产，加快全省文化产业重大项目建设，促进文化艺术产品更新换代和产业结构调整优化。

投资控股集团公司近期将按照“一园二区五基地”进行文化产业园区的投资开发和资源整合，推进文化基础设施项目建设，成为云南文化产业发展的重要基地和文产企业成长的“孵化器”。集团的发展战略和思路引起了省内外金融机构和大企业的高度关注，2010 年初已有中行、工行、农行、建行、招行、交行等商业银行对集团授信超过 300 亿元。一批大企业和地州市将参与集团二级企业的组建、整合、重组。一个投融资渠道多元化、经营机制多样化、投资主体多元化、资本运作方式多样化、跨地区跨行业经营的大型文产集团，将成为云南省由民族文化大省向民族文化强省建设发展的生力军。

四大文化集团的成立，为云南省文化建设、文化体制改革和民族文化强省建设带来灿烂的美好前景。

“文化云南”，前景美好，一定能够续写辉煌！

文化人物

前进颂
第一篇章 爱国之情

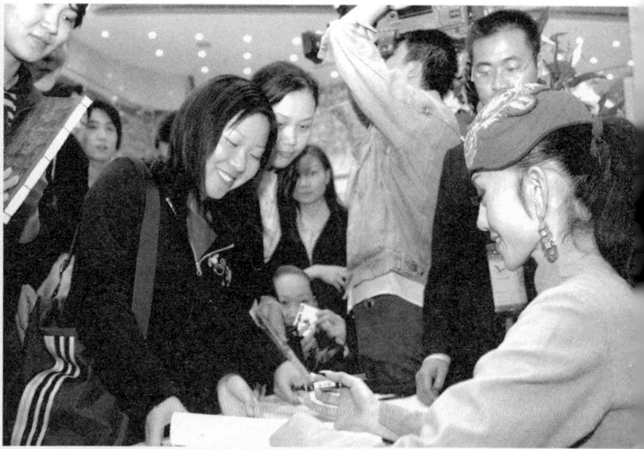

2009年6月12日晚，人民大会堂内华灯辉映、国旗招展，伴随着雄壮激越的《义勇军进行曲》，首届中国聂耳音乐（合唱）周开幕式大型文艺晚会《前进颂》拉开帷幕，同时奏响了迎接新中国成立60周年大庆的序曲。

《中华人民共和国国歌》的曲作者聂耳是云南玉溪人，他是优秀的无产阶级革命战士，是无产阶级革命音乐的先驱和新音乐运动的奠基者，是中国共产党的优秀党员和先进文化的杰出代表，是伟大的人民音乐家。首届中国聂耳音乐（合唱）周，是经中宣部批准并列入国家庆祝新中国成立60周年系列文艺活动的一个重要项目。这是继2008年奥运会云南元素大放异彩之后，又一次集中展示云南民族文化强省艺术魅力的盛大演出，也是云南各族儿女献给新中国60华诞的节日盛礼。

《前进颂》作为国家60周年庆典的晚会，高扬爱国主义旗帜，弘扬聂耳的爱国主义和创新精神，彰显聂耳的时代价值，以题材和内容的唯一性、作品与形式的震撼性、原生与再现的轰动性，将注定它会以一种特殊的记忆方式，写进中华人民共和国60年大庆的辉煌史册，写进云南音乐文化创新发展的历史篇章。

晚会分为“爱国之情”“报国之行”“强国之志”3个篇

章。我国著名音乐作曲家孟卫东以聂耳创作国歌的经历为背景，为本台晚会专门谱写的交响大合唱《国歌颂》大气磅礴、撼人心魄。大合唱邀请到了来自中国武警合唱团、中国广播合唱团、老战友合唱团、文化部老艺术家合唱团、中国逻大航空服务学院合唱团以及云南师范大学合唱团的近千名演员共同演绎。激昂的旋律和气势磅礴的歌声博得场下观众的热烈掌声。

作为国家级庆典晚会《前进颂》，以人民音乐家聂耳精神为旗帜，以爱国主义和时代精神为主导，以大型交响乐音诗画的艺术风格，从多个侧面集中展示出国歌中蕴含的民族精神、爱国热情和鼓舞人心的强大力量。整台晚会明星荟萃、气势恢宏，大合唱、交响乐音诗画、歌舞等节目在晚会中相互交融，呈现出史诗般激昂厚重的艺术质感，既观照历史、辉映当代，又启迪未来。

一、关肃霜：西南艺坛第一人

气势恢宏的中国第 3 届艺术节徐徐降下帷幕的第 3 天，春城昆明还沉浸在节日喜庆的气氛中，不料一代京剧表演艺术家关肃霜突然逝世，艺坛内外一片愕然：中国京剧艺坛上空一颗璀璨耀眼的巨星陨落了！

最后的谢幕

关肃霜每次演出后，总有长长的谢幕，总有收不完的彩头，一阵盖过一阵的掌声，蜂拥而来要求签名和留影的热情观众。而 1992 年 3 月 6 日凌晨，她人生舞台最后的谢幕，却是在宁静的深夜，没有惊动和打扰任何人，也没有拖累朋友和亲人：悄悄地趴在她卧室的地上，右手伸向前去，左脚蜷着，头无力而僵直地垂在地上，一只镜片飞落出去。

当女儿巧玲和 4 名记者撞开门，女儿扑上去扶妈妈，才发现她全身已经冰冷了。这位在舞台上英姿勃勃、气盖山河的一代京剧表演艺术家，把一生所有的精力交给了酷爱的舞台和热爱她的人们，而离去时，却再也没有一点气力为自己侧一侧头。疾病突发，她窒息了，终年 64 岁。

她仍穿着练功裤，是不是应验了她生前的话“我要死在舞台上”？

女儿巧玲慢慢地给她理着身子，一边轻声地说：“妈，我把你的手给伸直了；妈，我把你的腿给伸直了！”女儿万万没有想到一早醒来，朝夕相伴的母亲会突然离她而去。

当姐妹们为她洗换时，发现她小腿和腹部，还留着练功时打伤的青一块紫一块的痕迹，内衣、内裤全都通洞了。在她的衣柜找不到一套新衣入葬，姐妹们再也抑制不住悲痛的感情，失声痛哭。

突如其来的沉痛消息，使全国熟悉她的戏迷、观众，她一生挚爱的云南大地震动了，连最普通的市民也怦然心颤，在大街小巷、社交场所、办公室、饭桌上，人们猜测着、议论着、关注着，不敢相信前几天还在舞台上挥剑起舞、威风凛然，头天晚上电视中还在踢打翻飞、歌喉嘹亮的关肃霜，一夜间就消失了。

只有在京剧院当资料员，又是关肃霜的“秘书”和“保健医生”的女儿巧玲最清楚：妈妈的死，是累的。

艺术节期间，关肃霜整日整夜地奔忙着排练、演出、观摩剧目、参加各种社会活动，超负荷地运转，使她精疲力竭。然而，规模宏大、令人振奋的艺术节在云南举行，使“老年人不疼，年轻人不爱”的寂寞的京剧艺术再展雄风和魅力，这给“宁肯累死，也不愿闲死”的她，注入了生命的活力，感到好长时间没有过的兴奋和充实。她以抑制不住的生命激情，四处奔忙，看似矫健实实已老迈的身影为京剧艺术奉献着最后的光芒。

4 日那天，观摩演出回来的她，右眼忽然发红，在女儿巧玲的催促下，她第二天到盘龙医院检查。她看病回来后若无其事地对女儿说：“医生说啦，有点轻微老年白内障，轻微的。”却把医生说的眼底出血，请她到另一所医院找医生检查的嘱咐隐瞒了。她太好强、太怕女儿为她担忧了。

五日中午 1 点，她刚躺下午休，北京京剧院、山西晋剧院的两帮人马接踵来访，女儿巧玲只好把睡得迷迷糊糊的妈妈唤醒。正谈着，又来人把她匆匆接去参加昆明市妇联提前举办的“三八”联欢会。嗓子沙哑、累得上楼都要歇气的她，原说好只舞舞剑，却还来了个下腰的高难度动作：双手舞着剑，身子后仰几乎着地，最后余兴未尽，还演唱了《今日痛饮庆功酒》，那“甘洒热血写春秋”的豪迈激情，把观众烧得热血沸腾。

像往常一样，她演出和工作后到幼儿园接心爱的外孙龙儿，高高兴兴地买回卤菜。晚上吃饭时合家而坐。“拿酒来！”她豪气十足地说。女儿劝阻。“艺术节忙完了，怎么不喝？喝！”她故作不满的样子，可脸上和起伏跌荡的语气中，分明洋溢着欣慰和满足。两杯酒后，她渐感体乏，说：“哎，我好乏啊，要睡了！”巧玲关了灯，正要去关电视，“别关，别关，我还要看一会儿。”巧玲习惯性地轻轻把门关好。她怎么也想不到这就是与母亲的最后永诀。

谁也没想到她走得这样急，她身体硬朗，性情豪爽、幽默。前不久，当与她合作几十年的老搭档宋东宝看她练功玩命，劝她注意身体时，她还自豪地说：“我武家出身，血压不高，心脏又正常，五脏菩萨庙修得好，死不了！”

她除了有点胆结石外，做过一次心脏跟踪观察，证明良好。一次开会，她吃了几碗饭后，还又吃馒头又吃稀饭，同桌的侯宝林惊讶地说：“关肃霜啊，哪是唱花旦的，简直就像唱花脸的。”她笑得开心极了，常对人说起这段趣事。

而她去世后，巧玲收到妈妈过去的朋友、现居美国加州的友人的来信，信中说“你妈妈在信中常说头疼”，女儿才知好强的母亲是以怎样的爱心，忍耐着病痛瞒过女儿和家人，是以多么顽强的精神，抗拒着病魔的折磨，坚持着艺术的追求啊！

她曾对女儿开玩笑说，死时她去跳海，而当知道吃喝拉撒和垃圾秽污通过水管流到海里时，她又说海太脏了，还是火葬好，骨灰可以撒到长江流回老家湖北汉口。

原来，她心中有一片洁净的伊甸园，她的原名“鹔鹴”，是西方的神鸟（因这两字印在节目单上常成黑疤，又有人读成“关鸟鸟”而改现名）。神鸟是圣洁的，而今这只神鸟，飞走了，永远地飞走了！

云南大地的怀念

西南京剧界的台柱轰然倒下了，人们再也看不到自己喜爱的表演艺术家演出了，春城人民永远失去了一位品德高尚的女儿。

地处昆明闹市中心的宝善街 213 号省京剧院，平时京腔响亮，锣鼓铿锵，而今一片寂静。人们轻轻地交谈，轻轻地行车，生怕惊动了为京剧劳累了一生的关院长。

司鼓宋东宝老人听到关肃霜去世的消息，如被人当头一棒，双手打战，多少天他都觉得五脏六腑堵得透不过气来。在关肃霜去世那天的日历上，他打上框，把关肃霜的相片端端正正地放在桌上，一旁摆着老关喜欢的四川酒和云南的红梅烟，两小碟水果。他一人常常守夜独坐，蜡烛整天整夜燃烧着。

“哎！”听到他那发自肺腑的痛切之声，我不由心抖。“我哪是祭她，是祭我的心哪！死者不知，生者有意，多好的一个人！老天不长眼，我比她大 3 岁，应该我去死，留下我有什么用，京剧需要她啊！”

人们纷纷涌来了，票友、朋友，不相识的工人、教师，粮店的、肉店的、卖米线的，退休老人、从乡下百里以外赶来的农民，一批批一群群来到卧室看望她，不少人捶胸顿足，哭昏过去，被抬下楼……

150 多辆小汽车、大客车、出租车，以及成群结队的自行车，源源不断地驶向昆明殡仪馆，人们自发地拥向殡仪馆，6000 多人的长长队伍迟缓而沉重地走向躺在鲜花和松柏丛中的关肃霜。她依然那样安详而美丽，像过分劳累而静静入眠。饱受中国古典文化熏陶的京剧院的 100 多位同志，以古老而沉痛的方式，“扑通”一声跪下去，痛悼自己的好老师、好大姐、好伙伴，一代光芒闪耀的表演艺术家。

通往火葬场的路上，群众纷纷伫立着，目送心爱的艺术家缓缓离去。

她热爱的云南大地，以空前的规模，送别一位为云南和中国京剧贡献了一生的高原女儿。

不解的姻缘

1929 年，关肃霜出生于湖北汉口。关肃霜曾对一位海外作家说过：“对昆明我是一见钟情，但怎么也没想到一住就是 40 多年。云南错爱，不肯放人——这是缘分嘛！”既而有些动情地说：“我还真爱上云南了，要我走，我也舍不得！”

她被云南化了，爱吃辣椒，每天早点吃卷粉，外出前要吃小锅米线，下飞机要吃过桥米线。

说到她和云南的缘分，还有一段鲜为人知的往事。

京剧从清末民初传入云南后，内地京剧艺人不断到云南演出，而云南很少有戏班，更没有名角。是关肃霜到云南后，才发展了云南的京剧，因而有评论家说：“云南京剧的历史，就是关肃霜的历史！”

那是 1949 年，关肃霜从长沙到昆明演出，一夜之间云南和平解放了。国民党军官劝她去台湾，她不去；朋友劝她去新加坡，她说：“去外国当个哑巴干什么？而且奶奶和妹妹都在昆明无人照料。”这样，她便成了解放后的云南人。

不久，武汉中南局宣传部派人陪同她父亲到昆明，要挖回武汉人才。情有独钟的关肃霜不但不走，相反劝父亲留下，并把母亲接到昆明定居，一住就是43年。

记得关肃霜初次上北京，参加新中国成立10周年戏曲会演时，观众认为云南乃蛮荒之地，不相信有人会唱被称为“国粹”的京剧，一看她演出的《白蛇传》和《多沙阿波》，炸了锅了，想不到云南会有这样的人才，唱、念、做、打，绝妙出奇，而人又俊气灵秀。古老的京剧舞台上出现了她扮演的少数民族艺术形象耶芝，令人耳目一新。

周总理似乎从她身上看到京剧改革的苗头，把她请到家里做客，鼓励她说，边疆受传统束缚较少，京剧改革很有条件，希望她闯出一条新路。

关肃霜很受鼓舞，回云南后深入景颇山体验生活，从民族生活和题材中，寻找京剧改革的活力。《黛诺》在全国京剧现代戏汇演上出现了，黛诺那粗犷、野生的景颇姑娘形象，使首都京剧舞台为之一震。这个戏大胆吸收了民族、地方戏素材，与传统演唱水乳交融的优美唱腔，成了北京和全国戏迷都爱吟唱的段子。

她到大江南北巡回演出，观众对她非凡的表演如痴如醉。在上海，沸腾的观众连连高呼：“世界第一，独魁。”在香港，《文汇报》称她是“京剧怪杰”。

继在苏联演出《打焦赞》和《泗州城》获金质奖章后，她先后4次到东德、西德、法国、意大利、奥地利、瑞典、罗马尼亚等国演出，大获成功。在法国议会大厦的演出，使异国形成了“中国热”，大街上和华人饭店、旅馆中贴满了她的各种剧照。

她的艺术达到了辉煌的高峰。

她热爱云南，又不偏执一隅、夜郎自大，而是广求名师、博采众家，将精华熔于一炉。她到全国各地观摩学习，到中国京剧院进修，向李少春学超凡的全能功夫，向张美娟学“打出手”。早年拜戴绮霞为师后，又走入京剧大师梅兰芳的门墙。卓越的天赋和“玩命”的拼搏，使她终于练就十八般武艺，她那独具魅力的演唱和文武兼备、刚健妩媚的表演，进入一种出神入化的艺术境地，形成别具一格、独树一帜的艺术风格，越来越多的人认为，她已创立了京剧“关派”艺术。

1980年，她主演的《铁弓缘》拍成彩色戏曲片在全国放映，引起巨大反响，并获第3届电影“百花奖”最佳戏剧片奖。她的声望越来越高，当选为中国戏剧家协会副主席。

“你早就大名远扬了，还待在山旮旯里干吗？”一次出外开会，一个福建朋友问关肃霜。她用云南的一句土话说：“金窝银窝，比不上自家的狗窝。我这样‘红’，是云南的观众捧起来的，我不能忘恩负义，拍拍屁股就走！”她朴实的话中，充满了对云南这块土地的深情。

然而，有一次她真的走了。

那是“文化大革命”时期，她爱人被隔离审查，生性开朗的关肃霜变得沉默寡言了。她虽然仍上台演出，但观众发现她的眼神有些呆滞，不如从前有神韵。正在这时，江青下令把她调到北京，扮演《红色娘子军》里的连长。

她去北京了，总觉事事不顺心，憋气而苦闷，常想起临走前，昆明观众一听她要走，就挤着买票看她的演出，几乎哭着挽留她的感人情景。她想念在昆明的亲人，想回云南，可又不敢向江青提出，她憋得难受。一天，她到中国京剧院对门的小馆子里喝了一瓶“二锅头”，趁着酒劲，挥笔给江青写信要求回云南，贴上 4 分邮票，把信往信筒里一扔。没想到几天后，江青派人来说：“不想在，就回去吧！”仅仅两个月，她又回到了深深眷恋的云南。

事后有人说她觉悟高，敢与“四人帮”对着干，她直爽而风趣地说：“不是觉悟高，我老关是凭着酒气，歪打正着，命中有福！”众人大笑。

“我好穷哎”

关肃霜是个喜欢花钱的人，钱不出手“会在口袋里跳舞”。一次她兴冲冲地买回一个炉子，到家一看傻了眼，和家中的两个一模一样。巧玲说妈妈是个“马大哈”。

她的钱不够用，常感叹：“我好穷哎，光顾了吃，就忘了穿了。”的确，她是穷。她那搬进不久的新卧室里，没有地毯，只有老式衣柜，简易的梳妆台，一台小黑白电视机，一盏备用的锃亮马灯。

她也确实“讲究”吃，见菜不合口味，会摔筷子，扯开嗓说：“就这么打发我呀，我不吃。”一副孩子般赌气样。

她穿着朴素，一是习惯，二是为了省钱。她去世的前一天，天气很热，一个细心的朋友发现舞得满头大汗的关肃霜却不脱外衣，一问，她神秘地一笑：“里面的通洞了，一脱不就露馅了？”

而过去昆明人说她很有钱。

解放初，她延续过去的工资 1500 元，怀着对新中国的一片赤诚和支持祖国建设的心情，她先后 5 次主动提出降薪。从 1500 元降到 450 元后，她又要求主管部门按文艺级降工资。主管部门给她报文艺一级，她却固执地要求二级，说是这样才有个奔头。这样，工资又降到 280 元，1980 年晋升国家一级演员后，她的工资才晋升到 355 元。

“可她‘乱’花钱。”巧玲这样说。她是云南家喻户晓的人，乡下农民进城看病没钱找她，三十五十地给出去，剧团里有的人没钱向她“借”，她不说话就借给人家，结果有去无回。

她花钱虽“马大哈”气十足，却常常很有心。到天津演出，她得补助 500 元，全分给乐队成员。与她合作 30 多年的琴师周明义，知道武戏累身、文戏累心，这钱是她用心血挣来的，而且她也有应得的一份。关肃霜 3 次塞钱给他，他　次次推回，关肃霜生气了：“你要是不收，我跪下给你磕个头咯行！”真情打动了周明义，他感激地收下了。到漫湾演出，关肃霜又把补助费 200 元平分到演员身上。

对危难者，她更是慷慨地付出一片爱心。

云南楚雄中学生蔡彬患肾功能衰竭，亟须社会伸出援助之手。她去看望蔡彬，紧紧地握住她的手问寒问暖，鼓励她战胜疾病，她的微笑像阳光一样温暖了蔡彬的心。走时，她留下 100 元钱。而今关肃霜去世了，蔡彬却在关肃霜的爱心中活了下来。

巧玲至今印象最深的一件事是，她有心收集了不少母亲的素材，准备与人合作写母亲的传记。左磨右蹭说好了，并写了大半部《关肃霜传》，可母亲 1987 年开完人代会回来，忽然变卦了：“中央提倡要过几年紧日子，不要写了！”女儿与她说理，关肃霜发火了：“文化厅穷得叮当响，出书要向省里要钱，这不是找麻烦吗？”

巧玲从未见母亲这样动过火。“她给别人钱那么大方，而向国家要点钱，又那么小气。这样的人，当今社会有几个呢？”

“活菩萨”和“关青天”

关肃霜的遗像上方有一副挽联：“吃一人饭操百家心，管千家事慰万人情”。

一个名叫杨楚善的老工人，痛哭着向人们讲起关肃霜的恩情。他的儿子大学毕业后分到昆明一家工厂工作。正是青春好年华，不料患上了白血病。无法治疗的本地医院，让他把儿子转到天津一家著名的医院，而那家医院需要 4 万元医疗费才能接收。

他儿子所在单位想尽办法筹集了 3 万元。家境贫困的杨楚善急得心似火烧，拖延就意味着儿子更快地走向死亡。救儿心切的老人，忽然想到素不相识的关肃霜，听人说她心善、乐于助人，便抱着试一试的心理，写信向关肃霜求援呼救。

关肃霜为这位老人的心声打动了，马上写信给天津的学生、朋友，请他们设法帮忙，又急匆匆地去找云南省歌唱演员杜丽华。杜丽华也立即向天津的亲人救助，终于在天津找到了帮忙的人。

关肃霜即刻写信给杨楚善，叫他把儿子送到天津治疗。临行前，关肃霜还把 100 元钱塞到老人手上。杨楚善的儿子终于在 1990 年 2 月住进了那所医院。

关肃霜心地善良，性格中还有一股豪气。巧玲怕和她上街，有人打架，她会不顾年老，冲上去站在两人之间拉架、劝阻。自行车碰撞发生争吵，她出来评理。对不听劝止的人，她还会骂人呢。巧玲说她像个义务治安警察，她神气地说：“我是人大代表，怎么能不管呢？”

一天晚上 11 点多，关肃霜从震庄演出回来，忽见几个人和剧团守门的小杨打架，她大声呵斥，劝开架后，见小杨头破血流，又心疼又生气，拿出身上所带的 25 元钱给小杨，并派人送小杨去看伤。

她回到家中洗完脸后，若有所思地披上毛巾，喃喃自语：“把人打成那样，都是娘生父母养的；流了那么多血，太可怜了，我得去看看。”女儿告诉她 12 点了，她不出声地拿了一盒人参、一盒巧克力走了，巧玲赶忙追出去。关肃霜没走几步又敲开了巧玲妹妹的门，问有没有红糖。她终于在邻居家找到红糖，煮好红糖鸡蛋，亲自送到京剧院楼上给小杨吃了后，已 1 点多了，才返回家安稳地睡去。

在她遗体告别仪式上，出现了一个特殊悼念者——一个劳教人员，关肃霜生前曾去劳教所看望、帮助过这个青年人。他是被政委看护着来的。他跪在关肃霜遗体旁痛哭流涕，他哭平时教育、爱护他的关肃霜，悔恨交加，长跪不起。

有名气，更有人格

关肃霜很早就大名鼎鼎了。刘长喻曾说中国有两个“戏仙”，一个是李少春，另一个就是关肃霜。可多少年来她一直以普通人自居。

在艺术节闭幕式上演完《水漫金山寺》的关肃霜，刚下台还没来得及卸装，一批批观众潮涌而来，一些小学生高声叫喊着朝前挤：“关奶奶，关奶奶，给我签个名吧。”疲惫不堪的关肃霜始终微笑着，接过观众递来的各种本子，甚至孩子们的小纸片。没有墨水了，她在舌头上舔了一下又签，实在支撑不了，她就趴在一条长凳上签，直到为每一个热情的观众签好名为止。

艺术节期间，戏票异常紧张，有人把关肃霜当作什么头头脑脑了，找她要《画龙点睛》的票，可她也搞不到，只好叫巧玲去找艺术节管事的人，一张 5 元买了 10 张，送给他人。不知道的人，还以为关肃霜神通广大呢！

一个朋友的孩子，想看关肃霜的演出，她答应帮弄票，可没有买到。她看孩子看戏心切，便悄悄把那个孩子捎在自己的演出车内，走了一次“后门”，把孩子带进剧场看演出。

她最爱的还是艺术

“她爱喝酒，爱吸烟，但最爱的还是艺术。”这是人们不约而同得出的结论。

有人说女人是为了爱到人世间的，而关肃霜是为了艺术来到世界的。她是一位纯粹的艺术家。

她出生于穷困的梨园世家，小时长得黑，高鼻子、大眼睛，爱跟父亲去演出，回到家里就唱：“苏三离了洪洞县……”可后一句想不起来，她问父亲。父亲说：“苏三要吃炸酱面，只因腰中没有钱。”学艺人寒酸受欺凌，父亲不想让她学戏，但她说要学戏，还要成角。

为了京剧艺术，她无私而忘我地奉献了一生，耗尽了最后的心血和气力。她一生相亲相爱的丈夫1978年元月患肺心病去世时，她还在广播电台忙着春节录音。作为一个情感丰富的女人，她多少年来默默地忍受着难言的隐痛、心灵的孤寂，顽强地把整个身心放在京剧艺术事业上。即使年迈了，她仍然为京剧艺术的革新而拼搏。她与编导运用浪漫主义手法，重新构思老戏《雷峰塔》，字酌句琢地修改台同，使这出老戏在艺术节舞台重放光辉。为演好剧中人物，她身上碰得青一块紫一块，仍然坚持排练。她那种拚命劲和认真劲，使年轻人叹服不已。

她演出不为赚钱。拍电影《铁弓缘》时，有人说给她的演出费太少了，她说：“我是为了艺术，而不是来赚钱！”当时，一个歌星随便登台演唱，动不动就是几百几千元，而关肃霜在艺术节演出，每场演出费仅有10元。她演出了6场，与剧团所有人一样，共收入60元，她没有一句怨言。

不少人知道，为把京剧艺术传给后人，关肃霜收徒传艺的佳话。多年来，她在上海、天津、北京、新疆、宁夏、香港等地正式收徒32人，而且她从不搞“挂牌师傅”，总是利用开会、演出、出差的机会认真传艺。她发现好苗子荆美珠后，通过文化部门把小荆从长春京剧院调到云南京剧院，亲自传艺，使原来武功较差的小荆技艺大进，在香港演出时名声大噪，赢得了京剧界“小关肃霜”之称，2006 年被评为第 9 届“梅花奖”优秀戏曲演员。

艺术节后，关肃霜正想辞去院长职务，专心于收徒传艺，不想这竟成了她未尝的夙愿。

她奔忙着、呼吁着，为古老艺术的振兴，渴望着出人才、出好戏。当发现一台好戏或是一个好剧本时，她那种发自内心的兴奋与感激溢于言表。艺术节期间《天下第一楼》研讨会上，面对此剧的编剧和导演，这位德高望重的老人感激得起身站立，深深地向他们分别三鞠躬，感谢他们为振兴祖国艺术做了努力。

为了京剧艺术事业的发展，她恨不能以自己年老的身子作舞台，让后人去起舞；恨不能将一把老骨做成笛箫，让后人吹奏！

她已尽了心，献出了一个表演艺术家的一切！

安息吧，劳累了一生的关肃霜，你倒下的地方，会有人起来歌唱的。

1992 年 5 月

二、彭老走了，他的文字留了下来

2018 年 7 月 13 日，一个晴朗的下午，我走进彭荆风先生的病房，病房静悄悄的，只有彭老的女儿彭鸽子在照料彭老。躺在病床上的彭老微笑着主动伸出手来和我握手，正在输液的他精神不错，思路清晰，从容平静，我们的交谈也是平静的。其间，鸽子简要介绍了父亲的病情，护士进来查看病情。彭老时不时轻轻扇动一下手中的扇子，扇去夏天的溽热，也似乎在驱除体内的病痛。窗外，可见一棵苍翠挺立的大树。那时，我感觉军人出身、意志坚强、一生笔耕不辍的彭老，只是太累了，在作一次长期的治疗和疗养。

一次聊天中，彭老讲过，中年时，他在开远病危过一次，从生死线上抢救回来，从那以后很少生病。前些年，还坚持隔天游泳，锻炼身体。两年前，他生了一次大病，便血不止，住院的感觉实在不好，感觉病魔在房间里四处游荡。一个晚上，在医生不知情的情况下，鸽子携他悄悄“逃离”出院。因为，他手头还有没完成的作品要写。

彭老曾经说过：“为什么这么执着，因为文学是我的生命。”“一个作家只要生命存在，他就不能离开文学。”

二十世纪五六十年代，彭老就因他创作的短篇小说《当芦笙吹响的时候》和中篇小说《古寨晨歌》，分别与他人合作改编成电影《芦笙恋歌》和《边寨烽火》，为中国电影带来了反映边疆民族地区民族生活的经典电影，成为一代人的共同记忆。晚年的彭老，“老而不衰”，仍然笔力强健，80 岁高龄后，仍然保持旺盛的创作激情，坚持每天创作，这在中国文坛实属少见，他也被誉为“中国文坛的常青树”。他不断推出《解放大西南》《旌旗万里》等恢宏的史诗性巨著，创作走向了新的巅峰。2010 年 10 月，长篇纪实文学《解放大西南》一书获得鲁迅文学奖。2017 年，长篇纪实文学《旌旗万里》又获得“云南文化精品奖”。

这次，我希望彭老再从医院悄悄“逃离”出来。谈话间，彭老说："开义啊，我今年 89 岁了，这次可能挺不过去了！"我心头一惊，愣了一会儿。从彭老的精神状态、谈话举止、和蔼的微笑中……怎么可能……而彭老说这话的时候，语气也是沉稳、从容、平静的。7 月 24 日下午 4 时，我接到鸽子的电话，电话那头停顿了一下，说："开义，我爸爸今早走了！"想不到，离我去看彭老仅仅只隔 12 天，彭老就永远地走了。当时，我正在昆明城郊的一家企业采访，我放下采访，一人走出大门，呆呆地看广阔的天空和远处的山峦。现在想来，彭老说的"可能挺不过去"的预感，不幸一语成谶！

3 年前，彭老住进了昆明近郊的新居。每当春天，他家门口林荫道上开满嫣红的樱花时，他都会约我们三四个好友到他家小聚。记得 2016 年早春的一天，我们如约而至，时至黄昏，我们如家人般围坐在彭老家客厅桌前，品尝彭老收藏多年的老酒、鸽子亲手做的佳肴，缓缓漫谈，其乐融融。彭老身着深红色唐装，胸前还特意挂了一块锃亮的怀表，精神矍铄。窗外，明亮的红色夕阳从山峦上缓缓落下，夕阳的余晖从窗外照进来，映照着彭老笑意的脸庞，我心里顿时涌起一阵复杂的激动，有内心深处的感动，也隐藏着一种与彭老的不舍。我提议合一张影，于是大家围坐在彭老身旁照了一张相。不想，这是我们与彭老生前的最后一张照片，现在，成了绝照！

彭老一生的大部分时间是在云南度过的。他生前曾感慨："命运真是奇妙啊，当年到了昆明以后也只当作是生命中普通的一站，没想到一晃眼就过了快 70 年了。"彭老 19 岁时在南昌加入中国人民解放军，1949 年秋初，二野奉命挺进西南，彭老随军步行 3000 多公里，于 1950 年 3 月进入昆明，在云南生活工作了 68 年，直到逝世。

彭老与我所在的《云南日报》有不解之缘。几十年来，彭老一直关心支持《云南日报》。他说，我把最适合、最好的作品首先给《云南日报》。粉碎“四人帮”，彭老出狱后，第一次发表的作品《高黎贡山的灯火》就是在《云南日报》发表的。这文学和生命的“灯火”，引导着彭老一路前行。多年来，读者从《云南日报》上常常读到彭老质朴而优美的散文、纪实文学，甚至小说。从他的作品中，读者可以感受到文学的魅力，云南边地的一些形象历史，看到当年青石板路发亮的昆明古城、边疆故事，淳朴而美好的云南各族人物形象。彭老在《云南日报》首发的散文《桑荫街》继获得第十届云南日报文学奖后，2012 年又荣获第五届冰心散文奖。

在多年的交往中，彭老已成了我们文学版编辑的良师益友，有时彭老还邀约编辑到他家聚一下、见见面，谈谈文学和报纸。平时，他看到好的文章，或发现问题和不足，就让鸽子直接告诉我们，并提出意见和建议。自从云南日报文学奖举行颁奖仪式后，彭老积极参与写稿，鼎力支持。文学奖颁奖时，尽管他年事已高，但每次都赶来出席，鼓励获奖的作家作者，要我们办好云南日报文学奖。

彭老一生与文学相伴，在解放大西南战役的行军途中，背包一放下，坐下来就开始写作；解放初，他作为民族工作队随军深入当时边远蛮荒的澜沧、西盟等边疆地区，在佤族、拉祜族人家火塘边，就着时明时暗的火光写作；即使后来被错划为右派，“文化大革命”中被打成“反革命”，身陷牢狱 7 年，其中 2 年在监狱挖煤……也从来没有放弃过人生不改的坚定信念，从来没有放弃过对文学的坚守与执着追求。在监狱中，他把写交代材料的纸悄悄藏起来写小说，出狱时带出了一本厚厚的长篇小说《断肠草》初稿。出狱后的1977年，他在《光明日报》发表的小说《驿路梨花》成为名篇，收录到初中语文教材中，感动了一代又一代人。

走上文学创作之路70年来，彭老创作了数百万字的文学作品，出版了31部作品。他以自己的信念、意志、才华和智慧抵达了自己文学创作的巅峰，完成了一个作家的文学责任和文学使命。这些倾注了他心血的作品，对云南边疆文学、民族文学、抗战文学有着卓越的贡献。其中，《解放大西南》《驿路梨花》《蛮帅部落的后代》《鹿衔草》《绿月亮》《今夜月色好》等成为中国文坛脍炙人口的名篇佳作。

作为军人和作家，彭老站在历史高度，从文学精神出发，以宏大的视野、恢宏的文学叙事、史家的笔触，既描写中国人民解放军《解放大西南》的伟大历史时刻，也记录中国远征军《挥戈落日》《旌旗万里》的抗战辉煌历史，不难看到彭老的勇气、胸怀、文学的使命感和真正的文学精神。这在我国文坛，十分少见，极为难得。这些具有文学性、艺术性和史料性的史诗般的皇皇巨著，将随着时间的推移，会越来越呈现难以再得的价值和品格，成为我们宝贵的文学遗产。

彭老的一生，以鲜明的性格，遭遇了挫折磨难，而他以坚定的文学立场，塑造了自己的人格。彭老曾经说起过，“文化大革命”时期，他被打为“反革命分子”，来抓他的小兵要让他在认罪书上签字，他坚决不签，最后小兵愤而拔枪，枪口抵在他的胸前，他也没有被吓倒。彭老说，当时我的女儿鸽子就在旁边，她才12岁，我不想在女儿面前自己承认是“反革命”。后来，女儿鸽子流落到街上卖冰棒。彭老是著名作家张昆华的部队领导和文学上的老师，张昆华曾经说过一件令他一生难忘的往事。“文化大革命”时期的一天下午，要批斗彭老时，可时间到了，仍然不见彭老，有人急到彭老的房间查看，进入房间，只见吞服下大量安眠药的彭老不省人事，虚掩的抽屉里，郑重地放着一张纸上、一支派克笔、一本中国作家协会会员证书，纸上写着：“我不是反革命！”人们急忙把彭老送进医院，抢救回来了一个作家不屈的生命。

人们时常会见到晚年的彭老神采奕奕的形象、和蔼可亲的笑容。他专注于文学创作，但也没有忘记，一如既往对年轻作家、文学青年的关心、提携、教导、劝诫、警训，一如既往对云南文学的关心和期待。

彭老祖籍江西萍乡，1929年11月22日生于江西鄱阳。彭老一生深深地爱着云南这块深厚而多情的土地，以深沉的感情书写云南的民族生活和历史的变迁。在云南68年的时光，彭老把创作生命和命运交付给了这片土地，最后，他的灵魂也永远安息在这块土地。

彭老的人生，像一条河，从少年的小溪潺潺、青年的激越飞扬，到中年的坎坷跌宕、晚年激越的文学高潮，最后，变成浩大宽广的河流，平静地汇入辽阔无垠的永恒海洋……

2018年10月

三、田丰：中国的巴托克

公元前 1600 年地中海上的希腊克里特岛发生的大地震，毁灭了人类史前一大文明区克里特后，人类学家、考古学家、文化学者只能在残碑断碣的荒墟中，寻找远古人类心灵的碎片。

这是一个人类永远无法寻找回来的历史记忆。

纵观人类史，多少文明、多少个民族，消亡在滔滔的历史长河！

而今世界，以随意性为特征的民族文化正消亡着，也许有一天，当人们从疲于奔波的物质世界的途中，蓦然回首，民族传统文化已像被灰土淹没的庞贝城一样，留下的只是一片无法弥补的浩大空寂。

而在我国西南边陲的云南，距昆明 40 余公里的温泉秋木园，林木幽深的山坡平地，一个使人想到燃烧起凡·高创作激情的法国南部阿尔，激起高更灵感的非洲塔希提岛的地方，在这北京林学院和西南林学院的荒芜旧址，一位北京来的著名作曲家田丰，在此创立了中国第一个以保存动态的民族文化为宗旨的场所——云南民族文化传习馆。

而有谁知道，为了这一天，田丰奔波了 4 年。

神鼓的感召

1985 年夏天，田丰因偶然的原因，第一次来到云南。

他是中央乐团作曲家，谱写了优秀交响乐《第一交响乐》《彝寨行》《刘胡兰交响诗》《昨夜》，芭蕾舞剧《家》，歌剧《大野芳菲》，钢琴协奏曲《嘉陵江上》，广为流行的电影歌曲《何日彩云归》《年轻的朋友》；尤其是《为毛主席诗词谱曲五首》，评论界认为是继《黄河大合唱》之后的又一力作。然而，进入80年代，在商品音乐的冲击下，像许多优秀的作曲家陷入迷茫一样，他也苦闷了，一直没有摆脱某种说不出的困惑。

一进入云南大地，他就为这块红色燃烧着的高原大地上那色彩斑斓、古老深远、充满原始生命激情的舞蹈与音乐深深着迷了。哪怕最粗野的一声喊叫，一种最不可言传的呻吟，都透出一种情感、生命力和意义，一种令他怦然心动的朴拙美，那音乐舞蹈中似乎隐藏着一个民族炽热的灵魂，以深沉而苍凉的声音，在吸引、在召唤着他的魂。

他在大山深野跋山涉水，采写着、聆听着、凝视着各民族灵魂深处难以破译的舞蹈和声音。他一改过去学院式的创作和审美观，创作激情一发不可收。他以云南民族题材创作了让人的灵魂进入一座艺术殿堂的大型婚俗歌舞《爱的足迹》、大型民俗乐舞《红河情》，还有全国第五届音乐作品合唱评比中荣获唯一头奖的《云南风情》。此剧赴台湾演出，引起旋风般的轰动，评论界认为他是中国新时代音乐的著名代表人物，在云南评论界，他和他的作品被称为“田丰现象”。

而一次“遭遇”，使他几年来不安和深思，以致改变了他人生的道路。那次，他到红河垤施彝族山乡采集民族歌舞，见到一种奇异的鼓，当地人称神鼓。两位身着一袭黑衣裙、足穿船形棱尖古鞋的老大妈，身舞手击，在槌错落有致的起伏中，连绵不绝的鼓声滔滔而出，把人类开天辟地的创世纪神话，宇宙一片混沌，天地初开，人类诞生，谷物出现……直到人们现在的生活内容，淋漓尽致地表达出来，充满了无穷无尽的意味。

田丰惊讶，既而被一种力量撼动了。这位对世界音乐作品了如指掌的作曲家，没想到在穷乡僻壤的山村，竟存活着如此惊心动魄的音乐。

而当他得知神鼓只有这两位老人会打，其他人都不会时，一种民族瑰宝行将消失的焦虑袭上心来，久久地困扰着他。

他知道，世界各国把民族传统文化视为一种财富，并采取各种措施加以保存和发掘。在美国华盛顿城，一百多年前就设计好了而今仍留有一块地盘，作为印第安文化博物馆，日本把民族文化研究的触角伸向东南亚各国……

可被称为文明古国的中国，尤其是对现在仍然存活着的民族动态文化的保存，仍是一片空白。

中国的巴托克

匈牙利作曲家巴托克，收集了一千多首凝聚着民族精神的民歌，被公认为匈牙利巨大的精神财富，而且震动了全国。

田丰走了不少地方，目睹了传统文化的丧失。作为访问音乐家，他在美国看到，即使采取不少举措，土著文化和印第安人文化也飞速地消散着。尤其在云南，随着商品经济发展对各民族传统文化的冲击而带来人们心理的改变，以小块积存为特征的传统文化大面积地丧失，若不及时保存、抢救，通过口传身授和其他有形媒介方式传播的流动的民族传统文化，不久将消失得无影无踪。

田丰认为民族文化分静态和动态两种。文化古迹、风景名胜、传统工艺品、古籍史料等这些静态传统文化，各国都视为国宝，采取建博物馆、保护区等措施加以保存，也容易保留下来，永世流传，如中国的故宫、埃及的金字塔。而动态的习俗风情、图腾祭祀、音乐歌舞、节日民事等传统文化，则很难保存，它像人的生命一样，是一次性的，一旦消失，永远无法再找回。

能不能把各少数民族传统文化保存下来，如同贝多芬的作品一样，在人类世界永远流传呢？

田丰时常这样入迷地想着，开始仅仅是一种心情，随着几年来在云南的采风、创作生活，这种心情变得越来越强烈，有时简直到了无法抑制的状态。

在云南有 26 个民族，数百种支系，千百年来不同层次的传统文化仍然存活着，有的仍然处于原生状态，被人们称为多民族传统文化的“活化石”博物馆，是一块宝贵的传统文化资源处女地，具有先天优势和无穷的潜力。不需要导演和创作，就能呈现它的原貌。

于是，他想通过组织地道的民间艺人和群众到世界各地巡回演出的方式保存传统文化。继而当地打开了泸西县的冒烟洞，他又想借开发旅游的收入，进行保存传统文化工作。之后还与西山太华寺联系，设想在那里建立一个真正的各民族村落，但最终还是未能如愿。

渐渐地，一个在云南创建国内外所没有的民族传统文化传习馆的大胆设想在田丰心中萌生了。

音乐创作是一个作曲家的生命。这对他来说，无疑是放弃创作。这几年正是他创作的黄金时期。他一生崇拜两个人，毛泽东和屈原，手头正创作大型音乐作品《屈原》，况且他已到了知天命的年龄，再走它路，对讲究“终其一生”的中国人来说，不仅惋惜他的创作才能，而且会产生种种想法，甚至毁其一世英名。他说：“我已管不了那么多了，如果能把云南宝贵的民族文化保存下来，我可以不写音乐，因为，它与我的创作相比，对人类的意义更重大！”

不难看出他的使命感与责任感，也意味着对他是一种牺牲和献身。

要创建一个前所未有的馆，难度是可想而知的。作为一个出身于音乐学院倾心于书斋创作的作曲家，他除了纸和笔外，一无所有。经费、人员、场地……一系列陌生而棘手的难题，一一在他面前铺开。

天从人愿

正当田丰为经费一筹莫展时，不是资财万贯的大款，也不是实力雄厚的外资企业，而是一支部队，曾在海拔 4400 米工程禁区、为西藏人民造福修建了羊湖水电站的中国武警水电第三总队，伸出了坚实的援助之手。

西南林学院提供了最优惠的教室和宿舍，作为传习馆。

许多来访的海外学者、国际友人，给予他精神和物质的支持和帮助；美国福特基金会驻中国首席代表韩理思亲自来馆视察。

在云南，从省级领导到县乡村的干部、群众，更是理解、支持这个馆的建立。云南省人大常委、省人大民委副主任王连芳为传习馆出谋划策，并担任该馆的副馆长；云南音乐、歌舞、绘画、民族文化和艺术研究方面的专家、学者、艺术家，纷纷站出来担任该馆委员和特邀研究员，为传习馆的建立展开工作。

在全国艺术界，中国文联执行副主席、中国音协副主席吴祖强，舞蹈理论家资华筠，舞蹈家杨丽萍，中国音协常务书记、中国少数民族音乐学会会长冯光钰，出任专家委员会委员。

1月18日，云南民族文化传习馆举行开学典礼了！

这是一个具有远见卓识的开创，而前面的道路无疑是艰巨而漫长的，在商品经济、文化潮头正急时，田丰和他的同事逆潮而行，充满了悲壮的意味，也有一种挑战的姿态和精神。

是勇斗风车的堂吉诃德，还是民族文化和民族精神的保存者巴托克，田丰已无时间去想，这位热爱音乐，更热爱各民族文化的作曲家，正把自己的才华施展在传习馆事无巨细的工作上。

新注：田丰先生，因肺癌2001年6月29日逝世于北京，终年67岁。有人认为他是中国音乐史上挖掘、保护、传承“原生态”民间艺术的先驱，中国的巴托克，也有人认为他是“伟大的文化梦想家”“伟大的失败者”，有人说他是“傻子”“疯子”“骗子”，民族文化的“罪人”，有人认为他是艺术的圣徒、殉道者。他生前20世纪90年代初期提出民间文化是“根文化”“源文华”，当时还没有“原生态”一词，田丰发掘了民间艺术的价值。

1994年3月

四、舞蹈诗人杨丽萍

2018 年 11 月 10 日，被誉为“舞蹈诗人”的杨丽萍，甩掉受伤后使用的双拐，在长沙市上演舞剧《孔雀之冬》，这一天正好是她 60 岁生日。舞台上，她那呈现生命之美的孔雀形象，圣洁而绚丽，形象地反映出改革开放给她艺术生命带来累累收获的金色年华。杨丽萍出任总编导并领衔主演的《云南映象》以 5000 多场的国内外商演，创造了至今中国大型舞蹈演出场次无人企及的纪录，成为改革开放 40 年云南文化产业发展的一个缩影。

厦门大学国际学院的罗俊峰老师在昆明观看《云南映象》演出快 2 年了，总是难以忘怀，凡是到云南的亲友，她都会热情地推荐《云南映象》：“你会看到自由奔放的肢体语言、抽象唯美的场景、热爱生命的诗意表达，美得真是让人想哭，从中可以看到思念、看到回忆、看到祝福、看到神话般的云南。”

改革开放大潮中催生的大型原生态歌舞集《云南映象》，是在演员奋力敲击 60 多面大鼓的场景中拉开序幕的，太阳鼓、象脚鼓、皮鼓、木鼓、神鼓汇集成雷鸣般的鼓声，让观众感受到来自红土地蓬勃的生命力，也宣示着云南文化产业春天的来临。

自 2004 年 4 月北京云南文化艺术宣传周掀起云南文艺冲击波后，10 多年来，《云南映象》三进北京、三次全国巡演，到美国、日本、巴西、阿根廷等 10 多个国家和地区进行环球巡演，以 5000 余场完美的演出，创造了至今中国大型舞蹈无人企及的商演神话，续写云南民族文化的经典传奇，成为云南标志性的文化艺术精品。至今，定点在云南艺术剧院演出的《云南映象》长演不衰，以它无尽的艺术魅力，一次又一次打动国内外游客的心灵。

著名舞蹈艺术家杨丽萍出任艺术总监和总编导并领衔主演的《云南映象》，以独特的艺术魅力，征服观众，获得荣誉，在2004年第四届中国舞蹈“荷花奖”中摘取5项大奖，荣膺2004—2005年度国家舞台艺术“十大精品工程”殊荣，成为第一部进入国家舞台艺术精品行列的民营院团剧目。

《云南映象》植根云南，挖掘云南民族文化资源，弘扬云南优秀民族文化，在民族文化的传承、保护和创新上，探索出了一条新路。该剧用精美绝伦的民族舞蹈，向全世界展示了云南多姿多彩、魅力无穷的民族文化，让人们发现、记住、向往云南的美，极大地提高了云南在全国乃至世界的知名度和美誉度，成为云南文化产业的一面旗帜、云南的文化名片，在中国表演艺术文化产业中起到了显著的引领和示范效用。

《云南映象》大获成功后，视艺术为生命的杨丽萍，没有停下艺术追寻的脚步，以不懈的创新精神，独辟蹊径，打造了《云南的响声》《孔雀》《香巴拉映象》《藏谜》《十面埋伏》《黄山映象》《平潭映象》等一系列令人耳目一新、风格迥异的作品，这些叫好又叫座的舞台作品，赢得了国内外观众的喜爱与赞赏。

杨丽萍被人们誉为“孔雀公主”“舞神”“舞蹈诗人”。有人评价说，杨丽萍是云南的，更是中国的、世界的。她从云南大地上汲取了不可或缺的养分，使她的舞蹈有了神奇的艺术灵感，质朴的创作风格，散发着一种清新、质朴、心灵的气息。

追求与创新，一直伴随着杨丽萍成长。杨丽萍1958年生于云南洱源，白族人，自幼酷爱舞蹈。1971年进入西双版纳州歌舞团，她在排练《召树屯与喃木诺拉》时，下面的人看哭了，因为她“用自己的心在跳舞”。9年后，她调入中央民族歌舞团，1986年她创作并表演了独舞《雀之灵》，一举成名。1994年荣获中华民族20世纪舞蹈经典作品金奖，被誉为继毛相、刀美兰之后的“中国第二代孔雀王”。

至今，人们记忆犹新，2002年，杨丽萍回云南采风，创办民办演艺公司，创作大型原生态歌舞集《云南映象》。她挑战中国舞蹈创作和演出的思维范式，挑选田间地头的农民演员上台演出，从原汁原味的少数民族歌舞文化的精髓中汲取创作题材，并与旅游、创意、现代时尚、高新技术结合创作出了独树一帜的《云南映象》。2003年该剧目创作之初，就遭遇“非典”、投资人临时撤资、剧目几次审查都未获通过的严峻状况。文化改革，重在思想观念的更新。时任云南省党政主要领导班子认为，这是一个能打造成为体现云南文化特色、走文化产业道路品牌的作品。当时做出决定，演出一场试看，免于审查，让观众来检验，不少人把这场演出视为“最后一场”。2003年8月4日，《云南映象》在昆明会堂举行了正式演出前的首次彩排，看完演出后，大家叫好：“这才是真正的舞蹈、真正的民族文化、真正的艺术！”省主要领导将《云南映象》当作当年省内重点艺术工程来抓，按市场规律运作，政府给予扶持帮助，并对《云南映象》提出“立足云南，走向全国，打入世界”的“三步走”发展思路。同年8月8日，《云南映象》在昆明首演，座无虚席，演出结束时观众激动异常，长达十几分钟的雷鸣般掌声，预示了它日后的辉煌，原生态歌舞集成为当年文化界关注的重要文化事件。这一年，云南提出“思想解放年”，以“打破旧观念　敢为天下先”的精神，繁荣云南文艺，发展文化产业，《云南映象》开始走出云南，走向全国。随后，云南文艺走上了快车道，迅速崛起，涌现了《丽水金沙》《印象丽江》《梦幻腾冲》等演绎文化品牌，云南舞蹈、音乐、影视、文学等快速繁荣发展，形成了云南文艺繁荣、文化产业发展的 “云南现象”和“云南模式”。

10多年来，《云南映象》铸就了云南乃至中国演艺产业的经典品牌。有人说，杨丽萍是真正独一无二、至情至性的舞者，是可以为舞蹈死在舞台上的人。杨丽萍这样说：“我是一个理想主义者，倾尽毕生精力揣摩舞蹈。”

2019年3月

五、云南大地滋养的诗人：于坚

最近，于坚获首届新诗界国际诗歌启明星奖，中国文学界再一次把关注的目光，投向这位土生土长的云南诗人。

于坚是当代诗坛标志性人物之一，一直走在中国当代诗歌的前沿，开创了别具一格的诗风。他卓越的探索创新精神，独树一帜的诗歌风格，朴素、直接、粗粝，甚至惊世骇俗的诗歌语言，在诗坛发出浑厚深沉的金属之声。

他努力构建自己的诗歌理论体系，倡导“口语化”写作，提出“拒绝隐喻”的命题，在诗坛引起争议，这使他成为有争议的人物。他的著名长诗《0档案》被人们称为一部具有革命性的文本，当代汉语诗的一座里程碑。他博大而独特的散文创作，使他成为“新散文”“大地散文”的代表作家，诗歌理论作品也颇为引人注目。有评论家认为，于坚带给中国文坛的不仅是文学作品，他探索创新的价值，远远超出诗歌之外，具有文化思想上的意义。

中国《诗刊》杂志副主编、著名女诗人李小雨惊诧：“于坚的出现是个奇迹！因为他不是出现在北京，而是在中国最偏远的昆明。”

一

于坚给人的印象是大智若愚，大巧若拙，不苟言笑。其实与朋友在一起时，他爱笑，笑得很实在、憨厚。他喜欢说话，有时滔滔不绝，把一件普通的事讲得意味十足，令人开怀畅笑，不时蹦出的惊人之语，又让人沉思良久。他属于那种活出智慧和境界的人。虽然年近50岁，可他仍然保持着一份年轻人的热情和老顽童式的心。他热爱生活，喜欢游泳、打网球和旅行。在森林中草坪上，他会随手拾起一根树枝，作武林高手状，口中念念有词，引得孩子们笑成一片。在乡间夜晚看到一轮明月，他会把“一个”捎回昆明，“一个”留在记忆中，“一个”写进作品。

在现实生活中，于坚如诗里写的：“像市民一样生活。”他下厨做饭，上街买菜；过去是骑自行车，现在是骑“小金鸟”接送女儿果果上学，并希望漂亮的女儿长大后成为一个传统的贤妻良母。于坚还是个很传统的人。人们从外表看到的他，大肚如佛、光头，身穿哥本哈根T恤，足蹬名牌大头皮鞋，连裤子也是Lee牌的，一副前卫时尚的样子。但实际上他是一个传统的文人。在父母面前，他是一个为人称道的好儿子。1998年，他获得王中文化奖，在领奖台上领到一万元奖金后，他当着众多文化界名流，将钱送给了他的母亲，以感激母亲的养育之恩，感动了在场的所有人。为了能静心写作，他从不用手机，可最近却有人看见他从裤兜里掏出手机，一问才知，他的父亲患了冠心病，怕父亲有什么情况，他带上了手机。

于坚很早就与诗歌结缘。十七八岁时，他在父亲下放的乡村破庙里发现了一本印给干部内部参考的古体诗词，爱不释手，开始习作古体诗。1975年读到鲁黎和惠特曼的现代诗歌后，从那时起改写新诗。在一个昆明民间诗歌晚会上，他第一次在众人面前大声朗诵自己的诗歌，耳旁突然响起热烈的掌声。他感到异常惊讶，以致至今不忘，把这件事写进了新近出版的、引起文坛重大反响的5卷本《于坚集》后记。他感慨地说，那是他生命中最重要的夜晚之一。当时他已在工厂做过木工、铆工，但从未得到人们如此赞扬。这时他的诗已开始在大学校园流传。1980年，他考入云南大学中文系。第二年诗作《记忆》第一次在文学刊物《滇池》发表，此后抒写云南高原的组诗《圭山组诗》获《飞天》杂志社举办的“大学生诗歌奖”，从此诗名大振。在随后兴起的“大学生诗派”活动中，他以独特的创作实力和旗帜鲜明的诗歌主张，被称为“大学生诗派旗手”。大学毕业分配到省文联工作后，他潜心写作，以具有深度和探索性的作品，确立了在中国诗坛的重要地位。

二

在现代汉语言诗歌写作中，于坚是一个勇敢的探索者。

二十世纪七八十年代，中国诗歌从“十年浩劫”中苏醒。那是一个诗歌发生断裂、蜕变，寻找新的出路的重要时期，各种诗潮诗派风起云涌，宣言旗手铺天盖地，其中不乏优秀而有影响的诗人。而在于坚看来，不少诗人的骨子里仍未从“文化大革命”的影响中走出来，他们虚化日常生活，回避漠视现实，心存“救世”的情结，追求空想的崇高和“英雄”的梦想，诗歌充满标语口号、概念化和虚伪的抒情。因而，于坚以一种批判的精神，反“英雄主义”和反“崇高”，主张平民意识，客观抒写日常生活状态和内心感受，提出“口语化”写作，让诗歌回归日常生活，关注现实生活和普通人。他说，口语化写作就像与自己的父亲、母亲，与自己的工人兄弟说话一样，这种诗歌语言是朴素、直接的。他还提出“拒绝隐喻”的命题，拒绝升华。强调写作要忠于自己的原初感受和生命体验，看诗是否跟读者的生活经验、感情有关，是否打动了读者。实际上，他倡导的不仅是一种诗歌语言，而且是一种新的诗歌观念、诗歌立场和诗歌精神，是对当时时代背景下的整个诗歌观念、诗歌秩序和诗歌语意的挑战，因而引起强烈的争议。

不管人们怎么议论，于坚一意孤行地按自己基本的写作立场进行创作。他关注身边的日常生活和普通人，从人们看不到诗意的地方发现了诗，用平白如话的口语写出意味深厚的诗。于是人们读到描写普通人群的《罗家生》和《尚义街六号》。而在有的人看来，这样的诗无论是题材、结构和语言还是表达出的情感观念，都是非常陌生、不习惯的。尤其是他的著名长诗《0档案》，有人认为不是诗、读不懂，有的评论家甚至恼怒不已。然而，当人们反省“文化大革命”时期的生活，却发觉诗写的就是自己的生活。于坚以自己反对使用的隐喻方式以及象征手法，写出那个时代人的异化生活。从这个角度讲，他概括了一个时代的生存状态。这首诗被改编成诗剧在国外演出，产生了强烈的反响。

其实，于坚在写作上是睿智而清醒的人，并非不追求诗的审美意味，恰恰相反，他追求诗的美、理性和哲理，在诗的形式、语境、节奏、韵律上非常讲究。读他的诗，你会感到犹如听到海潮下的声音，闻到木质中纯朴的香味。他的诗像石头、钢筋、混凝土筑起的坚实大厦，里面有太多的东西。

今天，于坚的探索得到人们的肯定。新诗界国际诗歌评委认为，他的创作俯身探索诗歌原发的、自在的、难以释疑的魅力根源，他的诗自由地穿行于生活场景和白日梦、精密的刻画和陡峭的反讽之间，并在一个更为广阔的前景上，改变了我们看待诗歌中词与物关系的眼光。

于坚的创作探索之所以取得人们公认的成果，是因为他是一位有思想的诗人，同时也是一个热爱写作和生活的人。不少诗人、作家，由于历史原因，创作生命往往不超过10年。而于坚30年来创作活力不减，越写越好，他持续而旺盛的创作生命力，令同行敬重、甚感惊讶！有人寻找其中的原因，于坚自己回答了这个问题。他说，他的写作是一种正常人的写作，之所以这么多年持续地写作，是因为他没有把写作当作权宜之计，而是当作一生的事业，写作是他的生命，根本原因就是因为热爱。

在于坚写作的数十年经历中，经历了无从发表作品到公开发表作品的阶段，经历了从手写稿到电脑写作阶段，也经历了经商热潮和其他各种浪潮。他岿然不动，静静地思考，默默地创作，一个人在狭小的书房中，体味着现实人生，构思作品，分解、组合着熟悉的汉字，像一个孩子用心、专注地构筑着诗的大厦。这种长年累月的写作生活，常常是单调、孤独的。如果没有对写作持久而执着的热爱，这样的生活是难以想象的。这么多年，他有许多机会另择他职，可以给他带来更多的经济收入、更丰富的生活。可他认为在省文联的这份职业和收入，能基本满足生活需要，因而始终没有放弃写作生涯。现在，他每天过着近乎刻板、已形成习惯的生活。他认为他的生活是传统的经典作家的生活。这话里有自信，也有些怅然。他说自己的写作是一个正常人的写作，像古代李白、杜甫、陶渊明是正常人的写作一样。不久前，他在巴黎采访过一位50年来一直在塞纳河边卖书至今的老妇人。他说在中国缺少的就是这种从一而终一种职业的人，而他就是这样的一个人。

三

于坚的创作受到我国古典诗歌和传统文化的深刻影响，也从法国新潮电影“纯客观记录”和两方现代文学中得到过启示。

然而，真正成就于坚的是云南大地。这正如他所说，他的创作与云南有关，没有云南就没有他于坚。云南大地给了他不竭的创作灵感和源泉，给了他追求真知和自由地探索创新的精神动力。

对养育自己成长的土地和城市，他内心充满了热爱。他爱大地上的田野、河流、山川、树木、鸟兽……他以独到的理解和敏感的、发现的目光，发掘云南隐藏的美，发掘这片土地带给世界的启示。因而这种爱不仅表现在他充满爱意的眼睛里，也反映在他独具魅力的作品中。于是人们看到《横渡怒江》《大地记》和《火车记》等一系列抒写云南的诗歌、散文，厚重而精妙的文字，令读者叹奇。同时，还看到了他的反映云南、具有文化意味和美的摄影作品。

对故乡的热爱使他格外关注居住的城市和生态环境。拆昆明老城区时，他认为老房子有几百年历史积淀下来的城市记忆，是历史文化名城的一个重要部分，因而他第一个写文章呼吁保护老昆明。面对了如指掌、日益消亡的老城，他一往情深、怀着留念之情，写下了散文集《老昆明》一书，把“旧”的昆明记录下来。他在后记中写道：“我写下的是我的生命和记忆之城”，“我毕生热爱的故乡。我生命的摇篮、世界和坟墓”，热爱之情溢于言表。看到少年时代“迷恋到了迷狂程度……我几乎每天都到”的滇池被污染，他忧心忡忡，写下了长篇诗作《哀滇池》，唤起人们对滇池污染的关注之情。他早在 1984 年就看到澄江抗浪鱼的生存危机，在《云南日报》上发表文章，呼吁救救抗浪鱼。对昆明存在的水电问题，他在《春城晚报》写文章探讨解决方法……这无不透出一个诗人、作家的社会责任感和对社会生活的关注。

于坚对社会生活的关注与创作观念有关。人们总是把于坚的名字与现代、先锋、前卫等字眼联系起来，他的诗确有先锋的特征和倾向，而在生活的基本价值观上，他最关注的是人类最基本的生命价值，并一直以一个普通人的身份写作出周围的人所关心的问题，以“一直是向下的，是回到土地上的”思维方式写作，不屑于在象牙之塔里写作的小玩意儿。他认为一个诗人、作家不能对周围的世界发言，不与他们的生活发生关系，不能对读者产生影响，那么他就没有存在的必要。这就是他一再强调的创作态度——“为人生而写作”。

四

于坚是有深度、有思想的诗人，具有敏感而深刻的洞察力，对事物有独到的认知。对云南而言，他是一位真正了解云南民族文化资源，并对其价值有深刻认识的诗人之一。正因为如此，他对云南的描绘不是表浅和概念化的，而是在理解、融会贯通基础上的发现和发掘，并以具有现代感的形式和语言，写出了与云南江河大地相匹配的风格和气派的作品。

于坚很关注云南民族文化。他认为云南的民族文化资源是中国最大的一笔财富，云南是一块为数不多还保存着与人类童年密切关系的土地，各民族在这里共生共存，没有哪一个地方有那么多的民族文化共存于一块土地上。云南的最大优势在于民族文化。因此，他认为省委、省政府建设云南民族文化大省的举措很有战略眼光，也很有水平。这一发展思路，与他这样的文化人的想法，有一种一拍即合的默契。因而，他也以自己的行动和作品，为云南民族文化大省做着自己的努力。他的作品不仅在国内有大量读者，而且被译为英、法、德、荷兰文等在国外出版发行，其中不少描绘云南的作品，在国内外广为流传，成了读者认识、了解云南的读本，使云南成为读者心目中的神往之地。在鹿特丹举办的世界诗歌节上，他用云南话朗诵自己的诗歌，让各国诗人领略了云南诗人的风采。2004 年 3 月，他作为东道主之一，把北欧诗人请到昆明参加诗歌节，使外国诗人了解云南，让云南走向世界。

他说，云南可以成为世界的一个写作中心。南美洲“爆炸文学”就是典型的例子。这话反映出作为一个云南诗人的自信和抱负，也是对拥有民族文化资源富矿的云南文学走向世界的渴望和期待。

现在，省委、省政府高度重视文学艺术，为诗人、作家营造了良好、宽松的创作环境。省委主要领导对他的创作非常关心、支持，这使他感到很振奋，全身心投入创作。

对于坚创作的评价，有评论家这样说，他是一个正在写作的人，其创作的价值和贡献，很难一语定论，可以肯定的是，历史地看，越往后越会呈现他的价值。

2004 年 7 月

六、雷平阳：行吟诗人

2011 年 12 月严冬，记者随雷平阳回到老家昭通，看到他和乐观的老母亲围坐在温暖的回风炉旁不紧不慢地聊天，神态安然；那一刻，记者感到小屋暖意融融，雷平阳是一位有故乡的诗人。

雷平阳在他的诗歌中和生命里无限缩小和放大着他的故乡。他说“门前一塘水，我当五湖看”，这句诗为他打开了一片天空，他在作品里以山水、密林、寺庙、虫鸣、父亲、墓地、疼痛和敬畏等等一些“关键词”塑造了一个苍凉的旷野，安顿着自己，安顿着自己的亲人，也安顿着所有正在远离故乡的人们。在“鲁奖”颁奖后的作品研讨会上，评委们重点提到了雷平阳和他的诗歌，认为他是中国青年诗人中的希望。

1966 年秋，雷平阳出生于昭通市昭阳区土城乡欧家营，1983 年考入昭通师专中文系，偶然参加诗歌比赛写了一首《献给母亲的歌》，获了二等奖，由此踏上诗歌之路。大学毕业后，不管是在盐津县委办、昭通市报、省建九公司、云南建工集团建工报、昆明市文联，还是现在所在的省文联，这个自我描述为“石头的模样、泥巴的心肠、庄稼的品质”的人，一直走在探寻诗歌的路上。

出于对云南的热爱与理解，他选择系统性地写有体温的、独特的、多元化的云南，把云南、故乡和亲人三大题材当作自己写作的起点和终点。多年来，他怀着一颗大爱之心，在云南大地上穿行，以敏感、深沉、悲悯的情感，在那些粗粝而渺小的细节中，发现生命的欢乐和悲怆，书写着丰饶、梦幻、人神共居的彩云之南，或如他所说的“天边的高原”，希望创作出一片“纸上旷野”的精神家园。基诺山、布朗山、南糯山、哀牢山、红河、怒江、澜沧江等都是他诗歌中描述和表达的地方，他认为有些流落山野的文明，再不记录，马上就没有了。于是，他不是单纯诗人，而是一个文化人类学者，对山地人民的精神史乃至环保，都有一份使命和责任。由于他像野草一样贴着土地的写作，把地域性与时代性近乎完美地融合，流贯其中的精神内涵超越了地域限制，从而使他的诗具有普遍的价值意义和特殊的艺术品质，他书写的云南呈现出广博与灿烂的魅力，有人称为“云南画像”“云南经典”。他的《亲人》《寄父贴》《春风咒》《河流之二》《杀狗的过程》等诗歌成为诗坛乐道的话题，他所追求的叙事与抒情结合的创作方式，使他的诗歌结实、深沉，又饱含人生的厚重感。他探索性的诗歌《澜沧江在云南兰坪境内的三十三条支流》引发热议，也给他带来了声誉。继诗集《雷平阳诗选》之后，2009 年，汇集他主要诗歌的诗集《云南记》一经面世就销售一空，引起文坛好评。2010 年，他获得代表着最高荣誉的文学大奖之一的第五届鲁迅文学奖。

雷平阳是一位具有独特风格的诗人，他以大气厚重、内敛复杂，富有质感的诗歌，朴素、干净，又富有张力，甚至粗粝的诗歌语言，拓展着诗歌的深度和疆域，其探索的“叙事抒情体”诗歌风格，正在影响年轻的诗人，使他成为具有影响力的代表性诗人之一。

最近，他又出版了《出云南记》《雨林叙事》两本诗集，让他欣慰的是很快行销一空，这在诗歌式微的今天是不常见的。他是文坛的多面手，除诗歌外，他还创作了大量散文，写过小说，书法也自成一体。他出版了《云南黄昏的秩序》《风中的群山》《我的云南血统》《天上攸乐》《普洱茶记》《雷平阳散文选》等散文集。作品曾获诗刊年度奖、人民文学奖、《十月》文学奖、诗选刊中国最佳诗歌奖、华语文学大奖诗歌奖、中国诗歌学会首届屈原诗歌奖金奖等奖项。

作为一级作家、全国“四个一批”人才、享受国务院特殊津贴专家，雷平阳以真诚和诗歌精神坚守着诗歌的尊严和使命。他说，诗歌的血是红的，这个信条他会一直坚持下去，他相信他以诗歌“记录”当下社会和世心的场景终会被人们所珍视。

2014 年 7 月

七、昆明百年老照片

令人震撼的照片

无意间闯进了一段令人震惊的历史。

在殷晓俊工作场地，我看到满屋子清朝晚期、距今 100 多年的老照片：百年前昆明的城镇风貌、街道、农村、家庭、官吏、市民、农民、士兵、妇女、挑夫、商人小贩、手工艺人、乞丐、僧人、重大历史事件、嫁娶婚丧、春耕秋收、生活百态等，无不包容其中。这完全是一卷百年前的社会风俗画，一部包罗万象的百科全书。

这些照片像一座被火山吞没、一夜间又复活的庞贝城，以一股强大的冲击力，把我卷入一百年前熙熙攘攘的喧闹的古城，分不清眼前的是历史，还是现实。

这些照片带来了百年前一座活的昆明城。

中国现存最早的照片是1898年拍的慈禧，还有就是1901年反映八国联军占领北京城的5张部队阅兵的照片，而方苏雅却早在1898—1904年就在云南拍摄并保留下如此完整的照片，实属举世罕见。

难怪云南大学几位从事近代史和民族史研究的教授看后，四五天晚上睡不着觉，感到异样的震撼。他们认为，这些照片是1997年云南文化历史上的重大事件。

1885年玻璃干片在世界出现，人们才能将照相机带到室外拍摄，而这些照片的作者法国驻滇总领事方苏雅，却在摄影术发明才四五十年，在干片问世四五年后，就拍下了如此完整系列的照片，简直令人不可思议。根据有关专家考证，这些照片是亚洲乃至世界现存最早、最完整地记录一个国家、一个地区社会概貌的纪实性图片。

方苏雅是什么人？这些照片从何而来？这是经历了一个世纪的传奇，谜底至今没有完全解开。

地窖中沉睡百年的紫檀木箱

这些照片的发现，来自不经意间。

1995年6月，一个70多岁的法国老人来到云南，自称是方苏雅的侄子，名叫皮埃尔·赛都。他是为看看父辈方苏雅走过的地方而来昆明的，同时也想把叔父方苏雅100多年前在云南，尤其是在昆明拍摄的照片拿到昆明展出。赛都把这一想法向所在旅游团队的负责人讲后，那个旅游团队的负责人把这事介绍给负责对外文化交流的中国云南国际文化交流中心副秘书长林丽，同时还讲了赛都提出的一个条件，办展览的经费约10万元人民币由对方出资。而文化交流中心是个文化单位，难以承担这笔资金，于是林丽和中国云南对外文化交流中心文体部主任周云祥便决定找企业赞助。他俩找到云南国际文化交流基金会理事、数家企业董事长或股东的殷晓俊，请他出资赞助。

殷晓俊看了赛都带来的书、文字资料和一些照片，当时并没有引起他太大的注意，倒是一本方苏雅以奇妙文字记录云南和昆明的书引起了他的兴趣。殷晓俊是做国际贸易的，出于帮朋友的忙，他决定到法国实地看看照片再说。通过与法国拉罗市市长巴赫的联系，殷晓俊一行3人，于1996年10月赶到法国的凡尔赛。他们与赛都约定在一个咖啡馆见面，赛都姗姗来迟。谈了一会儿，殷晓俊提出看照片，赛都勉强同意，并把他们领进了方苏雅的家中，带进了阴暗的地窖。在手电筒光的照射下，殷晓俊看到了一个古老而笨重的中国紫檀木箱，上面印有红色的“方苏雅”三个大字。随着一声响，箱子打开了，就是这一刻，打开了一部活灵活现的昆明近代史！

殷晓俊看到箱子里有各种勋章，方苏雅借卓别林摄影机拍摄昆明城建、景观、部队、婚礼、演戏等内容长达31分钟的无声电影胶片；在中国拍摄的6本影集，共计650多张照片，其中80%是反映昆明的照片。

从小生长在昆明的殷晓俊，在遥远的法国凡尔赛，看着一张张100多年前昆明的照片，他惊呆了，不敢相信眼前的事实。法国离昆明那么遥远，此时他却觉得就如同坐在昆明的家里，照片上100多年前的昆明人，穿越浩瀚时空，在肃穆的寂静中纷纷向他逼来。许多双百年前的眼睛在盯着他，他快要窒息了，感到一种前所未有的强烈的震撼，一种巨大而异样的冲击。他直觉上感到此刻正发生着重大事件。

殷晓俊当晚一句话也讲不出来，拿出 3000 法郎请赛都吃饭。

殷晓俊找来各种各样的资料、书籍，了解、研究连法国人也不太了解、在历史上有争议的方苏雅其人。

方苏雅是何其人也

抹去岁月的尘埃，方苏雅像一张陈旧的底片，经过殷晓俊的“冲洗”，渐渐清晰起来。

方苏雅，1857 年 8 月 20 日出生于法国洛林地区一个呢绒商的殷实家庭，15 岁中学毕业时，他因父母死于肺病和伤寒而成为孤儿。中学毕业后，他参军入伍，由于所在部队政变失败，他改学法律。

1880 年，省长比胡把方苏雅收为义子，同年比胡把他引荐到法国外交部工作。

1895 年 12 月 23 日，方苏雅任法国驻龙洲（今广西柳州）领事，从此开始在中国的领事生涯。在龙洲时，他认识了一名姓方的中国朋友，那位中国朋友把奥古斯特·弗朗索瓦的名字按发音给他取了个中文名字方苏雅，他还刻了一个印，从此沿用此名。

1899 年 12 月 15 日，方苏雅任驻云南府（昆明）名誉总领事兼法国驻云南铁路委员会代表。

据资料介绍，方苏雅喜欢摄影、游历、考察，曾游历贵州的安顺、贵阳等地，并涉足险峻难行的茶马古道，还由昆明经楚雄，从元谋沿金沙江而上，进入大小凉山，穿泸定桥至康定，再至川藏交界地区。他沿途拍摄了见闻、当地的彝族和藏族，以及人背马驮茶叶、马帮等照片，写了大量日记。他游历时，轻装而行，如走水路就坐船，走陆路就乘轿子，但经常下轿步行。中国轿夫都为这位“洋大人”不顾身份而下地走路感到奇怪。他总是随身带上地理工具，如六分仪、圆规、气压表、指南针。遇上弯曲崎岖的道路，他就热衷于描写，在纸上画路线图，他认为画图、测绘地形、拍摄三者互不妨碍，并且还相得益彰，他嘱咐随从人员准备 12 只箩筐来运玻璃底片，还要用油纸粘上牛血来把底片包好，以防被雨淋湿。

他对中国的街道感兴趣，认为那是中国人生活的舞台，各种官员、市民、商人、小工匠、乞丐等等都在那里行走，有时还在那里进行审判，犯人脖子上戴着枷锁。有时还在公共场所示众犯人，执行死刑，并把犯人的头颅砍下来放在木笼子里挂在墙上示众……这些方苏雅都用相机做了真实的记录。

方苏雅在云南时，经历了近代史上的大事，其中有 1903 年个旧矿工周云祥起义和直接与他有关的昆明教案事件，他用文字和照相机记录了这些事件。

在云南期间，方苏雅白天到街上、民间拍照片，晚上悄悄地洗照片，或是给法国的亲人、朋友写信。他收集和整理了成箱的玻璃底片与照片。

1900 年，中国爆发义和团运动，方苏雅匆匆撤离昆明。没走出多远，他的车队就被袭击，装在箱子中的日记、所有的玻璃底片被毁，荡然无存。所幸的是这之前，他已洗印出一些照片。

据有关资料介绍，方苏雅是一个善于思考的人，他运用极为奇妙的文字写故事，亲自制作了几百张玻璃底片。

方苏雅 1904 年回到法国后，同艾莲娜·马尔芒女士结婚，隐居乡下，并修建了一座名为“小中国”的中国式庭院，有时他会向人们谈起中国，谈起昆明，还穿着中国服装照相，可见他对中国是有感情的。

而人们并不知道他的往事，就这样，他在乡下默默无闻地生活，直到 1935 年 7 月 4 日去世。

方苏雅没有儿女，去世前，他把地窖里紫檀木箱里的东西，视为一生中最宝贵的财富，立下遗嘱，不准任何人动，其中的照片他生前从无一张公之于世。

那只装着昆明一个时代历史的紫檀木箱，就这样静静地在地窖中沉睡半个多世纪。

直到 1985 年，方苏雅的妻子去世前，她才把方苏雅从中国带回去的云南兵器、龙袍，以及 110 张玻璃底片，分类捐给 4 家博物馆。收到 110 张玻璃底片的高美博物馆，把玻璃底片洗印出来后，一看震惊不已，完全是一个东方活化石，四处查询捐赠人。而这时方苏雅的妻子已经去世，查来查去，最后找到方苏雅的唯一亲人皮埃尔·赛都，并打开了箱子，于是看到了 6 本影集，这才发现了令人震撼的照片。但由于方苏雅死前遗嘱，高美博物馆也无法动用这 6 本相册，他们只好用方苏雅妻子捐赠的 110 张玻璃底片洗出的照片，出版了一本题为“领事的眼光”的精美画册，其中还收录了方苏雅的一些日记和写给朋友的书信。

而 6 本相册和 31 分钟的胶片，一直由赛都保存和收藏。赛都还成立了方苏雅遗产保护协会。

方苏雅不是职业摄影家，却在一百年前就拍摄了那么多如此完整反映云南和昆明历史文化的照片，从现在来看，也是不可思议的。

那么，他是出于何种目的拍这些照片呢？至今还是一个谜。

有人认为他拍这些照片是为了向法国殖民主义当局报告云南的具体情况；也有人认为，可能是收集情报资料，以便为法国殖民者侵略中国提供材料。可反对这种观点者认为，摄影术是法国人发明的，当时人们崇尚科学实证，在哲学上有孔德的实证主义，文学上有左拉的自然主义。法国那时社会普遍流行着科学实证的文艺思潮，作为爱好摄影的方苏雅，也许正是受到这种思潮的影响，有意想用照相机记录一个陌生国家的社会和时代。因为，从现存照片看，事实上他充当了一个时代的见证人。总之，这是有意为之，还是偶然得之，不得而知。结论留给了历史，也留给了后人。

抢救我们的历史

殷晓俊看了6本照片后，气都喘不过来。从事外贸生意的昆明人都知道，他冷静善谋，在外贸生意上是一把好手，为国家赚了不少钱，而此时，他却产生了一种从未有过的异常剧烈的冲动，也许那是祖先的血液在他身体内燃烧。凭着一种本能的直觉，一种强烈的感情冲动和作为一个昆明人后代的责任感，他渴望想尽一切办法，甚至不惜一切手段，不惜血本，哪怕倾家荡产，也要把6本相册——我们的历史、我们的根，抢救回来！否则，那就会犯一个天大的错误。

殷晓俊从小生长在昆明，1982 年毕业于华南理工大学机械制造专业，之后一直从事外贸工作。他曾在贫困山区龙陵县镇南办事处，个人投资 5 万余元，兴建了何家寨小学。现在这所小学已以他妻子王益群的名字，命名为“益群小学”。

当了解到 6 本相册已无底片，仅是 650 多张“绝版”照片时，殷晓俊的心一阵阵发紧，万一发生火灾，一把火将把一部珍贵的昆明历史毁于一旦，况且赛都老人也没有后裔，如果 78 岁高龄的老人去世，照片流失，那将是无法挽回的巨大文化遗产的损失。当然，也有可能老人会把相册捐赠给博物馆，可那就不能动了，要把历史抢救回来的可能性，就彻底没有了。好在现在照片没有公开发表，也无版权问题，只是个人遗产。这是抢救回历史的最后机遇。

于是，殷晓俊抛开办展览的商谈，向赛都提出购买 6 本照片，老人说方苏雅有遗嘱，不能动，无任何商量的余地。殷晓俊又提出翻拍并拥有使用权。赛都思考后同意了，但翻拍每张照片要出 2000 法郎，那就是说 650 多张照片，需要人民币 77 万元。

殷晓俊同意后，把这一情况告诉中国云南国际文化交流中心，这个中心向省有关部门写报告，并得到批准，准备出资支持。

殷晓俊等不得，急了。他担心那些发黄的照片，正分分秒秒地氧化、褪色。这时，在一次闲谈中，云南国际文化交流基金会理事、昆明金龙百货有限公司罗董事长，无意间听说这事，还看到一些照片小样，他激动了，说愿出资全力支持。殷晓俊劝说："你工作忙，这事又没有回报，就不要参与了。"罗总很有感情地说："我就是一个老昆明，从小就是在这些街上逛大的。"死活都要参与，并很快转来 40 万现金，殷晓俊出资 37 万元，这样 77 万元人民币的翻拍使用权费用解决了。

殷晓俊购买了 7 万多元当今世界上解相度最高的瑞士哈苏照相机，直接从香港购进依尔福胶卷。一切翻拍器材准备好后，1997 年 4 月，殷晓俊一行 3 人，带着哈苏、莱卡、5 台尼康 F4 和胶卷及有关器材，第二次走上抢救历史的法国之途。

然而，一到法国，一家电视台闻讯后也赶来争购 6 本相册的翻拍使用权，两家发生争执，凭着中国人的智慧和对昆明历史的挚爱，最终殷晓俊争取得了翻拍、使用权。

赛都给殷晓俊唯一的优惠条件是，在地窖提供一个工作间，而其他规定相当苛刻，只给 20 天翻拍时间，在 15 天内给一次补拍机会。翻拍时不准用闪光灯，每一组照片拿出来的时间不能过长，以免见光氧化、褪色。确实，当殷晓俊补拍时，发现照片比原来明显褪色了。他暗自庆幸及时拍到第一手异常珍贵的历史照片。

说到翻拍照片，殷晓俊不是搞摄影的，平时仅对摄影有些爱好。面对一百多年前发黄、没有多少层次感的陈旧历史照片，要翻拍好，技术难度是可想而知的。虽然，在昆明他请教和询问过一些专业摄影师，但到了现场才深知翻拍之难，只有现学。同时为了拍出照片原初成像效果，他不惜每小时出 400 法郎（折合人民币 700 元），请两位法国摄影师现场指导，可头两天拍出的胶卷冲洗后，全是花的，一放大就虚。殷晓俊发现这是由于在长时间曝光中相机发生轻微震动所致，于是用 600 公斤重的钻床稳定相机脚架，终于把相机纹丝不动地稳住了。他们一人专门装胶卷，一人打灯，一人拍摄，不分白天黑夜苦干，终于在 13 天内把 6 本相册上的 650 多张照片，一张不少地全部、完整地翻拍完毕，之后又抓紧时间补拍一次。这时，殷晓俊才松了一口气。

殷晓俊把翻拍的胶卷和照片带回国后，他想应把历史完完整整地交给昆明人，从而萌发了举办一个图片展览的想法。那就得把照片放大、装框。于是，他从香港买来日本幸福牌放大机、罗登斯德镜头，选用俄罗斯相纸，租了一间 1500 平方米房间，精心修每一张底片，认真调光、曝光，放大每一张照片，最大的放到 1.2 米 ×1 米。对他而言，这是一项烦琐而不小的工程，仅显影粉就用了 600 公斤，放大灯烧坏了一麻袋。有时为了一张照片成像清晰，曝光时间长达 34 分钟；为照片上伞的皱褶这一细节，就反复五六次，直到照片呈现原貌才通过。就这样，他和两个同事，不分昼夜在暗无天日的暗室整整工作了 3 个月，才完成了扩印工作。令人欣慰的是，照片出现了令人吃惊的满意效果。

殷晓俊为把历史抢救回来而自豪，为扩印出满意的照片而欣慰，可他的视力却下降了一半，一位同事的眼睛因洗相片洗坏了，至今尚未恢复视力。自称“昆明青年”的殷晓俊等几个年轻人，默默地做着他们认为直觉和情感逼使他们心甘情愿做的事。事实上，殷晓俊等青年已为昆明抢救回了一份不能再生的一次性珍贵文化遗产，从某个角度讲，他们是云南和昆明的“文化英雄”。

由于方苏雅图片上的说明过于简略，甚至有的含混模糊，为了弄清照片原址、当时场景、所发生事件的背景和历史，殷晓俊请昆明老人和从事地方志的人，辨认图片，到省市档案馆寻找有关资料，查看了 300 多本书籍，还请学法语的妻子收集翻译法国有关方苏雅的资料和书籍。

今年 8 月，为与赛都签订照片使用权，殷晓俊又第三次赴法国。为这些照片 3 次赴法和办展，他已花去近百万元。为什么放着带来丰厚利润的外贸生意不做，在积存也不是太多的情况下，一年多来整天陷在这些不可能给他带来多少经济回报的照片中，他也说不清。就是在准备卖“云南沧桑话百年图片展览”门票时，他也没更多地考虑回报，只是淡淡地说，如果有门票收入，将用这些钱出一本画册，以及用于有关照片的后续工作。

站在照片前，殷晓俊指着照片上的人说，他发现所有照片上的人，很难找到一个笑的，不难看出晚清时代人们的生活，是那样的艰难、贫困、无奈，甚至凄惨。看到照片上一个全身赤条条的小女孩拉着衣不蔽体的母亲的手时，殷晓俊一人静静地流泪了。

他认为自己是凭着一种自然的感情和一种直觉冲动做这件事的，但这种冲动不盲目。最后，他说：“这是我这一生，到现在为止，做的最有意义的事！”

一个世纪后的奇遇

这些照片填补了不少历史文化的空白，将对云南和昆明的历史文化产生重大而深远的影响，而这仅是一个方面，照片之外的内涵和意义就更多了。也许有人从其中的一个细节，就会发现一段史实；从其中的一张照片，就会发现一个湮没百年惊心动魄的历史往事，为这座已发生翻天覆地的变化、难以找到当年陈迹的现代城市，找回许多古老的城市记忆。同时，这些照片以无可修改的直观形象，向历史学家以及关注、热爱这座古城的人们，呈现出许多无声的往事和问题。也许，这正是这些照片巨大魅力所在之处。

这些照片给我们留下太多的思考、太多的启示。

今天的昆明人与百年前的昆明人相遇了！这种一个世纪后的大遭遇，真让人不知说什么！

在这些祖先的照片面前，人们只是感到一种强烈而巨大的震颤！随之而陷入沉思，我们在寻根、缅怀深重的古老历史和先人的同时，面对经历百年沧桑的历史文化名城昆明，作为一个昆明人，我们该为她做点什么，为她留下点什么呢？

1997 年 11 月

八、从山里人到国际知名摄影家

土气的吴家林

我第一次见到吴家林，是在偏僻的大理州漾濞县。那是 1984 年，正值漾濞县县庆，许多记者包括中央级大报记者，都到了这个闻名一方的“核桃之乡”。在众多气宇轩昂的记者群中，有一个身穿简朴短褂、棕色灯草绒裤子，个头矮小，却显得坚毅结实的人，在人群中拍照，很不起眼。我开始以为他是当地县里的宣传干事，直到县庆后我们一起下乡，才知他是云南新闻图片社专职摄影记者，名字叫吴家林，昭通人。

在采访途中，面对夕阳中牵牛回家的老农、背柴的村妇、村中的孩子，这些对我来说平淡无奇的人和场景，他却以一种超乎常人的热情去拍，并且特别专注，有时显得很兴奋、激动，完全沉浸其中。我渐渐发觉，他性格内向，话不多，经常沉默，他那风吹日晒的面孔，有一种老农一样的质朴、憨厚，透出一种愁苦和沧桑的意味。只有谈到摄影，他才会打破沉默，热情洋溢地讲以拍摄领袖人物肖像而闻名的摄影家卡希的拍摄趣事，谈自己对摄影的理解，对未来的设想……我感到，他的世界只有一个，那就是摄影，这是他的全部信仰和人生的终极追求。他对摄影的执着，甚至痴迷，给我留下很深的印象。

从这次见面后，10 多年过去了，我俩虽然都居住在昆明这个不大的城市，可从来没见过面，只是他又获了什么大奖，现在已是国际知名摄影家的消息，不断地传到我这个摄影圈外人的耳里。

近日，又闻他获王中文化奖，我才找到他的家。多年不见的吴家林，跑过许多地方，多次到欧美，见过大世面，但他山里人的本色没有改变，仍讲着一口地地道道的昭通话，仍是从前的模样，只是多了些沧桑感，也多了些从容。

这次，我们从下午 3 点一直谈到深夜 11 点，他的人生经历和摄影历程，一一在我面前展示出来。

山里的穷娃子

吴家林的童年，为他未来的摄影之路定下了基调。

1942 年 10 月 22 日，吴家林出生在云南省昭通县的一个穷苦人家。

昭通古城历史上是南方丝绸之路的交通枢纽，曾经一度繁华辉煌，但到了近代，由于历史、交通等原因，昭通落后、冷落，成了一个死角，一个贫穷落后的地区。

在 4 个孩子中，吴家林是老大，从小就感到生活的艰难和苦涩。他母亲原是小学教师，由于政治历史原因，被迫回家，以织布艰难地维持一家人的生计。吴家林很小的时候，就帮母亲绕纱锭，10 岁就开始织布，母亲为他专门做了一台小织布机，放学后他常在一盏桐油灯下，用凳子垫着织布。日子虽过得很苦，但母亲身上那种善良、乐观、勤劳和执着的精神，潜移默化地影响着他，母亲教育他做人要正派、有礼貌，他至今仍铭记于心。

童年时对饥饿的感受，他至今难忘。9 岁时，他身背背箩到 25 里外的乡街买便宜的葵花子和鸡蛋来卖。走前，母亲给他捏了两个饭团，到中午他就把饭团吃完了，待天黑返回时，饿得心慌心跳。正当走不动时，在月光下，他看到路面上有一颗马帮遗落的苞谷子，便饥不择食捡起来就吃，觉得特别的香。走几步又见到一颗，他想也许这是老天赐予的粮食。就这样，他一路拾着吃着苞谷子回到县城。事后，他说由于生存环境的恶劣和艰难，从小就养成不会流泪、不会怨天尤人的性格，有一种忍耐、适应痛苦的性格，心想以后总会好的。

可当他读到六年级时，由于家庭实在太贫困，他还是辍学了，小小年纪就提着小烘笼（小火炉）到各生产队搞“三定”，帮各生产队算粮食产量，挣钱养家，月工资 12 元，那时一个初中生的月生活费只是 15 元。虽然他苦了“大钱”，但有眼光的母亲仍坚持要他上学，这样他考上了初中，后来因成绩优异还到昆明上了高中。云大附中毕业后，由于家庭困难，他又回到家乡昭通，在一所小学任教。因他的字写得好，1969 年调到县文化馆工作。

就在这时，一个偶然的机会，他第一次接触到了照相机，并从此走上了摄影之路。

一天，县里举办文艺调演，专门从事摄影的同事要回家结婚，请从未摸过相机的吴家林去帮忙拍照。那时吴家林认为照相机是奢侈品、花花公子玩的时髦东西，不仅陌生，而且疏离。但同事请他一定要帮这个忙，还教他：晴天时，时间放在 125 分之一秒，光圈放在 11；至于焦距，把镜头转到人清晰就可以了。也许是天公作美，那天正好遇到一个艳阳天，他选择了自认为比较恰当的角度，把速度和光圈调到同事说的位置，带着第一次摸“老上海”相机的莫名而愉悦的心情，咔嚓咔嚓地就拍。待去照相馆取照片时，相馆的老板说：我还是第一次见到照得这么好的照片。吴家林心里乐滋滋的，心想自己是不是有点“照相”的天分？那时他还没听说过“摄影”一词。此后，他常被人请去照结婚相、合家欢，相机渐渐与他为伴。

可他在揿下快门之前，也摆脱不了一般摄影师叫人们“笑一笑”的俗套和导演，而生活在那块贫瘠土地上的山里人，平时的神情多是苦涩、沉郁的，他却没有意识到，他在不知不觉地粉饰生活。

在昭通县，吴家林会照相的名声传出去了。第二年（1970年），他调到县委宣传部从事摄影报道工作。在那个时代，摄影仅被当作一种宣传工具，他不知道什么是真正意义上的摄影，也不知道怎样才能照出好照片。为了学习摄影，他上昆明“取经”。一次在东风广场旁的河埂边，他无意看到一位手端德国双镜头相机的人，组织许多身穿鲜艳民族服装的人围在一起，摆出集中学习一本“红宝书”的样子。在阳光下，那人用闪光灯给那些人照相。第二天，吴家林有些吃惊和兴奋地看到，报纸一版显著位置刊出了那张照片。他因此学到了组织、摆拍的一手，还见识了大晴天可用闪光灯的一招。

回去后，他如法炮制，组织不识字的老农围在桌旁学习新党章，然后用上海双镜头相机拍摄，照片寄出不久，便在报上发表了。他第一次体验到发表作品的喜悦和激动。至于照片的真实性和艺术性，他没想那么多，也想不到。此后，他的作品还上了《人民日报》，受到县领导的重视和表扬。那时昭通县领导非常重视宣传工作，也很欣赏吴家林这个人才。当时，整个县委只有一辆吉普车，一次吴家林要到 40 多公里外的高寒山区拍照，县委书记刘跃武叫他坐吉普车去。回来后别人告诉吴家林，书记把车让给你坐，自己却步行 20 多公里到另一个山区公社。他听后非常感动，拍照的决心和劲头更足。

为了摄影，吴家林几乎到了玩命的地步，他时常骑着破单车走村串巷、翻山越岭，在昭通山山水水间寻找、捕捉理想中的场景。至今在昭通仍流传着吴家林摄影的趣谈：一天早上，他骑单车到 3400 米的高寒山区大山包拍照，置身雄奇的大山，吴家林几乎忘了眼前的大雪和雨雾，完全沉浸于镜头中的世界。拍完后，他沿山路骑车返回到阳光灿烂的坝子，田间的农民见他先是惊诧，而后大笑起来，原来他像一个奇异的外星人，眉毛上全是雪花，头发变成了一条条冰凌，而他浑然不知，经农民指点他才发觉，用手一拍打，咔嚓咔嚓地散落一地冰凌。

他的玩命见了成效，最多时一个月上省报照片 25 幅，这在今天也不多见。他还把照片做成宣传图片，配合形势在农村流动展览。1970 年，云南省举办首届摄影艺术展览，他四天四夜没睡觉，选了 80 多张照片，并到浙江做了当时很漂亮、今天看来有些俗气的塑料花边的相框，用一辆解放牌大卡车把作品拉到昆明参展。从此，他成了在摄影界小有名气的摄影家。

然而，一次工作调动几乎割断了他的摄影生涯。吴家林与昆明的爱人结婚后，生了一个男孩，之后又生下一对双胞女儿。由于两地分居，妻子忙不过来照顾两个嗷嗷待哺的小女儿，吴家林想调到昆明。县委书记刘跃武认为，人才难得，不放他走。相反，想把他妻子调到昭通县广播站当播音员。为此，这位书记到昆明，想去做说服工作。不想一到吴家林妻子家，见吴家林的两个双胞女儿这个哭声刚住，另一个又开始哭闹，还了解到吴家林的老岳母身体有病，需要儿女的照顾。看见这种情况，这位书记没有开口提让吴家林妻子调昭通的事。回到昭通后，书记有些不舍地答应吴家林调昆明，但有一个条件，要他培养一个摄影人才，并且作品要在省报发表，才同意放他走。吴家林找到年轻人杨华育，教他怎样摄影，如何冲、洗、放胶卷，不到一年，小杨的作品在省报发表了。这时，书记同意放他走了。

当时，吴家林联系调到省文化局从事摄影工作，不想却阴差阳错地被人事部门安插到昆明市物资回收公司工作，实际上从事收破烂的工作。他只有把酷爱的摄影放下，勤勤恳恳地从事回收工作。当时单位上回收到一批德国蔡司、美国柯达老照相机，标价处理，最高的10元，最低的不过3元。但由于要养3个孩子和老人，经济吃紧，此外想到这辈子再也不可能搞摄影了，喜欢相机的他，只有眼睁睁地看着别人把相机买走。现在，他想来仍后悔不已。

这时，命运之神又向他伸出幸运之手。不久市商业局分为一、二两家，分家前要组织职工最后一游，并合影留念。经所在单位领导偶然举荐吴家林负责照相，结果商业局组织部一位姓方的副部长发现了他的摄影才能，让他写请调报告。

1973年，吴家林调到云南新闻图片社发稿站（云南新闻图片社的前身），任摄影记者。在摄影之外绕了一大圈后，吴家林又回到了摄影上，拿起了久别的相机。可刚到时，还发生了一个小插曲：他一来就当上了摄影记者，并被派到镇雄采访。这使有的人产生嫉妒，认为他不过是州县来的“老纵”（农民），土不拉几的，不配当记者，便给他来了一个“下马威”——故意少配了显影药粉。那时，记者下乡，要自己冲洗放照片。到镇雄后，已养成拍摄之前做好准备工作的吴家林，多了一个心眼，先用药剂做显影实验，结果发现照片上只有一个灰影。他全明白了，马上到县公安局弄到显影药粉，自己重新配比，结果出色地冲洗、放大了所拍的照片，并把照片寄回昆明，领导对他的照片很满意。而那位做手脚的同事，先是吃惊，既而不安。自然那个同事受到了批评，而今吴家林把这事当作趣谈。

他否定了自己

今天已是摄影家的吴家林，谈起当年学摄影的经历，非常坦诚，毫不掩饰自己的幼稚、无知，甚至做假。他说前15年是交学费，走了一条弄虚作假摆拍的歪路。他这种承认历史、敢于否定自己的态度和精神，与那些隐短藏拙、似乎天生就是摄影家的人，形成鲜明的对照。正是他这种真诚与纯粹的态度和精神，赢得了人们的敬重。

吴家林在摄影路上，总是遇到好人和良师。

到图片社后，吴家林遇到了从事摄影理论研究的萧敬志先生。在摄影观念、创造力、表现力，以及摄影语言等问题上，这位老先生给吴家林不少启示。

而对吴家林产生冲击，进行反思，并改变他摄影的，是一套由北京青年摄影家王自平和王苗拍摄，著名诗人北岛撰写解说词，名为《中国西部漫游》的纪实幻灯图片。那是“文化大革命”后人们进行反思、思想和观念大解放的时期。吴家林看着那浑厚、苍凉、凝重，视角独特、充满人文关怀的画面，他被一种力量深深地触动，坐不住了，想哭想喊。他看到了真正意义上的摄影作品，并感到那些作品与自己内心深处隐藏的情感世界，有种不期而遇的契合。他想不到原来作品可以这样拍。他陷入了思索之中：自己是乌蒙山里人，为什么不把镜头对准山里人的生存状态，表现在恶劣自然环境和贫困中挣扎、拼搏、坚韧不拔，甚至悲壮的山里人的生活和精神，却置现实生活于一旁，把目光投向虚假的一方？他痛苦地发现，15年来走了一条弄虚作假、粉饰生活的路，他所有的努力甚至奋斗，都失败了，只能算交学费。

然而，这个有血性和执着的昭通汉子并没有灰心，他要从头再来，并为找到一条正确的路而充满激情和希望。他一头扎进了山里人的生活，把心和目光放在了生他养他的云南土地上，把镜头对准了平平常常、普普通通的山里人，表现他们的生存环境和精神状态，从朴素、客观的人物和场景中，捕捉发现一种生活的诗意和美。

后来，人们在他的作品中，看到许多生活在贫困山区，却又淳朴、善良、百折不挠的山里人：山里人把猪背在肩上赶集，乡村女教师背着孩子上课，赶马车的山民雨天把油布盖在马和自己头上一道并肩行走……那其中凸现的，是一张张或刚毅，或愁苦，或沉郁，或沧桑，抑或是稚嫩的面孔。其中一张获全国佳作奖的《结扎之后》，是一个穿布鞋卷裤腿的山村青年，背着横躺在竹箩上结扎后的妻子，在路人的目光中艰难穿行……那青年坚韧的步伐、低垂的面孔，妻子用头巾盖着的脸，虚弱无力的身子，令人难以忘怀，夫妻的恩爱，年轻人的重负，妻子的伤痛，山里人一言难尽的生活……照片传达的信息和内涵实在太多了，不难看出吴家林对山里人的人文关怀——一种深深的同情和理解，以及难以表达的爱意。

因而，有的评论家说，他后来的作品，已没有了摆布和粉饰，有的只是凝重的色彩，充满力度的构图，一个个独特的形象，在黑、白、灰的色调中，时常闪出鲜亮的色彩。他的作品蕴含着一种质朴、凝重的品质，一种深远的耐人寻味的历史纵深感，给人带来不动声色的震动，无论从摄影还是人类学、社会学、民族学的角度来讲，都有特别的意义和价值。

吴家林终于找到生活的根、摄影的意义和本质所在。

对于山里人，吴家林说："我的父母就是他们之中的一员。他们穷，但是他们百折不挠，他们有着作为人可贵的淳朴和善良。"

摄影是他的全部信仰

有不少人说，吴家林是苦出来的摄影家。这话不假，而在苦的背后，还有吴家林对摄影的酷爱。当有人把相机当作一种休闲和摆设来玩的时候，吴家林却把摄影视为生命，当作一种信仰。

为了反映生他养他的云南大地，表现他所深爱的在这片土地上生存的人们，吴家林长年脚穿一双破旧的旅游鞋，肩背摄影包，在云南的大山江河间奔波拍摄，几乎跑遍了云南的128个县、市。在乡下，他和那里的父老乡亲共饮一川水，同吃一锅饭。他觉得自己就是大山的儿子，属于大山里的人。正是这样的亲情、乡情、大山情，使他比别人更理解和热爱大山与山里人。因而，他拍出的作品充满了对故乡土地的挚爱，对同胞的真情。

一次，吴家林终于见到久仰的摄影家王志平，两人一见如故，结为挚友，并一同到云南山区。他俩在彝乡拍摄狂欢起舞的彝族青年男女，在云雾缭绕的哀牢山中流连。然而，王志平很快发现，在云南的山里，他"仅是一个云游者，一个外乡人"，怀着好奇与尊崇的心情观赏着异彩纷呈的云南的一切；而吴家林则不同，他的乡音土语，憨厚的笑容，黝黑精瘦的身板，都使人明白：他原本是这山民中的一员。他的艺术、他的血统，是融于云南的山山水水中的。

为了拍到好照片，吴家林经历了常人难以想象的艰苦和孤独，经历了数次生与死的考验。1987 年，他只身闯独龙江，走进了冰雪初融、悬崖万丈的险道。在茫茫雪山中，只有他一人独行，他忍受着巨大的孤独、恐惧，然而他始终没有放下手中的相机，一路拍着走到了独龙江。吴家林最为“玩命”的是拍摄梅里雪山。那天，他一个人爬上海拔 4800 米的梅里雪山，看到神秘而圣洁的卡瓦格博峰。他觉得眼前的神山太美了，他忘记了寒冷和饥饿，忘记了正感染痢疾，在一种近乎狂热的亢奋状态中，尽情地拍摄变幻莫测的神山，从日出拍到日落，直到天黑才下山。这时他才发觉，由于一整天处于精神亢奋之时，松弛下来后感到又冷又饿，呼吸也很吃力。他咬牙步行 53 公里后，到凌晨 3 点才走到德钦县城，可人已极度虚脱。快到县招待所时，他实在挺不住了，一下昏倒在地。事后，他说：“在梅里雪山看到许多藏民，围绕神山转经、磕长头。其实艺术从某个角度讲，也是一种宗教。为了艺术，应有一种献身精神。如果生命结束在拍摄大自然的壮丽之中，我想也不会有什么痛苦，比在平庸的生活中结束生命幸福得多！”

吴家林的妻子 1973 年生下一个儿子。他非常爱这个聪明可爱的孩子，取名吴昭影，意为家乡的摄影。他把对家乡昭通和对摄影的爱，浓缩在儿子的名字上，倾注在儿子的生命里。然而万万想不到的是，已成人的儿子却遭厄运，在 1998 年 6 月 5 日清晨死于车祸。当时，他的妻子去医院路过现场，一见血泊中儿子的那双熟悉的鞋子，当场昏过去。在医院太平间，吴家林才走到门口，一见儿子遗体上那只他从国外带回的儿子平时最喜欢的闪亮皮带扣，他一下瘫倒了。儿子的突然离去，给他致命的重创和打击，原来硬朗的身子难以背起摄影包。面对朋友的安慰，国外摄影家发来的函电、安慰信，他仍难以从悲痛中回过神来。他悲伤地写了一段话："20 年前，我由于酷爱摄影，用故乡的摄影给儿子取名；20 年后，我故乡的摄影已在西方广为流传，而我心爱的小儿子也归西了。"

在悲痛中，吴家林想到了大山，又走向了山里。所不同的是，这次他带上了与他相濡以沫 20 多年而此时正沉浸在痛苦中不能自拔的老伴。在 1 个多月的时间里，他和老伴坐班车、走山路，一行 13 个县。在壮丽的山河间、质朴的山里人中，吴家林的心灵得到了安慰。这时。他发觉，他的痛苦和生命，包括儿子的生命，已和云南这块养育生命、多灾多难而又美丽神奇的土地连在一起了，融为一体了。云南大地和山里人给他力量，使他从几近崩溃的精神状态中解脱出来。在路上，他又端起了相机。

他乡遇大师

吴家林长得土，他的照片也似乎很土。

在那些为摄影而摄影，为沙龙而摄影的"大师"眼中，吴家林不过是个乡下人、泥腿子，最多不过是一个走村串寨照相的。而吴家林却以山里人特有的韧性和坚毅，沉默和宽容地面对人们的冷眼，执着地走自己的路，用自己的作品，对世界说话。

中国摄影进入20世纪80年代后，在西方现代艺术的影响下，出现多元化趋势，有纪实性、艺术性、实验性、跨媒体式、小品式、沙龙式、画意式等流派和形式，在艺术上，多追求奇特的构图和形式感；在胶卷的使用上，多用专业性的彩色胶卷，甚至反转片。吴家林认为，任何一种流派，都有存在的理由和各自的艺术追求，关键是作品要有独特的风格。对个人而言，他喜欢纪实风格的作品，也用纪实手法拍摄。因为这种手法更能客观、真实地反映山里人的物质世界和精神世界。在构图上，他不追求过分的形式感、画面冲击力、夸张的大特写，而是用一种平实、自然甚至随意的摄影语言，把人放在一种大的人文历史环境中加以表现，从而传达出更多的信息和深厚的历史文化内涵。在胶卷的使用上，他一直用有人看来老掉牙的黑白胶卷，因为一是成本低，二是有无穷的魅力。他觉得用黑、白、灰三种色，足以表现五光十色、丰富多彩的大千世界。更重要的是，他童年黯淡的记忆，山里人的生活，与黑白色调吻合。至于对摄影的本质“是记录，还是表现”这个一直争论不休的问题，他认为摄影的特质主要是表现。因为你表现了生活，同时也就反映和记录了一个时代。

就这样，几十年来，吴家林一边思考着、探索着，一边一步一个足印认认真真地走着。他希望有一天自己的作品走出大山，走向世界。但他更明白，走向世界的路，是从自己脚下的每一步开始，何况，云南大地上的山里人，不也是一个世界？法国摄影大师马克·里布是国际著名摄影大师布勒松的高足，他发表在《摄影》杂志上的44幅《中国所见》，确立了他在中国纪实摄影家心目中的地位。吴家林曾看过他的摄影作品，尤其叹服他在中国拍摄的作品，为他这个外国人能如此准确地把握中国文化而吃惊。一次，偶然在北京与马克·里布相遇，吴家林把临时放大的湿淋淋的150多幅照片拿去给大师看，马克·里布被吴家林的作品深深吸引了。他想不到偏僻的云南会出现这么一个独特的摄影家。他认真看了两遍后，把吴家林的作品逐一分成A、B、C三类，即喜欢的、一般的和不喜欢的，其中A类约有60幅。最后马克·里布把他的底片挑走了几张。

1995年初，吴家林给马克·里布寄去刚出版的摄影作品集《云南山里人》。马克·里布通过翻译给吴家林打电话说，吴先生的作品棒极了，很感人。此后，马克·里布接连发三封信，对吴家林的作品倍加赞赏，说他的作品对人有独到的观察和理解，在那些平凡的画面中呈现出一种安宁之美。同时，邀请他去巴黎商谈两人在法国举办展览的有关事宜，并告诉吴家林，布勒松大师也非常欣赏他的作品。

同年5月，吴家林意想不到地收到美国休斯敦国际摄影节主席弗里德里克·鲍德温的电传，向他索取画册，说在马克·里布那里看到了《云南山里人》，是马克·里布竭力推荐的，复印了一套，效果不佳。吴家林寄去画册不久，就收到了邀请函，请他出席1996年3月1日开幕的休斯敦国际摄影艺术节，举办个人展览，在大学举办讲座，并承担全部费用。

1996年3月，吴家林带着他的作品到美国参加两年一届的休斯敦国际摄影艺术节，这是代表西方主流摄影的四大著名国际摄影节之一，参展要求严格苛刻，要求一批作品，至少20张，要摄影家的整体实力和水平达到才能参展，不像某些国外沙龙性质的展览，凭一张作品就可参展。而今，吴家林的作品已被介绍到中国澳门特区、香港特区、台湾地区，以及美国、法国、德国等国家和地区。在国际摄影界，一个中国人的名字——吴家林，越来越被人们所认识，他已是西方主流摄影界重视的中国摄影家。

吴家林在国外办展时，有人邀请他到国外定居，均被他拒绝了。如今，他已是云南新闻图片社社长。50 多岁的吴家林，仍时常奔波于云南的高山大河，因为他知道，他属于这块土地，在精神和情感上，他永远是一个云南山里人。

2000 年 11 月